AF189349

Ari TUR

KÖNIG DER VIER WELTGEGENDEN

BAND 1

Der Blaue Fuchs

Ari TUR

KÖNIG DER VIER WELTGEGENDEN

BAND 1

Der Blaue Fuchs

Archäologischer Roman

BoD – Books on Demand

Bibliografische Information der Deutschen Nationalbibliothek:
Die Deutsche Nationalbibliothek verzeichnet diese Publikation in der Deutschen
Nationalbibliografie; detaillierte bibliografische Daten sind im Internet über
http://dnb.dnb.de abrufbar.

Ari TUR - König der vier Weltgegenden. Band 1 - Der Blaue Fuchs
Überarbeitete Neuausgabe (2. Auflage)
Erste Auflage Verlag Fines Mundi, Saarbrücken 2017

Portätzeichnungen: Fatima Hamido
Covergestaltung und Artwork: Vlad Hnatovskij
Textgestaltung: Ari TUR

©2020 Ari TUR

Herstellung und Verlag: BoD – Books on Demand, Norderstedt

ISBN: 9783750415140

Abdallah, dem Wächter von Tell Chuēra, zugeeignet.

Mögest du und die Deinen bald wieder in Frieden leben!

Inhaltsverzeichnis

Tukulti-Ninurta I. (1233 – 1197 v. Chr.) – König der vier Weltgegenden
Zeichnung von Vlad Hnatovskiy

1. Vorrede

Im Mai 2010 besuchte ich zum letzten Mal den Vorderen Orient. In Begleitung von Freunden und meiner Familie unternahm ich eine Rundreise durch Syrien und den Libanon. Für mich persönlich war es die Heimkehr an meine frühere Wirkungsstätte, denn in Syrien hatte ich zuvor viele Jahre lang als Archäologe gearbeitet. Diese Zeit hat mich mit dem Land, vor allem aber mit den Menschen, die in der *Jezirah*, der Wüstensteppe zwischen Euphrat und Tigris im Nordosten Syriens leben, aufs engste verbunden. Als ich meinen Reisegefährten von den zuweilen skurrilen Erlebnissen unter Beduinen berichtete, bestärkten sie mich, diese Geschichten niederzuschreiben. Ein halbes Jahr nach unserer Rückkehr brach in Syrien der Bürgerkrieg aus. Das Land, in dem die großen Religionen und zahlreiche Ethnien friedlich nebeneinander existierten, wurde innerhalb kürzester Zeit in ein unmenschliches Chaos gestürzt. Hilflos musste ich zusehen, wie meine zweite Heimat Syrien in einem Meer von Blut und Gewalt versank. An diesem Punkt der Machtlosigkeit reifte der Entschluss, dem Land und seinen wunderbaren Menschen ein literarisches Andenken zu widmen.

Der archäologische Roman ›König der vier Weltgegenden‹ besteht aus mehreren Teilen. Band 1 – ›Der Blaue Fuchs‹ – spielt im modernen Syrien und verwebt Fiktives mit Begebenheiten, die ich als Archäologe tatsächlich erlebt habe. Beim Schreiben wurden plötzlich aus Freunden, mit denen ich über mehrere Jahre hinweg in der syrischen Wüste gearbeitet hatte, Romanhelden. Die Figuren an tatsächlich lebende Menschen anzulehnen, war eine ganz besondere Herausforderung. Die Namen der handelnden Personen wurden teilweise abgeändert.

Ab Band 2 entführe ich die Leserschaft in die Zeit der Assyrer des ausgehenden 13. Jahrhunderts vor Christus. Die Story basiert auf Keilschrifttafeln, die ich selbst mit meinem Team in einem assyrischen Palast ausgegraben habe. Die Texte wurden von meinem Freund und Studienkollegen Dr. Stefan Jakob aus Heidelberg vorzüglich bearbeitet und bilden den Grundstock der Erzählung um den assyrischen Herrscher Tukulti-Ninurta I. (1233 – 1197 v. Chr.), der sich zum

König der Welt erhob und dabei das damalige Syrien seinem Großreich einverleibte.

Den Mitgliedern der ›Autorengruppe Schreiberberg‹ in Saarbrücken danke ich für die kritische Auseinandersetzung mit dem Stoff des vorliegenden Romans. Besonderer Dank gebührt Barbara Würtz, Marita Krächan, Barbara Ninnemann und Camelo Di Martino, Lothar Schwarz und Ingrid Kampschulte, die das Manuskript von Band 1 aufmerksam gelesen und mit ihren Anmerkungen versehen haben. Der Autor ist natürlich für den Inhalt des Buches alleine verantwortlich.

Besonderes Lob gebührt denjenigen, die die Zeichnungen der Romanfiguren beisteuerten. Die syrische Künstlerin Fatima Hamido porträtierte u.a. den ›Blauen Fuchs‹, Vlad Hnatovskiy, Spezialist für ›Digital Art‹, fertigte nicht nur zahlreiche Skizzen nach Fotos an, sondern entwarf und kolorierte auch die Cover der Romanserie.

Ohne meine Familie, vor allem aber ohne meine Frau Karin, die dem Orient genau so verfallen ist wie ich selbst, wäre dieser Roman niemals zustande gekommen. Sie ist die Triebfeder meines Lebens, die mich immer wieder ermutigt, die Romanserie zu vollenden.

Das letzte Wort sollte denjenigen gewidmet sein, die durch die schrecklichen Ereignisse in Syrien ihre Heimat verloren haben. Meine Gedanken sind bei den Einwohnern des Ortes Tell Chuēra in Nordost-Syrien, die schutzlos der Willkür brutaler Mächte ausgesetzt sind. Möge bald wieder Friede mit euch sein!

ARI TUR

Im Januar 2020

10

2. Rückkehr ins Paradies

Die schmale Straße windet sich den Berg hinauf und mündet in sanftem Anstieg am Eingangsportal zu Schloss Halberg. Hoch über der Stadt Saarbrücken erhebt sich das majestätische Bauwerk, als ob es auf die Ankunft des Fürsten von Nassau-Saarbrücken warten würde. Es könnte ihm heute nur noch verkünden, dass das von ihm erbaute Renaissance-Palais schon längst zerstört unter den Mauern des heutigen Schlosses begraben liegt. Vor dem Haupthaus im neugotischen Stil breitet sich ein ausladendes Torgebäude aus rötlichem Sandstein aus, dessen Portal den Besucher wie ein weit aufgerissenes Maul empfängt. Abwehrend, fast drohend öffnet sich dieser Schlund. Darüber das Dach aus schwarzen Schieferschindeln, das wie ein dunkler Schatten auf dem Gebäude lastet. Doch heute legt sich der Schimmer der frühen Morgensonne auf das Gemäuer und verjagt die Düsternis, die neugotische Bauwerke auszustrahlen pflegen.

Wie gewöhnlich nimmt Ari den Fußweg durch das rechte Seitentor, das den Haupteingang flankiert. An der Pforte fällt sein Blick auf ein Rinnsal, das sich zur Straße schlängelt. Im Kreuzgratgewölbe des Torbaus hat sich über Nacht der Tau gesammelt. Dieser rinnt nun in feinen Tropfen wie an einer unsichtbaren Perlenschnur zu Boden. In der Pfütze spiegelt sich die Morgensonne. Ari steigt darüber, bedacht, das Zusammenspiel von Natur und Mauerwerk nicht zu stören. Er hastet vorbei an der massiven Holztür zu seiner Rechten, deren verschnörkelte Eisenbeschläge in lilienförmigen Ranken enden. Dahinter liegt ein winziger Raum, gerade groß genug, um einem Wächter Unterschlupf zu gewähren. Von dort aus kann man durch ein vergittertes Fensterchen jeden beobachten, der das Tor passieren möchte. Heute ist diese Tür verschlossen. Niemand späht mehr aus dem Guckloch.

Auf dem Weg zur Arbeit folgt Ari dem Fußweg durch das Eingangsportal. In den letzten zwanzig Jahren ist ihm der Blick auf die Schönheit, die ihn umgibt, verloren gegangen. Wie ein Roboter steuert er auf den Vorplatz von Schloss Halberg zu. Dann stockt sein Schritt, und er hält für einen kurzen Augenblick inne. Irgendetwas liegt in der Luft. Ari fühlt sich plötzlich von seiner Umgebung magisch angezogen wie beim ersten Besuch – damals im März 1994. Schloss Halberg lag vor ihm wie eine Sphinx. Majestätisch dahingebettet in die Grünanlagen des Parks, umgeben von Bäumen so hoch wie Riesen. Eine mystische Märchenlandschaft, eine Traumwelt, verborgen hinter dem Torgebäude. In jedem Augenblick konnte eine Märchengestalt an einem der hohen Fenster erscheinen. Wenn Bram Stoker heute hier zu Besuch käme, würde ihn der morbide Charme dieses Anwesens mit Sicherheit dazu verleiten, eine Fortsetzung seiner Vampirgeschichte ›Dracula‹ zu entwerfen! Schloss Halberg umgibt eine rätselhafte Aura. Vor allem im Spätherbst, wenn die mächtigen Bäume des Schlossparks ihre meterlangen, unbelaubten Äste wie dürre Arme nach dem Bauwerk ausstrecken. Aber an diesem Oktobermorgen ist alles anders! Die Sonne hat sich gerade erhoben und begrüßt Ari mit einem hellen Bündel wärmender Strahlen. Vom gleißenden Schein geblendet, kneift er die Augen zusammen. In schrägem Winkel fällt das Sonnenlicht auf die Fassade des Schlosses. Die gelblichen Kalksteinquader der Außenfassade reichen bis zu den Zinnen der beiden Türme, die den Südflügel begrenzen. Dort, unter Dächern, die an die spitzen Hüte von Zauberern erinnern, liegt Aris Büro. Er lenkt seine Schritte zum Haupteingang, den eine Balustrade überdacht, die von zwei dorisch anmutenden Säulen gestützt wird. »Dornröschenschloss!«, denkt Ari beim Griff nach der klobigen Türklinke. Das schwere Tor quietscht in den Angeln. Am Ende der Eingangshalle windet sich eine breite Steintreppe hinauf zum zweiten Stock. Als er sein Büro betritt, strömt ihm ein eigenartiger Duft entgegen. Das Fenster steht nur einen Spalt weit offen. Ein betörendes Aroma hat sich den Weg ins Innere gebahnt. Über die süß-herbe Mischung aus Blumen und Blüten hat ein modriger Geruch sein unsichtbares Netz geworfen. Er entströmt den feuchten Efeuranken, die an Aris Bürofenster entlang bis zur Dachrinne wuchern. Fernab der umtriebigen Innenstadt Saarbrückens gedeiht rund um Schloss Halberg ein wahrer Feengarten.

Ari atmet noch einmal tief ein, bevor er sich der Arbeit zuwendet. Der Computer startet. Zunächst müssen E-Mails beantwortet werden, die sich über Nacht aufgestaut haben. Kaum ist die erste Antwort versendet, klingelt das Telefon. Bevor Ari den Hörer abnimmt, fällt sein Blick wie gewohnt auf das Display des digitalen Telefonapparats. Neben dem Datum, ›Montag, 19. Oktober 2009‹, wird in schmalen Lettern der Name des Anrufers angezeigt: ›*Kudy / HF-Nach-richten*‹. Er wundert sich, dass sein Kollege aus der Zentrale der Hörfunk-Nachrichten des Saarländischen Rundfunks sich schon so früh bei ihm meldet. Mit Michel Kudy verbindet ihn eine jahrelange Freundschaft. Ihre große Leidenschaft ist der Orient, vor allem das Land Syrien hat es ihnen angetan. Ari hat dort sechzehn Jahre lang als Archäologe gearbeitet, bevor er zum Rundfunk wechselte. Michel studierte an der Universität in Damaskus und lernte dort auch seine Frau Yassma kennen. Kein Wunder also, dass das Thema ›Syrien‹ immer im Mittelpunkt ihrer Unterhaltung steht.

»Guten Morgen Michel, schon lange nichts mehr von dir gehört!«, begrüßt Ari seinen Freund.

»Hallo Ari – gut, dass ich dich erreiche!« Michel klingt aufgeregt, weshalb Ari gleich nachhakt:

»Was ist denn los? Ist etwas passiert? Habt ihr schlimme Nachrichten bei euch im Newsroom? Hoffentlich keine Hiobsbotschaft aus Syrien!«

Michel wiegelt sofort ab: »Nein, nein! Ganz im Gegenteil! Der Orient lebt auf. Junge Araber – vor allem aus Nordafrika – setzen sich verstärkt für Demokratie in ihren Heimatländern ein. Wir beobachten in der Nachrichtenzentrale eine deutliche Zunahme von zum Teil sehr kritischen Beiträgen auf den sozialen Plattformen im Internet. Das wäre noch vor einem Jahr unmöglich gewesen! Nur in unserem Syrien ist davon weit und breit nichts zu spüren.«

Ari seufzt: »Ach – unser Syrien! Ich war schon eine kleine Ewigkeit nicht mehr dort!«

Bevor er weitersprechen kann, poltert Michel los: »Genau deshalb rufe ich an, Ari. Wir wollen im kommenden Frühjahr nach Syrien. Wir reisen ganz privat zusammen mit Freunden und guten Bekannten. Wir organisieren alles selbst. Und dich hätte ich gerne dabei. Du könntest als Archäologe die Führung durch die antiken Stätten übernehmen. Schließlich kennst du das Land wie deine Westentasche! Was sagst du? Lust, mitzukommen?«

Noch bevor Ari antworten kann, redet Michel weiter. Seine sonst so ruhige Stimme scheint sich vor Begeisterung zu überschlagen. Als er die wichtigsten Stationen der Reise auflistet, kreisen Aris Gedanken schon über dem Orient:

»Wir fliegen von Frankfurt nach Damaskus. Von dort aus geht es ins südliche Syrien nach Bosra mit seinem römischen Amphitheater aus schwarzem Basalt. Wir werden die ältesten christlichen Kirchen besuchen – natürlich auch die Ananias-Kapelle in der Altstadt von Damaskus.

Abb. 1: Karte von Syrien mit archäologischen Fundstätten

Geplant ist auch ein Abstecher in den Libanon in das legendäre Byblos. Von dort aus geht es ins syrische Bergdorf Maalula, deren Einwohner heute noch Aramäisch sprechen wie zu Lebzeiten von Jesus Christus. Natürlich werden wir einen Ausflug in die Oasenstadt Palmyra inmitten der syrischen Wüste machen. Stell dir vor: Es kommt sogar ein Spezialist für mittelalterliche Burgen aus Kaiserslautern mit. Er wird uns durch die Festungsanlagen der Kreuzritterzeit führen: Krak des Chevaliers im Antilibanon und die Saladinsburg! Ich selbst präsentiere den Mitreisenden die Kirchen und Moscheen – da kenne ich mich bestens aus. Und du könntest die antiken Stätten aus der Frühzeit der Menschheitsgeschichte übernehmen. Orientalische Altertumskunde ist das doch dein Spezialgebiet! Wir wollen die Ausgrabungsstätten in Qatna und Ebla besuchen. Und auch das alte Ugarit am Mittelmeer steht auf dem Programm. Du selbst hast mir einmal erzählt, dass diese Hafenstadt in der Antike die Bedeutung hatte wie heutzutage Rotterdam. Als Fachmann könntest du etwas über die Historie dieser antiken Städte erzählen. Sei kein Frosch und begleite uns auf der Reise!«

»Das ist ja ein richtiger Überfall, Michel!«, antwortet Ari sichtlich überrascht. Noch während Michel am anderen Ende der Leitung von den weiteren Reiseplanungen schwärmt, bauen sich vor Ari die vertrauten Bilder des Orients auf. Wie eine Fata Morgana quellen die Bilder aus seinem Gedächtnis hervor. Im Jahr 1977, er war gerade Anfang zwanzig, brach er zum ersten Mal als Mitglied einer archäologischen Expedition nach Syrien auf. Schon bei der Ankunft war es Liebe auf den ersten Blick! Er fühlte sich nicht fremd, sondern wie zu Hause. Hier gehörte er hin! Syrien wurde zur zweiten Heimat. Erinnerungen keimen auf: der erste Besuch in der Umayyaden-Moschee in Damaskus. Von der hektischen Hauptstraße war er in die Stille des Gotteshauses eingetaucht. Die unvorstellbare Pracht der goldschimmernden Fassaden! Das faszinierende Gewimmel von Menschen aller Hautfarben in den engen Gassen des Basars von Aleppo. Und dann schossen ihm die Namen der Beduinen durch den Kopf, mit denen er so lange zusammen gelebt und gearbeitet hatte. Abu Abud, der Dorfälteste aus dem Örtchen Tell Chuēra in Nordost-Syrien, und Abdallah, der Wächter, der ihm seinen Spitznamen ›Ari‹ verliehen hatte. »Deinen Vornamen kann kein Beduine richtig aussprechen!« Sie hatten es sogar mit der englischen Kurzform Harry versucht. Vergeblich! »Viel zu kompliziert für arabische Zungen!«, hatte Abdallah lapidar festgestellt, »Ari ist doch perfekt! Kurz, kann jeder Arbeiter aussprechen und sich merken.«

Der Name bürgerte sich in Windeseile ein. Selbst die deutschen Teilnehmer der Ausgrabungen nannten ihn so. Und noch heute haftet ihm der Kosename, den ihm einst syrische Beduinen verliehen haben, an. Im Freundeskreis nennt ihn jeder Ari. Er selbst hat sich längst daran gewöhnt, auch wenn er schmunzeln muss, wenn er daran denkt, wie es zu diesem Namen gekommen ist. Michels Worte, seine Einladung, seine Beschreibungen der Reiseziele stürzen auf Ari ein wie ein Wasserfall. Bilder und fast vergessene Namen quellen aus seinem Unterbewusstsein. Viel zu lange hatte Ari seine Erinnerungen an seine Zeit als Archäologe verbannt. Zu schmerzhaft war der Verlust seines Traumberufs Mitte der 90er Jahre gewesen. Archäologe: Das war sein Berufswunsch - zum Entsetzen seines Vaters! Sein alter Herr hatte eigentlich ganz andere Pläne mit ihm: Ari sollte Zahnmedizin studieren und die väterliche Praxis in Köln übernehmen. Aber er entschied sich anders: Er wurde Vorderasiatischer Archäologe und meldete sich schon im zweiten Semester als Teilnehmer einer Ausgrabungsexpedition nach Syrien. Genauer gesagt, in die sog. ›Jezirah‹ - die Wüstensteppe zwischen Euphrat und Tigris im Norden des Landes. Um die mesopotamischen Kulturen besser verstehen zu können, erlernte er die Sprachen altorientalischer Völker: Sumerisch, Altbabylonisch und Assyrisch. Aris Karriere nahm einen rasanten Aufschwung. Er promovierte und arbeitete zehn Jahre lang als Keilschriftforscher und Archäologe im Dienst der Deutschen Forschungsgemeinschaft an der Universität des Saarlandes. Doch dann der Schock: Der Institutsleiter folgte einem Ruf an eine Universität in Ostdeutschland, und die Fachrichtung in Saarbrücken wurde geschlossen. Ari stand mit seinen Kolleginnen und Kollegen vor dem Nichts! Arbeitslos! Er schulte um, wurde Journalist und landete auf einigen Umwegen beim Saarländischen Rundfunk.

»Heh Ari - bist du noch dran?« Michels Stimme reißt ihn aus seinen Gedanken. »Hat es dir die Sprache verschlagen?«

Noch immer rasen die Bilder längst vergangener Tage an Aris innerem Auge vorbei. »Nein, Michel, ganz und gar nicht! Dein Angebot kommt nur sehr überraschend! Lass mich eine Nacht lang darüber schlafen - ich sage dir morgen Bescheid, ob ich mitkomme. Einverstanden?«

Michels Stimme klingt sofort gelöster: »Klar doch! Du kannst es dir in aller Ruhe überlegen. Wir fliegen ja erst im Mai 2010 nach Syrien. Aber eines solltest du wissen, alter Freund: Meine Frau Yassma und ich hätten dich gerne dabei. Bis spätestens zum Jahresende musst du dich entscheiden, denn wir müssen Vorbereitungen für die Reisegruppe treffen. Schließlich sind Visa für mehr als zwanzig Personen anzumelden und die Hotelzimmer zu reservieren. Du wolltest doch schon seit langem wieder nach Syrien. Jetzt hast du die Chance, die Reiseziele selbst mitzubestimmen. Worauf wartest du also? Auf nach Syrien! Bis bald. Ich erwarte deinen Rückruf.«

Ein leichtes Klicken. Der Ton des Freizeichens piept aufgeregt. Michel hat aufgelegt.

Ari geht die Einladung nicht mehr aus dem Kopf: »Welch eine verlockende Idee! Eine Reise nach Syrien - das wäre für mich die Rückkehr ins Paradies!«, murmelt er in sich hinein.

3. Der Duft des Orients

Die untergehende Sonne schickt ihre letzten Strahlen hinunter in die Häuserschluchten, durch die sich der imposante Reisebus quält. Im allabendlichen Gewirr des Straßenverkehrs kommt das Gefährt nur langsam voran. Kurz vor einer ausgedehnten Kreuzung drosselt es seine Geschwindigkeit und kommt fast zum Stehen. Im Schritttempo wagt sich der Bus über die weiße Doppellinie, die in der Mitte die beiden Spuren der Prachtstraße von Damaskus trennt. Sein Signalhorn schmettert der schier endlosen Schlange entgegenkommender Fahrzeuge ein ohrenbetäubendes Geräusch entgegen. Die Trompeten vor Jericho können nicht lauter geklungen haben! Die heranbrausenden Autos werden genötigt, abzubremsen. Die Ersten verzögern ihre Fahrt noch zaghaft und versuchen, mit Hilfe der Lichthupe das monströse Gefährt zu verscheuchen. Die nachfolgenden Autofahrer müssen schon wesentlich heftiger in die Bremsen treten. Der eben noch fließende Verkehr kommt ins Stocken. Die Kraftwagen bäumen sich gegen den ungebetenen Gast auf, der ungefragt ihre Bahnen kreuzt. Langsam, fast behäbig schiebt sich der Bus Zentimeter um Zentimeter in die Gegenfahrbahn. Einige seiner Kontrahenten versuchen, noch mit einem schnellen Zwischenspurt die Stoßstange des Riesen zu umkurven. Zu spät! Nun steht der Bus quer zur Fahrbahn. Ein infernalisches Hupkonzert ist die Antwort. Völlig unbeeindruckt pflügt sich der mächtige Leib des Busses durch die chromblinkenden Massen der sich immer dichter zusammendrängenden Stoßstangen. Noch einmal erschallt das Signalhorn des Reisebusses, dessen Klang die warme Nachtluft vibrieren lässt. Hunderte von Autohupen antworten wie kläffende Schoßhündchen. Den Bus lässt das kalt! Keine Regung ist hinter den abgetönten Scheiben zu erkennen. Wie von Geisterhand bewegt, setzt das Ungetüm seinen Weg fort. Unbeirrbar! Einem Eisbrecher gleich, bahnt er sich seinen Weg durch die wild hupende Meute. Der Gegenverkehr kollabiert. Aus den Seitenfenstern dringen Flüche und Verwünschungen, die sich gegen den unsichtbaren Fahrer hinter den verspiegelten Fenstern des Reisebusses richten. Beide Fahrspuren sind nun komplett blockiert. Die Autos stauen sich in einer nicht enden wollenden

Kolonne im Zentrum der syrischen Hauptstadt. In kurzer Zeit sind auch die Seitenstraßen gänzlich mit Fahrzeugen verstopft. Das Hupen schwillt zu einem unüberhörbaren Dauerton an, der als greller Klangbrei durch die Hauptstraße der orientalischen Metropole dringt. In den engen Häuserschluchten der Seitengassen scheinen sich die Signale zu verdoppeln, um sich dann als vielstimmiges Echo von den Hausfassaden in die engen Fahrrinnen zu stürzen. Das ganze Stadtzentrum von Damaskus scheint in einem einzigen Verkehrschaos zu versinken – begleitet von einem höllischen Hupkonzert!

Als ob es ihn nichts anginge, holt der Reisebus zu einem neuerlichen Schlag aus: Ein halbkreisförmiges Wendemanöver! Das mächtige Bus-Horn bläst zur Attacke und verscheucht den letzten Fahrer vor der Frontscheibe. Um Haaresbreite gleitet der mächtige Stoßfänger des Busses am vorderen Kotflügel eines grellgelb-lackierten Taxis amerikanischer Bauart vorbei. Dessen Fahrer hält es nicht mehr auf seinem Sitz. Er reißt die Fahrertür auf und stürmt wildgestikulierend auf den Bus zu. Seine Augen sind weit aufgerissen und er schreit immer wieder die gleichen Worte. Die Hände des Taxifahrers signalisieren unmissverständlich, dass nur noch Millimeter zwischen seinem Fahrzeug und der enormen Stoßstange des Busses liegen. Das Geschrei des Mannes geht im aufheulenden Hupkonzert der ungeduldigen Blechmeute unter. Der Reisebus steuert unbeirrt und zielsicher auf eine verbreiterte Fläche zu, die sich am rechten Fahrbahnrand zu einem kleinen Vorplatz erweitert. Auf einem stark verwitterten Metallschild ist ein arabischer Schriftzug zu sehen – darunter prangen die Lettern: ›Taxi‹. Der Bus beendet seine Kurvenfahrt und gibt die doppelspurige Straße mit einem Schlag frei. Wie auf ein Fanal ebbt das Hupkonzert ab und die Blechlawine setzt die wilde Hatz in Richtung City fort. Der Reisebus rollt unterdessen noch ein wenig über den kleinen Platz und bleibt dann mit einem Ruck stehen. Bremsen quietschen. Reifen krallen sich in den von der Tageshitze aufgewärmten Asphalt. Fast zeitgleich öffnet sich mit lautem Zischen die zweigliedrige Schiebetür an der Längsseite des Fahrzeugs. Wie von Geisterhand bewegt, schiebt sich auch die vordere Blechtür mit kratzendem Geräusch zur Seite. Busfahrer Adnan, ein Mittvierziger mit Halbglatze, blickt noch kurz in den übergroßen Außenspiegel, bevor sein breites Grinsen den Businsassen signalisiert: Endstation. Alle aussteigen!

Seine markante Sonnenbrille mit den tiefschwarz getönten Gläsern verleiht ihm etwas Überlegenes, Unnahbares.

Kaum sind die Türen geöffnet, entweicht die durch die Klimaanlage gekühlte Luft aus dem Fahrzeuginneren. Ein Gemisch aus warmer Sommerluft und beißenden Abgasen kriecht in den Fahrgastraum. Der einzigartige Duft orientalischer Städte: Eine Mixtur aus lauem Sommerwind, der sich über die Auspuffgase vorbeiknatternder Fahrzeuge legt und sich mit köstlich riechenden Speisen verbündet. Kleine Garküchen und Imbissstände entzünden in den Abendstunden ein Feuerwerk von Aromen. Zwischen all diesen Wohlgerüchen huschen zahllose Menschen von der einen zur anderen Straßenseite. Mit ihnen fliegen andere Düfte vorbei: Aufdringliche Herrenparfüms konkurrieren mit schwitzenden Leibern. Vorbeihuschende Frauen verströmen Nuancen süßlicher Essenzen wie von exotischen Blüten. Dazu die lärmende Geräuschkulisse einer orientalischen Großstadt. Heisere Männerstimmen preisen lautstark Waren an, die auf zweirädrigen Holzkarren feilgeboten werden. Ein Junge, vielleicht dreizehn Jahre alt, steht neben einem Stapel frisch gedruckter Zeitungen und schreit, die jüngste Ausgabe wild über den Kopf schwenkend, den Passanten die neuesten Nachrichten entgegen. Stimmen über Stimmen, vermischt mit den Düften des Orients, dringen durch die gerade geöffnete Bustüre.

All dies hat Ari so lange vermisst. Der Lockruf des Orients treibt ihn aus dem Reisebus, hinein in das pulsierende Leben! Tausende fremder Stimmen fressen sich in sein Gehör. Zunächst Laute, Wortfetzen, dann ganze Sätze. Wie sehr hat er diese Klänge vermisst! Er versteht nicht jedes Wort, doch schon nach kurzer Zeit gewöhnt er sich an die Wortfärbung, an den Klang der Sprache, die er so lange nicht mehr vernommen hat. Langsam, aber doch merklich kehrt die Sprache, das Arabisch, zurück. Nach und nach kriechen die Laute in ihn hinein, nehmen schleichend von ihm Besitz. Waren es eben noch Worte, so sind es jetzt bereits ganze Sätze, die er in der fremden Sprache wieder zuordnen, übersetzen kann. Vertraute Zunge eines Landes, das ihm zur zweiten Heimat geworden war – damals, vor fast dreißig Jahren. Beduinen hatten ihm die ersten Worte in Arabisch beigebracht. Er beherrscht die Sprache zwar nicht perfekt, aber doch so, dass er sich mit den Einheimischen verständigen kann. Nun ist er endlich wieder hier! Endlich wieder in Syrien!

Ari schwingt sich aus dem Bus und landet mit den Füßen auf dem groben Kopfsteinpflaster des Gehwegs. Als er den Boden unter den Sohlen seiner Schuhe verspürt, durchströmt ihn das wohlige Gefühl, nach Hause gekommen zu sein. Knapp zwanzig Jahre Orient-Abstinenz - Ari weiß in diesem Augenblick gar nicht, wie er das so lange aushalten konnte! Wie konnte er bloß ohne dieses geschäftige Treiben leben, ohne diese quirlige Lebendigkeit, die orientalischen Städten so eigen ist? Und nun steht er wieder inmitten der Altstadt von Damaskus, dem pochenden Herz dieser Großstadt. Bāb Scharqi, das geschichtsträchtige Osttor, baut sich vor ihm auf. Die hellen Steinquader des monumentalen Portals sitzen hier noch so exakt aufeinander, wie sie in der Römerzeit aufeinandergestapelt wurden. Nichts hat sich seit seinem letzten Besuch im Jahr 1992 geändert: Links bildet ein kleines Tor einen übermannshohen Durchgang. Zahllose Fußgänger drängen sich durch den Einlass der meterdicken Stadtmauer. Kaum fünf Schritte davon entfernt öffnen sich die Pforten des eigentlichen Stadttors, dessen halbrunder Bogen eine stark befahrene Straße überspannt. Die gewaltigen Ausmaße des Portals erlauben es, dass sogar kleine Lastwagen das antike Tor in Richtung Innenstadt passieren. Dabei nutzen die Fahrzeuge noch immer die Via Recta, die ›Gerade Straße‹ aus der Römerzeit, die schon Apostel Paulus beschritten hat, welcher der Legende nach hier gelebt und gewirkt hat. Aris Blick gleitet durch die große Öffnung des Osttores und trifft unmittelbar auf die weiß getünchte Stirnseite eines altertümlichen Gebäudes. Zahlreiche, dicht aneinandergereihte, hochrechteckige Fenster gliedern die Hausfassade. Ari kann sich gar nicht sattsehen an den Farben und Formen, die Damaskus bei Nacht bietet. Das geschäftige Treiben auf den Straßen zieht ihn vollkommen in seinen Bann. Jäh wird er von der kräftigen Stimme des syrischen Reiseführers Kayes aus seinen Gedanken gerissen:

»Das ist die alte Stadtmauer von Damaskus«, schreit der über die Köpfe der zwanzig Mitreisenden hinweg, die nach und nach aus dem Reisebus ausgestiegen sind. »Unser Hotel liegt gleich da vorne rechts in einer der schmalen Gassen der christlichen Altstadt. Der Zugang zum Hotel ist so eng, dass noch nicht einmal ein PKW dort hinfahren kann. Deshalb wird euer Gepäck gleich hier abgeholt. Ihr braucht euch um nichts zu kümmern!«

Kayes, ein Mann Mitte vierzig, streicht sich kurz mit der Hand durch sein volles, pechschwarzes Haar, das über den Schläfen schon grau meliert schimmert. Seine braunen Augen fliegen über die Touristengruppe. Jetzt nur niemand im Gewühl der Großstadt verlieren! Sein energischer Gesichtsausdruck lässt keinen Zweifel zu: Kayes hat die Führung der Gruppe im Handumdrehen übernommen. Seine Anweisungen kommen laut und präzise bei jedem der Fahrgäste an. Die Auslöser der Kameras klicken ununterbrochen. Jeder möchte nach der langen Anreise aus Saarbrücken, über Frankfurt nach Damaskus, seine erste Foto-Ausbeute machen. Die Motive sind überwältigend, vor allem für Reisende, die zum ersten Mal orientalischen Boden betreten. Hier lebt nicht nur der Orient, hier lebt Geschichte! Und genau an der Stelle, an der die Reisegruppe jetzt steht, spielten sich dramatische Ereignisse der frühchristlichen Geschichte ab. Mit Damaskus ist das Leben des Apostels Paulus verbunden. Noch vor fünf Minuten passierte der Bus die Stelle, wo der Heilige vor zweitausend Jahren seinen Verfolgern über die Stadtmauer entkommen konnte. Ein Wächter namens Georg soll ihn in einem Weidenkorb abgeseilt haben, hat ihnen Reiseleiter Kayes schon im Bus berichtet. Und nun stehen sie inmitten der biblischen Geschichte! In einem Land, das nicht nur durch die drei Weltreligionen Islam, Juden- und Christentum geprägt wurde, sondern auch altorientalische Geschichte geschrieben hat. Fast überall stößt man in Syrien auf geschichtsträchtige Spuren. Man muss nur genau hinsehen!

Es ist Samstag, der 1. Mai 2010, in Syrien ein gewöhnlicher Werktag. Rund um die Reisenden pulsiert das Leben. Bis kurz vor Mitternacht strömen hier noch Menschenmassen durch die Gassen. Solch eine Flut von Passanten trifft man in Deutschland allerhöchstens an verkaufsoffenen Sonntagen in der City an! In Syrien ist das normal. Das Leben spielt sich mehr in der Öffentlichkeit, auf der Straße ab. Dazu trägt natürlich auch die milde Witterung bei. Die frisch eingetroffenen Touristen genießen die laue Luft, die sie umschmeichelt. Busfahrer Adnan springt aus seinem Cockpit und öffnet mit zwei schnellen Griffen den Stauraum des Busses. Wie aus dem Nichts preschen vier kleine, dreirädrige

Motor-Karren herbei, deren rückwärtige Aufbauten als Ladefläche dienen. Diese Mini-Pick-ups haben in den letzten dreißig Jahren nach und nach die Lastesel aus dem Stadtbild verdrängt, die bis dahin das wichtigste Transportmittel in den äußerst engen Straßenzügen syrischer Städte waren. Diese kleinen, wendigen Motorräder mit Kastenaufbau knattern mit lautem Getöse über die Straßen. Meist sind sie total überladen, wie eigentlich jedes Transportfahrzeug in diesem Land.

»Hört mal!«, aus Leibeskräften schreit Reiseleiter Kayes in fließendem Deutsch, aber mit deutlich vernehmbarem österreichischem Akzent.

»Bitte, jeder von euch nimmt sein eigenes Gepäck und gibt es beim Fahrer eines der Pick-ups ab. Diese bringen eure Koffer zu unserem Hotel – yallah!« Dieses Wort wird uns die nächsten vierzehn Tage begleiten. ›Yallah‹ – ›los!‹ oder ›auf geht's!‹ ist die arabische Aufforderung, sich zu beeilen. »Yallah, yallah – schnell, schnell!«

Kayes treibt die Reisenden zur Eile an. »Beeilung! Da hinten kommt schon ein Polizist – hier ist eigentlich Halteverbot!«

Die allgegenwärtige Motorradstreife der syrischen Polizei gehört zum Straßenbild wie die dreirädrigen Karren, auf denen die Touristen, auch Ari, inzwischen ihre Koffer verstaut haben. Der Polizist lenkt sein Motorrad der Marke Suzuki direkt auf die deutsche Gruppe zu. Über dem Hinterrad thront ein schneeweißer Kofferaufbau, über dem eine halbkugelige, blutrote Signallampe ein sich ständig drehendes, grellleuchtendes Signalfeuer verbreitet. Dicht vor dem Bus bremst der Polizist ab. Der Motor der schweren Maschine heult noch einmal kräftig auf. Dann steigt der Fahrer ab. Langsam, fast in Zeitlupe kommt er aus dem Sattel – wie ein Cowboy in einem Hollywood-Western! Majestätisch schiebt er mit der Linken seine verspiegelte Motorradbrille über den vorderen Rand seines weißen Helms. In seiner schwarzen Lederjacke, die auf der rechten Brustseite mit Abzeichen übersät ist, wirkt der Mann furchteinflößend. Seine Beine stecken in einer beige-farbenen Uniformhose, die an den Oberschenkeln so weit geschnitten ist wie Reithosen. Die schwarz-glänzenden Stiefel reichen ihm bis zum Knie. Der martialisch wirkende Verkehrskrieger verzieht keine Miene, als er die Umherstehenden fixiert. Das fahle Licht der Straßenlaternen beleuchtet sein Gesicht. Markant: Der absolut perfekt rasierte, schmale Schnurrbart über den feinen Lippen. Noch im Gehen herrscht er Busfahrer Adnan an, sofort den Platz zu räumen – »Yallah!« Hier wird nicht mit der Polizei diskutiert, hier wird den Anweisungen eines Gesetzeshüters sofort Folge geleistet. Kein Widerspruch! Niemand legt sich in Syrien mit einem Polizisten an. Als Adnan den Bus startet, ruft ihm Reiseleiter Kayes noch schnell Ort und Zeitpunkt für die morgige Abfahrt hinterher. Schnell verschwindet der Bus im Gewimmel der Großstadt. Unmissverständlich befiehlt der Uniformierte, sofort den kleinen Platz zu räumen, um sich im gleichen Augenblick dem immer noch stockenden Straßenverkehr zuzuwenden. Schrill herrscht seine Trillerpfeife einen vor ihm stehenden Fahrer an, der sich sofort bemüht, dem Signal des Polizisten Folge zu leisten: Nur weg von hier!

Kayes treibt die Touristengruppe wie eine Schafherde zum riesigen Portal. Erst jetzt registriert Ari, dass sein Freund Michel Kudy neben ihm steht. »Glücklich, wieder hier zu sein?«, will dieser wissen. Ari schmunzelt: »Überglücklich!«

Sie folgen Reiseleiter Kayes durch das imposante Stadttor und biegen nach rechts in eine der schmalen Seitenstraßen. Nun sind sie mittendrin in der historischen Altstadt von Damaskus, einer der ältesten, kontinuierlich besiedelten Städte der Welt. Alles ist hier so anders als zu Hause! Die Gasse ist so eng, dass gerade zwei bis drei Personen nebeneinander gehen können. Der Lärm des Großstadtverkehrs scheint hinter ihnen zu versiegen. Die hohen Gemäuer der dicht aneinander gebauten Häuserzeilen wehren alles ab. Der Lärm, ja sogar die Gerüche der Großstadt scheinen sich nicht in diese enge Gasse zu verirren. In einer kleinen Wandnische zwischen zwei Gebäuden fällt Aris Blick auf einen Holzverschlag, hinter dem ein Marien-Altar aufgebaut ist. Im Innern des blaulackierten Kästchens glüht ein Lämpchen, das dem kleinen Marienbild im Halbdunkel der Gasse einen mystischen Lichterkranz verleiht. Ein Drahtgitter wellt sich über die Vorderfront des Schreins und legt sich zum Schutz zwischen die Figur der Heiligen und dem Betrachter. Kleine weiße Papierfetzen hängen zwischen den Sprossen des Gitters, vollgekritzelt mit Gebeten, Wünschen oder Bitten der Gläubigen. Nur einhundert Meter entfernt vom Getümmel der Großstadt trifft man auf diese Andachtsstelle inmitten des jüdisch-christlichen Viertels einer islamischen Hauptstadt! Es ist wohl einzigartig, dass Anhänger der drei großen Weltreligionen so friedlich nebeneinander existieren wie hier in der Altstadt von Damaskus!

Und wieder ertönt die heisere Stimme von Reiseführer Kayes: »Yallah, zum Hotel - nur noch ein paar Meter!« Vor einem imposanten Holztor hält er an und wartet bis alle Gruppenmitglieder aufgeschlossen haben. ›Dar Al-Yasmin‹ - ›Haus des Jasmins‹ ist auf einem Schild an der Außenfassade zu lesen. Der Zugang zum Hotel liegt in einer dieser engen Gassen. Kayes tritt an das wuchtige Holztor heran, das mit massiven Messingknäufen beschlagen ist. Das monströse Portal erinnert eher an den Zugang einer mittelalterlichen Festung, als an den Eingang eines Hotels. Quer über der Tür liegt ein schwerer Eisenriegel als zusätzliche Sicherung des Zugangs. Mit einem festen Ruck zieht Kayes den Sperrriegel aus seiner Halterung. Dumpf hallt das Geräusch des sich lösenden Schlosses durch die Nacht. Ein kräftiger Stoß öffnet die Tür. Ein junger Mann von zierlicher Gestalt, vielleicht Anfang zwanzig, kommt ihnen entgegen. Er verneigt sich leicht und bittet höflich darum, ihm zu folgen. Durch einen tunnelartigen Durchgang gelangt die Gesellschaft nach wenigen Schritten in einen Innenhof. Ari stockt der Atem. Er war ja schon in zahlreichen Hotels, aber so etwas Prächtiges hat er bislang nur im Azem-Palast gesehen, einem zu einem Museum umfunktionierten Stadthaus in Damaskus. Der von den Außenwänden abgeschirmte Innenhof des Hotels ist bis zum Dach mit Wandmalereien verziert. Uralte Zierkacheln und Wandteppiche schmücken zudem die Fassaden. Das einzig Moderne, ein Glasdach, das bei schlechtem Wetter ausgefahren werden kann, liegt verborgen unter einem Vordach. Aris Blick wandert nach oben zum Nachthimmel, dessen Sterne glitzernde Grüße herabschicken. Rund um dieses orientalische Atrium sind über zwei Stockwerke die Hotelzimmer verteilt. Zu ihnen gelangt man über ornamental verzierte Holzbalustraden. Inmitten des Hofes plätschert ein kleiner Springbrunnen. Während die anderen sich um ihre Zimmerschlüssel kümmern, nimmt Ari an einem der vier langen Holztische Platz und lässt sein Auge schweifen. Sein Blick fällt auf einen Diwan in der westlichen Ecke des Innenhofes. Diese halbrunde Sitznische ist so groß wie ein geräumiges Zimmer und zum Hof hin geöffnet. Ein Zierbogen aus schwarzen und weißen Steinen spannt sich über den Seitenraum. Der Diwan ist mit kostbaren Möbeln bestückt, die mit Intarsien ornamentiert sind. Das gesamte Ambiente verströmt den morgenländischen Wohnstil vornehmer Familien des ausgehenden 18. Jahrhunderts. Wie ein Thron wirkt der größte Sessel, aus dessen Rückenlehne Einlegearbeiten aus Perlmutt schimmern.

»Hier kann man es aushalten!«, flüstert Michel seinem Freund Ari begeistert zu! Der nickt. Ari ist sich sicher, noch nie in einem schöneren Hotel übernachtet zu haben! Ihm wird ein Zimmer im oberen Stockwerk zugewiesen. Auf seinem Weg dorthin durchquert er einen weiteren, kleineren Hof, in dem eine prächtige Sitzgruppe unter einem kleinen Baum zum Verweilen einlädt. In der Mitte ein zweiter Zierbrunnen, auf dessen Umrandung zahlreiche Tontöpfe stehen, aus denen bunte Blumen sprießen. Es duftet wunderbar nach Jasmin! Die Holzstufen knarren, als er die Treppe hinaufsteigt. Oben angekommen, genießt er den Blick in den weitläufigen Innenhof. Von der Galerie aus kommt der Diwan in seiner vollen Pracht erst richtig zur Geltung! Ari wendet sich seiner Zimmertür zu. Der Schlüssel klickt kurz, und vor ihm öffnet sich ein riesiges Gemach. In der Mitte ein Doppelbett mit einem baldachinartigen Überbau. Durch zwei Fenster schimmert das Licht des Innenhofes in sein Zimmer. Schwere Damast-Vorhänge fallen von vergoldeten Metallstangen herab. Die Decke des Raums ist mit feinster Schnitzarbeit versiegelt. Bunte Hölzer und arabische Ornamente breiten sich wie ein künstlicher Himmel über Ari aus. In einem Nebenraum ist das Badezimmer mit Wanne und Toilette untergebracht. Zeitgemäß und zweckmäßig, wie Touristen es wünschen. Der einzige Ort in diesem Haus, der an die Moderne erinnert!

Ari lässt sich auf das Bett fallen. Die Wärme der Abendluft, die der Innenhof des Anwesens gefangen hält, steigt stetig nach oben. Langsam, fast zaghaft dringt der betörende Hauch von Jasmin-Blüten durch die geöffneten Fenster und erfüllt den ganzen Raum. ›Dar Al-Yasmin‹ – Haus des Jasmins. Das Hotel trägt diesen Namen zu Recht! Von weitem sind noch Geräusche zu hören, die nur hier im Orient so klingen. Fremdartig und doch so vertraut wie die Gerüche, wie die Düfte um ihn herum. Ari ist wieder in Syrien und fühlt sich wie zu Hause! Entspannt und unendlich glücklich fallen ihm die Augen zu, umnebelt vom Duft des Orients.

4. Die Spur des Apostels

›Gong!‹ – der sonore, wenn auch kurze Schlag einer Glocke reißt Ari aus dem Tiefschlaf. Es ist noch stockfinster. Der durchdringende Ton kommt direkt von nebenan. Er ist so nah, dass Ari glaubt, die Zimmerwände würden leicht erzittern. Schlaftrunken überlegt Ari, ob er sich verhört hat. Aber er ist sich ganz sicher: Er hat eine Glocke läuten hören! In Deutschland wäre das an einem Sonntagmorgen nichts Besonderes - aber hier in Damaskus? Es ist mucksmäuschenstill! Verrückt! Normalerweise erwartet man hier den Ruf eines Muezzins vom Minarett einer Moschee, aber kein Glockengebimmel! Dann dröhnt der zweite Glockenschlag in sein Schlafgemach und vibriert noch heftiger in seinem Ohr. Kein Zweifel! Das klingt nicht nur so - das ist eine Kirchenglocke! Ari richtet seinen Oberkörper im Bett auf und lauscht gespannt in die Dunkelheit. Nach kurzer Pause erneut ein Schlag. Nun gibt es keinen Zweifel: Das ist keine kleine Schelle, sondern eine große Kirchenglocke! Das hört man an dem kräftigen Klang, der zu ihm ins Zimmer dringt. Nach dem sechsten Schlag kein Geräusch mehr! Ari schaut auf das Zifferblatt seines Reiseweckers: sechs Uhr. Noch fast eine Stunde Zeit bis zum Aufstehen! Himmlische Ruhe umfängt ihn. Sein Kopf fällt zurück ins weiche Kissen. Aus der Ferne erschallt der Gesang eines Muezzins, der seine Glaubensbrüder noch vor Sonnenaufgang zum Gebet ruft. Die kehlige Stimme des Ausrufers dröhnt, durch zahlreiche Lautsprecher verstärkt, von einem Minarett, das ganz in der Nähe liegen muss. Einer der Boxen muss unter Aris Bett versteckt sein - zumindest empfindet er die Lautstärke so. Erst christliches Glockengeläut, jetzt der islamische Gebetsruf! Wundersamer Orient. Niemand scheint das hier stören. Es ist noch früher Morgen und Damaskus noch im Dämmerzustand. Um so lauter scheint der Gesang zu sein, der sich in Aris Ohr vergräbt. Nicht unangenehm, aber dennoch störend, da es ihm nach Schlaf gelüstet. Endlich ebbt das Rufen ab. Ari übermannt eine bleierne Müdigkeit.

Er hat das Gefühl, gerade erst eingeschlafen zu sein, als Ari erneut jäh aus Morpheus Armen gerissen wird. Wieder diese Glocke! Wieder wie ein Paukenschlag aus dem Nebenraum! Schlag zwei, ... drei, ... vier – beim fünften Gong explodiert neben ihm auf dem Nachttisch der kleine Reisewecker, dessen Weck-Zeit er auf sieben Uhr eingestellt hatte. Glocke und Wecker liefern sich ein heftiges Duell. Das ist zu viel! Mit einem Schlag auf den Signalschalter bringt Ari den Wecker zum Schweigen. Die Glocke aber hält durch: Sieben laute Schläge lang. Ari war ja schon sehr oft in Syrien, aber so etwas hat er noch nie erlebt! Glockengeläut am Sonntagmorgen, wie zu Hause in Deutschland, und das in Damaskus, der Hauptstadt eines moslemisch geprägten Landes! Der Verlierer des Duells Reisewecker gegen Kirchenglocke steht eindeutig fest: Ari! Jetzt hilft nur noch die morgendliche Dusche, die nicht nur seine Lebensgeister weckt, sondern auch seine Unternehmungslust. Bevor es losgeht: Frühstück! Ari läuft das Wasser im Munde zusammen, wenn er an die Frühstücksorgien der früheren Tage in Syrien zurückdenkt. Damals in Aleppo. Im altehrwürdigen Hotel Baron, wo man ihn als ganz besonderen Gast behandelte und ihm häufig die Luxussuite zur Verfügung stellte. Wer kann schon behaupten, im gleichen Zimmer genächtigt zu haben wie Lawrence of Arabia oder Agatha Christie? Was hatte der Service des Hotels Baron nicht alles zum Frühstück aufgefahren: Frischgebackenes Brot, nach Kardamom duftenden Kaffee und die goldgelbe Aprikosenmarmelade, die man hier ›Muschmusch‹ nennt. Also nichts wie hinunter an den Frühstückstisch, denn um neun Uhr steht schon der erste Besichtigungspunkt der Reise auf dem Programm!

Als Ari aus seinem Hotelzimmer hinaus auf die Galerie tritt, ist es schon taghell. Erst jetzt bemerkt er, dass er direkt vor der Krone eines Baumes steht, durch dessen olivfarbene Blätter die ersten Sonnenstrahlen fallen. Dass sich vor seinem Zimmer der Wipfel eines Baumes ausbreitet, hatte er bei der Ankunft gar nicht registriert. Es ist ein herrlicher Morgen. In Deutschland ist die Reisegruppe gestern noch bei kühlem Regenwetter abgeflogen. Hier wärmen schon jetzt die Strahlen der Morgensonne. Die gelöste Urlaubsstimmung trägt dazu bei, dass Ari im großen Innenhof von äußerst gut gelaunten Mitreisenden empfangen wird:

»Komm, setz dich zu uns!«, ruft ihm von weitem schon Michel zu, der bereits an einem der langen Holztische Platz genommen hat. »Hast du gut geschlafen?«, erkundigt sich seine Frau Yassma.

»Eigentlich ja - bis um sechs Uhr eine Kirchenglocke anfing zu läuten. Ist hier eine Kirche in der Nähe?«, fragt Ari.

»Klar doch - das Gebäude nebenan ist ein christliches Gotteshaus«, klärt Michel auf, »ist dir die Kirche gestern Abend nicht aufgefallen?«

Kein Wunder, dass Ari das Gefühl hatte, die Glocke würde in seinem Badezimmer hängen! Eine Kirchenglocke im Nachbarhaus - das kann ja lustig werden in den kommenden Nächten! Der junge Mann, der die Reisegruppe gestern Abend an der Hoteltür empfangen hatte, umkreist mit geschäftigen Bewegungen die ausländischen Gäste, immer bemüht, jeden Wunsch von den Augen abzulesen.

»Tea or coffee?«, fragt er höflich bei jedem Einzelnen nach. Für Ari gibt es nur eine Wahl: Kaffee! Endlich wieder den lang vermissten original-arabischen Kaffee zum Frühstück! An einer der Langwände des Innenhofs ist auf einer meterlangen Tafel das Frühstücksbuffet aufgebaut. Es gibt frischen Quark, grüne und schwarze Oliven, ja sogar Schafskäse. Seine Augen wandern weiter. Daneben grinst ihm eine knallrote Kuh von der Packung einer Käseschachtel ins Gesicht: *La Vache qui rit* - Käse aus Frankreich. Ergänzt wird das Angebot durch kleine Plastik-Döschen, in die maschinell Marmeladen gepresst wurden. Eine andere trägt die Aufschrift *Nutella*. Auch der Honig *Made in Europe* wird zu Aris Leidwesen in solchen Kunststoffbehältern serviert. Enttäuscht wandert sein suchender Blick zum Brotkorb: Weißlich schimmernde Toastscheiben liegen dort. Wo ist das leckere Fladenbrot, das bei seinen früheren Syrien-Aufenthalten zum normalen Frühstück zählte?

»Sorry Sir, your coffee«.

Mit dieser Bemerkung macht der junge Hotelbedienstete hinter Ari auf sich aufmerksam und stellt eine kleine Kanne mit heißem Wasser auf den Tisch. Daneben platziert er eine leicht zerbeulte Blechdose, deren Deckel mit der Messerspitze geöffnet werden kann. In dicken Lettern umrundet eine Aufschrift das Behältnis: *Nescafé*. Löslicher Schnellkaffee aus der Dose. Was für ein Faux pas im Orient! Kaffee, wohlduftend und aromatisch, wurde doch von hier aus zu uns ins Abendland gebracht! Rächen wir Europäer uns heute mit dem Reimport von schnell löslichem Kaffee aus der Dose? Nach frisch aufgebrühtem

Mokka – nach arabischem Kaffee – steht Ari der Sinn und nicht nach einem gefriergetrocknetem Chemie-Konzentrat aus einem Blechgefäß!

Ari winkt den jungen Service-Mann zu sich und flüstert ihm auf Arabisch ins Ohr: »Hast du keinen arabischen Kaffee?«

Die dunklen Augen des Hotelbediensteten beginnen augenblicklich zu strahlen: »Natürlich! In der Küche. Möchtest du eine Tasse haben?«

Ari dankt ihm und bittet ihn höflich, gleich eine ganze Kanne zuzubereiten, denn schließlich sitzen noch andere Gäste am Frühstückstisch. Mit breitem Grinsen verschwindet der junge Mann durch eine nah gelegene Tür in einem Nebenraum.

»Schade, dass es hier kein Fladenbrot gibt«, nörgelt Aris Freund Michel herum. »Rosenmarmelade auf frischgebackenem Fladenbrot – das wäre unvergleichlich!«

Ari hält es nicht mehr am Tisch. Er springt auf und eilt hinüber zum kleinen Küchenraum. Die Tür steht ein Spalt weit offen. Drinnen hantiert der junge Hotelbedienstete mit einem Kaffeekännchen aus Kupfer, das er mit seiner Linken an einem überlangen Stiel gepackt hält. Sanft schwenkt er das Kännchen über der züngelnden Gasflamme eines kleinen Ofens. Hin und wieder stellt er das Gefäß auf die Flamme, um es ein paar Sekunden später wieder blitzartig vom Feuer abzuheben.

»Entschuldigung ...«, ruft Ari in den Raum hinein.

»Tritt ein, nimm Platz!«

Der Junge deutet auf zwei kleine, mit Bast überzogene Hocker. »Euer Kaffee ist gleich fertig. Nur noch einmal aufkochen!«

Er setzt die Kanne wieder auf die Gasflamme. Man hört, wie die Flüssigkeit im Innern des Gefäßes zu brodeln beginnt, dann schießt die dunkelbraune Brühe nach oben. Blitzschnell zieht er die Kanne von der Flamme und sofort senkt sich der aufgeschäumte Sud wieder nach unten ab. Die kleine Küche duftet nun bis in den letzten Winkel nach frisch aufgebrühtem Mokka. Das Kardamom-Gewürz entfaltet unter der starken Erwärmung sein volles Aroma. Ari steigt die unvergleichliche Würze des stark gebrannten Kaffees sofort in die

Nase. Von einem Regal angelt der junge Mann eine winzige Mokka-Tasse und füllt diese mit dem kochend heißen Sud.

»Probiere bitte! Gut?«, fragend reicht er Ari die Tasse. Der lässt zunächst nach Kenner-Manier das Tässchen unter der Nase kreisen. Dann erst setzt er zu einem Probierschluck an. Seine Augen weiten sich. Anerkennend schnalzt er mit der Zunge:

»Sehr, sehr gut!«, lobt Ari die Kochkünste seines Gegenübers. Das erwartungsvolle Lächeln des jungen Kaffeebrauers weicht einem strahlenden Lachen. »Hast du eventuell auch Fladenbrot in deiner Küche?«, erkundigt sich Ari.

Der Hotelboy verneint. »Aber kein Problem! Ich besorge welches. Bringe euch nur geschwind den Kaffee zum Tisch – bin in fünf Minuten wieder zurück!«

Ari klopft ihm auf die Schultern: »Und wenn möglich, bring bitte auch Rosenmarmelade und *Muschmusch*[1] mit.«

Inzwischen sind nahezu alle Plätze an den Frühstückstischen besetzt. Kaum hat Ari den anderen Mitreisenden die Tassen mit dem herrlich duftenden Mokka gefüllt, als der junge Mann schon wieder neben ihnen steht. Im Arm hat er eine Plastiktüte, die er freudestrahlend auf dem Tisch ausbreitet. Mit beiden Händen öffnet er die Tüte und zieht einen Stapel pizzaartiger Teigfladen hervor, die er genüsslich mitten auf dem Tisch ausbreitet.

»Bitteschön!«, lacht der Hotelangestellte, »arabisches Fladenbrot, frisch vom Bäcker. Ist noch warm. Hat er gerade erst aus dem Backofen geholt! Und, wie gewünscht, auch Rosenmarmelade.« Nach einer Weile kehrt er zurück und verteilt mehrere Töpfchen, randvoll mit *Muschmusch,* der Aprikosenmarmelade, auf dem Tisch.

Wie eine Meute hungriger Wölfe fallen die Reisenden über das noch warme Fladenbrot her. Die Rosenmarmelade wird zum Renner! Schnell wird noch arabischer Kaffee nachbestellt. Der junge Mann läuft auf Hochtouren. Es macht ihm sichtlich Spaß, die deutschen Touristen zu verwöhnen.

»Ich habe euch noch auf die Schnelle eine arabische Frühstücks-Spezialität zubereitet«, lässt er sie wissen und stellt eine randvoll gefüllte Keramikschüssel auf den Tisch: »*Fūl* – arabische Saubohnen in einer Sesam-Joghurt-Soße mit

---

[1] Aprikosenmarmelade – je nach Dialektfärbung auch *Mischmisch* genannt.

einem kräftigen Schuss Olivenöl. Das darf bei keinem traditionellen Frühstück fehlen!«

Einige rümpfen erst einmal die Nase und verziehen das Gesicht: »Dicke Bohnen, die in einer fetttriefenden Joghurt-Tunke schwimmen?« Vorsichtig wagen sich die ersten Wagemutigen an die Schüssel heran.

»Es duftet auf jeden Fall sehr würzig«, gesteht einer, der an der ungewohnten Speise schnuppert. Er nimmt einen Teelöffel zur Hand und kostet mit der Löffelspitze. »Lecker!«, lautet sein Urteil, bevor er sich einen ganzen Löffel *Fūl* in den Mund schiebt. »Einfach köstlich!«, lässt er die anderen wissen, die nun ihre Hemmungen verlieren und ebenfalls zulangen. Im Nu ist die Schüssel bis zum Grund geleert. Der Hotelangestellte ist sichtlich stolz, dass seine Gäste das orientalische ›Morgenessen‹ dem kontinentalen Frühstück mit Nescafé und Toast vorziehen. »Findet ihr Syrien gut?«, will er wissen. Alle ohne Ausnahme nicken ihm zu: »Yes, yes – Syria is very good!«

Nach dem Frühstück steckt Ari dem Jungen im Vorbeigehen zweihundert syrische Lira zu, was dem Tagesverdienst eines Angestellten entspricht. Als er den Frühstücksraum verlässt, sieht er, dass auch andere ein Trinkgeld spendieren. Diskret, fast schon verlegen, lässt der junge Mann die Geldscheine in seiner Hosentasche verschwinden, ohne auch nur einen Blick darauf geworfen zu haben, wie viel Geld er eigentlich erhält. Die ihm anerzogene orientalische Zurückhaltung gegenüber Gästen verbietet es ihm, eine größere Gefühlsregung nach außen dringen zu lassen. Präsente nimmt man hier auf eine andere Art und Weise entgegen als in Deutschland. Wird bei uns zu Hause ein Geschenk noch im Beisein des Überbringers ausgepackt und vor aller Augen präsentiert, so ist dies im Orient gänzlich unüblich. Man freut sich auch nicht überschwänglich, sondern erweist seinem Gegenüber eher besondere Freundlichkeiten, die sich in gewissen Gesten äußern. Deutlich ist dem jungen Hotelangestellten der Stolz über die hohe Wertschätzung, die er gerade von den ausländischen Gästen erfahren hat, ins Gesicht geschrieben. Die kleine Belohnung für das herrliche Frühstück hat er sich auch redlich verdient!

Ari hastet die Treppen hinauf zu seinem Zimmer. Hurtig Zähneputzen und im Eilschritt zurück zum Innenhof, wo schon Kayes ungeduldig auf die Reisegesellschaft wartet. »Wir sind spät dran! Lasst uns aufbrechen!«, schallt sein lautes Organ durch die Hallen, »heute begeben wir uns auf die Spuren von Apostel Paulus!«

Vor vielen Jahren ist Ari in Damaskus auf eigene Faust auf Entdeckungsreise gegangen, immer darauf bedacht, nicht zu sehr als Ausländer aufzufallen. Heute trottet er dem Fremdenführer wie ein gewöhnlicher Tourist hinterher. Nur ein paar Schritte vom Tor ihres Hotels entfernt biegen sie in eine Seitengasse ein. Sie sind kaum drei oder vier Minuten lang zwischen engen Häuserzeilen dahingelaufen, als Kayes die Gruppe in einen schmalen Durchgang lotst. Vor einer mannshohen Mauer aus hellen Steinquadern bleibt er unvermittelt stehen. Die grellen Sonnenstrahlen prallen von dem weiß getünchten Wall ab wie von einem hochpolierten Schild. Über einem halbbogenförmigen Toreingang prangt von weitem sichtbar ein blutrot gefärbtes Metallkreuz, aus dem Gitterstäbe strahlenförmig entspringen. Ein urchristliches Symbol – diese moslemische Hauptstadt steckt voller Überraschungen! Die Gruppe folgt Kayes durch den Eingang und gelangt in einen kleinen Vorhof. Als ob ein jeder die Mystik des Umfeldes spüren würde, wird jegliche Unterhaltung abrupt eingestellt. Sogar Kayes spricht nun nur noch mit gedämpfter Stimme und winkt seine ›Schäfchen‹ zu sich.

»Hier bin ich schon einmal vor vielen, vielen Jahren gewesen!«, flüstert Ari seinem Freund Michel zu. Alte Erinnerungen an seinen letzten Aufenthalt in Damaskus keimen in ihm auf. »Ich erinnere mich – hier ist der Eingang zur Ananias-Kapelle! Erst jetzt erkenne ich die Gegend wieder! Bin damals rein zufällig hier gelandet, als ich kreuz und quer durch Damaskus gestreunt bin. Habe bei unserer Ankunft gar nicht wahrgenommen, dass wir so nahe an diesem geschichtsträchtigen Ort wohnen. Jetzt beginnt der Urlaub, Michel! Da vorne ist die Treppe, über die schon Paulus vor zweitausend Jahren hinunter in dieses frühchristliche Heiligtum gestiegen ist.«

Michel antwortet mit breitem Grinsen: »Jetzt heften wir uns auf die Spuren von Apostel Paulus!«

5. Der Blaue Fuchs

Reiseleiter Kayes hat alle Mühe, die Gruppe der deutschen Touristen zusammenzuhalten. Die fremdartigen Eindrücke, die sich Orient-Neulingen darbieten, sind einfach zu gewaltig. Immer wieder kommt es vor, dass einer der Reisenden ein Fotomotiv entdeckt, das abseits vom eigentlichen Weg liegt. Kayes hat es sich deshalb angewöhnt, vor jedem Eingang alle Köpfe durchzuzählen. Nachdem er sich vergewissert hat, dass die Gruppe vollzählig ist, gibt er wie üblich das Zeichen zum Aufbruch:

»Gemma, gemma! Yallah, yallah!« Sein wienerischer Akzent verwischt die Aufforderung ›geh'n wir!‹ zu einem verschliffenen ›gemma!‹ und das Wienerische bricht immer dann in aller Deutlichkeit hervor, wenn Kayes mit lauter Stimme versucht, die Aufmerksamkeit auf sich zu lenken. Nach dem Österreichischen folgt meist die arabische Standardaufforderung, sich zu beeilen: Yallah! Kayes kräftiges Organ schallt von der hohen Hofmauer der Ananias-Kapelle wie ein Echo zurück. »Gemma, gemma! Yallah, die Treppe hinunter zur Ananias-Kapelle! Aber passt auf, dass ihr auf den steilen Stiegen nicht ins Stolpern kommt! Gemma, gemma!«

Wie eine Herde junger Lämmer folgen die deutschen Urlauber ihrem Tourbetreuer in Richtung Eingangstür. Ein Mann mittleren Alters, der in ein blütenweißes Gewand gekleidet ist, kommt freudestrahlend auf den syrischen Reiseführer zu und begrüßt ihn aufs herzlichste: »Guten Tag, Kayes. Bitte warte noch einen Moment, bis die französische Reisegruppe die Kapelle verlassen hat. Die steigen gerade nach oben.«

Kayes antwortet auf Arabisch: »Gerne«, um gleich darauf ins Wiener-Deutsch zu fallen: »Der Verwalter der Ananias-Kapelle hat uns gerade gebeten, einen kleinen Augenblick hier zu warten, bis die andere Gruppe oben angelangt ist. Es ist sehr eng da unten. Bitte habt etwas Geduld!«

Beim Anblick der schmalen Steintreppe, die steil hinunter in die Ananias-Kapelle führt, braucht man die Deutschen nicht lange zu überreden. Neugierig sammeln sich die Touristen um das Eingangsportal. Erst als der erste Franzose nach Luft schnappend die letzten Stufen der steilen Stiege erklommen hat, machen sie eine kleine Gasse frei. Der Mann wischt sich den Schweiß mit der flachen Hand von der Stirne und lächelt glückselig: »Magnifique! Très magnifique!« In seiner Linken hält er einen Reiseführer im Taschenbuchformat. Hektisch blättert er ein paar Seiten weiter, schaut sich noch einmal suchend im Hof um, um dann zielstrebig zum Ausgang zu streben – der nächsten Sehenswürdigkeit entgegen.

Michel und Ari nutzen die Wartezeit, um eine lebensgroße Marmorstatue des Apostels Paulus zu bewundern, die in einer Nische gegenüber dem Eingang zur Kapelle steht. Der gesamte Schrein, in dem die Statue des Heiligen platziert ist, wird von erdfarbenen Pflanzenkübeln umrahmt, in denen Blumen ihre Blüten der Sonne entgegenstrecken. Gerade als Michel seinen Freund Ari auf ein christliches Emblem an der dahinterliegenden Umfassungsmauer aufmerksam macht, werden am Eingangsbereich plötzlich empörte Stimmen laut. Ein hochgewachsener Mann, der ein knielanges, blaues Gewand trägt, bahnt sich seinen Weg durch den Pulk der deutschen Urlauber. Rücksichtslos schiebt er die Wartenden zur Seite und zwängt sich durch die Eingangstür. Die lautstarken Proteste der Wartenden lassen ihn kalt. Im Nu verschwindet der Mann im Dunkel des Zugangs zur Kapelle. Entrüstete Rufe in französischer Sprache dringen nach oben. Zwei elegant gekleidete Damen bilden die Nachhut der französischen Besuchergruppe. Pikiert über das unverschämte Vorgehen des Fremden treten sie hinaus auf den Innenhof: »Mon Dieu, was für ein Rüpel!« Heftig gestikulierend entfernen sich die beiden. Ihre modischen Pumps klappern über die holprigen Pflastersteine des Innenhofes.

Endlich ist der Weg für die deutschen Touristen frei! Die Kapelle selbst liegt gut sechs Meter tiefer als das heutige Straßenniveau der Altstadt von Damaskus. Das liegt zum einen daran, dass Hausherr Ananias in der Zeit der Christenverfolgungen seine Kapelle im Verborgenen, also im Kellerraum seines Wohnhauses, errichten musste. Zum anderen ist im Laufe der letzten zwei Jahrtausende das Straßenniveau von Damaskus stetig angewachsen. Bei jeder Ausbesserung oder gar Erneuerung wurde die Vorgängerstraße einfach überbaut. Pflastersteine über Stampflehm, Asphalt über Pflastersteine. Schicht über Schicht türmte sich der Straßenbelag in der Altstadt übereinander und war mit der Zeit in die Höhe gewachsen. Die Kapelle aber blieb von diesen Veränderungen unberührt. Lediglich die Treppe wurde immer wieder den neuen Gegebenheiten angepasst. Heute gelangt der Besucher über steile Stufen hinunter in den Altarraum der Ananias-Kapelle.

Kayes Stimme schallt erneut über den Hof: »Yallah – gemma!«

Die deutschen Touristen folgen ihrem Reiseführer über die schmalen Trittflächen aus Basalt ins Allerheiligste des Gebäudes. Der Zugang zur Kapelle ist so eng, dass sie nur im Gänsemarsch nach unten steigen können. Zunächst müssen sich Aris Augen an die Lichtverhältnisse gewöhnen. Zu schnell kommt der Wechsel vom grellen Sonnenlicht des Hofes in die mystische Dunkelheit, die ihn in der Kapelle empfängt. Vorsichtig versucht er, mit seinen Füßen die abgetretenen Stufen zu ertasten. Halt findet er nur an einem verrosteten Metallgeländer. Langsam gleitet er am Handlauf entlang, Tritt für Tritt hinunter in das Halbdunkel des grottenartigen Kellerraums. Mit jedem Schritt ergreift Ari das Gefühl, mehr und mehr in der Antike zu versinken. Ein paar schäbige Elektrofunzeln an den Seitenwänden weisen den Weg. Das meiste Licht schenken jedoch spindeldürre Kerzen, die rechts von einem Altar auf einem Silbertablett stehen. Gerade verneigt sich eine ganz in Schwarz gekleidete Frau vor dem ›Tisch des Herrn‹. Mit zittrigen Fingern wirft die alte Dame ein Geldstück in eine bereitstehende Spendendose. Mit silbrigem Klang prallt diese auf die bereits eingeworfenen Geldstücke. Sichtlich zufrieden greift die betagte Frau in eine Schatulle, die direkt neben dem Altar deponiert ist, und zieht eine weiße Kerze hervor. Vorsichtig hält sie den Docht an eine der bereits brennenden Flammen. Das Licht springt mit sanftem Fauchen auf ihre Kerze über. Ein befriedigendes Lächeln fliegt über das Gesicht der Alten, als sie mit ihrer Linken die schwache Flamme vor der Zugluft schützt. Vorsichtig neigt sie die Kerze zur Seite und lässt ein Tröpfchen mit flüssigem Wachs auf das Silbertablett tropfen. Behutsam drückt sie das untere Ende der Kerze in die weiche Masse. Etwa fünfzig der dürren Wachsgebilde stehen nun nebeneinander aufgereiht auf der Unterlage. Die brennenden Kerzen streuen ihren flackernden Schein in den Altarraum, der sich dadurch in eine Unterwelt mit ganz besonderer Mystik verwandelt. Die Frau zupft ihr schwarzes Kopftuch zurecht und verneigt sich noch einmal vor dem Altar. Nach einem kurzen Gebet bekreuzigt sie sich andächtig und schlurft zurück in Richtung Treppe. Alle Anwesenden verharren wie versteinert auf der Stelle. Die Blicke der Touristen streifen die Greisin eher verschämt. Sämtliche Gespräche sind in diesem Augenblick verstummt. Wortlos haben sie die fromme Andacht der alten Frau beobachtet. Keiner wollte sie bei ihrem stillen Gebet stören.

Erst als die greise Christin die Kapelle verlassen hat, nehmen einige ihre Unterhaltungen wieder auf. Aber nur leise, eher flüsternd. Langsam haben sich die Besucher aus der Oberwelt an das schummrige Licht gewöhnt. Mit ihren Augen tasten sie die rußverschmierten Wände ab. Jeder Atemzug haucht ihnen die uralte Geschichte ein, die aus den Gemäuern dieses jahrtausendealten Andachtsraums zu strömen scheint. Ehrfürchtig und noch immer schweigend verharrt das Gros der Reisegruppe im Hauptraum, von dem sich rechts ein schmaler, gangartiger Nebenraum öffnet. Aris Augen huschen nur kurz hinüber. Am hinteren Ende nimmt er im Schein einer Kerze den Rüpel im blauen Gewand wahr, über den sich die französischen Damen so abfällig geäußert haben. Ari schenkt dem Mann keine weitere Beachtung, denn Kayes kräftige Stimme unterbricht wie ein Donnerhall die andachtsvolle Ruhe des Gewölbes: »Wir sind nun im Haus des Ananias oder Hananias - ihr findet beide Schreibweisen in den Geschichtsbüchern. Dem Hausherrn kommt in der biblischen Geschichte bei der Bekehrung des Apostels Paulus eine bedeutende Rolle zu. Bitte, nehmt Platz!« Kayes deutet auf die kleinen Kirchenbänke, die vor dem Altar aufgereiht sind.

Nachdem sich jeder einen Sitzplatz ausgesucht hat, zieht der Syrer ein zusammengefaltetes Blatt aus seiner Jackentasche und wendet sich an Ari: »Du bist doch Archäologe, Ari. Bitte lies uns hier am Ort des Geschehens die biblische Erzählung über Ananias und die wundersame Wandlung von Saulus zu Paulus vor. Das kannst du mit Sicherheit besser als ich!« Grinsend überreicht er dem verdutzten Ari das stark zerknitterte Papier und schiebt ihn sanft durch den schmalen Mittelgang nach vorne zum Altar. Kühl ist es hier unten in der Kapelle - viel kühler als draußen im kleinen Vorhof, in dem sich hinter der dicken Umfassungsmauer die Hitze spürbar aufstaut. Ari schreitet an das Kopfende des tonnenförmig gewölbten Hauptraums. Sein Blick fällt auf den schnörkellosen Altar. Auf einem etwa achtzig Zentimeter breiten Steinsockel, der mit einem schlichten Kreuz reliefiert ist, ruht die Tischplatte des jahrhundertealten Altars. Eine weiße Tischdecke mit bunter Bordüre ist darauf ausgebreitet.

Die Schlichtheit des Altars strahlt eine Erhabenheit aus, die Ari eine gewisse Ehrerbietung abringt. Die gleiche Empfindung hatte er, als er zum ersten Mal den Kölner Dom betreten hatte. Auch beim ersten Besuch in der ›Blauen Moschee‹ in Istanbul überkam ihn diese Gefühlsregung. Beide imposante Gotteshäuser. Hier aber steht er nun in der winzigen Ananias-Kapelle. Ari schätzt, dass der Altarraum ungefähr zwölf Meter lang und sechs Meter breit ist. Unwillkürlich schaut er nach oben. Über ihm wölbt sich die Decke wie ein Krake über der Apsis. Aris Augen wandern hinunter zum Mauerwerk, das aus groben Steinen unterschiedlichster Art und Größen errichtet worden ist. Die massive Konstruktion verleiht dem gesamten Ort einen wehrhaften Eindruck.

Ari fühlt sich eher in die Gemächer einer mittelalterlichen Ritterburg als in einen frühchristlichen Kultraum versetzt. Nur der Altar mit seinem in Stein gemeißelten Kreuz und die drei im Hintergrund aufgehängten Ölgemälde mit Motiven aus der Paulus-Legende, lassen keinen Zweifel aufkommen: Er steht inmitten einer christlichen Kapelle!

»Wir bitten um Aufmerksamkeit!«, unterbricht Kayes das aufkommende Gemurmel unter den Touristen, »Ari wird euch nun einen Auszug aus der Bibel vorlesen: die Geschichte des Ananias und dessen Begegnung mit Apostel Paulus.« Er nickt dem Deutschen kurz zu, als Zeichen, zu beginnen. Dieser faltet den Papierfetzen auseinander, hält ihn etwas näher in den Schein der flackernden Kerzen und überfliegt den Text. Dann räuspert er sich kurz und beginnt zu lesen:

»Apostelgeschichte 9:10 – 19: In Damaskus lebte ein Jünger namens Ananias ...« Kaum hat er die ersten Worte ausgesprochen, muss er seinen Vortrag unterbrechen. Unruhe kommt auf, im Haus des Ananias. Immer mehr Urlauber drängen in den Altarraum, der nun bis auf den letzten Platz gefüllt ist. Ari beschleicht in diesem Augenblick ein befremdliches Gefühl. Ihm ist, als ob tausend Augen auf ihm ruhen. Ganz Damaskus scheint schweigend jede seiner Regungen zu beobachten. Niemand spricht ein Wort. Sein Mund gleicht einer ausgetrockneten Höhle. Er hebt die Augen und blickt in die Runde, unfähig weiterzulesen. Wie ein Prediger steht er vor ihnen, in einem der ältesten Heiligtümer der Christenheit und soll vor all diesen Leuten einen biblischen Text zitieren. Ari konzentriert sich auf seine Aufgabe. Instinktiv streicht seine Zunge über die ausgetrockneten Lippen. Er spürt, wie ihn die besondere Atmosphäre des Raums durchströmt. Er hält inne und sammelt sich. Wie aus der Ferne hört er, wie sich seine Stimme erneut erhebt. Zunächst zittrig, dann immer fester. Gespannt hängen die Anwesenden an Aris Lippen. Seine Worte hallen von den steinernen Wänden und legen sich wie ein Echo über die Umherstehenden:

»Der Herr sagte: Steh auf, geh in die ›Gerade Straße‹ in das Haus des Judas und frage nach Saulus von Tarsus. Er ist dort und betet. In einer Vision hat er gesehen, dass ein Mann namens Ananias zu ihm kommt und ihm die Hände auflegt, damit er wieder sehen kann.« Der kleine Saal lauscht der Geschichte aus der Heiligen Schrift, die mit der Wandlung von Saulus zu Paulus endet. Aus dem grausamen Christenverfolger wird ein tiefgläubiger Vertreter der neuen Religion, der nun seinerseits mit dem Tode bedroht wird. Er muss sich verstecken – vielleicht auch hier, im Haus des Ananias. Getreue verhelfen Apostel Paulus zur Flucht aus Damaskus, indem sie ihn in einem Korb von der Stadtmauer herablassen.

Als Ari am Ende der Erzählung angekommen ist, umringen ihn unbekannte Gesichter. Eine Frau in westlicher Kleidung kommt auf ihn zu, drückt ihm die Hände: »Danke für Ihre Predigt. Es war sehr berührend diese Worte genau hier, in der Kapelle des Ananias, zu hören!« Sie wendet sich um und zwängt sich durch die Umherstehenden dem Ausgang zu. Es herrscht dichtes Gedränge. Einige bleiben auf der schmalen Treppe stehen und versuchen, einen Blick auf den vermeintlichen Prediger zu erhaschen. Andere sind in den kleinen Nebenraum ausgewichen, der normalerweise kaum zehn Leuten Platz bieten dürfte. Jetzt halten sich doppelt so viele dort auf.

Als erfahrener Reisebegleiter mahnt Kayes seine Gruppe zur Eile: »Nun habt ihr noch einmal die Geschichte von Ananias und Paulus gehört. Schaut euch bitte noch im Seitenraum die wundervollen Gemälde an. Sie erzählen die Paulus-Geschichte in farbenfrohen Bildern. Bitte macht den Hauptraum frei für die anderen Gäste und ...« Abrupt wird seine Ansprache durch lautes Geschrei aus dem Nebenraum unterbrochen. Ein Tourist im blauen T-Shirt stürzt rückwärts zu Boden. Ein anderer wird mit Wucht zur Seite gestoßen, sodass er über einen dort abgestellten Stuhl auf die Steinplatten des Bodens kracht. Der schrille Schrei einer Frau gellt durch das Gewölbe der Kapelle. Wie ein Berserker bahnt sich der Hüne im blauen Gewand den Weg durch die Menschenmenge.

»Das Bild – er hat ein Bild gestohlen!«, schreit ihm die entsetzte Frau hinterher. Der Fremde hat eines der Wandbilder unter den Arm geklemmt und verlässt fluchtartig den Nebenraum. Nun kommt er genau auf Ari zu, der wie erstarrt stehenbleibt. Eiskalt bohren sich die Augen seines Gegenübers in die seinen. In diese Augen hat Ari schon einmal geblickt! Erst in dieser Sekunde erkennt er, wer vor ihm steht: ›DER BLAUE FUCHS‹! Für den Bruchteil einer Sekunde hemmt der Räuber seine Schritte. Seine wild funkelnden Augen haften auf Ari:

Abb. 3: Der Blaue Fuchs

»Du schon wieder, du deutscher Teufel!«, flucht der hochgewachsene Mann, bevor er weiter zur Treppe stürmt. Ari bleibt wie angewurzelt stehen, unfähig zu reagieren. Kaum hat er seine Fassung wiedergewonnen, schreit er aus Leibeskräften: »Haltet ihn auf! Lasst diesen verdammten Dieb nicht entkommen!«

Nachdem der Fliehende schon die Hälfte der Treppenstufen hinter sich gelassen hat, wendet er sich kurz um. Seine Augen blitzen wild unter den buschigen Augenbrauen. Die überlangen Strähnen seines roten Schnauzbarts umrahmen seine schmalen Lippen. Sein struppiges Haupthaar, das wild nach allen Seiten absteht, ist ebenso rot wie seine Barthaare. Am auffallendsten ist aber das tiefblaue Gewand, dessen Saum über den Knien endet und die hünenhafte Gestalt noch größer erscheinen lässt. Um die Hüfte hat er eine rote Schärpe gewunden, in der ein Krummdolch steckt. Für Ari gibt keinen Zweifel: Es ist der ›Blaue Fuchs‹! Zwar etwas älter als damals – aber ansonsten kaum verändert.

Schlagartig kehren bei Ari die Erinnerungen an Ereignisse zurück, die er in sein Unterbewusstsein verdrängt hatte. Zum ersten Mal ist er diesem Mann vor über dreißig Jahren in der syrischen Wüste begegnet. Ari haben sich die damaligen Erlebnisse in sein Gedächtnis eingebrannt, aber jetzt ist keine Zeit Gedanken an längst vergangene Zeiten zu verschwenden! Er muss den Dieb erwischen! Er hastet dem Flüchtenden hinterher. Gerade als dieser auf dem oberen Treppenabsatz angelangt ist, erscheint ein Tourist in der Eingangstür. Der Ganove fackelt nicht lange und packt ihn mit seiner Rechten am Hals. Mit brutaler Gewalt schleudert er den völlig Überrumpelten die Stiegen hinunter. Mit einem Aufschrei kugelt der Unglückliche die Basalttreppe hinunter und landet auf den untersten Stufen. Beim Aufprall kracht seine Kamera, die er an einem Lederband um den Hals trägt, auf den steinernen Fußboden und zerspringt in mehrere Stücke.

»Oh Gott, mein Arm, mein Arm!« Der Gestürzte krümmt sich vor Schmerzen. In Windeseile ist Yassma, Michels Frau, zur Stelle. Die erfahrene Ärztin beugt sich über den Verletzten und betastet dessen Gliedmaßen. Lapidar stellt sie fest: »Der ist gebrochen!« Der Schurke quittiert die Hilflosigkeit seiner Verfolger mit lautem Lachen:

»Christenhund, du hast mich damals nicht gefasst, und du wirst mich auch heute nicht bekommen!«

Krachend schlägt er die Tür hinter sich zu. Die Stiege versinkt in völliger Dunkelheit. Fluchend tastet sich Ari den Rest des Weges nach oben. Kayes folgt ihm mit einer Kerze, die er sich vom Opferstock gegriffen hat. Ari treibt den syrischen Reiseleiter die Treppe hinauf:

»Schnell, Kayes, hinterher! Wir müssen ihn aufhalten – unbedingt!«

Als sie außer Atem die Tür erreichen, rütteln beide fast zeitgleich an der massiven Pforte. Verschlossen! »Der verdammte Kerl hat das Schloss von außen verriegelt!« Kayes stellt die Kerze am Boden ab und tippt die Notrufnummer der Polizei in sein Mobiltelefon ein:

»Hallo, ist dort die Polizei? Bitte kommen Sie sofort zur Ananias-Kapelle! Wir sind überfallen worden! Bitte beeilen Sie sich!«

Nach dem Telefonat atmet der Syrer tief durch: »Die Polizei ist unterwegs! Sie kommen!«

In diesem Augenblick dringen aufgeregte Stimmen durch die Tür zu ihnen herein. Ari legt sein Ohr an die schweren Balken und versucht, nach draußen zu lauschen. »Psst – seid leise! Ich kann nichts verstehen!«, ruft er der aufgebrachten Menschenmenge im Hauptraum der Kapelle zu. Sofort verstummt jedes Gespräch. Gespenstische Ruhe im Haus des Ananias. Plötzlich kracht etwas mit kräftigem Schlag von außen gegen die Pforte. Ein markerschütternder Schrei durchbricht die Stille. Sekundenlang ist kein Laut zu hören. Dann entfernt sich jemand mit schnellen Schritten.

»Der Kerl haut ab! Hey, da draußen! Öffnet die Tür!« Mit aller Kraft trommelt Ari gegen die Balken der Holztür: »Macht endlich die Tür auf! Open the door, please!«, brüllt er aus Leibeskräften durch die Ritzen der Holzpforte. Noch einmal hämmert er mit beiden Fäusten gegen die Tür und schreit auf Arabisch: »Öffne die Tür!«

Es dauert eine halbe Ewigkeit, bis der Riegel sich endlich langsam in Bewegung setzt. Ari stemmt sich mit aller Kraft gegen die schwere Tür, die mit einem Schlag aufreißt. Gleißend schlagen ihm die Strahlen der Sonne entgegen. Ari wird derart geblendet, dass er seine rechte Hand vor die Augen halten muss.

Im grellen Gegenlicht wankt eine schemenhafte Gestalt auf ihn zu. Erst als er sich an die Helligkeit gewöhnt hat, erkennt er, wer vor ihm steht: Der Hausverwalter der Ananias-Kapelle, der ihre Gruppe vor wenigen Minuten noch so freundlich willkommen hieß. Der Mann wankt mit weit aufgerissenen Augen auf Ari zu. In seinem linken Arm klafft eine tiefe Wunde, aus der das Blut in Strömen rinnt. Der Lebenssaft bahnt sich seinen Weg durch den Stoff seines knöchellangen Gewandes. Die blutverschmierte Hand des Haushüters greift ins Leere. Wankend, mit letzter Kraft klammert er sich am Türrahmen fest. Dann fällt sein Körper rücklings gegen die Außenwand des Gebäudes. Mit lautem Seufzen sinkt der Verletzte zu Boden. Aus dem zerfetzten Ärmel seines Hemdes quillt noch immer das Blut und ergießt sich wie ein auslaufendes Tintenfass über das weiße Leinengewand. Seine Bekleidung scheint die Flüssigkeit in sich aufzusaugen und in Windeseile in einen klebrigen, schwarzen Fleck zu verfärben. Kreidebleich starrt der Mann auf Ari:

»Der Hund hat mit seinem Messer zugestochen!«, keucht er hervor. Ari versucht, die Blutung zu stillen, indem er mit beiden Händen die Wunde zudrückt. Zwecklos! Zwischen seinen Fingern rinnt ein warmes Rinnsal. Hinter ihm steht Kayes wie versteinert. Hilfesuchend blickt der Reiseleiter in ein Gewühl von Menschen. Durch das Geschrei angelockt, hat sich der Innenhof im Nu mit Einheimischen und Touristen gefüllt. Gaffend umringen sie den Verletzten. Jeder möchte einen Blick auf den blutüberströmten Wächter werfen. Während die Einen wissen wollen, was passiert ist, erklären andere, was sich ihres Erachtens nach zugetragen hat. Ein heilloses Durcheinander von wild gestikulierenden Arabern und heftig diskutierenden Urlaubern aller Nationen. Babylonisches Sprachgewirr im Hof des Ananias!

Wie ein Blitz schlägt Yassmas energische Stimme zwischen die empörte Meute: »Platz da! Lasst mich vorbei! Ich bin Ärztin!«

Michels Gattin bahnt sich einen Weg durch den Pulk der Neugierigen. »Verschwindet! Macht endlich Platz, damit ich dem Verletzten helfen kann!«, herrscht sie die Umherstehenden an. Im Nu ist eine schmale Gasse frei, durch die die resolute Frau nach vorne drängt.

»Beeilung! Wir müssen ihn in den Schatten legen und die Blutung stoppen!«
Yassmas Anweisungen sind kurz und präzise. Keiner widerspricht. Ein paar
Männer springen herbei und schleppen den verletzten Wächter in den Schatten
der Hofmauer. Yassma kramt aus ihrer Umhängetasche ein weißes Kopftuch
hervor, das sie dem Verletzten als provisorischen Verband um die Wunde
wickelt. »Ich wollte den Kerl aufhalten. Doch er hat sofort mit seinem Dolch
zugestoßen und mich am Oberarm erwischt!«, stammelt der Wächter mit
schmerzverzerrtem Gesicht.

»Kennst du den Mann?«, will Kayes wissen. Der Wächter wirft den Kopf in
den Nacken und schnalzt dabei mit der Zunge - die arabische Verneinungsgeste:
»Nein - habe diesen Halunken noch nie zuvor gesehen!«

Umgehend meldet sich Ari zu Wort: »Aber ich! Ich kenne den Mann nur zu
gut!« Mit einem Schlag ist die Aufmerksamkeit aller auf ihn gerichtet. Die meisten beäugen ihn jedoch mit einer gewissen Skepsis.

»Du kennst den Täter, Ari?« Kayes blickt dem Deutschen ungläubig ins
Gesicht. »Woher willst ausgerechnet du diesen Kerl kennen?«

Ari antwortet: »Das ist eine lange Geschichte, Kayes. Dieser Mann ist ein
berüchtigter Antikenräuber. Ich habe seine Bekanntschaft vor vielen Jahren bei
unseren Ausgrabungen in der Jezirah, im nördlichen Syrien gemacht. Der Kerl
wird von allen nur der ›Blaue Fuchs‹ genannt.«

Der Reiseleiter wiederholt Aris Worte entgeistert: »Blauer Fuchs? Was ist das
für ein Unsinn?«

Ari würde am liebsten lospoltern, doch er reißt sich zusammen und erklärt in
ruhigem Ton: »Man nennt diesen Gangster ›Blauer Fuchs‹ wegen der Farbe seiner
Kleidung. Es wundert mich, dass er noch immer die gleiche Tracht wie damals
trägt. Dieser blaue Überwurf, der ihm bis zu den Knien reicht. Und sein rotes
Haupthaar ist noch immer so wild und zerzaust wie damals! Hast du seinen auf-
fälligen Schnauzbart bemerkt?«

Kayes bejaht die Frage: »Seine Kleidung und die Barttracht sind mir sofort
aufgefallen. Diese Tracht und solch wilde Haarmähnen sieht man heutzutage
nur noch äußerst selten. Hier in Syrien gibt es nur einen Volksstamm mit einer
solchen Kluft: Tscherkessen!«

Im Nu spult der belesene Reiseleiter sein ganzes Wissen ab und erklärt, dass dieser Volksstamm vor langer Zeit aus dem Kaukasus eingewandert sei. »Früher haben die Tscherkessen in den Golan-Höhen gelebt, also knapp sechzig Kilometer von Damaskus entfernt. Sie sind aber nach der Eroberung des Gebiets durch die Israelis vertrieben worden. Einige Tscherkessen haben sich daraufhin in Al Qutzeia, einem Vorort von Damaskus niedergelassen. Auch im Nordosten, bei der Stadt Qamischli, sollen noch einige tscherkessische Familien leben.«

Ari ist sichtlich beeindruckt von den Kenntnissen des Reiseleiters: »Der ›Blaue Fuchs‹ ist also ein Tscherkesse?«

Aris fragenden Blick beantwortet Kayes mit einem Nicken: »Und ein glühender Verehrer alter Traditionen, sonst würde er nicht diese auffällige Tracht seiner kaukasischen Heimat tragen.«

Ari ergänzt seine Ausführungen: »Die Beduinen haben ihm den Beinamen ›Fuchs‹ verliehen, wegen seines roten Bartes – aber auch wegen seiner Verschlagenheit. Dieser Kerl ist hinterlistig und schreckt vor nichts zurück! Auch nicht vor Waffengewalt, wie man sieht!« Ari deutet auf den Hausverwalter, der noch immer vor Schmerzen wimmernd am Boden des Vorhofes kauert.

»Der Mann kam mir gleich verdächtig vor«, mischt sich ein Tourist in das Gespräch ein. »Unten in der Kapelle hat er sich in unverschämter Weise vorgedrängt, als wir die Bilder des Apostels Paulus betrachten wollten. Der Kerl hat sich breitbeinig vor uns gestellt und uns mit seinem massigen Körper die Sicht auf die Gemälde versperrt. Und dann hat er blitzschnell eines der Bilder von der Wand gerissen und versucht, es unter seinem blauen Gewand zu verbergen. Als ich ihn aufforderte, das Bild wieder zurückzuhängen, schlug er mir ohne Vorwarnung mit der Faust ins Gesicht. Seht her, wie er mich zugerichtet hat!« Mit seinem Zeigefinger deutet der Tourist vorsichtig auf seine dick angeschwollene Unterlippe.

Nun meldet sich auch ein anderer, ziemlich übergewichtiger Urlauber zu Wort, dem der Schweiß wie feine Rinnsale von den Schläfen tropft: »Wir haben direkt danebengestanden und alles gesehen!«, pustet der Mann hervor. »Er schlug wie wild um sich und bahnte sich mit Gewalt seinen Weg zur Treppe. Er war einfach zu kräftig – ich konnte ihn nicht aufhalten!«

Wie aus dem Nichts treibt eine herrische Männerstimme die Umherstehenden auseinander: »Aus dem Weg! Yallah! Weg da! Was ist hier passiert?« Ein Mann in Polizeiuniform steuert auf Ari und Kayes zu und bahnt sich rabiat seinen Weg mitten durch das Spalier der Gaffer. Auf den Schultern seines blütenweißen Hemdes prangen goldgelbe Litzen, die mit mehreren schwarzen, hakenförmigen Abzeichen gespickt sind und ihn als ranghohen Polizeioffizier ausweisen. Ihm auf den Fersen folgt ein wesentlich jüngerer Kollege, dessen hagerer Körper in einer zerschlissenen, blassgrünen Uniform steckt. »Was ist das für ein Volksauflauf? Was ist hier los?«, brüllt der Offizier die Umherstehenden an. Instinktiv weicht die vorderste Reihe der Zaungäste einen Schritt zurück. Erst jetzt fällt sein Blick auf den blutüberströmten Verwalter, der noch immer mit dem Rücken an der Hofwand lehnt: »Bei Allah! Wer hat dir das angetan?«

Noch bevor der Verletzte antworten kann, ergreift Ari das Wort: »Das war der ›Blaue Fuchs‹. Ihr müsst schnell hinterher! Er kann noch nicht weit sein!«

Der Polizeioffizier verzieht seine Mundwinkel zu einem höhnischen Lächeln. Abschätzig taxiert er den Deutschen von Kopf bis Fuß. Seine dunklen Augen blitzen unter der grauen Schirmmütze hervor:

»Wie heißt der Übeltäter? ›Blauer Wolf‹? Und woher willst ausgerechnet du wissen, wer der Schuldige ist? Du bist doch ein Tourist aus Deutschland - oder? Und du willst diesen ›Blauen Dingsbums‹ kennen? Ausgerechnet du?«

Das hämische Grinsen vergrößert den Oberlippenbart des Polizisten zu einem querliegenden Strich, der sich von der linken bis zur rechten Wange spreizt.

»Bevor wir ein blaues Phantom jagen, nehmen wir hier zunächst einmal alle Zeugenaussagen auf. Das hilft uns, den wahren Täter zu finden!«

Ari platzt der Geduldsfaden: »Fuchs! - ›Blauer Fuchs‹!«, berichtigt er den Uniformierten. Voller Zorn über die Borniertheit des Polizisten will Ari zu neuerlichem Protest ansetzen, als ihn Kayes am Arm packt und zur Seite zieht:

»Halte dich zurück - wir bekommen nur Schwierigkeiten!«, flüstert ihm der Reiseleiter mit gepresster Stimme zu, »bitte, Ari - sei vernünftig!«

Ari lenkt ein. Er hat lange genug hier gelebt, um zu wissen, dass man sich nicht gegen die Obrigkeit auflehnen darf - auch nicht als Ausländer. Aber innerlich kocht er vor Wut über die Umständlichkeit des Beamten. Der Ganove ist nun über alle Berge! Schon wieder entkommen – wie damals vor dreißig Jahren am Ufer des Euphrats!

Angezogen vom Lärm auf der Gasse und dem Gebrüll des Polizisten drängen immer mehr Schaulustige auf den kleinen Hof der Ananias-Kapelle, der vor Menschen zu bersten droht. Die Nachbarschaft ist herbeigeströmt, neugierige Passanten strecken ihre Köpfe durch die Außentür der Vormauer. Irgendjemand muss den ›Roten Halbmond‹, die Partnerorganisation des ›Roten Kreuzes‹, verständigt haben, denn zwei Sanitäter in roten Overalls zwängen sich mit einer Tragbahre durch das Gemenge. Als Yassma die Rettungshelfer erblickt, übernimmt sie wieder das Kommando. Einer der Männer kramt aus einem abgewetzten Lederkoffer sterile Tupfer und ein braunes Fläschchen hervor und reicht beides der Ärztin. Yassma wirft einen prüfenden Blick auf die Utensilien und zieht die Stirn in Falten. »Besser als nichts!«, stellt sie lapidar fest und bestreicht die Wunde mit der Jod-Tinktur. Der Verletzte jault jedes Mal vor Schmerzen auf, wenn die Flüssigkeit in die Wunde tropft. Yassma bleibt unbeeindruckt und verbindet in Windeseile den Oberarm.

Die Rettungsassistenten reden derweil beruhigend auf den Verwalter ein: »Du hast es gleich geschafft! Wir bringen dich ins Krankenhaus. Keine Angst, das wird schon wieder!«

Nach wenigen Handgriffen ist der Mann zum Abtransport bereit und wird auf die Tragbahre gehievt. Der Verwalter heult auf, als ihn die Helfer mit Ledergurten auf dem Gestell fixieren.

»Du plärrst, als ob du den Arm verlieren würdest!«, herrscht Yassma den Verletzten an, »sei ein Mann und jammere nicht wie ein Weib!«

Das hat gesessen! Augenblicklich verstummt der Verwalter und beißt die Zähne zusammen. Vor all den Leuten möchte er nicht als Jammerlappen gelten! Es herrscht ein heilloses Durcheinander, durch das sich die beiden Sanitäter mit der Trage kämpfen müssen. Yassma blickt ihnen noch eine Weile hinterher, bis sie zum Tor hinaus sind.

Zwischenzeitlich hat der junge Polizist auf Anweisung seines Chefs einen kleinen Tisch und zwei Stühle zu einer schattigen Ecke des Innenhofes bringen lassen. Mit wohligem Lächeln nimmt der Offizier Platz und bedeutet dem

Adjutanten, sich neben ihn zu setzen. Wie ein Pascha thront der Polizeioffizier nun vor der Menschenmenge.

»Wo bleibt der Pfefferminztee?«, blökt er im nächsten Moment über die Köpfe hinweg. Eine alte Frau schlurft aus dem angrenzenden Gebäude heran. Ihr Rücken ist stark gekrümmt, was ihre Statur zwergenhaft erscheinen lässt. Ihr Alter ist nur schwer zu schätzen, da sie vollkommen in einen schwarzen Umhang, den Tschador, gehüllt ist, der auch ihren Kopf bedeckt. Mit ihren knochigen Fingern balanciert die Alte ein silbernes Tablett, auf dem eine kleine Kanne, eine Zuckerdose und mehrere tulpenkelchförmige Gläschen stehen. Die Greisin schaukelt wie ein Schiff bei hohem Seegang über den Hof – doch mit bewundernswerter Sicherheit trägt sie das vollbepackte Tablett vor sich her, ohne auch nur einen einzigen Tropfen zu verschütten! Die Menge weicht unwillkürlich zurück, als die Alte auf den Polizisten zusteuert. Es scheppert leise, als sie das Tablett auf dem Tischchen abstellt. Ihre wachen Augen spähen durch den winzigen Sehschlitz des Schaltuchs. Mit gekonntem Schwung gießt sie einen Schwall des grünlich schimmernden Getränks in eines der kleinen Gläser und schiebt es dem Polizisten zu. Der greift sofort zu und schlürft behaglich den stark gesüßten Tee. Die Frau beäugt dabei aufmerksam jede Regung des Offiziers.

»Der Tee schmeckt!«, bekundet dieser. Zufrieden macht die Greisin auf dem Absatz kehrt und humpelt in Richtung der Ananias-Kapelle.

Nachdem sein Assistent ihm nachgeschenkt hat, schreit der Offizier in die Menge:

»Wer hat etwas gesehen? Wer kann eine Aussage zum Tathergang machen?« Bevor noch jemand antworten kann, wendet er sich an einen der Umherstehenden:

»Hey, du da – du hast doch vorhin gesagt, du hättest den Dieb gesehen. Los – komm her und spuck aus, was du weißt!«

Der Angesprochene, ein zierlicher Mann mittleren Alters in einem beigefarbenen Kaftan, zuckt zusammen, als ihn der Polizist zu sich zitiert. »Mach schon! Komm her!«, schnauzt ihn der Uniformierte unwirsch an.

Neugierig bilden die Umherstehenden einen Halbkreis um den Tisch, als der Mann zwei Schritte nach vorne macht. Dabei zittert er am ganzen Körper, so dass sein kleines weißes Käppchen, die Erkija, die ihn als Hadji – als Wallfahrer nach Mekka auszeichnet – vom Kopf zu rutschen droht.

»Er war groß – ein wahrer Riese, Herr Offizier«, stammelt das zierliche Männchen mit zittriger Stimme.

»Ist das alles, was du gesehen hast?«, schreit ihm der Polizist ungeduldig entgegen, »wie war der Täter gekleidet? Lass dir nicht alle Würmer aus der Nase ziehen!« Voller Ungeduld schlägt der Gesetzeshüter mit der flachen Hand derart fest auf den vor ihm stehenden Tisch, dass das Teeglas einen Sprung nach oben macht und sich der braune Inhalt über die Tischplatte ergießt. »Siehst du, was du angerichtet hast, du Wurm!«, brüllt der Polizist den völlig eingeschüchterten Zeugen an, »du bist schuld, dass mein Tee verschüttet ist!«

Sichtlich bemüht, die Geduld des Polizisten nicht noch mehr auf die Probe zu stellen, kramt der Zeuge in seinen Erinnerungen: »Jetzt fällt mir noch etwas ein: Er trug einen blauen Mantel. Ja, einen tiefblauen, sehr langen Mantel. Es könnte aber auch ein Gewand gewesen sein – ich erinnere mich nicht mehr genau! Und seine Haare waren rot und standen wie züngelndes Feuer vom Kopf. Wild hat er ausgesehen! Er war auf jeden Fall ganz anders angezogen als wir Araber! Sein Kleid reichte nicht bis zum Boden, sondern endete über den Knien. Deshalb konnte ich sehen, dass er Stiefel trug. Ja, hohe Lederstiefel hat er getragen.«

Der Tonfall des Polizisten wird nun strenger: »Bist du dir sicher, dass der Mann so ausgesehen hat? Ganz sicher?«

Regungslos, wie eine Kobra vor dem entscheidenden Biss, fixiert der Gesetzeshüter sein Gegenüber. Der Zeuge verharrt wie angewurzelt auf seinem Platz und traut den Mund in dieser Sekunde nicht mehr zu öffnen. Hilfesuchend blickt er in die Menschenmenge, die sich nun noch dichter um ihn herum drängt. In diesem Moment wird es dem Offizier zu bunt! Mit einem schnellen Satz springt er von seinem Schemel und schreit in die Menge:

»Kann das noch jemand bezeugen? Hat von euch Gaffern noch jemand den Täter gesehen – oder kennt etwa jemand den Mann, auf den diese Beschreibung passt?« Mit rollenden Augen scheint er sich in jeden Einzelnen der Umherstehenden hineinbohren zu wollen. Einige weichen vor Schreck einen Schritt zurück, als er sie mit strengem Blick mustert.

Ganz unerwartet meldet sich ein weiterer Zeuge aus der hinteren Reihe. Zaghaft bestätigt er die Aussage: »Der Hadji hat Recht. Er hat den Messerstecher sehr gut beschrieben: Kräftige Statur, sehr groß – der misst bestimmt zwei Meter! Blaues Gewand, auffallend rote Haare ... habe ihn vorhin zum Tor hinauslaufen sehen.«

Der Polizeioffizier faucht seinen jungen Kollegen an: »Hast du alles notiert?« Dieser nickt ihm respektvoll zu und nimmt Haltung an: »Jawohl – alles im Notizblock festgehalten! Tathergang, Zeugenaussagen, Namen und Adressen der Zeugen.« Wie zum Beweis streckt er seinem Vorgesetzten sein Schreibblöckchen entgegen.

In diesem Augenblick wird das rege Treiben auf dem restlos überfüllten Terrain durch einen entsetzlichen Schrei unterbrochen. Die Köpfe der Umherstehenden wirbeln herum. Die Alte, die eben noch den Tee angereicht hat, steht, um Fassung ringend, an der Eingangstür zur Kapelle. Keuchend stützt sie ihre linke Hand in die Hüfte und krächzt unter dem schwarzen Umhang hervor:

»Der Apostel ist weg! Der Apostel Paulus ist gestohlen! Das wertvollste unserer Gemälde ist verschwunden!«

Den Polizeioffizier hält es nicht mehr auf seinem Sitz. Die Gaffer zur Seite rempelnd, rennt er hinüber zur Tür der Kapelle, in der die Alte noch immer wie versteinert verharrt.

»Was sagst du? Der Apostel ist gestohlen?«

Die Frau nickt nur zaghaft. Unsanft stößt der Polizist die Frau zur Seite und hastet die steile Treppe hinunter in den Kapellenraum – dicht gefolgt von seinem Schatten, dem jungen Adjutanten.

»Warum habt ihr das nicht gleich gesagt?«, hört man ihn von unten heraufpoltern. Nur wenig später steht er mit hochrotem Kopf im Innenhof und packt die Alte am Arm: »Welches Bild fehlt? Welches Motiv? Mach den Mund auf, Weib!«, herrscht er die völlig verängstigte Frau an.

»Es ist das Bild, auf dem der Heilige Paulus mit einem Korb von der Stadtmauer herabgelassen wird.«

Der Polizist flucht: »Oh mein Gott! Das ist das bekannteste Gemälde der Ana-nias-Kapelle! Warum habt ihr das nicht gleich gemeldet?«

Bevor die Frau zu antworten vermag, herrscht er sie mürrisch an: »Schweig! Störe mich nicht bei den Ermittlungen, Weib!«

Grübelnd fasst er sich ans Kinn und winkt dann seinen Gehilfen herbei:

»Alarmiere die Zentrale – sag, was vorgefallen ist! Los! Lauf schon und hole Verstärkung! Wir müssen den Dieb fassen! Er kann noch nicht weit sein! Yallah!« Bei diesen Worten versetzt er seinem jungen Kollegen mit der flachen Hand einen derart kräftigen Schlag auf den Rücken, dass dieser ein paar Schritte nach vorne stolpert. »Yallah! Lauf schon!«, kommandiert der Vorgesetzte. Beide Poli-zisten hetzen zum Haupttor hinaus und entschwinden im dichten Getümmel der Menschenmenge. Ungläubig schüttelt Ari seinen Kopf: Was für eine Beweis-aufnahme – was für ein Verhör!

»Gemma – yallah!«, fordert Kayes seine Reisegruppe auf. Die deutschen Tou-risten sammeln sich am Ausgang zur Straße. Einige blicken konsterniert in die Runde. Kann man sich hier noch sicher fühlen? Einige diskutieren sogar darü-ber, den Rückweg nach Deutschland anzutreten. Letztendlich gelingt es Michel, die Mitreisenden zu überzeugen, dass dies ein außergewöhnlicher Zwischenfall gewesen sei. In all den Jahren, in denen er sich in Syrien aufgehalten habe, hätte er so etwas noch nicht erlebt!

Als Reiseleiter Kayes von dem nächsten Besichtigungspunkt, der Umayyaden-Moschee schwärmt, scheinen sämtliche Bedenken verflogen. Nur bei Ari ver-bleibt tief im Inneren ein unbehagliches Gefühl. Er kann es nicht genau defi-nieren, aber irgendetwas sagt ihm, dass die jüngste Begegnung mit dem ›Blauen Fuchs‹ nicht die Letzte gewesen sein soll. Er will in dieser Situation aber keine mahnenden Worte einbringen und mischt sich unter die Reisegruppe, denn schließlich machen sie Urlaub hier! Wie nach jedem Besuch einer Sehenswürdig-keit führt Kayes auch jetzt seine ›Kopf-Zählung‹ durch. Beim Anblick von Ari bleibt er erschrocken stehen:

»Bist du verletzt? Deine Hose ist ja voll Blut!«

Erst jetzt bemerkt Ari, dass seine Jeans über den Oberschenkeln tiefrote Fle-cken aufweist.

»Nein, nein! Ich bin unversehrt. Das ist Blut des verletzten Opfers. Ich muss zurück zum Hotel und mich umziehen!« Ari deutet auf seine blutbefleckte Hose. »Aber lasst euch nicht aufhalten. Wir treffen uns an der Umayyaden-Moschee. Geht schon vor – ich komme in ein paar Minuten nach. Ich kenne den Weg dorthin von meinen früheren Besuchen in Damaskus.«

Während die Reisegruppe zur Moschee aufbricht, eilt Ari zurück zum Hotel. Gerade als er in den Innenhof einbiegt, kommt ihm der Hotelboy entgegen: »Mein Herr, was ist passiert? Bist du verletzt?«, will er beim Anblick der Blutspritzer auf Aris Kleidung wissen.

»Keine Angst! Mir ist nichts passiert. Es gab einen Überfall auf die Ananias-Kapelle. Der Verwalter wurde verletzt. Das ist sein Blut, nicht meins!«

Der Hotelangestellte brennt vor Neugier: »Was ist geschehen? Wurde der Täter gefasst?«

Ari antwortet: »Leider nicht! Der ›Blaue Fuchs‹ ist mit der Beute entkommen.« Der andere hakt vorsichtig nach, im Glauben, sich verhört zu haben: »Der ›Blaue ... Fuchs‹? Sagtest du gerade ›Blauer Fuchs‹?«

»Ja«, entgegnet Ari, »kennst du diesen Mann etwa?«

Der Hoteldiener verneint: »Nie gehört. Aber komischer Name: ›Blauer Fuchs‹! Wie sieht er aus? Kannst du ihn beschreiben? Ich kenne ja viele hier.«

Ari versucht, so gut er es auf Arabisch kann, dem jungen Mann eine Täterbeschreibung abzuliefern:

»Ein Tscherkesse mit rotem Bart, der ihm von den Mundwinkeln in langen Strähnen herabhängt. Er ist von sehr großer Statur – fast zwei Meter groß. Auf dem Kopf einen wilden Haarschopf, der so rot ist wie sein Bart. Er trägt ein auffallend blaues Gewand und eine rote Schärpe, in der ein Krummdolch steckt. Dazu kniehohe Lederstiefel.«

Der Hotelboy zieht die Augenbrauen nach oben und pfeift durch die Zähne: »Den Kerl habe ich schon mal gesehen! Der Gauner, auf den diese Beschreibung passt, war gestern im Basar. Zieh dich rasch um und gib mir deine verschmutzten Kleider. Ich lasse sie für dich reinigen. Dann machen wir Jagd auf diesen ›Blauen Fuchs‹. Ich führe dich dorthin, wo ich ihn gestern gesehen habe. Vielleicht haben wir Glück und er treibt sich auch heute noch dort herum!«

Noch nie hat sich Ari so schnell umgezogen wie an diesem Tag. Schon zehn Minuten später stehen die beiden in der Gasse:

»Folge mir!«, fordert ihn der Hotelboy auf, »zum Souk al-Hamidiyya. Dort in den Basaren rund um die Umayyaden-Moschee hat er sich gestern aufgehalten. Ich erinnere mich sehr genau an ihn. Selbst hier im Menschengetümmel des Basars ist er mir sofort wegen seiner enormen Statur und der ungewöhnlichen Tscherkessen-Tracht aufgefallen!«

»Wie heißt du eigentlich?«, will Ari von seinem Begleiter wissen.

»Ahmed«, antwortet der Hoteldiener, »ich stamme eigentlich aus der Süd-türkei, aber ein Onkel hat mir zum Job im Hotel verholfen. Hier verdiene ich mehr als zu Hause. Ich spare das Geld für meine Hochzeit. Muss aber mindestens noch zwei Jahre lang hier in Damaskus arbeiten, bevor ich das Geld für den Brautpreis zusammenhabe!«

Ari reicht ihm die Hand, die der Junge kräftig schüttelt: »Ich heiße Ari. Freue mich sehr, dass du mir behilflich bist!«

Mit breitem Grinsen strahlt er den Deutschen an: »Von nun an sind wir Freunde!« Ari nickt zustimmend.

Die beiden drängen sich durch die Menschenmassen, die an diesem Vormittag den Basar bevölkern. Verschleierte Frauen in schwarzen Roben neben eleganten Damen in westlicher Kleidung, Männer in langen Gewändern im Gespräch mit Anzugträgern. Kinder plärren ungeduldig an der Hand ihrer Mütter und dazwischen Eselstreiber, die ihre vollbeladenen Tiere mit dicken Knüppeln durch die Menschentrauben scheuchen. Die breite Zugangsstraße in Richtung der Umayya-den-Moschee ist heillos überfüllt! Ari und Ahmed müssen ständig knatternden Kleinkrafträdern und dreirädrigen Karren mit kleiner Ladefläche hinter dem Fahrersitz ausweichen. Dazwischen die Rufe der Händler, die ihre Waren laut-stark feilbieten. Normalerweise gibt es für Ari nichts Schöneres, als sich im Gewühl der Basarstraßen treiben zu lassen, wie ein Boot auf einem langsam dahingleitenden Fluss.

Aber nun gilt seine ganze Aufmerksamkeit dem ›Blauen Fuchs‹. Er bemerkt, dass seine Handflächen feucht werden. Sein Herz rast! Jagdfieber! Sein Augen-merk ist vollkommen auf die Besucher des Basars gerichtet. Wenn der Kerl es tatsächlich wagen sollte, sich so kurz nach seiner Tat hier blicken zu lassen, dann sollten sie ihn finden! Plötzlich greift Ahmed nach Aris Unterarm und zieht ihn hinüber zu einem kleinen Laden, über dessen Tür ein rot-weiß-gestreifter Stoffbaldachin gespannt ist.

Abb. 4: Gewürzhändler im Basar von Damaskus

»Ari, hier habe ich ihn gestern gesehen«, flüstert ihm der Hotelangestellte zu. Beide versuchen, sich möglichst unauffällig dem Schaufenster des Lädchens zu nähern. Als ob sie sich für die Auslagen interessieren würden, kleben sie mit ihren Nasen fast an der Scheibe. Es ist ein Antiquitäten-Geschäft – vielleicht sind sie auf der richtigen Spur! Der ›Blaue Fuchs‹ hat schon immer seine gestohlenen Waren an solche Händler verkauft!

»Sollen wir reingehen?« Ahmed blickt fragend zu Ari.

»Wenn der Ladenbesitzer mit dem Gangster unter einer Decke steckt, müssen wir höchst vorsichtig sein!«, warnt Ari seinen neuen Gefährten. »Lass uns getrennt eintreten. Wenn du den Gangster sehen solltest, verhalte dich ruhig! Mach bitte keine unüberlegten Dinge – der Mann ist gefährlich und schreckt vor nichts zurück! Hast du verstanden, Ahmed?«

Der Hotelboy nickt, macht auf dem Absatz kehrt und steuert, ohne abzuwarten, geradewegs durch die offene Tür hinein in den Laden:

»Guten Tag, ist hier jemand?« Mit diesen Worten tastet sich Ahmed fragend in den schlauchartigen Gang, der vom vorderen Verkaufsraum zu einem rückwärtigen Lager führt. Vorsichtig, fast schleichend wagt er sich in Richtung einer Tür, die zu diesem Raum führt. Nahezu alle Geschäfte im Basar von Damaskus sind so konstruiert: Vorne, zur Straße hin, ein Verkaufsraum, von dem ein schmaler Gang zu einem rückwärtigen Zimmer führt, das als Lager und Aufenthaltsraum dient. Ari, der das forsche Vordringen Ahmeds durch die Glasscheibe beobachtet, stockt der Atem. Am liebsten würde er ihn zurückrufen, aber es ist zu spät: Ahmed ist bereits an der Hintertür angelangt und legt sein Ohr an das hölzerne Türblatt, um zu lauschen, was dahinter vor sich geht. Dieser Wahnsinnige! Was, wenn jetzt der Ladenbesitzer erscheint? Hatte Ari ihm nicht geraten, vorsichtig zu sein? Um auszuspähen, was Ahmed vorhat, presst Ari sein Gesicht noch näher an die Scheibe. Ari verharrt wie vom Donner gerührt: Das darf doch nicht wahr sein! Der Übermütige drückt die Türklinke nach unten – ist er von Sinnen? Gerade als Ari seinem neuen Freund hinterhereilen will, um ihn von seinem Vorhaben abzuhalten, wird die Tür des Lagerraums einen Spalt weit aufgerissen. Eine kräftige Hand schnellt nach vorne und packt den überraschten Ahmed am Hals. Sein Schrei erstickt, als er mit einem kräftigen Ruck durch die halb geöffnete Tür ins rückwärtige Lager gezerrt wird. Dann fällt die Tür wieder zu.

Ahmed braucht jetzt Hilfe, und zwar schnell! Warum konnte dieser Tölpel nicht abwarten? Ari darf keine Zeit verlieren. Er löst seinen Blick von der Scheibe und stürmt zur Ladentür – geradewegs in die Arme desselben Polizeioffiziers, der vorhin im Hof der Ananias-Kapelle die Untersuchungen geleitet hat.

»Ach, da ist ja der Deutsche, der syrische Füchse jagt. Na – Erfolg gehabt bei der Fuchsjagd?« Höhnisch lachend zwinkert er seinem Adjutanten zu, der wie auf Kommando in das Lachen seines Chefs einstimmt.

»Herr Offizier, bitte helfen Sie mir. Da drinnen im Laden ist etwas Schreckliches im Gange!«, bettelt Ari.

Mit breitem Grinsen wendet sich der Polizist an seinen Untergebenen:

»Adjutant, nehmen Sie zu Protokoll: Ein deutscher Tourist hat etwas Schreckliches in einem syrischen Antiquitätengeschäft entdeckt. Wahrscheinlich schrecklich teure Altertümer oder ausgestopfte blaue Wüstenfüchse!«

Beide Polizisten halten sich vor Lachen die Bäuche.

»Bitte, Herr Polizeioffizier, folgen Sie mir zur Tür in den Lagerraum - bitte!« Aris Tonfall wird schlagartig ernster. Abrupt unterbricht der Polizist sein Gefeixe. Auch sein uniformierter Schatten setzt nun wieder eine ernste Miene auf.

»Was willst du hier im Laden? Der Kaufmann ist nicht hier - das siehst du doch. Was soll hier also schon geschehen, Herr aus Deutschland?« Die Worte des Offiziers klingen nun barsch und ungehalten.

»Folgen Sie mir und überzeugen Sie sich selbst!« Ari setzt nun alles auf eine Karte und zwängt sich zwischen den beiden Polizisten hindurch. Er hastet durch den Verkaufsraum zum rückwärtigen Lager. Mit einem Ruck reißt er die Tür auf und bleibt wie angewurzelt stehen. Ein modriger Geruch von antiken Möbeln und ausgetretenen Teppichen strömt ihm entgegen. An den Seitenwänden des Zimmers sind Holzregale aufgestellt, deren Einlegebretter sich unter der Last von Preziosen biegen. An der Stirnseite - gegenüber der Tür - fällt Licht durch ein kleines Fenster, das dicht unter der Holzdecke angebracht ist. Darunter lagern mehrere Bündel mit zusammengefalteten Teppichen, die so hoch aufeinandergestapelt sind, dass sie fast bis zur Fensterluke reichen. In der Mitte des Raumes steht ein schäbiger Holztisch, auf dem der unglückselige Ahmed auf dem Rücken liegt. Ein Hüne in blauem Gewand hat ihn an der Kehle gepackt und würgt ihn mit stahlhartem Griff. Ahmeds Gesicht ist schon blau angelaufen. Mit weit aufgerissenen Augen sucht er flehend um Rettung. Aus seiner Kehle dringt nur noch ein hilfloses Röcheln.

»Lass ihn sofort los, du Hund!«, brüllt Ari in das Halbdunkel des Raums. Wie ein funkelnder Blitz trifft ihn der hasserfüllte Blick des ›Blauen Fuchses‹. Noch nie war Ari diesem Mann so nahegekommen wie in diesem Augenblick. Die Gesichtszüge des Mannes verfinstern sich schlagartig, als er Ari gewahr wird. Er lässt von Ahmed ab und greift blitzschnell nach seinem Krummdolch. Ari weicht unwillkürlich einen Schritt zurück, um dem drohenden Angriff auszuweichen. Doch zu Aris Überraschung steckt der Halunke die Waffe urplötzlich zurück in die Scheide, wendet sich um und springt auf den Turm von übereinandergestapelten Teppichen, die mannshoch vor der Rückwand lagern. Mit einem Satz, den man diesem Riesen nicht zugetraut hätte, erklimmt er von dort aus das darüber liegende Fenstersims. Schon im nächsten Augenblick windet er sich durch die geöffnete Luke hinaus ins Freie. In weiten Sprüngen flüchtet der ›Blaue Fuchs‹ über die Vordächer. Dachziegel gehen unter dem Körpergewicht des Flüchtenden scheppernd zu Bruch.

Inzwischen sind die beiden Polizisten an der Hintertür angelangt.

»Wer war das?«, will der Polizeioffizier vor Aufregung keuchend wissen.

»Der ›Blaue Fuchs‹, Herr Offizier, das war der Dieb des Gemäldes aus der Ananias-Kapelle!«, erwidert Ari. Der Polizist nimmt jedoch keine Notiz von dieser Aussage, sondern schiebt sich an dem Deutschen vorbei:

»Gott sei gepriesen!«, entfährt es ihm, »schaut her, was hier auf dem Boden liegt: Da ist ja der Apostel Paulus!«

Freudestrahlend hält er das Gemälde in die Höhe und betrachtet es von allen Seiten. Hoteldiener Ahmed hat sich zwischenzeitlich aufgerappelt und fasst sich an den Hals, immer noch nach Luft ringend:

»Der Gangster hätte mich erwürgt, wenn du nicht eingegriffen hättest, Ari. Du hast mich gerettet! Gott segne dich und die Deinen! Schaut, der da drüben, das ist der Komplize des ›Blauen Fuchses‹!«

Erst jetzt bemerkt Ari, dass hinter einem Regal, das über und über mit Kupferkannen und Wasserpfeifen vollgestopft ist, ein Mann mit grauem Kinnbart kauert. Als der Blick des Polizeioffiziers auf ihn fällt, kriecht er auf allen vieren aus seinem Versteck hervor und wirft sich ihm zu Füßen:

»Herr Offizier, habt Erbarmen! Beim Leben meiner Mutter! Ich habe nichts mit dem Diebstahl zu tun. Der Fremde kam zu mir in den Laden und sagte, er habe etwas ganz Besonderes anzubieten. Er wollte es mir aber nicht im Verkaufsraum in aller Öffentlichkeit zeigen, sondern bat um eine Unterredung hier im Lager. Er sagte, er besäße eine absolut einzigartige Antiquität. Ich schwöre, Herr

Offizier, er hat behauptet, dass das Gemälde aus seinem Familienbesitz sei. Er habe als gläubiger Moslem aber keine Verwendung für ein Bild mit einem christlichen Motiv - deshalb wolle er es verkaufen. Das hat er gesagt. Ich schwöre bei Allah, das ist die Wahrheit!«

Der Polizist schnauft ein wenig, bevor er eine Entscheidung trifft: »Ob du die Wahrheit sagst, wird sich vor Gericht erweisen. Adjutant, nimm den Ladenbesitzer fest und bringe ihn zum Verhör ins Polizeipräsidium. Ich werde derweil das Bild, das ich gefunden und gerettet habe, höchstpersönlich zur Ananias-Kapelle zurückbringen!«

Ari ist von den Socken: »Und der ›Blaue Fuchs‹? Lasst ihr den Gauner laufen?« Der Offizier grinst: »Den Flüchtigen schreiben wir zur Fahndung aus. Mein Gehilfe wird sich darum kümmern. Ich habe jetzt Wichtigeres zu tun!«

Mit geübtem Griff rückt der Offizier seine Schirmmütze zurecht, auf der der syrische Wappenfalke wie auf einer Krone prangt. Er zupft noch einmal an seiner Uniform herum, und setzt einen strengen Gesichtsausdruck auf. Dann stolziert er mit weit ausladenden Schritten zum Laden hinaus. Das Gemälde mit der Flucht des Apostels Paulus trägt er - für alle sichtbar - vor der Brust. Dicht hinter ihm sein Adjutant, der den Händler am Hemdkragen gepackt hält. Kaum ist der seltsame Zug an der belebten Hauptstraße angekommen, werden sie von einer Horde Neugieriger umringt. Jeder hier im Viertel kennt den obersten Ordnungshüter dieses Stadtteils. Als die Meute um ihn herum immer größer wird und jeder wissen will, woher das Gemälde stammt und was er nun damit vorhabe, gebietet der Polizeioffizier mit einer herrischen Handbewegung dem Gedränge ein Ende. Lautstark und unüberhörbar für die Umherstehenden, berichtet er, wie er dem gefährlichsten Gangster, den Damaskus jemals erlebt hat - dem ›Blauen Fuchs‹ - das Bild des Heiligen Paulus abgejagt habe. Er persönlich habe den Räuber verfolgt und in die Enge getrieben. Dieser habe sich nur durch eine tollkühne Flucht über die Dächer retten können. Seinen Mittäter aber - damit weist er auf den unglückseligen Antiquitätenhändler - habe er persönlich zur Strecke gebracht. Das wertvolle Gemälde, das der Dieb zuvor aus der Ananias-Kapelle gestohlen habe, habe er unter Einsatz seines Lebens in Sicherheit gebracht. Nun sei er auf dem Weg, das Bild an seinen angestammten Platz zurückzubringen.

Freunde und Bekannte des Polizisten sind inzwischen eingetroffen. Dem Adjutanten gelingt es kaum, die immer dichter werdende Menschentraube von dem Verhafteten, dem augenscheinlichen Kompagnon des Diebes, fernzuhalten. Am liebsten würde man den vermeintlichen Übeltäter an Ort und Stelle bestrafen.

»Die Hand sollte dem Halunken abgehackt werden!«, fordert einer der Passanten. Die bedrohliche Stimmung weicht urplötzlich, als einer aus der Versammlung spontan einen Lobgesang auf die syrische Polizei anstimmt. Jubel brandet auf. Man lässt den Helden von Damaskus hochleben. Langsam setzt sich der Zug in Richtung Ananias-Kapelle in Bewegung. Ein Zeitungsreporter hat sich inzwischen unter die Menge gemischt. Hastig montiert er das überdimensionale Blitzlicht auf seine alte Kamera. Sofort bringt sich der Polizeioffizier in Pose.

»Halte das Bild vor deinen Oberkörper – etwas höher – gut so! Und nun ... bitte lächeln!«

Bereitwillig folgt der Uniformierte den Regieanweisungen des Journalisten. Paff – das uralte Blitzgerät schießt explosionsartig einen Leuchtkegel gegen die Menge und blendet jeden, der in die großkalibrige Linse der Kamera blickt. Das ist in diesem Augenblick egal: Hauptsache, man kommt mit auf das Foto!

Ari und sein neuer Freund Ahmed haben von diesem Treiben nichts mitbekommen. Sie haben eine andere Richtung eingeschlagen. Ari klopft Ahmed freundschaftlich auf die Schultern:

»Du hast verdammt großes Glück gehabt! Der ›Blaue Fuchs‹ hätte dich beinahe umgebracht!«

Ahmed blinzelt vergnügt in die Sonne: »Weißt du, Ari, Allah wollte noch nicht, dass mein Leben zu Ende ist. Gott möchte, dass ich zuerst noch heirate!« Lachend machen sich die beiden auf den Weg zur Umayyaden-Moschee. Sicher wird Ari schon mit Ungeduld von den anderen erwartet. Vor dem Haupteingang hat sich ein Pulk von Menschen versammelt und wartet vor dem prächtigen

Holzportal auf Einlass. Ein bärtiger Mann, der einen kunstvoll geschwungenen Turban trägt, regelt den Zugang. Ahmed darf als Moslem die Moschee durch die Hauptpforte betreten. Ari dagegen muss als Ungläubiger den linken Seiteneingang des moslemischen Heiligtums benutzen. Vor dem Betreten des Gotteshauses muss jeder – egal ob Mohammedaner oder Christ – seine Schuhe abgeben. Aris Fußbekleidung wird neben hunderten von Schuhpaaren in einem Holzregal verstaut. Egal, ob gläubiger Moslem oder Anhänger einer anderen Religion, alle müssen auf Socken oder barfuß den weitläufigen Innenhof der heiligen Stätte betreten.

Abb. 5: Brunnenhaus im Hof der Umayyaden-Moschee in Damasku

Neben Ari kichern zwei junge Touristinnen, weil sie einen Tschador, den schwarzen Ganzkörperumhang für Frauen, überstreifen müssen. Die beiden Touristinnen kommen auf ihn zu und bitten ihn, ein Erinnerungsfoto zu schießen. »Wir sehen aus wie zwei schwarze Raben«, lachen sie.

Ari positioniert die beiden vor dem Schatzhaus, einem pompösen Kuppelbau, dessen Dach über und über mit Blattgold und bunten Mosaiken verziert ist. Als der Auslöser klickt, fühlt Ari, ein paar Augen auf sich ruhen. Ein Gefühl der Unsicherheit beschleicht ihn. Hastig gibt er den Touristinnen die Kamera zurück und schaut sich argwöhnisch nach allen Seiten um. Er fühlt sich beobachtet – aber von wem?

Ahmed, der inzwischen zu ihm gestoßen ist, bemerkt die suchenden Blicke seines neuen Freundes:

»Suchst du die anderen, Ari?«

Der Deutsche schaut sich noch einmal um: »Ja, schon«, antwortet er, »aber werde das Gefühl nicht los, dass mich jemand beschattet!«

Aris Augen schweifen hinüber zum Brunnengebäude, dessen Überdachung auf acht Säulen ruht. Zahlreiche Gläubige haben sich um die Wasserquelle versammelt, um vor dem Gebet die rituelle Reinigung zu vollziehen. Männer hocken am Boden und waschen ihre Füße, andere haben die Ärmel hochgekrempelt und benetzen ihre Hände. Aus dem Gewühl der Moschee-Besucher kommt Michel winkend auf die beiden zu:

»Ari, hier sind wir!«

In seinem Schlepptau fast die gesamte Reisegruppe. Ari und Ahmed berichten vom Zwischenfall im Antiquitätengeschäft. Schnell verfliegt bei Ari der Gedanke, belauert zu werden. Alles nur Einbildung, redet er sich ein.

Das prächtige Bauwerk mit seinen umlaufenden Arkaden nimmt Ari schon bald gefangen. Eine kleine Gruppe von Frauen sitzt im Schatten des Vorbaus im Halbkreis zusammen und palavert angeregt miteinander. Ein paar Schritte weiter liegt ein Mann ausgestreckt auf dem Boden und schläft tief und fest. Kinder rennen, nach ihrer Mutter rufend, über den Platz. In der Moschee wird gelebt. Es ist so anders als in einem christlichen Gotteshaus, wo man kaum zu atmen wagt und die Stille so bleiern über dem Besucher schwebt. Die farbenfrohe Gestaltung dieses islamischen Heiligtums vermittelt eine Lebensfreude, die christliche Sakralbauten im allgemeinen nicht ausstrahlen.

Ahmed zupft Ari am Ärmel: »Folge mir in die Moschee! Ich muss noch ein Gebet sprechen und mich bei Allah für die Rettung aus Lebensgefahr bedanken. Du kannst derweil den Schrein im Inneren aufsuchen. Johannes der Täufer hat dort seine letzte Ruhestätte gefunden – oder sagen wir besser, dessen abgeschlagener Kopf. Ein Hotelgast hat mir erzählt, dass dieser Heilige auch von euch Christen verehrt wird. Du musst das prächtige Grabmal unbedingt mit eignen Augen sehen!«

Ari gibt Ahmed Recht. Schließlich ist er hierhergekommen, um im Urlaub die Sehenswürdigkeiten Syriens zu bewundern. Guter Dinge schlendern die beiden zum Portal des Gotteshauses, das ursprünglich einmal als christliche Basilika geweiht worden war.

»Meine Stiefel! Schnell, gib mir meine Stiefel! Dort, die hohen Schwarzen aus Leder. Los, her damit!«

Unwirsch fordert der Mann an der Außenpforte sein Schuhwerk zurück. In Windeseile schlüpft er hinein und späht noch einmal zurück in den Innenhof. Seine Augen haften auf Ari und beobachten jegliche seiner Bewegungen, bis dieser im Innern der Moschee verschwindet. Der Hüne zupft in aller Seelenruhe seine rote Schärpe zurecht, glättet sein blaues Gewand und überprüft den Sitz seines Krummdolchs. Bevor er den überdachten Vorraum des Eingangsportals verlässt, schaut noch einmal verhohlen in die schmalen Seitenstraßen. Sein Mund verzieht sich unter seinem roten Bart zu einem hämischen Grinsen, als er mit schnellen Schritten im Getümmel der Basarstraßen verschwindet.

6. Rückkehr nach Mesopotamien

Montag, 3. Mai 2010. Die Morgensonne blinzelt schon über die Dächer von Damaskus und schickt ihre warmen Strahlen in den Innenhof des Hotels *Dar Al-Yasmin*. Vogelgezwitscher ertönt zwischen den Mauern des alten Gebäudes, das sich im Sonnenlicht in seiner vollen Pracht präsentiert. Die farbenfrohen Wandmalereien liegen mit den schimmernden Perlmutt-Intarsien der antiken Möbel im Wettstreit. Inmitten dieses orientalischen Prunks lassen sich Ari und sein Freund Michel das Frühstück schmecken.

»Unser Hotelboy Ahmed hat wieder einmal gezaubert!«

Michels Worte drücken die unverhohlene Begeisterung für das leckere Mahl aus, das dieser in seiner Mini-Küche zubereitet hat.

»Der arabische Kaffee ist ausgezeichnet, Ahmed!«, ruft er zu ihm herüber.

Die anderen Gäste stimmen dem Lob zu: »The best breakfast of Damascus!« Ahmeds Grinsen wird immer breiter - nicht nur wegen der Anerkennung seiner Küchendienste, sondern er ist sich nun ganz sicher, dass das Trinkgeld zum Abschied sehr großzügig ausfallen wird, denn die Deutschen reisen ja heute ab.

»Kann ich noch etwas für euch tun?«, möchte Ahmed mit etwas Wehmut in der Stimme wissen.

»Hast du vielleicht eine Morgenzeitung zur Hand?«, möchte Michels Ehefrau Yassma wissen. Kaum hat sie diesen Wunsch geäußert, schiebt ihr Ahmed die neueste Ausgabe der ›Al-Thaura‹ neben den Frühstücksteller.

»Bitteschön - fast druckfrisch! Hat der Bote eben erst gebracht.«

Yassmas Augen strahlen: Eine Zeitung zum Frühstück - wunderbar! Gerade als die Ärztin danach greifen möchte, reißt der junge Türke das Druckwerk wieder an sich. Sein Gesicht läuft blutrot an und er schnappt nach Luft:

»Das gibt es doch gar nicht! Dieser Kerl hat es auf die Titelseite der größten Tageszeitung von Damaskus geschafft!«, poltert es aus ihm heraus.

»Welcher Kerl?«, wollen Ari und Michel wissen. Von Neugierde gepackt, springen beide fast gleichzeitig von ihren Stühlen, um einen Blick auf die Zeitung zu erhaschen.

»Schaut her! Hier – auf dem Titelblatt!«

Ahmed stößt immer wieder mit seinem Zeigefinger auf das Porträt eines Mannes in Polizeiuniform, der über beide Ohren strahlend ein Gemälde vor seinem beleibten Oberkörper präsentiert. Yassma beugt ihren Kopf über die Zeitung und übersetzt die Bildunterschrift:

»Syrischer Polizeioffizier fasst gefährlichen Antikenräuber.«

Ahmed ist kaum zu beruhigen: »Der hat doch nur herumgestanden und nichts getan! Er hat tatenlos zugesehen, als der ›Blaue Fuchs‹ mich beinahe erwürgt hat! Und nun lässt er sich als Held feiern!«

Ari versucht zu beschwichtigen: »Ärgere dich nicht, Ahmed! Wir alle wissen, was passiert ist. Hauptsache, wir haben den Apostel Paulus aus den Klauen des Gangsters gerissen!«

Doch Ahmed lässt sich nicht beruhigen: »Aber das ist doch das Schlimme« echauffiert sich Ahmed weiter, »hier steht, dass die syrische Polizei den ›Blauen Fuchs‹ festgenommen hat. Aber schau, wer auf dem Foto abgebildet ist!«

Ari ist zunächst sprachlos und muss dann lachen: »Das ist doch nicht der ›Blaue Fuchs‹! Der Mann auf diesem Bild ist der Besitzer des Antiquitätengeschäfts! Kein Wunder, dass der Räuber immer wieder entkommen kann, wenn so schlampig ermittelt wird!«

Die Aufregung legt sich sofort, als eine energische Stimme mit wienerischem Akzent vom Hotelflur in den Innenhof schallt:

»Gemma, gemma! Der Busfahrer wartet schon, *Yallah*!«

Kayes ist wieder in seinem Element. Wie immer treibt er seine ›Schäfchen‹ zusammen und lotst sie zum bereitstehenden Bus. Dort zählt er gewohnheitsgemäß die Anwesenden durch:

»Alle da!«, stellt Kayes befriedigt fest, »bitte einsteigen! Wir haben heute eine weite Strecke vor uns, gemma!«

Der Abschied ist kurz. Ari umarmt noch einmal seinen neuen Freund Ahmed, der es sich nicht nehmen ließ, die Reisegruppe bis zum Bus zu begleiten:

»Wenn du wieder nach Damaskus kommst, musst du wieder in unserem Hotel übernachten!«

Ari nickt und drückt ihm noch einmal die Hand: »Versprochen, Ahmed!«

Der Hoteldiener winkt dem Reisebus noch eine Zeit lang hinterher, als dieser sich in zügiger Fahrt in den morgendlichen Berufsverkehr von Damaskus einreiht. Die Deutschen waren heute sehr großzügig! Ahmed zieht aus seiner Hosentasche einen Stapel grüner Geldscheine hervor, die er mit flinken Fingern zählt. Wenn das Trinkgeld nur immer so üppig ausfallen würde! Dann könnte er schon bald in die Türkei zurückkehren und Hochzeit feiern.

Kayes steht ganz vorne im Bus, breitbeinig und mit dem Rücken zur Fahrtrichtung. Er angelt sich das Mikrofon, das neben dem Fahrersitz in einer Metallhalterung steckt. Über die Bordlautsprecher des Reisebusses wendet er sich an die Reisegäste. Kayes kräftige Stimme klingt durch die Anlage verzerrt, fast so quäkend, wie die Durchsagen über die Lautsprecher in einer Bahnhofsvorhalle:

»Wir verlassen nun die Hauptstadt Damaskus und fahren in Richtung Norden. Zuerst besuchen wir die Oasenstadt Palmyra. Übermorgen besichtigen wir die Ruinen der antiken Pilgerstadt Rusafa und dann erreichen wir am frühen Nachmittag den Euphrat!«

Der Euphrat - kaum hat Kayes diesen Namen ausgesprochen, verstummen schlagartig alle Gespräche der Reisenden. Mit diesem Fluss verknüpft ein jeder den Zauber des Alten Orients. Der Euphrat, das ist Mesopotamien. Schon in drei Tagen kommen sie im Zweistromland an, dem Land der Sumerer, Babylonier und Assyrer. Jeder Einzelne von ihnen verbindet eine andere Vorstellung mit diesem Reiseziel. Auch Ari versinkt in Gedanken. An den Gestaden dieses Flusses hat seine Karriere als Antikenforscher begonnen. Im Land zwischen den beiden Strömen Euphrat und Tigris hat er als junger Student und später als ausgebildeter Archäologe gearbeitet. Dort hat er damals mit Beduinen gelebt, die das Land zwischen den beiden großen Flüssen ›Jezirah‹ - ›Insel‹ - nennen. Ari brennt förmlich darauf, nach über zwanzig Jahren wieder einmal dorthin zurückzukehren. Kilometer um Kilometer kommt er nun seinem lang ersehnten Ziel ein Stück näher. Er kann es kaum abwarten, dass ihn der Bus mitten hinein in die syrische Wüste trägt. In die Jezirah - die ›Insel‹ der Beduinen. Ari kehrt zurück nach Mesopotamien!

Der Bus zwängt sich durch den Stau der morgendlichen Rushhour von Damaskus. Immer wieder dröhnt das mächtige Signalhorn, um sich den Weg durch das ameisenartige Gewühl von Menschen und Autos zu bahnen. Plötzlich schrillen die Bremsen. Mit quietschenden Reifen kommt der Bus zum Stillstand. Die Fahrgäste werden ruckartig nach vorne katapultiert. Michel, der gerade in einen Reiseführer vertieft war, entgleitet das kleine Buch. Es rutscht ihm aus den Händen und fällt zu Boden.

»Du verdammter Idiot! Hast du keine Augen im Kopf?«, schimpft Busfahrer Adnan aus dem geöffneten Seitenfenster einem Mann hinterher, der, ohne sich umzublicken, die zweispurige Fahrbahn überquert. Der Passant eilt geradewegs auf einen Überlandbus zu, der am gegenüberliegenden Straßenrand angehalten hat, um neue Fahrgäste aufzunehmen. Durch die Schimpftirade des Busfahrers aufgeschreckt, fällt Aris Blick hinüber zur anderen Straßenseite. Er sieht gerade noch, wie ein hochgewachsener Mann in blauem Gewand den wartenden Bus besteigt. Wie elektrisiert springt Ari von seinem Sitz:

»Das ist doch nicht möglich ... da, auf der anderen Straßenseite: ›Der Blaue Fuchs‹!«

Die Fahrgäste verdrehen ihre Hälse bei der Ausschau nach dem Ganoven. Einige erheben sich von ihren Sitzen und versuchen, einen Blick durch die Seitenfenster auf die andere Straßenseite zu erhaschen. Der Hüne mit dem roten Wuschelkopf nimmt seelenruhig am Fenster des anderen Busses Platz. Vorsichtig schaut er sich nach allen Seiten um. Sein Auge fällt auf die gegenüberliegende Straßenseite. Er wundert sich, warum sich dort in einem Reisebus eine Traube von Touristen an den Seitenfenstern versammelt hat. Dann erkennt er Ari, um den sich seine Mitreisenden geschart haben. Alle wollen einen Blick auf den Gangster werfen, dessen Taten die Schlagzeilen der heutigen Tageszeitung füllen. Ari kann es nicht fassen: Der Übeltäter ist in greifbarer Nähe und kann völlig unbehelligt durch Damaskus stolzieren! Die Augen des ›Blauen Fuchses‹ verwandeln sich zu schmalen Schlitzen, mit denen er Ari fixiert wie ein Raubtier seine Beute. Kurz darauf hellt sich die Miene des Ganoven sichtlich auf, denn der Überlandbus setzt sich mit schnaufenden Motorgeräuschen langsam in

Bewegung. Fast im Zeitlupentempo rollt das völlig verrostete und total zerbeulte Vehikel an dem modernen Reisegefährt der deutschen Touristengruppe vorbei.

Abb. 6: Syrischer Überlandbus

Ari schaut wie versteinert aus dem riesigen Seitenfenster. Es ist zum Verzweifeln: Nur eine Handbreit ist der Bursche von ihnen entfernt. Man könnte ihn in diesem Moment am Kragen packen, wenn man nicht in einem Bus sitzen würde! Der Verkehr kommt urplötzlich für ein paar Sekunden zum Stocken. Der Überlandbus muss abbremsen und bleibt stehen. Das Fenster, an dem der Antikenräuber Platz genommen hat, liegt nun genau gegenüber von Aris Sitzplatz. Verächtlich begutachtet der Tscherkesse die Deutschen, die nun dicht gedrängt an den Fenstern hängen. Wie in Zeitlupe zückt der ›Blaue Fuchs‹ seinen Dolch, wirft seinen Kopf ein wenig in den Nacken und zieht die Klinge mit einer schneidenden Bewegung an seiner Kehle vorbei. Ari weiß, wem diese Drohung gilt. Im nächsten Augenblick setzen sich beide Fahrzeuge in unterschiedliche

Richtungen in Bewegung. Im Wegfahren erblickt Ari noch am Heck des Überlandbusses ein weißes Schild mit arabischer Aufschrift.

»Wohin fährt dieser Bus, Kayes?«

Der Reiseleiter hastet durch den schmalen Mittelgang zum Heck ihres Reisebusses. Gerade noch kann er das Hinweisschild an der Rückseite des davonbrausenden Fahrzeugs ablesen:

»Aleppo – der Bus fährt nach Aleppo!«, ruft er Ari zu.

Der starrt noch immer wie entgeistert aus dem Seitenfenster. Auch wenn der ›Blaue Fuchs‹ nun eine gänzlich andere Route einschlägt, beschleicht Ari wieder dieses unangenehme Gefühl. Wie immer, wenn sich seine Wege mit denjenigen dieses Mannes kreuzen! Noch immer klingt ihm dessen höhnisches Gelächter im Ohr.

Die Fahrt geht weiter. Die Reisenden nehmen wieder ihre Plätze ein. Kayes lässt sich neben Ari in den Sitz fallen.

»Wir müssen zur Polizei und Anzeige erstatten«, wendet sich Ari an den Reiseleiter, »die müssen ihn erwischen, bevor er in Aleppo untertaucht!«

Kayes schaut ihm mit ernster Miene ins Gesicht:

»Der Kerl ist entkommen. Er ist auf dem Weg nach Aleppo. Die Polizei wird sich nicht die Mühe machen, nach diesem Ganoven zu fahnden. Und schon gar nicht in einer Großstadt wie Aleppo mit drei Millionen Einwohnern. Wenn wir die Behörden informieren wollen, dass der Gangster auf dem Weg dorthin ist, müssten wir jetzt unsere Reise unterbrechen. Wir beide würden dann den heutigen Tag in einem stickigen Polizeibüro verbringen. Wir haben nur noch zehn Tage vor uns. Was würden die anderen hier im Bus dazu sagen, wenn wir unsere kostbare Zeit mit der Jagd nach einem Dieb vergeuden?«

Ari pflichtet kleinlaut bei: »Du hast Recht. Hoffentlich läuft er uns in Aleppo nicht noch einmal über den Weg, wenn unsere Reise dort endet!«

Kayes klopft ihm aufmunternd auf die Schultern, greift sich erneut das Mikrofon und stimmt die Reisenden auf das nächste Ausflugsziel ein: die Oasenstadt Palmyra. Als sie nach über sechs Stunden Fahrt ihr Ziel erreichen, haben die meisten der deutschen Touristen die aufregenden Zwischenfälle in Damaskus schon wieder vergessen. Zu sehr werden sie vom Anblick der Monumente aus spätrömischer Zeit in den Bann gezogen, die wie ein steinernes Korsett die dichten Palmenwälder umgürten. Einst war Palmyra das Machtzentrum der legendären Königin Zenobia, bis diese im Jahr 272 nach Christus von Kaiser Aurelian unterworfen wurde. Eine antike Metropole inmitten der syrischen Wüste! Als die Gruppe im Schatten hochaufragender Marmorsäulen eine Pause einlegt, macht Kayes auf ein leicht verwittertes Schild an einem Holzpfahl aufmerksam: ›Badehaus von Königin Zenobia‹ - inmitten von Tempeln und Grabtürmen! Dazwischen erstrecken sich ausgedehnte Gärten mit Dattelpalmen. Die dunkelgrünen Blätterkronen spenden jedem Besucher den ersehnten Schatten in dieser Wüstenei. Das Palmenmeer dieser Oasenstadt war schon in der Antike ein besonderes Ziel für reisende Kaufleute.

»Schon bei den alten Babyloniern und Assyrern war dieser Palmenhain eine wichtige Etappe auf dem beschwerlichen Karawanenweg quer durch die Wüste«, erläutert Ari seinen Reisegefährten, »allerdings findet dieser Ort in Keilschrifttexten mit seinem semitischen Namen ›Tadmur‹ Erwähnung. Wie ihr bei unserer Ankunft auf den Straßenschildern am Ortsrand lesen konntet, hat sich dieser Name bis heute im Arabischen als ›Tadmor‹ erhalten. Der griechische Name ›Palmyra‹ nimmt Bezug auf die Vegetation, taucht aber erstmals im ersten Jahrhundert vor Christus auf.«

Sie begegnen auf ihrem Weg durch die kilometerlangen Kolonnaden japanischen und französischen Touristengruppen, die sich staunend vor dem mächtigen Bauwerk des Baal-Tempels versammeln. Am Abend schlendern die Deutschen den mittelalterlichen Burgberg hinauf und genießen den fantastischen Ausblick auf die weiten Ruinenfelder. Nachdem die Sonne als blutrote Kugel hinter den Wipfeln der Palmen verschwunden ist, kehren sie zum Hotel zurück.

Die Reisegruppe verweilt noch einen ganzen Tag in der Oasenstadt. Am frühen Morgen steht schon ein einheimischer Führer bereit, der sie zur einzigartigen Nekropole der antiken Stadt begleitet. Sie folgen dem Mann in einen Grabturm, in dem eine steile Treppe die fünf Stöcke hinaufführt. Eng und stickig ist es in dem dunklen Verlies. Licht dringt nur durch schmale, schießschartenartige Öffnungen. Die Grabtürme seien Familiengrüfte, erläutert der Fremdenführer. Die schweren Sarkophage habe man durch die engen Schächte in das jeweilige Geschoss hinaufgeschleppt. Die Deutschen schwitzen jetzt schon, ohne eine größere Last tragen zu müssen! Im Innern der Grabanlage werden sie für den mühsamen Aufstieg entschädigt: Die Grüfte und Sarkophage sind mit Reliefs, manche sogar mit vollplastischen Porträts der Toten verziert. Es geht zu wie im Taubenschlag. Franzosen, Japaner, Engländer zwängen sich aneinander vorbei. Kein Ort für Leute mit Platzangst! Draußen vor dem Grabturm lauern inzwischen Heerscharen von Souvenirhändlern. Kitschige Postkarten, Schlüssel-anhänger in Form einer Palme und billige Imitationen von antiken Skulpturen werden feilgeboten. Wer möchte, kann hoch zu Kamel die Ruinenstadt besich-tigen.

Doch Kayes hält eine besondere Überraschung für seine Gruppe parat. »Gemma, gemma! Yallah!«, fordert er mit seinem speziellen syrisch-wienerischem Charme, »man öffnet eigens für uns eine der unterirdisch angelegten Graban-lagen, die ansonsten für Touristen verschlossen bleiben.«

Ein älterer Herr in Anzug und Krawatte erwartet sie bereits freundlich lächelnd vor dem Zugang zur Gruft:

»Guten Tag, werte Gäste«, begrüßt er die Gruppe. »Mein Name ist Khaled al-Asaad. Ich war bis zum Jahr 2003 der Generaldirektor der Altertümer von Pal-myra. Sie haben Glück! Ich bin heute nur zufällig hier. Als ich hörte, dass ein Archäologe unter ihnen weilt, habe ich mich überreden lassen, dieses Hypogäum für sie zu öffnen.«

Ari errötet, beeilt sich aber, dem syrischen Kollegen für seine Großzügigkeit zu danken. Der zieht einen mindestens fünfzehn Zentimeter langen Schlüssel mit einem überdimensionierten Bart aus der Jackentasche. Es dauert eine Weile, bis das alte Schloss der massiven Steintür seinen Widerstand aufgibt. Quiet-schend öffnet sich die monumentale Pforte. Sie folgen dem greisen Antikenwäch-ter über eine Steintreppe hinab ins Totenreich. Ari kommt beim Betreten der finsteren Grabanlage die Beschreibung von Odysseus in den Sinn, dem beim Gang in die Unterwelt die Seelen der Abgeschiedenen entgegenkamen. Jünglinge und Greise, Jungfrauen und Kinder, Helden mit klaffenden Wunden und blutbe-sudelten Rüstungen umflatterten ihn und seine Genossen mit grausigem Stöh-nen, berichtet der Held in der Odyssee. Hier unten ist es noch dunkler als in dem Grabturm. Doch Kayes hat alles perfekt vorbereitet. Drei Taschenlampen sind zur Hand und beleuchten nun das unterirdische Szenario. Die Lichtkegel streifen Büsten von Frauen, deren Marmoraugen mit abwesenden Blick an dem Besucher vorbeischauen. Die Deutschen wandeln durch einen langen Gang, an dessen finsterem Ende zwei weitere Durchgänge abzweigen, über denen sich in Stein gehauene Gewölbebögen spannen. Die Porträts der hier Bestatteten ragen in hohem Relief aus der Wand, als ob sie neugierig wären, wer aus der Oberwelt zu Besuch kommt. Ein unvergessliches Erlebnis für jeden, der einmal seinen Fuß in diese Grabanlage aus dem ersten Jahrhundert nach Christus setzen darf! Spannend sind auch die Geschichten, die der ehemalige Antikendirektor von Palmyra während des Besuchs der Grabstätte zu erzählen hat. Nach dem Besuch der Gruft verabschieden sich alle mit überschwänglichen Dank. Der pensionierte Generaldirektor verschließt die Krypta und lächelt zufrieden:

»Es war mir eine besondere Ehre, Ihnen diesen einmaligen Schatz zu präsentieren. Schließlich ist dieses Hypogäum ein Teil unseres gemeinsamen Weltkulturerbes!«

Niemand konnte bei der herzlichen Verabschiedung von Khaled al-Asaad ahnen, welch grausames Schicksal diesen liebenswürdigen älteren Herrn fünf Jahre später ereilen sollte.[2]

Am nächsten Morgen brechen sie zum Euphrat auf. Endlich! Rückkehr nach Mesopotamien! Ari rutscht vor lauter Aufregung auf seinem Sitz hin und her. »Wie weit ist es noch? Kannst du nicht mehr Gas geben, Adnan?«, stichelt er gegen den Busfahrer. Der aber lehnt sich entspannt im bequemen Fahrersitz zurück:

»Geduld! Ich bringe dich früh genug in deine geliebte *Jezirah*!«

Die Monotonie der holprigen Teerpiste, die quer durch die syrische Wüste führt, lässt die Reisenden in einen schläfrigen Dämmerzustand fallen. Die aufregenden Ereignisse in Damaskus liegen schon meilenweit hinter ihnen.

---

[2] Khaled al-Asaad, dessen Lebensinhalt die Wahrung der einzigartigen Ruinenstätte von Palmyra war, wurde am 18. August 2015 auf brutalste Art und Weise von IS-Fanatikern ermordet, weil er sich für den Erhalt von ›Götzenbildern‹ einsetzte.

7. An den Ufern des Euphrats

Adnan, der Busfahrer, hatte schon zu Beginn der Reise seine fahrerischen Fähigkeiten in der Großstadt Damaskus unter Beweis gestellt. Nun chauffiert er den riesigen Reisebus mit traumwandlerischer Sicherheit durch die Ödnis dieser flachen, mit spärlichen Sträuchern und Gräsern bewachsenen Landschaft. Syrien, ein Land mit vielen Gesichtern: Gestern bewunderten die Deutschen noch das üppige Grün der Oasenstadt Palmyra, und heute rasten sie inmitten einer Wüstensteppe, in der kein Baum und kein Strauch weit und breit zu sehen ist. Es geht dem heutigen Etappenziel entgegen: dem Euphrat-Stausee im nördlichen Teil des Landes. Die breiten Reifen des Reisebusses schlucken fast jedes Schlagloch der geteerten Piste und machen das Reisen recht komfortabel. Lediglich die wulstigen Teernähte auf dem rauen Straßenbelag schlagen einen sich ständig wiederholenden Takt im Zusammenspiel mit den robusten Blattfedern. Nahezu alle fünf Sekunden ertönt ein rhythmisches ›Plopp – Plopp‹, wenn die Vorder- und Hinterreifen im Wechsel auf einen dieser quer zur Fahrbahn verlaufenden Teerränder treffen.

Adnan erweist sich als wahrer Kapitän der Landstraße. Wie ein König thront er auf dem Fahrersitz, von dem aus er die schnurgerade Straße und das gesamte Umfeld aufmerksam im Blick behält. Die geschwärzten Gläser seiner Sonnenbrille schützen seine Augen vor den grellen Strahlen der Wüstensonne, die trotz der getönten Frontscheibe ins Innere des Fahrzeugs dringen. Seine Miene drückt größte Zufriedenheit aus. Fahren ist sein Element!

»Weißt du, Ari«, wendet er sich an den Deutschen, der neben ihm auf dem Beifahrersitz Platz genommen hat, »dieses Fahrzeug hat meine Firma im letzten Jahr angeschafft. Direkt aus China nach Syrien importiert. Allerdings bevorzuge ich ein deutsches Fabrikat. Wenn ich zu entscheiden hätte, würde ich jetzt in einem Wagen der Marke M.A.N. sitzen. Aber die chinesischen Fahrzeuge waren einfach günstiger – und so hat mein Chef diesen hier gekauft!«

Dem chinesischen Fabrikat mangelt es an nichts! Es hat sich auf der langen Reise als äußerst bequem und bislang auch als sehr zuverlässig erwiesen. Keine

Panne während der gesamten Fahrt! Ein kleines Wunder beim Zustand der Wüstenpisten, die vor allem im Frühjahr, während der Regenzeit, sehr in Mitleidenschaft gezogen werden. Dann überfluten reißende Flüsse die Teerdecke und schwemmen Geröll und Schlamm aus den Bergen hinab ins Euphrattal. Als Ari aus dem Fenster schaut, bemerkt er hier und da graue Steinhaufen am Wegesrand: Die Überreste einer Gerölllawine, die erst kürzlich mit Hilfe von Baggern und Planierraupen zusammengeschoben worden sein muss. Schweres Gerät hat tiefe Spurrillen im Wüstensand hinterlassen.

Syrien ist ein Land, in dem der Orient in vielen Landesteilen noch so ursprünglich ist wie vor einhundert Jahren! An manchen Orten scheint die Zeit stillgestanden zu haben. So auch in den Beduinendörfern der *Jezirah*, in denen Ari gearbeitet hat. Es war eine wunderbare Zeit, die er hier als Archäologe verbringen durfte. Rückblickend erging es ihm wie der berühmten Krimiautorin Agatha Christie, die ihren Mann, den bekannten Archäologen Sir Max Mallowan, jahrelang bei seinen archäologischen Ausgrabungen in Mesopotamien begleitet hatte. Ihre gemeinsamen Erlebnisse in Syrien hat die Schriftstellerin in ihrem Buch ›*Come, tell me how you live*‹ beschrieben. Noch heute findet Ari, dass der englische Titel nicht das auszudrücken vermag, was der deutsche Name des Buches verspricht. Bei uns ist die Übersetzung des kleinen Meisterwerks unter dem Titel ›*Erinnerungen an glückliche Tage*‹ erschienen - und genau das hat Ari beim Lesen von Agatha Christies liebevoller Hommage an die syrische *Jezirah* und ihre Bewohner empfunden. Auch Ari hat unter den einfachen Menschen der syrischen Wüste seine glücklichsten Tage verbracht.

Der Busfahrer bemerkt, dass Aris Nervosität steigt:

»Na Ari, du kannst es wohl kaum abwarten, das Euphrattal wiederzusehen? Wir erreichen in wenigen Minuten Tabqa. Diese Stadt am Rande der Wüste kennst du doch bestimmt von früher?«

Ari nickt und blickt durch die riesige Frontscheibe. Noch kann er nichts erkennen, was daran liegen könnte, dass das leicht getönte Glas über und über mit zerquetschten Mücken übersät ist. Über diesen schleimigen Belag toter Moskitos hat sich eine Kruste aus Staub über die Front des Busses ausgebreitet. Ari kneift die Augen ein wenig zusammen und späht angestrengt durch eine schmale Lücke des gläsernen Insektenfriedhofs. Nach fünf Minuten zeichnen sich die ersten Häuserfronten des kleinen Städtchens am Horizont ab.

»Da vorne ist die Stadt Tabqa!«, ruft Ari freudig erregt in den Bus.

Die Mitreisenden zücken in Erwartung einer Sehenswürdigkeit ihre Fotoapparate. Als der Bus in den Ort einfährt, senken sich die Objektive wie auf Kommando. Dieses gottverlassene Nest scheint es nicht wert, abgelichtet zu werden. Enttäuscht wenden sich die Mitreisenden ab und fallen wieder in ihre Sitze. Ari dagegen schwelgt in seinen Erinnerungen. Still, in sich gekehrt. Hier ist in der Tat die Zeit stehen geblieben! Nichts hat sich hier verändert in den letzten zwanzig Jahren. Der Bus verlangsamt sein Tempo, als er die ersten Häuser der verschlafenen Kleinstadt passiert. Während der Bauzeit des Staudamms, in den frühen Siebzigern, wurde das alte Dorf Tabqa von den Plattenbauten der modernen Satellitenstadt förmlich überwuchert. Die neue Siedlung wurde auf den Namen *Ath-Thawra* – übersetzt ›Der Sieg‹ – getauft. Was für ein Sieg! Im Zentrum mussten die traditionellen Lehmziegelhäuser grauen Wohnsilos weichen. Der ›Charme‹ sozialistischer Plattenbauten bestimmt bis heute das Stadtbild des Ortskerns. Die Trostlosigkeit der Umgebung versetzt Ari in einen tranceartigen Zustand. Längst verblasste Erinnerungen werden hervorgerufen, vor allem, als sie das ehemalige Fischereizentrum passieren, das in seiner Studentenzeit von ostdeutschen Entwicklungshelfern aufgebaut wurde. Wie oft hatte er hier die Post für die Grabungsmannschaft abgeholt! Wenn man Glück hatte, traf alle zwei Wochen ein Brief aus der Heimat ein. Mit fiebrigen Händen wurde dann der Umschlag geöffnet, jede Zeile verschlungen und immer wieder gelesen, bis das nächste Schreiben aus der Ferne eintraf. Heute liegt der ehemalige Prachtbau des Instituts halb verfallen am Straßenrand. Schon zwei Jahre, nachdem die Fischerei-Experten abgereist waren, ist man hier zum Alltag übergegangen. Die Dieselmotoren der Boote funktionierten schon nach kurzer Zeit nicht mehr. Es war auch niemand da, der sie hätte reparieren können. So ruderten die ehemaligen Beduinen, die man zu Petrijüngern umfunktionieren wollte, auf den See hinaus und fischten mit Methoden, die sie mit Sicherheit nicht von den Entwicklungshelfern gelernt hatten. Vom Ufer her hörte man immer wieder die Explosion von Dynamit-Stangen, mit denen man der mühsam aufgebauten Fischpopulation zu Leibe rückte. Als Ari das letzte Mal die Stadt Tabqa besuchte, bestimmten noch die russischen Ingenieure und ihre Familien das Straßenbild. Jetzt sind auch diese schon längst in ihre Heimat zurückgekehrt. Tristesse hat sich in der ›Stadt des Sieges‹ breitgemacht. Ein beklemmendes Gefühl keimt in Ari auf. Zum ersten Mal empfindet er auf der Syrien-Reise ein gewisses Unbehagen, das er sich nur schwer eingestehen will. Was haben sie in den letzten Tagen alles gesehen und erlebt: das historische Damaskus – die Basaltstadt Bosra – die Oase von Palmyra – das Wüstenschloss Qasr al-Shark – die ausgedehnten Ruinen von Rusafa. Und nun am Rand der syrischen Wüstensteppe blickt er mit Wehmut zurück auf längst vergangene Zeiten.

Doch Aris Melancholie verfliegt so schnell, wie sie gekommen ist, als ihm eine silbrig schimmernde Fläche am Horizont ins Auge springt:

»Da! Der Euphrat!«

Nach Aris Ausruf richten die Mitreisenden ihre Blicke wie elektrisiert nach vorne. Einige reißen ihre digitalen Kameras aus den Schutzhüllen und drängen zu den Fensterplätzen. Die rechte Seite bietet den besten Ausblick auf den Strom. Die Auslöser der Fotoapparate klicken unaufhörlich. Einige Fahrgäste verharren wie gebannt, fast regungslos, in ihren Sitzen und heften ihre Augen an die Oberfläche des legendären Flusses. Sie fixieren mit ihren Pupillen das sagenumwobene Gewässer, lichten es mit den Augen ab.

Am Rand der Kleinstadt taucht auf der rechten Straßenseite eine riesige, steil aufragende Dammbrücke auf. Die schon von weitem sichtbare Mauer versprüht den Liebreiz eines verblassten Betondiadems. Da liegt sie nun vor ihnen: die halbkreisförmige Krone des Tabqa-Damm-Projekts, das einstige Prestige-Projekt des längst verstorbenen syrischen Staatspräsidenten Hafiz al-Assad. Mit Hilfe russischer Ingenieure wurde ein ca. sechzig Meter hohes und ungefähr vier Kilometer breites Stauwehr errichtet. Der seit Jahrtausenden dahinfließende Euphrat wurde von heute auf morgen eingefangen, seiner Freiheit beraubt und gebändigt. Der Bus rattert über den letzten Teil einer sandigen Piste, entlang einer mit grünen Schilfgräsern bewachsenen Uferböschung. Welch ein Gegensatz! Eben noch die staubige Wüstensteppe, dann die langweiligen Wohn-Kartons des Städtchens Tabqa und nun das saftige Grün der Euphrat-Aue! Die Pflanzen spiegeln sich in den hellblauen Wassern des Flusses, der hier majestätisch dahinfließt.

Als der Bus stoppt, hält es Ari nicht mehr länger auf seinem Sitz. Als Erster stürmt er zum Ausstieg, springt mit einem Satz aus dem Fahrzeug und landet mit beiden Füßen auf dem mit grauem Geröll bedeckten Parkplatz. Auch hier hat sich nichts verändert seit Aris letztem Besuch. Drüben steht noch das alte Restaurant, in dem er damals als Archäologie-Student mit seinen Kommilitonen eingekehrt war. Nicht wegen des Essens sind sie damals hierhergekommen. Nein, hier gab es das einzig kühle Bier im Umkreis von fünfzig Kilometern, denn das Restaurant war mit einem Kühlschrank gesegnet. Wenn Strom geliefert wurde und das Kühlaggregat ins Laufen kam, war ein kaltes Getränk der höchste Luxus am Rand der Wüste! »Endlich wieder zurück! Alles noch so wie damals – als ob die Uhr stehen geblieben sei!« Ari wittert den unvergleichlichen Duft der syrischen Wüste. Der trockene Wind, der sanft von Osten herüberweht, vermischt sich hier am Ufer mit dem verdunstenden Wasser des Euphrats. Syrien – hier ist seine zweite Heimat! Wie sehr er dieses Land liebt und vor allem seine Bewohner!

Aris Blick fällt auf eine verwitterte, mit Patina überzogene Metalltafel. Die ist neu hier! Die gab es bei seinem letzten Besuch noch nicht! Mit der Handfläche wischt er kurz über das Metall, um sie vom dünnen Staubfilm zu befreien. Auf der rechteckigen Oberfläche der Metallplatte wird die Umrisszeichnung des Assad-Stausees sichtbar. Daneben sind die Namen von antiken Stätten eingraviert, die vor vielen tausend Jahren hier entstanden waren. Uralte Kulturstätten, die durch die Wassermassen des angestauten Euphrat-Stausees ein für alle Mal verschlungen wurden. Als Student hatte Ari am Ende der 70-er Jahre geholfen, einige dieser antiken Städte, Siedlungen der Sumerer, Babylonier und Assyrer, auszugraben, bevor alles verloren ging. Beim Lesen der Ortsnamen auf dem Schild tauchen die Erinnerungen auf: Tell Qannas, Habuba Kabira, Meskene-Emar, Tell Scheich Hassan, Mumbaqat und viele andere Fundorte sind damals für immer in den Fluten des stetig steigenden Stausees versunken. Hier auf dieser Metalltafel sind alle Ausgrabungsstätten von damals verewigt. Unwillkürlich kommen ihm die Namen der Freunde und Arbeiter aus den Beduinendörfern in den Sinn, die schon fast vergessen schienen. Nach und nach hat sich die Reisegruppe um Ari geschart. Mit großem Interesse beäugen alle die kleine Metalltafel und wollen wissen, wo er zum ersten Mal als Archäologe gearbeitet hat. Ari tippt mit seinem Zeigefinger auf eine Stelle am Nordostufer des Euphrat-Stausees: »Hier, im modernen Dörfchen Halawa. Genau an dieser Stelle habe ich meine erste Ausgrabung im Orient mitgemacht. Eine Notgrabung. Von der UNESCO organisiert. Wir haben damals als junge Wissenschaftler im Wettlauf mit dem ansteigenden Wasser des Stauwehrs gearbeitet. Fieberhaft haben wir Schicht für Schicht, Fund um Fund aus dem aufgeweichten Boden geborgen und für die Nachwelt dokumentiert. Expeditionen aus den USA, aus Japan, aus Italien, Holländer, Deutsche und natürlich auch Syrer haben hier gegen das unerbittlich ansteigende Wasser gekämpft. Manchmal mussten wir Tag und Nacht graben, um zu retten, was zu retten war. Damals war das Gebiet rund um den Euphrat-Stausee ein wahres El Dorado für Altertumsforscher! Jeder Tag erbrachte neue Erkenntnisse, warf aber auch neue Fragen nach dem Woher und Wohin der alten Völker auf, die hier vor über viertausend Jahren gelebt hatten.«

Rob, einer der Mitreisenden, wird von Aris Bericht völlig in den Bann gezogen: »Erzähle uns bitte mehr über deine Ausgrabungen hier in dieser Gegend! Das klingt alles so spannend!«

Ari freut es, dass sich die anderen für die alte Geschichte des Landes interessieren. »Wenn es euch nicht langweilt, schildere ich euch gerne von den Begebenheiten, die wir hier als Archäologen erlebt haben.«

Robs Augen leuchten. Mit seinen Händen zupft er seinen schwarzen Turban zurecht, den er zum Schutz vor der Sonne auf dem Kopf trägt. Ein Mitbringsel von einer Reise durch die Sahara, die der abenteuerlustige Rob bereits vor einigen Jahren unternommen hat. Schon seit Beginn ihrer gemeinsamen Syrien-Rundreise folgt er gebannt den Ausführungen des Archäologen und kann gar nicht genug davon bekommen.

»Bevor Ari weitererzählt, bitte ich euch, mir zu folgen!«, unterbricht Kayes die Unterhaltung, »auf euch wartet nämlich eine Überraschung: Ich habe ein Fischerboot bestellt, auf dem wir ein kleines Stück den Euphrat flussaufwärts fahren. Gemma, gemma – rein ins Boot, *yallah*!«

Der Fährmann, der sich einen rot-weiß karierten Beduinenschal um den Kopf gewunden hat, wartet schon mit seinem Schiffchen am Euphratufer. Jedem Einzelnen reicht er beim Übersteigen der Reling die Hand. Lässig zieht er dabei an einer selbstgedrehten Zigarette, die in seinem rechten Mundwinkel hängt. »Nimm Platz!«, begrüßt er höflich jeden einzelnen seiner Fahrgäste und zeigt auf vier Holzbänke, die quer im Schiffsrumpf eingebaut sind. Ari begibt sich ganz nach vorne zum Bug und nimmt im Schneidersitz auf den Planken Platz. Rob gesellt sich zu ihm. Eine leichte Brise weht über den Fluss in das Boot hinein. Eine willkommene Abkühlung, denn hier am Rande der syrischen Steppenwüste ist es am frühen Nachmittag sehr warm. Heute, Anfang Mai, dürften es gut und gerne fünfundzwanzig Grad Celsius sein. Die kleine Schaluppe beginnt unter dem Gewicht der Reisegruppe bedrohlich hin und her zu wippen. Breitbeinig steht der Kapitän - wenn man den Mann in seinen verschlissenen Hosen und dem halb zerrissenen Überhemd so nennen darf - am Heck des Schiffchens. Wie ein Akrobat balanciert er mit seinen nackten Füßen auf der kaum fünf Zenti- meter breiten Reling hin und her und gleicht die Schwankungen somit aus. Nachdem alle einen Sitzplatz gefunden haben, bückt er sich am Heck hinunter, greift mit seinen schwieligen Händen nach einer Leine und reißt diese mit einem kräftigen Ruck nach oben. Blubbernd macht sich der Außenbordmotor an die Arbeit. Erst stotternd, dann laut knatternd setzt sich die Maschine in Bewegung. Immer schneller nimmt das hellblau lackierte Boot Fahrt auf und treibt vom Ufer weg hinaus auf den Euphrat. Parallel zum Ostufer schippern sie eine Vier- telstunde lang in nördliche Richtung. Vorbei an kahlen Kalkfelsen, die wie Eis- berge aus dem Wasser ragen. Auf ein kurzes Zeichen von Kayes stellt der Schiffer den Motor ab. Stille, absolute Stille umgibt das Boot, das nun wie ein fliegender Teppich über den Euphrat zu gleiten scheint. Nur das Schwappen der Wellen ist zu hören, die versuchen, die Bordwand des Schiffchens zu erklimmen. Keiner der Bootsinsassen spricht ein Wort. Alle genießen diese Unterbrechung und hängen ihren Träumen nach - getragen von dem sanft dahinschaukelnden Kahn auf dem legendären Euphrat.

Rob ist derjenige, der alle aus den Tagträumen reißt: »Spann uns nicht länger auf die Folter, Ari! Los, erzähl schon, was du als Archäologe hier am Ufer des Euphrats erlebt hast!«

Robs Vorschlag findet große Zustimmung unter den Mitreisenden: »Gemma, gemma, Ari! *Yallah, yallah!*«, äffen einige den Wiener Dialekt von Reiseleiter Kayes nach, der grinsend in einer Ecke des Bootes döst.

»Also gut – ich drehe die Uhr um über dreißig Jahre zurück«, verkündet Ari und fühlt sich plötzlich selbst wie in einer Zeitmaschine. Als ob es gestern gewesen wäre, scheinen die Erlebnisse der damaligen Zeit zurückzukehren.

»Zum ersten Mal bin ich im Jahr 1977 in den Orient gereist. Mit einem bis unter das Dach vollbepackten VW-Bus von Saarbrücken aus nach Österreich, dann quer über den Balkan durch das ehemalige Jugoslawien. Auf einer der unfallträchtigsten Straßen Europas, dem sog. ›Autoput‹, bis nach Bulgarien und dann quer durch die Türkei. Wir passierten auf holprigen Küstenstraßen das sagenumwobene Troja und das berühmte Ephesos. In der Südtürkei überquerten wir das Taurus-Gebirge auf einer alten Passstraße, die schon die Kreuzritter auf ihrem Zug ins Heilige Land benutzt hatten. Dann lag es vor uns: Syrien. Nach über viertausend Kilometern in sechs Tagen!«

Gedankenverloren taucht Ari seine linke Hand in das Wasser des Euphrats. Dunkelblau schimmert es zu ihm herauf. Auf der glatten Oberfläche brechen sich abertausende kleine Sonnenstrahlen. In glitzernden Kaskaden spült der Strom kleine Wellen an den steinigen Strand. Gelbliche Kalksteinfelsen bilden an manchen Stellen eine natürliche Bucht. Die Sonne leuchtet wie eine glühende Fontäne im wolkenlosen Himmel. Hier am Lauf des Flusses Euphrat hat die früheste Menschheitsgeschichte begonnen! Hier hatten die ältesten Hochkulturen – Sumerer, Assyrer und Babylonier – vor vielen tausend Jahren ihren Ursprung!

Schon als Kind hatten Ari die Geschichten aus der Bibel fasziniert: Das Land, wo Milch und Honig fließen – welch eine Vorstellung! Milch und Honig in den Flüssen! Ganz bildlich hatte er sich das in seinen kindlichen Träumen ausgemalt, denn schließlich soll auch das Paradies im Zweistromland gelegen haben. Gegen das grelle Sonnenlicht blinzelnd, versucht Ari, das jenseitige Ufer des Euphrat-Stausees zu erkennen.

»Schaut! Könnt ihr den riesigen Berg vor uns erkennen, der sich am Horizont
wie eine Plattform in den See schiebt?«

Die Augen der Mitreisenden suchen den Horizont ab.

»Ja, jetzt sehe ich ihn«, ruft Rob herüber, »genau vor uns - aber man muss
genau hinschauen. Wir sind noch sehr weit entfernt!«

Abb. 7: Ausgrabung Mumbaqat mit Ausblick auf den Jebel Aruda

Ari zeigt mit dem Finger die Richtung:

»Das ist der heilige Berg der Beduinen, den sie *Jebel Aruda* - ›Berg des Aruda‹
- nennen. Wenn ihr genau hinseht, könnt ihr auf seiner Spitze eine kleine weiße
Kuppel erkennen. Das ist das weithin sichtbare Grabmal des moslemischen
Heiligen *Aruda*, nach dem der Gipfel benannt ist. Wenn wir querfeldein über
die Wüstenpiste kamen, mussten wir immer auf diese markante Landmarke
zusteuern. Genau gegenüber des Berges liegen die Beduinendörfer Mumbaqat
und etwas südlicher Halawa. Dort habe ich meine erste Orientexpedition im Jahr
1977 erlebt. Leider versanken Ende der achtziger Jahre nahezu alle Ausgrabungsstellen in den ansteigenden Fluten des neuen Stausees.«

»Habt ihr etwas Besonderes gefunden - Gold oder andere Kostbarkeiten?«,
möchte Rob wissen, der zunehmend ungeduldiger wird.

»Archäologen sind keine Schatzgräber, Rob«, wirft Ari ein, »aber wir haben im Jahr 1992 an einem anderen Grabungsort einen sensationellen Fund gemacht, der uns sogar auf die Titelseite der größten deutschen Tageszeitung brachte! Am besten erzähle ich euch die Geschichte dieser Ausgrabung, bei der wir etwas weitaus Wertvolleres entdeckt haben als Gold oder Silber. Hört zu und lasst euch in längst vergangene Zeiten entführen!«

Ari nimmt noch einen Schluck aus der Wasserflasche, bevor er mit seiner Erzählung beginnt:

»Nachdem vor über zwanzig Jahren hier am Euphrat nahezu alle antiken Stätten im Wasser versunken waren, hat sich die Universität des Saarlandes um eine neue Grabungslizenz bemüht. Uns wurde eine Stelle in Nordost-Syrien, mitten in der *Jezirah* zugewiesen. Der moderne Name des Grabungsortes heißt *Tell Chuēra*. Der Anfang des Namens wird wie ein kehliges ›ch‹ ausgesprochen, wie am Ende des Wortes Bach. Dieser Flecken besteht aus ein paar Lehmziegelhütten und einzelnen, im Umkreis verstreuten Gehöften und liegt ungefähr einhundertfünfzig Kilometer weiter nordöstlich von hier. Direkt an der nördlichen Grenze zur Türkei, die streng bewacht und mit Wachtürmen auf stählernen Beinen markiert ist. Nicht weit entfernt von Tell Chuēra liegt die moderne Stadt Urfa, in deren Nähe man bei Ausgrabungen auf die Reste des antiken Ortes Harran gestoßen ist. Der Bibel nach soll Stammvater Abraham einige Jahre seines Lebens in dieser Stadt verbracht haben, bevor er weiter nach Süden ins ›Gelobte Land‹ zog. Der Überlieferung nach stammte Abraham aus der Stadt Ur, einer antiken Metropole im heutigen Südirak. In Städten wie dieser entwickelten sich die großen Hochkulturen des Alten Orients. Nach und nach entstanden Mega-Cities wie Uruk, Babylon und Assur im Zweistromland - im Land zwischen den beiden Flüssen Euphrat und Tigris. Im Land, das die syrischen Beduinen heute ›Jezirah‹ - ›Insel‹ - nennen. Insel deshalb, weil die beiden Ströme, aus der heutigen Türkei kommend, das nordöstliche Syrien mit ihren Wasserarmen umschlingen. Sie umfassen das Land und machen es zu einer natürlichen Insel riesigen Ausmaßes. Aber die beiden Flüsse führen dieser Wüsteninsel auch das lebenswichtigste Element zu: Wasser. Ohne Wasser kann in dieser unwirtlichen Natur kein Mensch überleben, denn die Sonne brennt hier im Sommer erbarmungslos. Wasser zum

Stillen des Durstes von Mensch und Tier ist die Grundbedingung für das Leben in dieser Ecke der Welt. Die Beherrschung des Wassers, das Zähmen der Ströme, die nur zu gewissen Jahreszeiten das kostbare Nass in Überfluss mit sich führen, und die wirtschaftliche Ausnutzung dieser flüssigen Ressourcen war die eigentliche Basis zur Entstehung von Kulturlandschaften. Wasser ist der Urquell der Hochkulturen im Vorderen Orient. Diese standen in enger Verbindung zueinander. Der wirtschaftliche Aufschwung war vom Handel und Austausch der Waren abhängig. Euphrat und Tigris waren also nicht nur Wasserspender, sondern auch Hauptverkehrsadern für den regen Schiffshandel. Städte, die außerhalb dieser Flussstraßen lagen, konnten durch den Fernhandel über die Karawanenwege zu wirtschaftlichem Erfolg gelangen. Der Sicherung dieser Karawanenstraßen kam daher eine große Bedeutung zu.

Tell Chuēra, die antike Stadt, die wir mit der Universität des Saarlandes ausgegraben haben, lag genau am Schnittpunkt zweier solcher Handelsstraßen. Die eine führte von Süden herauf und verband den Mittellauf des Euphrats mit dem Einflussgebiet der Hethiter, einem mächtigen Volk in der heutigen Türkei. Die andere Karawanenstraße kam von Osten und führte vom Kernland der Assyrer hinüber zum Oberlauf des Euphrats und damit weiter zu den Küstenregionen des Mittelmeergebiets. Von der Entdeckung der alten Assyrerstadt von Tell Chuēra, dem Leben der damaligen Bevölkerung und von ihrem König Tukulti-Ninurta I., der am Ende des 13. Jahrhunderts vor Christus lebte, möchte ich euch nun berichten.«

Ari beginnt mit seiner Erzählung ...

8. Der Wächter

Die bereits verflossenen Sommertage des Jahres 1992 waren ungewöhnlich heiß und trocken. Auch heute keine Ausnahme! Als ob die Strahlen der Sonne durch ein Brennglas gebündelt werden, breitet sich die Hitze des Tages über das Land aus. »*Yallah*, lass uns gehen, Ari!« Abdallahs kehlige Stimme reißt Ari aus seinen Gedanken. Er spürt einen sanften Druck. Die kräftigen Finger seines Begleiters umfassen seine linke Schulter.

Im Wasser des Euphrats spiegelt sich Abdallahs Gesicht, dessen hellwache, braune Augen von pechschwarzen, buschigen Augenbrauen umrahmt werden. Eine scharf geschnittene Nase dominiert das Gesicht. Ein kräftiger Oberlippenbart liegt wie ein feiner Rahmen über seinen vollen Lippen. Schemenhaft reflektiert das klare Blau des Euphrats die Umrisse von Abdallahs Körper. Die kleinen Uferwellen verwandeln sein Spiegelbild in Sekundenschnelle zu einem sich ständig ändernden Zerrbild, dessen Kontur sich mit jedem Wellenschlag blitzartig verschiebt.

Aris Freund Abdallah ist ein wettergegerbter Beduine – etwa ein Meter fünfundsiebzig groß und von drahtiger Statur. Im leichten Wind weht seine cremefarbene *Galabija*, das knöchellange Übergewand der Beduinen, um seinen muskulösen Körper. Eine leichte Brise weht über den Euphrat und bringt ein wenig Kühlung. Der weiße Saum seines turbanähnlichen, rot-weiß karierten Kopftuchs flattert über seiner rechten Schulter. Diese Kopfbedeckung wird von den Beduinen ›*Kefije*‹ genannt. Auch Ari trägt im Freien ein solches Kopftuch als Schutz gegen die Sonne, aber auch gegen den ständig wehenden Wind. Im Gegensatz zu dem Deutschen hat Abdallah sein Tuch nicht als Turban um den Kopf geschlungen, sondern mit einem ›*Agal*‹, einer schwarzen Kordel befestigt. An einem dunkelbraunen Tragegurt hängt Abdallahs ganzer Stolz, ein Gewehr, das er, wie nahezu jeder Beduine, einst zur Hochzeit geschenkt bekam. Der polierte Lauf reicht fast bis zum Boden herab. Diese Waffe ist sein Arbeitsgerät, sein ständiger Begleiter, denn Abdallah ist schon seit über zehn Jahren für die deutschen Archäologen als *Haris* – als Wächter – der antiken Ruinenstätte Tell

Chuēra angestellt. Er achtet darauf, dass niemand während der Abwesenheit des Grabungsteams ohne Erlaubnis den Ruinenhügel betritt oder gar Raubgrabungen durchführt.

Abdallah hat das Amt des Grabungswächters von seinem Schwager Jahes geerbt. Als dieser vor fünf Jahren starb, wurde Abdallah mit knapp achtundzwanzig Jahren zum Oberhaupt zweier Familien. Von heute auf morgen musste er nicht nur für den Unterhalt seiner eigenen vierköpfigen Familie, sondern auch für die seiner verwitweten Schwester Fatuma sorgen.

Abb. 8: Abdallah, der Wächter

Der Beruf als Wächter einer deutschen Ausgrabung sichert Abdallahs Großfamilie ein geregeltes Einkommen, ein besonderes Privileg, denn die restlichen Dorfbewohner müssen sich mit dem Anbau von Baumwolle, Wassermelonen und vor allem mit der Aufzucht von Schafen durchschlagen. Bei den kärglichen Bodenverhältnissen ein sehr mühsames Unterfangen! Mit Sicherheit wird deshalb auch Abdallah später dafür sorgen, dass die verantwortungsvolle Aufgabe als Grabungswächter an seinen ältesten Sohn weitervererbt wird. Nicht nur, weil es ein einträgliches Einkommen sichert, sondern weil es für seine gesamte Sippe eine Ehre ist, für die deutsche Grabungsexpedition im Auftrag der syrischen Antikendirektion zu arbeiten.

Abdallah wendet seinen Blick nur kurz zum Himmel. Die Sonne hat bereits den Zenit überschritten. »Komm, mein Bruder, der Rückweg ist weit!« Abdallah mahnt Ari zur Eile. Er nennt ihn immer ›Bruder‹. Im Sprachgebrauch der Beduinen kann dieses Wort nicht nur eine verwandtschaftliche Beziehung ausdrücken, sondern verweist auch auf sehr enge freundschaftliche Verbindungen. Abdallah erweist Ari damit eine ganz besondere Ehrerbietung, die ein Beduine nur seinem engsten Freund anbietet. ›Bruder‹ klingt aus seinem Mund so warm, so fürsorglich. Er sagt es nicht nur so dahin, Abdallah meint es so! Zehn Jahre kennen sie sich nun schon. Und Ari freut sich jedes Jahr aufs Neue, diesen Beduinen in die Arme zu schließen. Es ist immer ein bewegendes Wiedersehen, wenn er an der Ausgrabungsstelle in Tell Chuēra eintrifft. In der Tat, es gibt nur wenige Menschen, denen Ari alles anvertrauen würde. Abdallah, der Wächter, zählt zu diesen Menschen!

Es ist heiß an diesem Freitag. Wie in orientalischen Ländern üblich, ist der Freitag als islamischer Feiertag normalerweise arbeitsfrei. Abdallah und Ari haben den Tag für diesen Ausflug ins Euphrat-Tal genutzt. Der Deutsche hatte den Wächter gebeten, ihn dahin zu begleiten, wo er seine ersten archäologischen Erfahrungen gesammelt hatte. Fast fünfzehn Jahre sind seitdem vergangen! Die Mittagshitze lastet heute fast unerträglich auf den beiden Freunden, als sie sich auf den beschwerlichen Rückweg quer durch die Wüste machen. Abdallah schlug deshalb vor, noch eine kleine Rast am kühlenden Euphratufer einzulegen. Beide wissen nur zu gut, dass sie nicht lange verweilen können, denn sie müssen unbedingt vor Einbruch der Dunkelheit ins Lager zurückkehren. Eine Fahrt in die Dunkelheit kann hier in Syrien sehr gefährlich sein. »Ari, es ist Zeit zum Aufbruch!« Abdallahs Hand legt sich auffordernd auf Aris Oberarm: »Ich möchte nicht in der Nacht in eine Schafherde rasen oder von den verdammten Grenzsoldaten angehalten werden, die auf der Jagd nach Schmugglern rücksichtslos von der Schusswaffe Gebrauch machen. *Yallah*, mein Bruder!« Ari flucht leise vor sich hin: »Diese grässliche Glut raubt mir schier den Verstand!« Noch einmal benetzt er sein Gesicht mit dem Euphrat-Wasser. Das weckt die Lebensgeister, auch wenn das Nass eher lauwarm ist. Kurz schaut Ari zu seinem Freund, dem Beduinen, hinüber: »*Yallah* – lass uns gehen!«

Gemächlich trotten beide zurück zum Geländewagen und klettern ins Fahrerhaus, das die Sonne in einen wahren Backofen verwandelt hat. Gefühlte sechzig Grad Hitze herrschen im Cockpit. Ari setzt sich ans Steuer und zieht die Ärmel seines dünnen Hemdes über die Handgelenke und wickelt den Saum um seine Handflächen. Geschützt durch den Stoff, tastet er nun vorsichtig nach dem glühend heißen Lenkrad. Alle Autoteile, von der Lenksäule bis hin zum Speichenrad, fühlen sich an, als ob der Teufel diese höchstpersönlich angeheizt hätte. Gut, dass sie vor dem Aussteigen die Sitze mit Tüchern abgedeckt hatten, sie würden sich ansonsten das Gesäß verbrennen, wenn sie sich ohne diese Schutzmaßnahme auf dem Überzug aus Imitatleder niederlassen würden! Der Anlasser orgelt unwillig, bis er nach zwei, drei stotternden Versuchen die Zündung freigibt. Der Dieselmotor jault auf und die beiden rumpeln über die holprige Sandpiste in Richtung Heimat.

Eigentlich kennt Ari die Fahrtstrecke vom Euphrat-Stausee zurück zur Ausgrabungsstelle in Tell Chuēra sehr gut. Doch in der anbrechenden Dämmerung verwinden sich die Wüstenpisten zu einem bräunlich-gelben Spurrinnenbrei, auf dem selbst ortskundige Fahrer die Orientierung verlieren können. Umso verblüffender ist es, wie sicher und bestimmt sein beduinischer Freund – selbst bei absoluter Dunkelheit – die exakte Richtung findet. An einigen Stellen hat der zuweilen monsunartige Regen der Wintermonate sämtliche Wegmarkierungen weggerissen. Diese bestehen nach alter Sitte aus mehreren, aufeinandergestapelten Steinen, die von weitem wie Mini-Pyramiden den Wegesrand markieren. Größere

Kreuzungen werden heutzutage zusätzlich mit alten Autoreifen gekennzeichnet, um die man Feldsteine beidseitig auftürmt. Wenn solche Wegmarken an Abzweigungen fehlen, wird die Orientierung schwierig – vor allem bei einbrechender Nacht.

Abdallah erweist sich als zuverlässiger Lotse. Sobald er bemerkt, dass Ari unsicher ist, deutet er sofort in die richtige Fahrtrichtung. Kein modernes Navigationsgerät übertrifft die Ortskenntnisse und das Orientierungsvermögen eines Beduinen in dieser namenlosen Wildnis. Nach dreistündiger, mühsamer Fahrt quer durch die ausgetrocknete Ödnis erreichen die beiden endlich die geteerte Piste kurz vor ihrem Zielort Tell Chuēra, einem gottverlassenen Flecken inmitten dieser unwirtlichen Geröll- und Sandwüste. Dennoch freuen sich beide, als die ersten Lehmhütten des Dorfes vor ihnen auftauchen. Hier sind sie zuhause, hier ist ihre Heimat! Kaum zu glauben, dass in diesem Nest einmal Hochkulturen entstanden sind! Doch Tempelanlagen von gigantischen Ausmaßen aus dem dritten Jahrtausend vor Christus sind die steinernen Zeugen uralter Zivilisationen. Als die Konturen des antiken Siedlungshügels sichtbar werden, beschleunigt Ari unwillkürlich. Er ist müde und hungrig. Nichts wie nach Hause! Ari gibt Gas. »Langsam, mein Bruder, du weißt, dass die Dorfhunde auf uns lauern. Pass auf, dass du keinen überfährst!«

Kaum hat Abdallah zur Vorsicht gemahnt, als auf der Beifahrerseite ein wolfsgroßer Beduinenschäferhund aus dem Schatten einer Lehmhütte hervorschießt. Die struppigen Nackenhaare seines beige-farbenen Fells stehen senkrecht nach oben und verleihen dem hochbeinigen Rüden das Aussehen einer angriffslustigen Hyäne. Das die Zähne fletschende Monstrum trägt um seinen Hals ein ledernes Halsband, das mit fünf dornenartigen Metallspitzen bewehrt ist. Ari kennt das Tier: Es gehört Hamud, einem ihrer Arbeiter, der eine größere Schafherde besitzt. Dieser Hund ist darauf abgerichtet, alles von Hamuds Haus und seinen Schafen, seinem einzigen Besitz, fernzuhalten. Dieser Köter lässt niemanden auch nur in Rufnähe an Hamuds Behausung heran. Das Stachelhalsband trägt er zur Selbstverteidigung gegen Wölfe, die zuweilen nachts aus der benachbarten Bergregion kommen. Auf ihren Streifzügen versuchen diese wilden Räuber immer wieder, ein Schaf zu reißen. Seit Jahrtausenden ist die beste Gegenwehr des Menschen der Schäferhund – und hier in Syrien ist das eine ganz besonders angriffslustige und wehrhafte Sorte, die von den Beduinen ›Sloui‹ genannt wird. Und Hamuds *Sloui* ist ein Prachtexemplar! Weitaus größer als ein Deutscher Schäferhund, mit kräftigen Läufen und breitem Brustkorb. Ein durchtrainierter Kämpfer, den alle im Dorf fürchten, Mensch wie Tier. Und dieses Untier steuert nun in rasantem Tempo auf Aris Geländewagen zu, der sich – nach Ansicht des Hundes – zu nahe an das Gehöft seines Herrn herangewagt hat. Der Vierbeiner sprintet so schnell, dass er den langsam dahinrollenden Geländewagen schon nach wenigen Metern einholt und zum direkten Angriff ansetzt. Sein Ziel ist der Vorderreifen des Fahrzeugs. In vollem Lauf versucht er, den Störenfried zur Strecke zu bringen. Doch bevor der Hund zuschnappen kann, reißt Ari das Steuerrad nach links und gibt noch einmal Gas. Der Biss des Hundes geht ins Leere. Das Fahrzeug beschleunigt. Nur weg von diesem Ungetüm! In einer kleinen Staubexplosion bohren sich die Reifen in die Sandpiste und katapultieren das Auto nach vorne. Im Rückspiegel kann Ari erkennen, dass der Hund ihnen noch ungefähr zwanzig Meter weit folgt. Dann bricht der Vierbeiner den Angriff ab. Der Eindringling ist in die Flucht geschlagen. Zufrieden dreht der *Sloui* ab und macht sich auf den Rückweg. Abdallah lacht: »Der Hund hat den gleichen Beruf wie ich: Er ist auch ein *Haris* – ein Wächter. Unsere Hunde wachen über unsere Schafe und Häuser, ich dagegen muss auf den *Tell* und auf euch Deutsche aufpassen!« Ari winkt ab: »Ich liebe Hunde über alles, aber mit diesem Köter möchte ich keine Bekanntschaft machen!« Abdallah schaut mit ernster Miene zu Ari herüber. »Der Hund beschützt das Haus seines Herrn. Er ist ein sehr guter Wächter, der sein Leben für seinen Herrn opfern würde! Genauso wie ich für dich, mein Bruder!« Der Deutsche lächelt. Er weiß, dass dieser Mann sein Leben für ihn geben würde! »Gleich sind wir zu Hause – da ist unser *Tell*!«

›Tell‹ werden die alten Siedlungsplätze genannt, die sich als Hügel in der meist flachen Wüste erheben. Weithin sichtbar sind größere Tells, zu denen auch Tell Chuēra zählt. *Tell* ist eine uralte Bezeichnung für diese Form der Stadtbildung. Schon die Akkader, ein kriegerisches Volk, das um 2.400 vor Christus im Südirak auftauchte, hat mit dem Wort ›till‹ solche Siedlungshügel bezeichnet. Sie entstehen an den Stellen, an denen Menschen über Jahrhunderte hinweg ihre

Häuser errichtet haben. Schicht über Schicht, Haus über Haus, Mauer über Mauer. Durch die ständige Überbauung der Vorgängerbesiedlungen sind altorientalische Städte Meter um Meter in die Höhe gewachsen. Tells zeichnen sich meist sehr deutlich vom überwiegend flachen Umland ab und sind daher schon von weitem mit bloßem Auge erkennbar. Für einen solchen *Tell* hat die Universität des Saarlandes in Saarbrücken eine Ausgrabungserlaubnis erhalten. Mit Fördergeldern der Deutschen Forschungsgemeinschaft wird die alte Stadt seit vielen Jahren wissenschaftlich erforscht. Man stelle sich einmal vor: Eine Stadt wie Köln wäre in dreitausend Jahren nicht mehr existent. Total zerfallen, so dass nur noch ein Teil des berühmten Doms aus dem Boden herausragen würde. Niemand würde mehr den Namen der Stadt kennen. Hier und da wären noch Spuren der Besiedlung erkennbar - aber alles überdeckt von meterhohem Schutt aus nachfolgenden Zeiten. So kann man sich diese antike, altorientalische Ruine inmitten der syrischen Steppenlandschaft vorstellen, die ehemals eine blühende Metropole gewesen ist. Schutt von Jahrtausenden liegen über der antiken Stadt von Tell Chuēra. In der Umgebung wurden Handwerkszeuge, wie Faustkeile und Feuersteingeräte entdeckt. Solche Funde bezeugen, dass dem Ort bereits am Ende der Steinzeit eine ganz besondere Bedeutung zukam: Hier konnte man leben! Später kamen Sumerer den Euphrat hinauf und mit ihnen kam die große Stadtkultur nach Syrien. Zunächst hier und da in bescheidenen Handelsniederlassungen am Euphrat. Aber nur kurze Zeit später entwickeln sich die ersten Stadtkulturen in der syrischen *Jezirah*, dieser Insel zwischen Euphrat und Tigris. Und hier, rund um Tell Chuēra, wurde eine ganz besondere Art von Stadtkultur entwickelt. Eine eigene, sehr spezielle Ausprägung: sogenannte ›Kranzhügel‹. Diese kreisrunden Stadtanlagen sind von mächtigen Mauern aus Lehmziegeln umgeben, die an manchen Stellen bis zu sechs Meter dick und ungefähr zehn Meter hoch sein können. Festungen dieser Art sind Bollwerke gegen das feindliche Umfeld. Wehranlagen zum Schutz der eigenen Kultur, die im Innern dieser Städte aufblühte. Schutz natürlich auch für deren Bewohner, an deren Leben die Archäologen so sehr interessiert sind. Frühdynastische Kulturen, in der Sprache der Altertumsforscher, mit großen Anleihen an die Zentren der Kulturen im südlichen Zweistromland. Aber eben mit eigenem Charakter hier in Nordost-

Syrien. Schon über dreißig Jahre lang haben hier verschiedene deutsche Expeditionen Tempelanlagen, Wohnhäuser und Werkstätten ausgegraben. Häuser mit Toilettenanlagen, Abwassersystemen, Straßen und Kultstätten, die heute nur erahnen lassen, welche Prachtentfaltung hier einmal geherrscht hat.

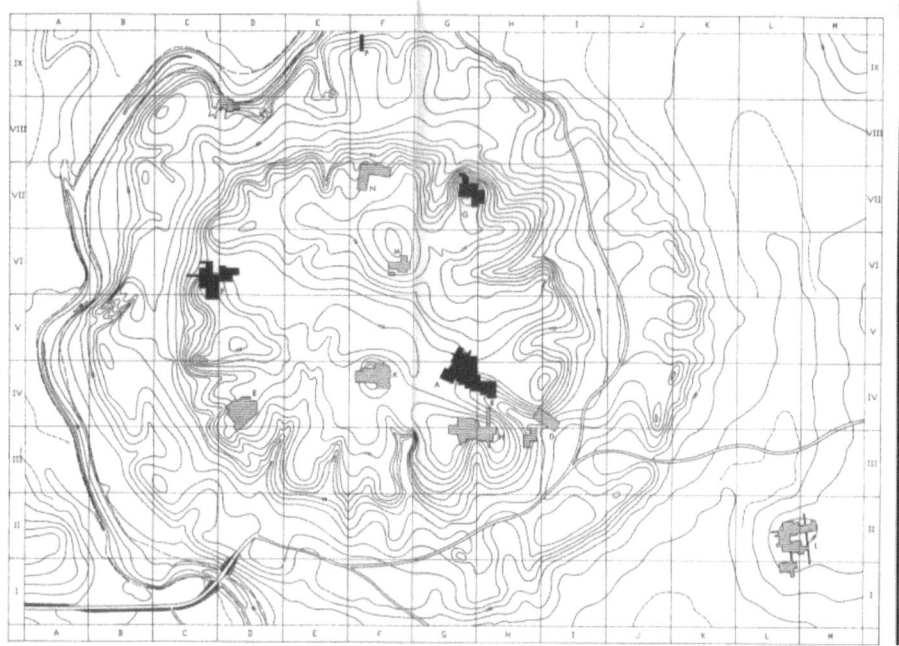

Abb. 9: Topographie des ›Kranzhügels‹ Tell Chuēra

Das größte Heiligtum stand im Zentrum. Noch heute sind Teile des Steinfundaments sechs Meter hoch erhalten. Der Sockel des Gebäudes war aus tonnenschweren Steinblöcken errichtet, die zum Teil fünf Meter lang und drei Meter breit waren. Noch heute ist dieses Tempelmonument von beachtlicher Schönheit und lässt dem Betrachter den verblassten Glanz dieser Metropole verspüren. Wie oft hat sich Ari gewünscht, die Uhr zurückdrehen zu können, um einmal durch die schmalen Gassen der antiken Stadt zu wandeln! Welch ein erhebendes Gefühl muss das gewesen sein, wenn man damals durch das Stadttor kam und die breite Steintreppe hinaufschritt, dann die zahlreichen Vorhöfe mit ihren

91

Heiligtümern passierte und plötzlich vor dem gewaltigen Bauwerk des Haupt-
tempels stand!

Ari konnte in den vergangenen fünfzehn Jahren bereits große Erfahrungen
beim Ausgraben von antiken Stätten in Syrien sammeln. Er hat altorientalische
Sprachen erlernt und liebte es, die alten Originaltexte mit archäologischen Ergeb-
nissen zu kombinieren. Dies war für ihn einer der Beweggründe, das Fach
Vorderasiatische Archäologie zu studieren. Hier stochert man nicht im Ungewis-
sen herum, sondern kann schriftliche Quellen zu Rate ziehen, die helfen, das
Leben der vergangenen Zeiten wieder auferstehen zu lassen. Nur in Tell Chuēra
hat man bislang noch keine Keilschrifttexte entdeckt. Leider! Wie oft hat er
davon geträumt, eine Tontafel zu finden, um mehr über das Leben in dieser
antiken Stadt zu erfahren. Vielleicht den alten Namen der Stadt - aber nichts!
Seit über dreißig Jahren wird hier ausgegraben und bis dato keine Spur von
irgendeinem Schriftstück! Dabei waren altorientalische Völker wahre Meister der
Bürokratie! Und eine solche Stadt von der Ausdehnung Tell Chuēras musste ver-
waltet werden. Also muss es Aufzeichnungen aus antiker Zeit geben - aber wo?
Wie sehr hatte Ari die Kollegen aus Berlin beneidet, als diese im Jahr 1978 im
modernen Örtchen Tell Scheich Hamad, nur knapp einhundertfünfzig Kilometer von hier entfernt, auf eine Vielzahl von Tontafeln gestoßen waren. Sie
hatten die Provinzhauptstadt *Dur-Katlimmu* entdeckt, die in der assyrischen
Geschichte eine bedeutende Rolle spielte. Wenn sie doch auch nur auf ein solches Tontafelarchiv stoßen würden wie die Archäologen aus Berlin! Es wäre wie
ein Sechser für einen Lottospieler am Samstagabend!

Während Ari noch seinen Träumen nachhängt, kommt das Grabungshaus der
deutschen Expedition in Sicht. Als die Sonne ihre letzten Strahlen über den *Tell*
schickt, biegen Ari und Wächter Abdallah mit dem Geländewagen auf dem Hof
des Grabungshauses ein. Endlich zu Hause!

9. White Christmas

Wie ein riesiger Scheinwerfer schwebt die gelb-weißlich schimmernde Mondsichel über dem langgestreckten Anwesen mit den zwei Innenhöfen. Das Haus der deutschen Archäologen steht einsam inmitten der syrischen Wüstensteppe: Ein architektonisches Bollwerk, über dem der Mond wie die glänzende Schneide eines Krummdolchs verharrt, aber nicht wie in Europa mit einer Sichelspitze nach unten weisend, sondern mit beiden Spitzen nach oben ragt der Halbmond in das sternenklare Firmament. Das Licht des Himmelskörpers fällt auf das Gehöft, das aus zwei Bereichen besteht, die jeweils um einen Innenhof gruppiert sind.

Der Hof des ersten Komplexes misst die halbe Größe eines Fußballfeldes. Sein Eingang wird durch ein zweiflügeliges Holztor mit einer stabilen Metallfassung markiert. Passiert man dieses etwa vier Meter breite Tor, fällt der Blick auf das gegenüberliegende Gebäude aus karminroten Ziegelsteinen. Selbst im fahlen Licht des Mondes erkennt man drei Doppelfenster – deutliches Anzeichen, dass hier westliche Bauherren am Werk waren. Kein Beduine würde sein Haus mit so großen Fensteröffnungen ausstatten. Deren Lehmhütten weisen schießscharten-artige Luken auf, die man bei Bedarf mit Holzläden verschließt. Die Lehm-bunker der Einheimischen trotzen auf diese Weise der Hitze des Tages, aber auch der Kälte der Nacht. Ganz anders das Ziegelhaus der deutschen Ausgra-bungsexpedition, dessen Mauerwerk zudem doppelt so hoch ist, wie die traditio-nellen Lehmziegelbauten der syrischen *Jezirah*. Aufgrund der extremen Witte-rungsverhältnisse in diesem Wüstengebiet haben die deutschen Architekten eine besondere Klimaanlage installiert: Durch schmale Mauerschlitze dicht unter dem Flachdach kann Luft in die Innenräume eindringen. Dies trägt im Sommer dazu bei, dass in den Ziegelräumen halbwegs annehmbare Temperaturen herrschen. Dies ist auch notwendig, weil hier die Werkstätten und Magazinräume der archäologischen Expedition untergebracht sind. Dies ist das Reich von Inga, der Restauratorin. Umgeben von Spateln und Pinseln, von zahlreichen Töpfchen und Tiegeln mit fremdartigen chemischen Substanzen, die sie zum Reparieren von antiken Gefäßen benötigt, hat Inga im größten der drei Räume ihre Schlaf-stätte eingerichtet. Zurückgezogen lebt und arbeitet Inga die nächsten acht Wochen in dieser kargen Umgebung. Eine archäologische Eremitin inmitten ihrer Restaurationshöhle. In den beiden benachbarten Magazinräumen stapeln sich ›ihre‹ Funde in Regalen bis unter die Decke. Ingas ganzes Leben dreht sich nur um eines: Restaurieren von jahrtausendealten Relikten, um diese für die Nachwelt wiedererstehen zu lassen.

Genau gegenüber von ›Ingas Reich‹ erstreckt sich ein scheunenartiger Bau mit zwei Rolltoren. Dort sind die Grabungsgerätschaften eingelagert. Wie eine Pha-lanx reihen sich die Schubkarren aneinander. In einer Ecke des Gerätehauses sta-peln sich die großen Spitzhacken, in der anderen lehnen Schaufeln und Spaten an der Wand. Allerlei Kleingerät - von Maurerkellen bis zu Pinseln - liegen griff-bereit in stabilen Metallregalen. Die Restaurationswerkstatt und das Gerätelager sind im Westen durch eine zirka zwei Meter hohe Ziegelmauer miteinander ver-bunden. Damit bilden sie eine U-förmige Umrandung des großen Hofes. Im bleichen Mondlicht zeichnen sich die Silhouetten mehrerer Fahrzeuge ab, die mitten im Hof unter freiem Himmel abgestellt sind. Ihre Glasscheiben reflek-tieren das Leuchten der quer am Himmel liegenden Sichel.

Den Abschluss des Gevierts bildet ein trutzburgartiges Betongebäude - der Küchentrakt des Grabungshauses. Vom Vorhof aus gelangt man durch eine grün lackierte Metalltür in den quadratischen Küchenraum. Rechts vom Eingang ist der eigentliche Kochbereich mit zwei Gaskochern. Rote Schläuche verbinden diese mit dickbäuchigen Gasflaschen, die auf dem Boden stehen. An der benach-barten Wand ist ein riesiges Spülbecken aus gelblichem Stein eingelassen. Als Abfluss dient ein dicker Schlauch, der unter der Mauer hinaus ins Freie führt. Ein breiter Küchentisch mit einer Tischdecke aus Lackfolie und ein paar Sche-mel stehen in der Mitte des Raumes. Gegenüber der Kochnische fällt der Blick auf einen abgenutzten Hängeschrank, um den sich in Deutschland jedes Heimat-museum reißen würde. Ein paar Schritte weiter führt eine schmale Tür in einen fensterlosen Vorratsraum, dem kühlsten Ort im gesamten Grabungshaus. In einer Kammer direkt neben der Küche haben sich der Koch Abu Adnan und sein Sohn Nebi eingerichtet. Diesen drei Räumlichkeiten ist der Speiseraum vorgelagert, dessen Ausmaße die eigentlichen Wohnräume des Grabungshauses bei weitem übertreffen. In einer Ecke des Essraums summt der Motor eines gewaltigen Kühlschranks mit schier unendlichem Fassungsvermögen. Ein Eisschrank inmitten der syrischen Wüste - größter Luxus des Grabungshauses! Die gesamte Mitte des Raumes nimmt eine langgestreckte Tafel ein. Die Tischplatte ist aus groben Holzplanken gezimmert. Ein schweres Wachstuch streckt sich über die gesamte Tischlänge und fällt an den Seiten fast bis zum Boden herab. Quer vor der Nordwand des Speiseraums steht ein weiterer, wesentlich kleinerer Tisch, auf dem drei Mal am Tag zur Essenszeit die Speisen serviert werden.

Heute ist Sonntag, der 23. August 1992. Endlich Grabungsbeginn! Alles läuft von nun an in den nächsten Wochen nahezu nach dem gleichen Schema ab: Nach dem Wecken um fünf Uhr wird gewöhnlich nur Tee oder arabischer Kaffee gereicht. Das eigentliche Frühstück wird in der halbstündigen Pause gegen zehn Uhr serviert. Mittagessen gibt es nach Abschluss der täglichen Arbeitszeit um fünfzehn Uhr, das Abendessen um neunzehn Uhr. Der Speiseraum ist immer mit Leben gefüllt, denn im größten Raum des Grabungshauses trifft man sich nicht nur zu den Mahlzeiten, sondern auch in der knappen Freizeit. Anziehungspunkt ist nicht nur der gut gefüllte Kühlschrank, über dessen Inhalt Koch Abu Adnan mit Argusaugen wacht, sondern auch zwei Tonbottiche, die täglich mit frischem Wasser gefüllt werden. In diesen Behältnissen bleibt das Nass recht kühl. Vor allem nach Ende der Arbeit schlagen sich die heimkehrenden Archäologen um die beiden zerbeulten Messingbecher, mit denen das Trinkwasser aus den Tongefäßen geschöpft werden kann. Nach der Gluthitze stehen hier alle in einer Schlange an, um sich die Kehle anzufeuchten. In Deutschland würde jeder diese lauwarme Brühe verschmähen, hier in der Wüste ist es das erfrischendste Getränk weit und breit! Doch jetzt, in aller Herrgottsfrühe, stehen die Tonkrüge unberührt in der Ecke.

Durchschreitet man den Speiseraum, gelangt man in den zweiten Komplex des Grabungshauses. Im Gegensatz zum Ersten wurde dieser Bereich nicht aus rötlichen Backsteinen, sondern aus hellbraunen, luftgetrockneten Lehmziegeln errichtet. In diesem Trakt sind die Wohn- und Arbeitsräume der Grabungsgesellschaft untergebracht, die sich um einen kleinen Innenhof gruppieren. Dieser Teil des Grabungshauses wurde im Jahr 1960 von Anton Moortgat, dem ersten Ausgräber von Tell Chuēra, erbaut. Um inmitten der syrischen Wüstensteppe optimale Bedingungen für sich und seine Mannschaft zu schaffen, ließ der weltbekannte Altertumsforscher ein für hiesige Verhältnisse großzügiges Grabungshaus aus luftgetrockneten Lehmziegeln errichten. Diese uralte Bautechnik wird in Syrien heute noch so ausgeführt wie schon bei den alten Völkern, deren Häuser die deutschen Archäologen hier ausgraben. In flachen Mulden wird mit blanken Füßen Lehm und Häcksel zu einer pampigen Masse gestampft. Diese wird in rechteckige Modeln von zirka 35 x 25 Zentimeter Größe gepresst. Anschließend stülpt man die rohen Lehmziegel-Rechtecke aus der Form heraus und legt sie in der prallen Sonne zum Trocknen aus. Schon zwei Tage später ist der Rohling so hart, dass er als Mauerziegel verwendet werden kann. Betritt man im Hochsommer ein Lehmziegelhaus, wundert man sich, wie angenehm kühl die Räumlichkeiten sind. Die traditionelle Bauweise bietet auch im Winter große Vorteile: Im Gegensatz zur modernen Konkurrenz aus Stein oder Beton, ist ein Lehmziegelhaus in den kalten Jahreszeiten so warm, dass eine kleine Feuerstelle zum Beheizen vollkommen ausreicht.

Aus einem der Räume im Wohntrakt des Grabungshauses dringt ein zaghaftes Piepsen. Ein kleiner, mit Batterien betriebener Wecker gibt einen ersten kurzen, aber hell klingenden Summton von sich. Immer lauter und fordernder wird der unangenehme Weckton. Die Abstände der Weckrufe aus dem Plastikgehäuse hämmern immer stärker in den stockfinsteren Raum, bis sich blitzschnell eine Hand aus einem Schlafsack schiebt. Mit einem gezielten Hieb auf den Schaltknopf wird der kleine Quälgeist zum Schweigen gebracht. Für kurze Zeit herrscht wieder Stille in dem kleinen Zimmerchen, dessen Wände kaum höher sind als ein Meter neunzig. Ari räkelt sich noch einmal auf seiner Schlafstätte, bevor er sich gähnend aus dem Armee-Schlafsack schält. Seine Finger streichen kurz durch seinen Vollbart, der sein schmales Gesicht umrahmt. Langsam richtet er seinen Oberkörper im Bett auf. Unter seinen Bewegungen wackelt das Bettgestell aus Metall fast so bedrohlich wie ein Schiff bei hohem Seegang. Dies liegt nicht daran, dass Ari übergewichtig ist – ganz im Gegenteil, er ist eher schlank und hochgewachsen. Der Grund liegt in der Grundkonstruktion syrischer Beduinenbetten, die von einem Schlosser aus Metallteilen zusammengeschmiedet werden. Die Beine dieser Bettgestelle sind überlang, fast ein Meter hoch. In einem solchen Bett auf Stelzen schläft man halbwegs sicher vor unliebsamen ›Haustieren‹, wie Skorpionen oder Schlangen.

Schlaftrunken rutscht Ari von seinem Nachtlager und tastet mit den Zehen nach seinen Schuhen, die er am Abend zuvor unter dem Bett abgestellt hat. Wie jeden Morgen kontrolliert er mit einem festen Tritt auf das Oberleder seiner Schuhe, ob sich dort nicht über Nacht ungebetene Gäste eingenistet haben. Die blanke Ferse kracht mit Wucht auf das Schuhwerk. Kein Skorpion würde einen solchen Tritt überleben – trotzdem überprüft Ari noch einmal seine Fußbekleidung im Schein einer Stabtaschenlampe. Erst dann schlüpft er hinein. Im fahlen Licht der Funzel, deren Batterien wohl bald den Geist aufgeben, leuchtet er sein direktes Umfeld ab. Der Wecker signalisiert in leuchtenden Ziffern ›4:30‹. Nun beginnt Aris allmorgendliches Weckritual! Nachdem er sich ein T-Shirt übergestreift und seine dünnen Beine in die verwaschenen Jeans gezwängt hat, fällt sein Blick auf das gegenüberliegende Hochbett. Sein Freund Steff schläft noch tief und fest. Der Takt seiner gleichmäßigen Atemzüge hat etwas Beruhigendes. Wie fast alle Männer hier im Camp, trägt auch Steff einen Vollbart, der seinem jugendlichen Gesicht eine gewisse Würde verleiht. Reglos liegt sein linker Arm über dem gepolsterten Schlafsack. Seine feingliedrigen Finger sind im Schlaf zu einer Faust geballt. Steff ist ein zierlicher Mann von mittlerer Statur. Für die körperlich schwere Arbeit auf der Ausgrabung eher ungeeignet, er ist aber ein fantastischer Zeichner und zudem ein Experte für altorientalische Sprachen. Ari war heilfroh, dass er seinen Freund als Mitarbeiter gewinnen konnte. Steff ist für die Feinarbeit zuständig. Zeichenblock und Zeichenstifte sind sein Metier!

Leise, um dem Schlafenden noch ein wenig Ruhe zu gönnen, öffnet Ari die Holztür, die ein altmodischer Metallgriff ziert. Als er den Hebel nach unten drückt, öffnet sich mit leisem Knarren der Zugang zu ihrer Wohnhöhle und gibt den Blick in den Innenhof frei. Zwei kleine Bäume, ein Feigenkaktus und eine mannshohe Agave, die am Boden mit Steinen umrandet ist, vermitteln einen Hauch von Natur. Im Umkreis von zwanzig Kilometern sind die beiden mickrigen Bäumchen die größten Pflanzen weit und breit! Ari tritt nach draußen und stößt dabei mit dem Kopf fast an das niedrige Vordach, das windschief über ihm hängt. In der Mittagszeit bietet dieser strohbedeckte Vorbau einen optimalen Schutz gegen die beißenden Sonnenstrahlen. Am frühen Morgen ist es eher ein lästiges Hindernis!

Abb. 10: Innenhof des Grabungshauses von Tell Chuēra

Ari schlurft hinaus auf den Innenhof. Deutlich vernimmt er ein Schnarchen. Das Geräusch kommt von oben – von der Dachterrasse über dem Speiseraum. Leise stiehlt er sich über die schmale Stiege hinauf auf das Flachdach und späht vorsichtig über die kniehohe Brüstung, die die Dachterrasse umgibt. Zu Hause in Deutschland würde diese Konstruktion mit Sicherheit keine Bauabnahme erhalten! In Syrien spielen solche Vorschriften keine Rolle. Es ist der schönste Platz im gesamten Grabungshaus! Ein beliebter Treffpunkt am frühen Abend, denn von hier oben kann man den Sonnenuntergang in all seinen Facetten am besten genießen. Dabei laden zahlreiche langbeinige Bettgestelle mit ihren schäbigen Schaumstoffmatratzen zum Verweilen ein. Man erholt sich hier von den Strapazen der Arbeit und vor allem von der Hitze des Tages. Der tägliche

Sonnenuntergang fällt für viele Expeditionsmitglieder mit ›Grabungsregel Nr. 1‹ zusammen: Alkohol nur nach Sonnenuntergang! Kurz, nachdem sich die grell leuchtenden Strahlen der Abendsonne in eine glutrote Scheibe verwandeln, fliegen hier oben die Kronkorken von den syrischen Bierflaschen der Marke ›Al Shark‹. Der Höhepunkt des Tages: Ein lauwarmes Bier bei untergehender Sonne auf der Dachterrasse! Man wird genügsam fernab der Heimat.

In der Nacht dient das Flachdach als Schlafsaal. Ungefähr zehn Studentinnen und Studenten haben sich hier ihr Nachtlager eingerichtet und ruhen allabendlich unter freiem Himmel. Ari lugt noch einmal über die Brüstung. Alle schlafen tief und fest. Er glaubt, Klaus als den Schnarcher auszumachen. Aber egal, wer es ist – gleich wird ein Inferno über die Schläfer hereinbrechen! Auf leisen Sohlen kehrt Ari zum Innenhof zurück. Sein Blick fällt auf die gegenüberliegende Seite. Dort hat sich der technische Zeichner Mike sein ›Atelier‹ eingerichtet. Hier werden sämtliche Funde aufgenommen und dokumentiert. Für Mike ist es ganz normal, bei seinen Zeichnungen und Tuschegriffeln auf einer mottenzerfressenen Matratze zu übernachten. Wie Restauratorin Inga, lebt und arbeitet Mike an seinem Arbeitsplatz. Ari lenkt seine Schritte zum ›Waschsalon‹, einem halbfertigen Trakt, wo gerade Duschen und Toiletten sowie Waschgelegenheiten für Frauen und Männer getrennt entstehen. Architekt Mautschy, der fieberhaft an der Fertigstellung des ›Badezimmers‹ arbeitet, ist sich sicher, dass schon in den nächsten Tagen der komplette Bereich in Betrieb genommen werden kann. Im Augenblick ist schon ein trogähnliches Waschbecken in Funktion, an dem sich zwei bis drei Personen gleichzeitig waschen können. Neben dem Speiseraum mit Kühlschrank darf dieser Gebäudeteil schon jetzt als kleines Paradies bezeichnet werden. Das Größte wird aber sein, dass es künftig räumlich getrennte Toiletten für Damen und Herren geben wird. Im Augenblick benutzen alle Grabungsteilnehmer eine einzige, für den Orient typische ›Hocktoilette‹. Diese Aborte sind einfach, aber effektiv und mitten in der Wüste die hygienischste Form eines WCs, auch wenn man frühmorgens darauf achten sollte, die glitschigen Trittsteine nicht zu verfehlen oder den bereitstehenden Wassereimer nicht umzustoßen. Mautschy hat sogar zwei Duschen eingebaut, die über eine riesige Metalltonne gespeist werden sollen. Das benötigte Wasser wird täglich von Hand aus einem knapp drei Kilometer entfernten Brunnen geschöpft und anschließend in großen Plastikfässern zum Grabungshaus transportiert. Hier füllt man das Wasser in diesen Metallbehälter, der auf dem Flachdach des Waschraums steht. Tagsüber erwärmt die Sonne die Flüssigkeit, sodass man am späten Nachmittag mit handwarmem Wasser duschen kann, hat Mautschy versprochen. Das wäre ein echter Luxus nach der harten Arbeit bei über dreißig Grad Celsius an der Ausgrabungsstelle! Im Augenblick behelfen sich die Archäologen mit einer speziellen Konstruktion, die an eine Gießkannendusche erinnert. Am frühen Morgen bleibt keine Zeit für eine Dusche. Ein paar Tropfen Wasser ins Gesicht müssen genügen, um wach zu werden. Die Kälte der Nacht hat das Wasser im Vorratsspeicher empfindlich abkühlen lassen.

Fröstelnd fällt Aris Blick auf seine Armbanduhr Uhr: kurz vor fünf – Zeit zum allmorgendlichen Wecken der Grabungsmannschaft. Es ist nicht einfach, alle gleichzeitig an den Start zu bringen! Und erst recht nicht in aller Herrgottsfrühe! Ari ist inzwischen bei den Grabungsteilnehmern bekannt, ja geradezu berüchtigt für seine skurrilen Weckmethoden. Zwischenzeitlich hat sich sein Freund Steff zu ihm gesellt. Heute haben sich die beiden eine Überraschung für die Schlafmützen ausgedacht, vor allem aber für diejenigen, die ihr Nachtlager auf der Dachterrasse aufgeschlagen haben.

»Kann's losgehen, Ari?«, flüstert Steff.

Ari nickt hämisch grinsend: »Die fliegen gleich aus den Federn – garantiert!«

In einer Hand hält Ari ein riesiges Kofferradio, das Jugendliche als ›Ghettoblaster‹ bezeichnen würden. Das Gerät scheint vornehmlich aus zwei riesigen Lautsprecherboxen zu bestehen, deren verchromte Gehäuse sich im letzten Licht des Mondes spiegeln. Mit der anderen Hand zieht er ein Verlängerungskabel hinter sich her, hinauf zur Dachterrasse. Ari positioniert das Gerät auf die Umfassungsmauer und stöpselt den Stecker ein. Aus seiner Hosentasche zieht er eine Musikkassette, auf deren Etikett in krakeligen Lettern ›Schrott‹ geschrieben steht. Das Tonband enthält einen besonderen Musikmix, den Ari in Deutschland speziell für die morgendliche Weckzeremonie zusammengestellt hat. Übelste Songs, die eigentlich jeden aus dem Tiefschlaf reißen müssen! Mit einem dumpfen ›Klack‹ rastet die Kassette ein. Der Regler für die Lautstärke wird bis zum Anschlag aufgedreht. Auf ein Zeichen legt Steff den Hebel der Stromversorgung um, die über Nacht ausgeschaltet war. Eine rote Leuchte am Radio signalisiert Bereitschaft. Ari drückt den Startknopf. Die beiden eingebauten 30-Watt-Boxen starten ihren Angriff: Zunächst ertönen zwei zart schmiegende Flöten, deren sanfte Töne wie Schneeflocken auf die Schlafenden herunterrieseln. Ein Triangel klirrt dazu lieblich säuselnd im Hintergrund. Doch dann zerreißt die kräftige Stimme eines Sängers die frühmorgendliche Stille: »*I'm dreaming of a White Christmas*«, schmettert Bing Crosby aus den dröhnenden Lautsprechern, deren Vibrationen das Radio auf der schmalen Mauer zum Tanzen bringen. Das Schnarchen findet ein jähes Ende! Ächzen und Stöhnen, gepaart mit leisem Fluchen aus allen Schlafstätten begleiten den Weihnachtssong. »*May your days be merry and bright*,« schluchzt der Barde weiter im Text, »*and may all your Christmases be white!*«

Bine, Aris Grabungsassistentin, schießt wie von einer Tarantel gestochen von ihrem Hochbett auf. Schlaftrunken reibt sie sich die Augen, streckt sich kurz und stolpert wie eine Schlafwandlerin die Treppe hinunter in Richtung ›Waschsalon‹. Genervte Stimmen beschimpfen das lästige Weck-Team und wünschen es in die tiefste Hölle. Andere genießen das gemütliche Liedchen und räkeln sich noch einmal kichernd unter den Bettdecken. Wer jetzt noch schläft, ist tot! Das Lager kommt in Bewegung. Es ist fünf Uhr zehn. Ganz allmählich wird es draußen heller. Ari dreht das Radio leiser und biegt zur Küche ab, wo er, wie an jedem Morgen, schon von Abu Adnan, dem einarmigen Koch erwartet wird. Seinen linken Arm hat der alte Kurde beim Dynamitfischen verloren. Er habe es vor etlichen Jahren versäumt, die Pulverstange rechtzeitig ins Wasser zu werfen, berichtete er ihnen einmal mit einem Lachen auf den Lippen. Wie jeden Morgen hat der Koch schon den starken Mokka zubereitet. Wie in einem Ritual wird der Kaffeesud drei Mal mit sehr viel Zucker über einer Gasflamme aufgekocht. Der süßliche Duft des aromatischen Getränks macht sich in der engen Küche breit.

Abu Adnan bietet Ari freundlich lächelnd einen Platz auf einem *Kursi*, einem Holzhocker mit einer aus Bast geflochtenen Sitzfläche, an. Der kleine Kurde schiebt seinem Gegenüber ein Stück Fladenbrot zu, das er zuvor über der Gasflamme erhitzt hat. Der Duft des frischen Brots und der leckere Kaffee wecken Aris Lebensgeister. Fast im gleichen Augenblick fliegt die Tür zur Küche auf und Grabungsassistentin Bine stürzt herein, dicht gefolgt von Steff. Aufgeregt berichtet Bine von einem seltsamen Traum, der sie heute Nacht heimgesucht hätte. Sie habe von weißen Weihnachten geträumt – und das jetzt – mitten im August und hier in der syrischen Wüste! Steff und Ari brechen in Gelächter aus. Ihre Weckzeremonie mit Bing Crosby's ›*White Christmas*‹ hat träumerische Spuren hinterlassen – zumindest bei Bine! Der einarmige Koch möchte wissen, warum die beiden Männer über Bine lachen. Steff und Ari versuchen, in gebrochenem Arabisch den Spaß zu erklären, den sie sich zum Wecken erlaubt haben. Es gehe um ein Lied zu einem christlichen Festtag – ähnlich dem islamischen Ramadan. Abu Adnan versteht nur noch Bahnhof und schaut die beiden verständnislos an, bis Bine die Initiative ergreift. In fließendem Türkisch erklärt die junge Studentin, was die beiden Freunde so belustigt. Nun erst hat Abu Adnan verstanden und nickt fröhlich grinsend. Mit seiner Rechten schenkt er Bine ihr Lieblingsgetränk ein: frischen Pfefferminztee. Bines grüne Augen leuchten im Schein der über ihnen schaukelnden Petroleumlampe wie die einer schnurrenden Katze. Unter dem weißen Kopftuch, das sie locker um ihren Kopf geschlungen hat, fallen die pechschwarzen Strähnen ihres Haares in die Stirn. In dem schäbigen Küchenraum wirkt die zarte Frau wie eine Lichtgestalt. In dieser Kammer, in der grauer Kalk von den Wänden blättert, kann es keinen größeren Gegensatz geben! Ari schielt über den Rand seiner Kaffeetasse zu seiner Grabungsassistentin. Schon seit vier Jahren arbeitet er mit ihr zusammen. Mit neunzehn Jahren hat sie angefangen, bei ihm das Handwerk der Archäologie zu erlernen. Auch das notwendige ›Grabungs-Arabisch‹ hat er ihr beigebracht. Das Erlernen der Sprache fiel Bine nicht sonderlich schwer. Sie hat ein Faible für Sprachen. Türkisch beherrscht sie nahezu perfekt. Kein Wunder, denn ihr Freund ist ein gebürtiger Türke. Liebe ist eben ein guter Lehrmeister! Ganz zur Freude des einarmigen Kochs Abu Adnan, der aus dem kurdischen Grenzland zwischen Syrien und der Türkei stammt und daher besser Türkisch als Arabisch spricht. Für den einarmigen Koch ist Bine eine deutsche Prinzessin, der er jeden Wunsch von den Augen abliest.

Aris Blick fällt auf seine Armbanduhr. Kurz vor sechs! Schluss mit ›*White Christmas*‹! Gleich treffen die Arbeiter ein! »*Yallah, Yallah*! – Los, los!«

Ari gibt das Signal zum Aufbruch – die tägliche Arbeit ruft!

10. Vater der Scherben

Von weitem ist der dröhnende Dieselmotor eines Lastwagens zu hören. Immer näher kommt das Geräusch, das die morgendliche Stille der Wüste aus den Träumen reißt. Wie ein Hund, dem man auf den Schwanz getreten ist, jault der Motor auf, wenn die Gänge mit Zwischengas in das hakelige Getriebe eingelegt werden. Mit Getöse rumpelt das dunkelgrün-lackierte Fahrzeug auf den Außenhof des Grabungshauses zu. Der fast zwanzig Jahre alte MAN biegt um die Ecke der braunen Lehmziegelmauer, die den Außenbezirk des Grabungshauses umgibt. Eine wabernde Staubwolke fliegt auf die deutschen Archäologen zu, die sich in gespannter Erwartung vor dem Tor versammelt haben. Am Steuer Abdallah, der Wächter, der wie immer alle mit seinem Sonntagslächeln begrüßt. Auf den Beifahrersitzen neben ihm kauern drei weitere Gestalten. Ihre rot-weiß gemusterten Kopftücher haben sie zu einem Turban um den Kopf gewickelt, so dass nur noch ihre Nasen und die blinzelnden Augen zu erkennen sind. Zusätzlich haben sich die drei in ihre pechschwarzen Hirtenmäntel eingewickelt, die die Beduinen dieser Gegend ›Faruah‹ nennen. Der feste, schwarz eingefärbte Baumwollstoff dieser knöchellangen Übermäntel ist mit dicken Außennähten verstärkt. Als Innenfutter dient ein wärmendes Schaffell. Diese schweren Mäntel dienen den syrischen Beduinen seit Alters her als Schutz vor der Witterung – sei es vor der glühenden Sonne oder der beißenden Kälte, die auch am heutigen Morgen jedem in die Knochen zieht.

Noch einmal jault der Motor des Lastkraftwagens auf, bevor dieser mit einem unsanften Ruck im Vorhof zum Stehen kommt. Die Vorderräder krallen sich in den Sand und wirbeln eine Wolke feinsten Staubes explosionsartig in den morgendlichen Himmel. Das gesamte Fahrzeug verschwindet in einem gelblich-grauen Nebel, der an die kleinen Sandstürme erinnert, die hier in der offenen Wüste immer wieder über das öde Land jagen. Die wartenden Archäologen werden von der aufwogenden Staubglocke erfasst. Einige drehen sich wie auf ein Kommando zur Seite, um den heranfliegenden Sandkörnchen zu entgehen, andere halten sich schützend ihre Hände vor die Augen. Die Erfahreneren ziehen das allgegenwärtige Kopftuch über Nase und Mund. Nur einer verharrt bewegungslos inmitten des Wirbels: Ben, einer der neuen Studenten. Seine Gestalt verschwindet für einen kurzen Moment in der Staubfahne, die so schnell verfliegt, wie sie aufgewirbelt wurde. Ben - von Kopf bis Fuß von gelblichem Sand bedeckt - torkelt keuchend und hustend auf die anderen zu. Mit beiden Händen wischt er sich die Tränen aus den Augen. »Verdammter Dreck!«, flucht der junge Mann, »der LKW verursacht ja mehr Staub als ein landender Hubschrauber!« Steff grinst ihm entgegen: »Hatte ich dir gestern nicht empfohlen, eine *Kefije* zu tragen? Aber du hast ja abgelehnt, das arabische Kopftuch als Turban zu nutzen. Ich sage es noch einmal: Hier muss man eine Kopfbedeckung tragen - schon wegen der Sonne! Jetzt hast du am eigenen Leib gespürt, weshalb die arabische Bekleidung nützlich ist.« Ben reibt sich noch einmal die Augen: »Hast ja Recht,« gibt er kleinlaut zu, »ich fand es nur affig, mich als Araber zu verkleiden.« Schmunzelnd steht Steff neben ihm: »Lass dir bei der nächsten Einkaufsfahrt eine *Kefije* mitbringen - ohne das Kopftuch geht hier in der Wüste nichts!«

Erst jetzt, nachdem sich die Staubwolke vollends verzogen hat, wird es auf der hinteren Ladefläche des Fahrzeugs lebendig. Wie auf ein Fanal erhebt sich eine schwarze Masse hinter der Ladekante des LKWs. Schemenhafte Gestalten schälen sich unter ihren Hirtenmänteln hervor. Zunächst erkennt man nur ein oder zwei Personen - dann plötzlich stehen mehr als zwanzig Mann auf der Ladefläche. Sie kommen aus einem kleinen Dorf, das ungefähr fünfzehn Kilometer von hier, fast an der Grenze zur Türkei liegt. Während der Fahrt hocken die älteren Männer dicht aneinandergedrängt im Windschatten des Führerhauses. Ein privilegierter Platz! Die jüngeren Arbeiter und die Jugendlichen sind während der fast einstündigen Fahrt von ihrem Heimatdorf zur Ausgrabungsstelle in Tell Chuēra dem unangenehmen Fahrtwind nahezu schutzlos ausgesetzt. Sie kauern sich unter ihre schwarzen Hirtenmäntel und versuchen die eisige Fahrtluft, so gut es geht, von ihren Körpern fernzuhalten. Kaum ist das Fahrzeug zum Stehen gekommen, springen die jüngeren Männer gewandt wie Katzen über die metallene Laderampe des Fahrzeugs. Die Älteren krabbeln dagegen eher gemächlich herunter und recken und strecken sich nach der beschwerlichen Anfahrt quer durch die Wüstensteppe. Anschließend klopfen sie sich den Wüstenstaub aus ihren Kleidern, der in kleinen Staubfontänen aus ihren Mänteln spritzt. »Guten Morgen, wie geht es euch?«, grüßen die Arbeiter. Vorne hechtet Abdallah aus dem Führerhaus. Seine blendend weißen Zähne unterstreichen sein breites Lachen: »Wie geht's? Gut geschlafen, Ari?« Herzlich nimmt er seinen deutschen Freund in die Arme und drückt ihm rechts und links einen Bruderkuss auf die Wangen.

Inzwischen sind auch die drei Passagiere vom Beifahrersitz gestiegen und kommen mit langsamen, gesetzten Schritten auf Ari zu. Einer von ihnen gibt noch zwei schnelle, leise Befehle in Richtung der wartenden Arbeiter, die daraufhin wie Bienen zu ihren Schubkarren ausschwärmen. Sofort wird kontrolliert, ob ihre Werkzeuge noch an Ort und Stelle sind. Jedes Arbeiterteam besteht gewöhnlich aus drei Personen: Ein Vorarbeiter, der mit einer kleinen Hacke, einer Kelle und einem Malerpinsel ausgestattet ist. Der zweite Mann ist der Schaufler, der für die groben Erdarbeiten zuständig ist und daher eine große Spitzhacke und eine Schaufel als Handwerkszeug mit sich führt. Das dritte, meist auch jüngste Mitglied dieser kleinen Gruppe, ist der Schubkarrenfahrer. Ein unbeliebter, harter Job, da er den größten Kraftaufwand benötigt. Während die Arbeiter ihre Utensilien richten, die Reifen der Schubkarren aufpumpen, nähern sich die drei vermummten Gestalten aus dem Führerhaus Ari und seinen Kollegen. Diese Beduinen erscheinen in ihren knöchellangen, schwarzen Hirtenmänteln wie schwarze Traumgebilde aus Hollywoods Filmfabriken. Unwillkürlich wird man an den Streifen ›Lawrence of Arabia‹ erinnert, dessen Hauptfigur tatsächlich nicht weit von hier als Ausgräber tätig war, bevor er den Befreiungskampf der Araber anzettelte. Erst als der Erste der drei Wüstenbewohner kurz vor Ari steht, schlägt er den oberen Zipfel seines Mantels über seinem Kopf zurück, so dass der schwere Stoff auf die Schultern rutscht. Ein rot-weißes Tuch windet sich wie ein Stoffhelm um seinen Kopf. Die beiden großen Augen und das milde Lächeln des Mannes strahlen eine innere Ruhe und Gelassenheit aus. Unter dem sehr weit geschnittenen Umhang, dessen Oberfläche mit zahlreichen, silbrig glitzernden Stickereien besetzt ist, kommen zwei Unterarme zum Vorschein. Die gebräunten, wettergegerbten Hände des Mannes weisen darauf hin, dass er harte Arbeit gewohnt ist. Sein rundliches Gesicht strahlt, als er Ari umarmt.

»Guten Morgen, Abu Abud!«, begrüßt Ari seinen treuen Vorarbeiter, der als Dorfältester höchstes Ansehen unter allen Arbeitern genießt. »Wie geht es dir? Wie geht es deiner Familie?«

Jeden Tag verläuft die Begrüßung nahezu gleichförmig - wie ein Ritual. Abu Abud antwortet mit leiser Stimme und erkundigt sich im Gegenzug nach Aris Wohlbefinden.

Ari schlägt das Grabungstagebuch auf, trägt das Datum, Sonntag, den 23. August 1992, ein und beginnt damit, die Namen der anwesenden Arbeiter zu notieren. Dabei informiert ihn Abu Abud, wer nicht zur Arbeit kommen konnte und wer als Notbehelf eingesprungen ist. Meist sind es die halbwüchsigen Kinder der Familie, die als Ersatzleute zur Ausgrabung geschickt werden. In Deutschland undenkbar, aber in der *Jezirah* ist es ganz normal, dass Kinder im Alter von zwölf Jahren einer Arbeit nachgehen. Meist werden die Knaben als Hirten, die Mädchen als Wasserträgerinnen eingeteilt. Jeder halbwegs Erwachsene muss in dieser Wildnis etwas zum Lebensunterhalt der Großfamilie beisteuern. Anfangs haben sich die Deutschen dagegen gewehrt, minderjährige Knaben zu beschäftigen. Doch in zahlreichen Diskussionen mit den Dorfältesten wurde von diesen die Wichtigkeit dieser Arbeitsstelle bei der deutschen Expedition unterstrichen: Jungen, die in einer Ausgrabung arbeiten dürfen, erreichen eine erhöhte soziale Stellung innerhalb ihrer Familie und auch größere Anerkennung innerhalb ihrer Dorfgemeinschaft. Das Wichtigste sei aber, dass sie Geld nach Hause bringen. Damit tragen sie dazu bei, das Überwintern der Großfamilie zu erleichtern. Wer einmal bei einer Beduinenfamilie zu Gast sein durfte, weiß welch kärgliches Leben die ortsansässigen Wüstenbewohner fristen müssen! Man lebt von dem, was der spröde Boden hergibt. Einige pflanzen Baumwolle an, andere Wassermelonen. Die größte Einnahmequelle sind aber die Schafherden. Vom Verkaufserlös der Tiere ist die gesamte Sippe abhängig. Verständlich, dass eine Arbeitsstelle bei den Deutschen eine willkommene Einnahmequelle ist, um den spärlichen Lohn aufzubessern. Die deutsche Expedition ist der größte Arbeitgeber weit und breit, auch wenn die Aufenthaltsdauer pro Jahr in der Regel nur zwei bis drei Monate dauert. Wenn man bei der Ausgrabung eine Anstellung gefunden hat, verdient man in drei Monaten so viel, wie woanders in einem Jahr! Aus diesem Grund bemühen sich die Familienoberhäupter, möglichst viele aus ihrer Sippe als Arbeiter zu verdingen. Sobald die Einstellung erfolgt ist, möchte jeder am liebsten die Feinarbeit an der kleinen Hacke, der Kelle und dem Pinsel übernehmen. Diese Position gilt in der Arbeiterschaft als die vornehmste – abgesehen von der Vorarbeiterrolle, die uneingeschränkt Abu Abud innehat.

Inzwischen haben sich Bine und Steff zu Ari gesellt. Auch sie werden von den umherstehenden Arbeitern nicht weniger herzlich begrüßt. Abu Abud zieht wie jeden Morgen seinen Tabaksbeutel aus der Tasche und beginnt, das dunkelbraune Kraut in eine weiße Papierhülle zu träufeln. Mit geschickten Drehungen bringt er seine morgendliche Zigarette in Form. Nun kommen auch die beiden anderen Beduinen, die sich bislang im Hintergrund gehalten haben, auf Ari zu.

»Guten Morgen, Abu Ibrahim, hallo Jasim!«, ruft ihnen Ari zu. Abu Ibrahim, der ältere, reicht Ari beide Hände und drückt sie so fest, als ob er prüfen wollte, ob die Knochen noch richtig an Ort und Stelle sitzen.

Ganz anders Jasim, von allen nur ›der Kasper‹ genannt. Der Spitzname passt nicht nur auf sein Äußeres: Jasim besitzt in der Tat die Physiognomie einer Kasperle-Puppe. Seine lange, spitze Nase biegt sich fast bis zum markanten Kinn, das von einem breiten, ständig grinsenden Mund gekreuzt wird. Seine verschmitzten Augen funkeln, wenn er wieder zu seinen unvermeidlichen Späßen ausholt. Meist äfft er dabei die Deutschen in ihrer Sprache und Körperhaltung nach. Ist mal irgendjemand schlecht gelaunt, Jasim bringt ihn zum Lachen – garantiert! Er ist der ungekrönte Unterhaltungskönig der Ausgrabung. Wie immer schlurft Jasim mit leicht nach vorne gebeugtem Oberkörper über den Hof und drillt die anderen Arbeiter wie der Oberbefehlshaber einer Armee mit deutschen Pseudo-Befehlen: »Du – Hack nimm! *Yallah, Yallah*!«, kommandiert er seine Freunde in einem von ihm entwickelten Syro-Deutsch. Dabei schreitet er die Phalanx der Schubkarrenfahrer ab. Hinter diesen haben sich inzwischen die Schaufler aufgebaut und präsentieren die langen Schaufelstiele wie Gewehre. Alle stehen stramm und salutieren mit Schaufeln und Hacken dem Ausgrabungsgeneral Jasim. Als Vorarbeiter Abu Abud die Gruppe zur Ordnung ruft, stieben die Arbeiter unter großem Gelächter auseinander. Eine Wagenkolonne aus jungen Schubkarrenfahrern bricht in wilder Jagd zum *Tell* auf. Ihnen folgen die älteren Arbeiter eher gemächlichen Schrittes.

Die Menschen haben hier einen anderen Zeitbegriff als Europäer. Man unterhält sich über die Neuigkeiten aus dem Dorf oder der Region. Steht eine Hochzeit an? Ist das Vieh gesund? Wer fährt mit dem Überlandbus in die Provinzhauptstadt Raqqa - eine Reise, für die man einen ganzen Tag einplanen muss. Hier in der Wüste steht man zueinander, man hilft sich gegenseitig, da alle aufeinander angewiesen sind. Die Gemeinschaft der Sippe und des Stammes spielt eine übergeordnete Rolle, die uns Europäern fremd erscheint. So auch die damit verbundene Gastfreundschaft, die für alle Wüstenbewohner heilig ist. Der Gast eines syrischen Beduinen wird mit den Worten »Tritt ein, mein Haus ist dein Haus« begrüßt. Dies ist keine Floskel, sondern eine ernst gemeinte Einladung. Das Wenige, das man hier besitzt, teilt man traditionell mit dem Besucher.

Ari hat in den letzten zehn Jahren, die er hier bei zahlreichen Ausgrabungen verbracht hat, leidlich Arabisch gelernt. Vor allem aber den typischen Dialekt der *Jezirah*, der ihm in der Hauptstadt Damaskus schon Spott eingetragen hat. Wo er herkäme, wurde er von Damaszener Händlern gefragt. Er würde so reden wie die Beduinen im Norden. Sei es drum! Hauptsache, er kann sich mit seinen Arbeitern verständigen. Die Wüstenbewohner zollen Respekt, wenn ein Ausländer sich bemüht, ihre Sprache zu erlernen, denn sie ist der Schlüssel zu ihren Herzen. Das hat schon der alte Baron Max von Oppenheim festgestellt, der die *Jezirah* auf der Suche nach einer geeigneten Ausgrabungsstelle durchstreifte und dabei im Jahr 1913 auch den Tell Chuēra entdeckte. Der berühmte deutsche Baron ist den älteren Beduinen noch ein Begriff, weil ihre Väter von der Großzügigkeit und der freundschaftlichen Gesinnung dieses Entdeckers gegenüber der einheimischen Bevölkerung schwärmten.

Der antike Siedlungshügel Tell Chuēra besitzt eine nahezu kreisrunde Form und einen Durchmesser von ungefähr einem Kilometer. In der alten Stadtanlage zeichnet sich deutlich eine breite Straße ab, noch heute als größere Mittelsenke erkennbar, die von Südosten nach Nordwesten quer über den Siedlungshügel führt. Das Zentrum der frühbronzezeitlichen Stadt hat der sogenannte ›Steinbau I‹, ein rechteckiger Tempelkomplex aus Kalksteinblöcken von siebenundzwanzig Metern Länge und fast sechzehn Metern Breite, gebildet. Das imposante Steinfundament ragt noch heute sechs Meter hoch in den Himmel. An dieser Stelle arbeitet das erste Team der deutschen Expedition unter der Leitung von Gitte, die wegen ihrer tomatenroten Haare von den beduinischen Arbeitern liebevoll ›*Mudira hamra*‹, die ›rote Chefin‹ genannt wird. Das zweite Grabungsteam unter der Ägide von Alex ist im Westteil des Hügels im Einsatz. Dort wird seit mehreren Jahren an der Freilegung eines Palastes gearbeitet, der durch Funde in die Zeit der Akkader, also um 2.250 vor Christus, zu datieren ist. Dieses kriegerische Volk hat vom südlichen Irak kommend am Ende des dritten Jahrtausends vor Christus seine blutigen Eroberungszüge bis zum syrischen Mittelmeer ausgedehnt. Einem dieser Raubzüge könnte auch die damalige Stadt Tell Chuēra zum Opfer gefallen sein. Brandspuren und vor allem zahlreiche Skelettfunde in den Tempelbezirken weisen darauf hin, dass die Stadt erobert und die Einwohner aufs Grausamste massakriert wurden.

Bine, Steff und Ari kommen gemeinsam mit ihren dreißig Arbeitern nach einem Fußmarsch von knapp zehn Minuten an ihrer Grabungsstelle im nordöstlichen Teil der Ruinenstätte an. Hier wurden in den letzten drei Jahren Siedlungsreste aus der mittelassyrischen Zeit, also aus dem 13. bis 12. Jahrhundert vor Christus, freigelegt. Leider haben die ortsansässigen Beduinen diese Stelle noch bis vor fünfzig Jahren als Begräbnisstelle genutzt. Die modernen Gräber haben die dicht unter der Erdoberfläche liegenden Lehmziegelbauten aus assyrischer Zeit sehr stark in Mitleidenschaft gezogen. Keine der bislang entdeckten antiken Mauern war ohne eine größere Störung. Tiefe Löcher, die beim Ausheben der modernen Gräber in den Boden getrieben wurden, markieren den modernen Friedhof.

Ari erinnert sich noch gut an die langwierigen Verhandlungen mit den Hinterbliebenen der dort Bestatteten. Als sich die Deutschen entschlossen hatten, diesen Teil des Hügels auszugraben, mussten sie um die Erlaubnis feilschen, um an dieser Stelle den Spaten ansetzen zu dürfen. »Das sei ›*Haram!*‹ - Sünde!«, wetterten die Verwandten der dort bestatteten Beduinen. Die Dorfältesten mussten zur Vermittlung eingeschaltet werden. Ein zähes Ringen begann. Tagelang wurde verhandelt – offen, aber auch mit einer gewissen ›Geheimdiplomatie‹ im Hintergrund.

Abb. 11: Ari vor den Verhandlungen mit dem Scheich
im Hof des Grabungshauses von Tell Chuēra

Damals stattete Ari zahlreiche Besuche in den umliegenden Dörfern und Gehöften ab. Ari musste handfest argumentieren, aber auch eingestehen, dass die Dorfbewohner mit Recht die ›ewige Ruhe‹ für ihre Verstorbenen forderten. Es wurde nicht offen ausgesprochen, dass nun Christen kommen, um moslemische Gräber zu entfernen – gedacht haben es sicherlich viele! Den entscheidenden Fortschritt erzielte Ari, indem er, mit Unterstützung seiner beduinischen Freunde Abdallah und Abu Abud, einen Kompromissvorschlag unterbreitete: Die Angehörigen selbst sollten ihre Verstorbenen exhumieren und nach islamischer Sitte auf dem heutigen Friedhof wieder bestatten. Kein Christ würde die sterblichen Überreste berühren. Die Kosten für die Umbettung würden von der deutschen Expedition übernommen. Ebenso die Honorierung aller an der Exhumierung Beteiligten. Dieses Angebot brachte den entscheidenden Durchbruch in den Verhandlungen. Zudem wurde zugesichert, dass die Angehörigen und ihre Familienmitglieder – soweit arbeitsfähig – auch während der anschließenden Ausgrabung beschäftigt würden. Es war wichtig, den *Haram*, den Frevel zu vermeiden. Und noch wichtiger war es, dass die stolzen Wüstenbewohner nicht ihr Gesicht verlieren.

Ari hat noch den Moment vor Augen, als sich die Abgesandten der einzelnen Beduinensippen im Hof des Grabungshauses unter freiem Himmel versammelten. Nahezu zwanzig Verhandlungspartner setzen sich in Anwesenheit des Scheichs, des obersten Stammeshäuptlings, in einem Kreis zusammen. Es wurde heftig diskutiert und zuweilen lautstark gestritten. Alle Deutschen warteten damals abseits von dem Geschehen, bis das Urteil gefällt war. Es dauerte über eine Stunde, bis sich Abu Abud auf Zeichen des Scheichs aus dem Kreis erhob. Alle anderen verharrten in einer kauernden Hockstellung und starrten gebannt und mit ernsten Mienen auf den Dorfältesten. Mit fester Stimme umschrieb er in blumigen Formulierungen die getroffene Abmachung. Dann richtete er das Wort an die wartenden Archäologen und wiederholte das Gesagte in kurzen Sätzen. Abu Abuds Worte klangen wie ein feierlicher Schwur. Niemand konnte nun zurück – die Sache war besiegelt!

Die Beduinen richteten ihren Blick gen Mekka, fielen auf die Knie und flehten *Allah* um Beistand an. Noch am gleichen Nachmittag begann man mit der Umbettung der moslemischen Gräber. Mehrere Pferdewagen wurden herangekarrt. Sorgsam wurden die sterblichen Überreste in weiße Tücher gepackt. Eine gespenstische Szenerie! Diese Menschen sind normalerweise sehr mitteilungsbedürftig. An diesem besonderen Tag schwiegen alle. Auch die Deutschen. An jenem Tag herrschte im wahrsten Sinne des Wortes Totenstille in dem sonst so geschäftigen Grabungshaus.

Heute denkt niemand mehr an die damalige Zeit. Hektisches Treiben herrscht zu Beginn der morgendlichen Ausgrabung. Schnell wird der Morgenappell durchgeführt: Ari ruft die Namen der Arbeiterschaft auf. In seinem kleinen Notizbuch mit dem roten Deckel sind die Namen der Mitarbeiter vermerkt. Jeder, der seinen Namen hört, antwortet gewöhnlich auf Arabisch mit ›hier!‹ Nur einer nicht: Jasim, der Grabungskasper! Der tanzt natürlich aus der Reihe und antwortet auf Deutsch ›ja, ja‹. Brüllendes Gelächter! Ari trägt hinter jedem Anwesenden das Datum ein. Das ist wichtig, da am Ende der Arbeitswoche der Lohn ausgezahlt wird: Vorarbeiter erhalten etwas mehr als Schaufler, diese wiederum etwas mehr als ein Schubkarrenfahrer. Am wenigsten verdienen die ›Scherbenwäscher‹, Minderjährige im Alter zwischen zwölf und vierzehn Jahren. Diese haben nur eine einzige Aufgabe: Sie müssen die ausgegrabenen Keramikscherben, die zuhauf bei einer orientalischen Ausgrabung anfallen, reinigen.

»Yallah! An die Arbeit, Männer!« Ari spornt die Männer zur Arbeit an.

Wie jeden Morgen beginnt nun der Wettlauf mit der Gluthitze! Ab der Mittagszeit steigt das Thermometer auf weit über 35 Grad und jede Bewegung wird unter der Sonne zur Qual. Also müssen sie sich sputen, um die erträglichen Vormittagsstunden für ihre harte Arbeit zu nutzen. Die Dreier-Teams sind bereits eingeteilt. Insgesamt arbeiten täglich dreißig Arbeiter hier im Bereich der assyrischen Siedlung, ausgenommen freitags, dem Feiertag, der in moslemischen Ländern dem christlichen Sonntag entspricht. Nahezu drei Monate dauert in der Regel eine solche Ausgrabung. Meist von Mitte August bis Anfang November eines jeden Jahres.

Wenn die Feldarbeit beginnt, schlägt das Herz eines Archäologen höher! So auch bei den drei Freunden Bine, Steff und Ari, die zu Beginn der Grabungstätigkeiten ihre Augen überall haben müssen, damit im ersten Ungestüm keine wertvollen Informationen verloren gehen. In der Hektik bemerkt Ari kaum, dass neben ihm Halil steht, ein schmächtiger Junge von dreizehn Jahren, mit hellwachen Augen und einem verschmitzten Lächeln auf den Lippen. Kräftig zupft der Junge an Aris Jacke, um auf sich aufmerksam zu machen: »Guten Morgen, Ari, soll ich schon einen Scherbengarten anlegen?« Ari blickt hinunter auf den Knaben, der ihm kaum bis zu den Hüften reicht. Halil strahlt über das ganze Gesicht, wobei eine auffällige Zahnlücke zwischen seinen Schneidezähnen ins Auge fällt. In seinem hellgrünen Stoffmäntelchen und dem übergroßen Turban auf dem Kopf wirkt Halil wie ein Zwerg, der einem orientalischen Märchenbuch entsprungen sein könnte. Ari klopft dem Dreikäsehoch freundschaftlich auf die Schulter:

»Es wäre toll, wenn du wieder einen Scherbengarten anlegen würdest. In diesem Jahr werden wir vor allem auf assyrische Keramik finden. Am besten richtest du dich gleich da hinten ein, Halil!«

Ari weist dem Beduinenjungen eine Stelle an, die er mit Bine und Steff schon für diesen Zweck ausgewählt hat. Mit vier Holzpflöcken haben sie bereits am Vortag die Eckpunkte eines 20x20 Meter großen Quadrats gekennzeichnet. Halil macht sich sogleich daran, Feldsteine aufzusammeln, die rund um die Ausgrabungsstelle verstreut liegen. Mit diesen markiert er die Außenlinie des Vierecks. Zum Abschluss schnappt er sich einen Handbesen aus Reisig und fegt Schmutz und Geröll von der vorbereiteten Fläche. Dabei wirbelt er so viel Staub auf, dass über Abu Abud eine Wolke von Sandkörnern niedergeht:

»Halil, du kleiner Teufel«, ruft dieser ihm verärgert zu, »dein Scherbengarten benötigt keinen Hausputz! Lass es genug sein und markiere jetzt deine kleinen Felder!«

Der Beduinenjunge folgt den Anweisungen des Dorfältesten ohne Widerrede und wendet sich wieder den Feldsteinen zu, mit denen er im Inneren der Fläche zwanzig kleinere Quadrate absteckt. Kaum ist Halil fertig, treffen schon die ersten Schubkarrenfahrer ein. Sie haben zweihenklige Gummikörbe auf der Ladefläche, die sie bei Halil abliefern. Die Behälter sind bis zum Rand mit Scherben gefüllt.

»Hier du Pimpf, Arbeit für dich – dann spüle mal schön!«

Feixend verlassen die beiden halbwüchsigen Schubkarrenfahrer den Scherbengarten. Für kein Geld der Welt wollen die Jugendlichen Keramik reinigen! »Das ist Frauensache!«, ist ihre Meinung. Ganz anders der pfiffige Halil, der es genießt, sein eigener Herr zu sein. Hier im Scherbengarten kommandiert ihn niemand herum, und die Arbeit ist relativ leicht. Ab und zu springt sogar ein Trinkgeld heraus, wenn er eine besondere Scherbe entdeckt, die den Tölpeln an den Schubkarren nicht aufgefallen ist!

Halil greift sich einen der gerade angelieferten Gummikörbe, die aus Altreifen hergestellt und in Syrien ›Zanbil‹ genannt werden. Diese robusten Tragekörbe dienen zum Abtransport der Erde, aber auch zum Sammeln von Kleinfunden, vor allem aber von Scherben, die hier während einer mehrmonatigen Ausgrabung zentnerweise anfallen. An einem der Henkel hängt ein weißer Zettel, den Halil vorsichtig entfernt und unter einen Feldstein im ersten Quadrat legt.

»Dieser Fundzettel darf niemals verloren gehen!«, hat ihm Ari eingebläut, »denn darauf ist vermerkt, aus welcher Fundstelle die Scherben stammen. Diese Zettel dürfen auch niemals vertauscht werden! Schreibe dir das hinter die Ohren!«

Das war vor drei Jahren. Heute ist Halil ein wahrer Meister im Sortieren von Keramik. Er schiebt sich sein Höckerchen zurecht, stellt den mit Wasser gefüllten Plastikeimer daneben und legt sich eine Wurzelbürste parat. Anschließend kippt er den Inhalt des *Zanbils* in das erste Planquadrat und beginnt Scherbe um Scherbe mit aller Sorgfalt zu schrubben. Seit Jahrtausenden haben diese Keramikreste erdverkrustet im Boden gelegen, unter Halils Hand scheint ihre Oberfläche die ursprüngliche Strahlkraft der Farbgebung wiederzugewinnen. Rote, grünliche, gelbe und sogar pechschwarze Scherben bringt der Knirps in Windeseile auf Hochglanz. Anschließend sortiert Halil die Fundstücke: Immer zehn Scherben der gleichen Machart werden in eine Reihe gelegt. Schon bald hat er eine Anhäufung von gelblich-braunen Scherben, daneben rötliche und grüne Keramikreste. Halil sortiert nicht nur nach optischen Vorgaben, sondern hat in den Jahren seiner Tätigkeit gelernt, die Scherben nach antiken Warengattungen zu ordnen. Ein besonderes Verdienst von Bine, die anfangs den halben Morgen lang mit dem Jungen im Scherbengarten verbrachte, um ihm das Wissen über die wichtigsten Gefäßgattungen beizubringen. Bine nutzte dazu den Spieltrieb des Kindes: Halil musste zunächst die Scherben nach Farben ordnen und dann zehn Bruchstücke der gleichen Art in eine Reihe legen. Zur Belohnung gab es Süßigkeiten, was dessen Eifer immens beflügelte.

Im nächsten Schritt brachte ihm Bine bei, wie man das Bruchstück einer Randlippe von dem eines Bodens unterscheidet. Dann erfolgte die letzte Stufe dieser speziellen Ausbildung: Die Grabungsassistentin legte sich das Handbuch über die Keramik des Tell Chuēra auf ihre Knie und zeigte auf eines der gezeichneten Gefäße. Halil musste sich das Bild einprägen und eine Scherbe suchen, die zu dieser Form passen könnte. Inzwischen ist der Beduinenjunge ein Meister im Aufspüren von Keramikformen. Er weiß genau, in welchem seiner Quadrate ein besonderes Stück liegt. Häufig macht er die Archäologen auf ganz exquisite Scherben oder Besonderheiten auf der Oberfläche aufmerksam, die erst nach der Reinigung zum Vorschein kommen.

Ari und Bine erleichtert das die Arbeit ungemein. Und so ist es inzwischen schon ein tägliches Ritual geworden, dass einer von beiden vor der Frühstückspause oder kurz vor Arbeitsende Halil im Scherbengarten besucht und sich die wichtigsten Funde des Tages präsentieren lässt. Dem Archäologenteam erleichtert die Vorarbeit des Jungen die Auswertung der Keramik erheblich. Für Altertumsforscher ist die statistische Erfassung der Scherben aus einem Fundkomplex der Schlüssel zur kulturellen Einordnung der unterschiedlichen Besiedlungsphasen. Ari hat Halil die Wichtigkeit seiner Arbeit anfangs so erklärt:

»Stell dir vor, Archäologen kämen in fünfhundert Jahren zu eurem Haus und würden es ausgraben. Was würden sie darin Besonderes finden?«

Halil antwortet, ohne zu überlegen: »Meine Coca Cola-Flasche, die du mir letztes Jahr geschenkt hast. Die habe ich bis heute wie einen Schatz verwahrt!«

Ari muss lachen: »Das ist ein gutes Beispiel, Halil. Wenn diese Archäologen nun diese Flasche finden, wüssten sie, dass das Haus nach dem Zweiten Weltkrieg gebaut wurde – davor gab es hier in der *Jezirah* keine Coca Cola.«

Der Junge ist um keine Antwort verlegen: »Stimmt! Sogar mein Vater hat bis vor ein paar Jahren nicht gewusst, wie diese schwarze Brause schmeckt!«

Ari ist begeistert von der schnellen Auffassungsgabe des Jungen und setzt seine Erklärung fort: »Wenn diese Archäologen nun noch tiefer unter eurem Haus ausgraben würden, auf was würden sie dort stoßen?«

Halil zögert nur kurz: »Denke, auf nichts!«

Ari schaut verdutzt in das grinsende Gesicht des Jungen. »Wieso nichts?«, will er von ihm wissen. »Was ist mit den Überresten aus dem Haushalt deines Großvaters oder Urgroßvaters?«

Der Kleine antwortet wie aus der Pistole geschossen: »Ach Ari, du weißt aber gar nichts! Die Eltern meiner Eltern haben in Zelten gewohnt. Noch vor fünfzig Jahren ist unsere Sippe mit ihren Herden von Wasserstelle zu Wasserstelle gezogen. Mein Vater ist in einem Zelt aus schwarzem Ziegenhaar geboren. Unser Haus haben meine Eltern erst vor einigen Jahren gebaut, nachdem die Regierung verboten hatte, dass die Bewohner der *Jezirah* von Weideplatz zu Weideplatz ziehen. Unter dem Fußboden unseres Hauses würdest du also rein gar nichts finden!«

Damit beendet der Scherbenwäscher die Lehrstunde in Sachen künftiger Archäologie und wendet sich mit zufriedener Miene wieder seiner Arbeit zu.

»Ein erstaunlich aufgeweckter Bengel, unser Halil!«, flüstert Ari seiner Assistentin Bine im Vorbeigehen zu.

»Und verdammt anstrengend!«, entgegnet die Archäologin, »ständig will er wissen, in welche Zeit seine Scherben datiert werden. Eben musste ich ihm erklären, warum die meisten Schalen einen Knick in der Wandung haben. Er hat sehr schnell kapiert, dass man aus diesen Knickwandschalen besser trinken konnte als aus solchen mit abgerundetem Bauch. Habe ihm erklärt, dass man Schalen mit einem Knick besser in der Hand halten kann.«

Ari klopft sich auf die Schenkel: »Tolle Erklärung! Hast du ihm auch beigebracht, dass diese Knickwandschalen in Tell Chuēra ausschließlich aus assyrischen Schichten stammen und damit eines der wichtigsten Indizien zur Datierung von assyrischen Gebäuden sind?«

Bine schlägt einen fast vorwurfsvollen Ton an: »Ich bin doch keine Anfängerin, Ari!« Ich bilde den Kleinen seit drei Jahren aus und habe ihn instruiert, Reste von Knickwandschalen als besonderes Merkmal auszusortieren.«

Kaum hat Bine ausgeredet, meldet sich Halil wieder zu Wort: »Bine!«, blökt der Junge mit heller Stimme, wobei er Bines Name unendlich in die Länge zu ziehen scheint, »Biinee, wenn ich wieder eine ganz besondere Scherbe entdecke, erhalte ich dann ein *Bakschisch*?«

Die Grabungsassistentin reagiert zunehmend genervt: »Wenn du deine Arbeit sorgfältig gemacht hast und mir zudem ein wirklich besonderes Stück bringst, dann erhältst du nicht nur ein Trinkgeld, sondern auch einen Ehrentitel. Ich nenne dich dann ab sofort nur noch ›Vater der Scherben‹.«

Die Augen des Bengels blitzen auf: »Noch diese Woche wirst du mich ›Vater der Scherben‹ nennen! Das schwöre ich dir, Biinee!«

Halil angelt im Handumdrehen eine neue Scherbe aus dem Wassereimer und beginnt das über zweitausend Jahre alte Keramikfragment zu schrubben. Wie ein Derwisch wienert er mit seiner Bürste über das Bruchstück. Halils breites Grinsen signalisiert, dass er sich seiner Sache sehr sicher ist: Er findet ein ganz besonderes Exemplar – ganz bestimmt! Die Deutschen werden sich noch wundern, was er alles aus seinem grünen Plastikeimer herausfischen wird! Seine quicklebendigen Augen tasten nun jeden Splitter wie einen Goldschatz ab, während er ein monotones Lied anstimmt. Im Rhythmus seines Gesangs lässt Halil die Bürste über die alten Scherben wirbeln.

»Das Kerlchen wird übermütig, Ari«, bemerkt Bine, »aber er verrichtet seine Arbeit einfach hervorragend!«

Ari pflichtet ihr bei: »Weißt du, Bine, auf das Bakschisch, das Trinkgeld, sind alle Arbeiter scharf. Vor allem diejenigen, die glauben, den ganz besonderen Fund gemacht zu haben. Ich würde liebend gerne noch etwas mehr zahlen, wenn mir endlich jemand eine Tontafel bringen würde«, seufzt der Archäologe.

Die Ausgrabungstage vergehen wie im Fluge. Aris Team arbeitet nun schon seit zwei Wochen im Bereich der assyrischen Besiedlung. Bislang keine spektakulären Funde, sondern eher Routine-Arbeiten. Bevor die Sonne den höchsten Stand erreicht, wollen Bine und Steff heute Morgen einen Bauabschnitt dokumentieren. Ben, den neuen Studenten, haben die beiden eingeladen, ihnen zu assistieren. Um dem jungen Mann eine Übersicht über das Grabungsgelände zu verschaffen, lässt Bine eine Stehleiter am Rand der Ausgrabung aufstellen. Zwei starke Arme packen auf jeder Seite die Beine der Sprossenstiege. »Komm Ben, klettere du auf der einen Seite und ich auf der anderen hinauf – dann haben wir einen tollen Ausblick über das gesamte Areal der assyrischen Siedlung!«

Bine ist mit geübtem Tritt schnell ein paar Sprossen nach oben geklettert. Ben folgt ihr auf der gegenüberliegenden Sprossenseite nach oben. Kaum hat er seine Füße in die Trittflächen gestemmt, als die Leiter anfängt, bedrohlich über dem Abgrund der ausgegrabenen Fläche zu schwanken. Ben krallt sich, ängstlich nach unten blickend, an der Seitenführung der Leiter fest. Deutlich ist ihm sein Unbehagen ins Gesicht geschrieben.

»Keine Angst, die beiden Arbeiter halten die Leiter fest – dir passiert schon nichts!«, muntert die Assistentin den Neuling auf. Die beiden Beduinen packen die Holmen der Leiter noch fester, können sich aber das Lachen nicht verkneifen: »Bine, der Neue hat Angst vor dir! Der möchte nicht zu dir nach oben«, rufen sie neckisch der Deutschen zu.

Bine winkt ab und streckt Ben eine Hand entgegen. Der hat die Worte der beiden Arbeiter nicht verstehen können, aber sehr wohl registriert, dass sie sich über ihn lustig machen. Mit einem vehementen Schwung nimmt Ben die nächsten Tritte. Augenblicklich verstummt das Lachen der beiden Arbeiter, die all ihre Kräfte aufbringen müssen, um die Leiter vor dem Umstürzen zu bewahren. Nun stehen Bine und Ben fast zwei Meter hoch über der Ausgrabung. Bine erläutert ihm die Konstruktion der freigelegten Häuserreste. Als Ben vor ein paar Minuten noch unten stand, hat er nur einzelne Mauerverläufe erkennen können. Nun aber, hoch über den Köpfen des Grabungsteams, fügt sich alles zu einem Gesamtbild zusammen.

»Schau Ben, die gesamte Ausgrabungsfläche ist in Quadrate von zehn mal zehn Meter Länge unterteilt. In jedem dieser Quadrate arbeitet ein Arbeiterteam, also drei Personen. Die Quadrate sind jeweils durch einen sog. ›Steg‹ von einem Meter Breite voneinander getrennt. Dadurch entsteht ein künstliches Raster, in dem wir arbeiten. Die Stege zwischen den Quadraten dienen zur Überprüfung der Schichtenfolge.«

Ben richtet sein Augenmerk auf einen dieser Stege gleich vor ihnen: »Bine, ich sehe in dem Steg verschiedenfarbige Linien, die horizontal übereinanderliegen: Ganz oben eine gelbliche Verfärbung, die ungefähr zehn Zentimeter dick ist, dann folgt eine etwas breitere bräunliche Schicht, darunter eine rötliche Verfärbung, die fast einen halben Meter hoch ist. Was sagen mir diese Verfärbungen?«

Bine antwortet: »Fangen wir oben an. Die gelbliche Verfärbung kennzeichnet die Erdoberfläche. Das ist also eine Humusschicht, die wir direkt zu Beginn der Grabung durchstoßen haben. Die etwas breitere darunter ist eine Schuttschicht. Abraum und Geröll, die den Hang hinuntergerutscht sind und sich über der rötlichen Schicht abgelagert haben. Wenn du genau hinschaust, siehst du, dass die rote Schicht bis zu einer auffällig breiten Lehmziegelmauer reicht, die das Grabungsareal durchzieht. Die rötliche Ablagerung markiert den Verfall der Lehmziegelmauer. Wenn wir auf eine solche Schicht stoßen, wissen wir, dass die Reste eines Lehmziegelgebäudes nicht weit sein können.«

Bens Stimme klingt immer aufgeregter, umso mehr er über die Ausgrabungstechnik erfährt: »Warum fegen die Arbeiter die Mauerkrone jetzt mit Handfegern?«

Geduldig erklärt Bine auch diese Frage: »Sie wird gerade gereinigt, weil Steff und ich die Baureste in diesem Areal gleich zeichnen werden. Du kannst uns gerne dabei helfen, Ben.«

Das lässt sich der Neue nicht zweimal sagen: »Ich darf euch dabei helfen?« Die Stimme des Studenten scheint sich zu überschlagen: »Das ist ja großartig! Was muss ich tun?«

Mit einem Satz springt er von der Leiter und landet vor den Füßen der beiden Beduinen, die nur mit Mühe die Leiter vor dem Umkippen bewahren können. Bine balanciert dabei wie eine Zirkusartistin:

»Nicht so stürmisch, Ben! Stell dir vor, das Gerät würde ins Areal stürzen - die Arbeit von zwei Wochen wäre dahin!«

Ben schießt die Schamesröte ins Gesicht. Wie konnte er sich nur so tölpelhaft anstellen! Erleichtert atmet er auf, als ihm Steff aufmunternd auf die Schultern klopft und ihn bittet, ihm zu folgen:

»Wir beide klettern nun hinunter zur Lehmziegelmauer, die von den Arbeitern zum Zeichnen präpariert worden ist. Hier, nimm das Lot und den Zollstock!« Steff reicht dem Studenten das hühnereigroße Senkblei, das an einer Maurerschnur befestigt ist.

»Das hat ein ganz schönes Gewicht!«, stellt Ben fest, nachdem er das Lot in seiner Hand gewogen hat, »was machen wir damit?«

Steff zeigt auf die vor ihnen liegende Grabungsstelle: »Wirst du gleich sehen, Ben. Bitte achte darauf, dass du beim Hinuntersteigen nichts zerstörst! Alles, selbst der kleinste Stein, darf jetzt nicht verrückt werden! Alles muss so bleiben, wie es jetzt vor uns liegt!«

Bine ist inzwischen von der Leiter geklettert und hat im Schneidersitz auf einem der Stege Platz genommen. Der erhöhte Ausblick verschafft ihr den notwendigen Überblick auf das gesamte Areal, vor allem aber auf die über dreitausend Jahre alte Lehmziegelmauer, die sie heute maßstabgetreu auf Millimeterpapier zeichnen muss. Steff und Ben stehen nun mit Lot und Zollstock bewaffnet vor dem antiken Bauwerk. Steff zeigt seinem Kollegen, wie er die Maße des Mauerzugs ablesen muss. Dabei hält er das Lot an die äußerste Mauerecke: »Zwanzig Komma Sieben«, ruft er zu Bine hinauf, die den Messpunkt auf ihrem Zeichenblatt markiert. Dann nimmt er an der gegenüberliegenden Ecke des Fundaments Maß: »Vierzig Komma fünf.«

Bine überträgt die Daten in die Zeichnung und kann nun beide Punkte mit einem Strich verbinden. Nach zwei weiteren Messungen am anderen Ende der Mauer, skizziert die Assistentin bereits den gesamten Mauerverlauf.

»Nun kommt das Schwierigste, Ben, wir müssen nun die einzelnen Lehmziegelkonturen vermessen und auch diejenigen, der umherliegenden Steine. Probiere mal! Übung macht den Meister!«

Ben kommt ins Schwitzen. Höchste Konzentration ist gefordert, um Bine die Daten nicht in der falschen Reihenfolge anzusagen. Lehmziegel um Lehmziegel wird vermessen. Es dauert Stunden, bis eine solche Zeichnung fertiggestellt ist. Geduld ist gefragt! Keine Spur von Indiana Jones, der im Film wie ein Trampel peitschenschwingend durch Grabanlagen und antike Tempel fegt! Archäologie braucht Ausdauer und gute Nerven! Jede Feinheit muss registriert werden. Bodenverfärbungen können auf Funde der nächstälteren Phase hindeuten. Als Archäologe arbeitet man wie ein Polizeikommissar, der an einem Tatort zunächst die Spuren sichern muss. Behutsam und vorsichtig arbeitet man sich

Schicht für Schicht in vergangene Zeiten, um das Rätsel zu lösen, das uns alle bewegt: Woher kommen wir und wohin gehen wir?

Nach knapp drei Stunden haben die drei den Mauerzug auf das Millimeterpapier gebannt. »Schau, Ben, das ist auch dein Verdienst! Sieht toll aus, die Mauer!«, lobt Bine den Nachwuchsarchäologen, der voller Bewunderung Bines Zeichnung begutachtet.

»Du hast eine verdammt sichere Hand, Bine,« würdigt Ben die Zeichenkunst der Archäologin. »So gut möchte ich auch zeichnen können!«

Bine quittiert die Lobeshymne mit einem verschmitzten Lächeln und pustet den Staub vom Zeichenbrett. Noch bevor sie die Skizze in ihrer Tasche verstauen kann, zupft sie Halil, der Scherbenjunge, am Ärmel und streckt ihr wortlos das Bruchstück eines Gefäßes entgegen. Bine begutachtet das Keramikfragment von allen Seiten. Auf der Oberfläche ist eine Ritzzeichnung zu erkennen:

»Das ist ja eine Töpfermarke, Halil. Sieht aus wie ein Pflug. Die Markierung wurde vor dem Brennen vom Töpfer als Warenzeichen seiner Werkstatt eingeritzt. Toll, dass du das entdeckt hast. Ab sofort nenne ich dich ›Vater der Scherben‹! Du bist wirklich der aufmerksamste Scherbenjunge von allen, Halil!«

Der Junge strahlt über das ganze Gesicht: »Habe ich dir nicht prophezeit, dass du mir schon bald diesen Ehrentitel verleihen musst, Bine? ›Vater der Scherben‹ lasse ich mich ab sofort von allen nennen! Und Bakschisch bekomme ich doch sicherlich auch noch – oder?«

11. Das sündige Klo

Die Ausgrabungen in der syrischen Wüstensteppe sind in vollem Gang. Die deutschen Altertumsforscher haben sich in vier Teams aufgeteilt, die an unterschiedlichen Stellen versuchen, die archäologischen Geheimnisse der mesopotamischen Stadt zu ergründen. Eine Gruppe arbeitet an der jahrtausendealten Stadtmauer, während eine andere eine frühbronzezeitliche Palastanlage freilegt. Die dritte Mannschaft führt unter Leitung von Gitte die Arbeiten am Steinbau I, einer ausgedehnten Tempelanlage aus der Zeit um zweitausendfünfhundert vor Christus, fort.

In Sichtweite liegt das Grabungsareal ›G‹ von Ari und seiner Assistentin Bine, die ein Gebäude mit mächtigen Außenmauern aufdecken.[3] Die dort gefundenen Keramikscherben, vor allem die ganz typische Form von zerbrochenen Tongefäßen, zeigen an, dass es sich um Baureste aus mittelassyrischer Zeit handeln muss. Kleinfunde, wie Ohrringe aus Bronze, lassen vermuten, dass das Bauwerk in das zwölfte Jahrhundert vor Christus zu datieren ist. Ganz sicher sind sich die Archäologen noch nicht!

Bine steht am Rande des Ausgrabungsareals. Sie nimmt einen kräftigen Schluck aus ihrer Wasserflasche, die sie danach wieder in eine kniehohe Holzkiste zurückstellt. In der Truhe werden die Dinge verwahrt, die vor Staub und Sonne geschützt werden sollen. Bine schwört darauf, ihr Wasser dort zu deponieren, da man Getränke in diesem Behältnis wenigstens lauwarm halten könne. Ari hat sich das schon lange abgewöhnt. Er trinkt mit den Arbeitern aus einem Wasserfass aus Kunststoff, das neben der Ausgrabungsfläche steht. Jeden Morgen transportieren sie eine solche Tonne mit frischem Trinkwasser aus dem Dorfbrunnen hinauf auf den Hügel. Unter der Sonneneinstrahlung wandelt sich das kühle Nass zur Tagesmitte hin zu einer warmen Brühe, die nicht einmal mehr dazu taugt, das Gesicht zur Erfrischung zu benetzen. Die Sonne hat nun den

---

[3]   Klein, Harald, Die Grabung in der mittelassyrischen Siedlung; in: Winfried Orthmann et al., Ausgrabungen in Tell Chuēra in Nordost-Syrien I. Vorbericht über die Grabungskampagnen 1986 bis 1992.
Vorderasiatische Forschungen der Max Freiherr von Oppenheim-Stiftung Band 2 (Saarbrücken 1995), Seite 185 – 201 und Beilage 2.

höchsten Stand erreicht. Der leichte Wind treibt Staubfäden über das Land. Weht er heftiger, saugt er die Staubkörner vom Boden auf, wirbelt sie umeinander, um sie anschließend in einer Windhose gen Himmel tanzen zu lassen. Die kleineren Windstrudel sacken meist schon nach wenigen Sekunden entkräftet zu Boden. Die größeren aber, die sich hoch in die Lüfte erheben, fürchten sogar die Beduinen. ›Schejtan‹, übersetzt ›Teufel‹, nennen die Einheimischen diese Tornados. Wehe dem, der von solch einem ›Teufel‹ gepackt wird! Flach auf den Boden legen, Augen, Mund, Nase und Ohren mit dem Kopftuch bedecken, ist das einzige Gegenmittel.

Heute ist kein ›Teufel‹ in Sicht. Die Mittagshitze der syrischen Wüste treibt Bine Schweißperlen ins Gesicht. Ihre gebräunte Haut glänzt in der prallen Sonne.

Ari kneift die Augen zusammen und blinzelt hinüber zu seiner Assistentin: »Verdammt heiß heute! Zwischen zwölf und zwei ist die Hitze kaum auszuhalten.«

Bine nickt und lacht: »Ich kann es nicht mehr abwarten, bis unser Architekt Mautschy die neuen Duschen installiert hat. Habe mich schon gestern freiwillig als Versuchskaninchen für die ersten Wasserstrahlen vorangemeldet.«

Ari kann sich das Lachen nicht verkneifen: »Wenn der neue Waschraum fertig ist, schwelgen wir in purem Luxus! Vor Jahren hätten wir von solch einem Bad nur geträumt. Als wir hier im Jahr 1982 die Ausgrabungstätigkeiten aufgenommen haben, mussten wir das alte Expeditionshaus erst einmal herrichten. Gewaschen haben wir uns in großen Bottichen. In einer Mauernische im Innenhof haben uns damals eine improvisierte Dusche eingerichtet. An zwei Besenstielen wurden lange Tücher aus Zeltstoff befestigt – fertig war die Duschkabine. Im Innern standen zwei Putzeimer, die jeder, der sich waschen wollte, mit Wasser füllen musste. Mit einem Blechnapf wurde die lauwarme Brühe aus den Eimern geschöpft. Trotzdem eine Wohltat, wenn du dir nach der Arbeit das Wasser über den Kopf hast laufen lassen.«

Bine lässt ihrer Begeisterung freien Lauf: »Dann ist ja die Anlage, die Mautschy für uns baut, nur noch mit dem altehrwürdigen Hotel Baron in Aleppo vergleichbar.«

Ari pflichtet ihr bei: »Stimmt, Bine, zumal wir auch noch neue Luxus-Toiletten, erhalten - sogar für Frauen und Männer getrennt!«

Bine muss lachen: »Das ist ja schon geradezu dekadent! Getrennte Klos: ein Leben wie im Harem!«

Abu Abud, der kein Wort von ihrem Gespräch verstanden hat, möchte nun wissen, was die beiden so belustigt.

»Ach nichts, mein Guter«, erwidert Ari, »wir amüsieren uns nur über die Arbeit von Ismain und Mohammed, die sich freiwillig bereit erklärt haben, unserem Architekten Mautschy zur Hand zu gehen, um die neuen Waschräume im Grabungshaus zu bauen. Wir vermuten, dass sie dort härter arbeiten müssen als hier oben auf der Ausgrabungsstelle.«

Abu Abud steckt sich eine selbstgedrehte Zigarette in den Mund und zündet sie an. Genüsslich zieht er an dem Glimmstängel und pustet den Rauch in die Luft. Mit schelmischem Blick lässt er die Kippe in seinen Mundwinkel wandern, bevor er seine Gedanken verrät:

»Die beiden werden sich wundern, wenn sie in der Hitze Steine und Lehmziegel schleppen müssen. Das Maurerhandwerk ist in der Wüste kein Zuckerschlecken!«

Ari klopft sich auf die Schenkel: »Schon gar nicht, wenn der Chef dieses Unterfangens unser Architekt Mautschy ist! Da gibt es nur selten Pausen, denn er will schon morgen mit der Überdachung des Anbaus beginnen«, lästert Ari mit einer gewissen Prise Schadenfreude.

Abu Abud zieht noch einmal kräftig an seiner Zigarette, drückt sie am Boden aus und schnippt den Stummel über die Grabungskante. Für ihn ist die Unterhaltung an diesem Punkt abgeschlossen. Er wendet sich wieder seiner Arbeit zu. Mit einer kleinen Hacke lockert er die Erde zu seinen Füßen und kratzt mit seiner Maurerkelle den Abraum zur Seite. Mit wachen Augen bohrt er sich tiefer und tiefer in die Schichten der uralten Stadt.

Bine hat sich inzwischen neben Ari gestellt und seufzt: »Gott, ist das heiß heute!« Sie legt dem Grabungsleiter die Hand auf den Arm: »Danke, dass du den neuen Waschraum in Auftrag gegeben hast. Für uns Frauen ist das eine große Erleichterung, wenn man hier fernab der Zivilisation zwei bis drei Monate zubringen muss. Das hat nichts damit zu tun, dass es uns etwas ausmachen würde, mit euch Männern ein Bad zu teilen - nein, es ist einfach ein Stück Komfort, den wir Frauen genießen werden.«

Abb. 12: Ari

Ari schaut seiner Assistentin in die Augen. Sie strahlt über das ganze Gesicht. Er wundert sich darüber, wie es Bine gelingt, inmitten von aufgewirbeltem Staub der Ausgrabungen, ihr Kopftuch so blütenweiß zu halten. So adrett, wie Bine immer aussieht, braucht sie eigentlich keine Dusche, denkt sich Ari, zwischen uns Männern in unseren völlig verschlissenen Klamotten leuchtet Bine wie eine Blume inmitten einer kargen Wüstenlandschaft. Und wie gut sie immer duftet! Ari schaut an sich hinunter. Seine an mehreren Stellen durchlöcherte Jeans steht vor Dreck. Sein ehemals weißes T-Shirt, ein Werbegeschenk eines Autohändlers, bei dem er vor vielen Jahren für die Expedition einen Geländewagen erstanden hat, zollt dem Waschen nach Beduinenart inzwischen Tribut. Durch das Schrubben auf einem Reibebrett sind die kurzen Ärmel unter den Achseln eingerissen, die taillierte Passform auf Größe XXL angeschwollen und das ursprüngliche Weiß einem gelblich-braunen Farbton gewichen. Die ursprünglich tiefrote Aufschrift des Fahrzeugherstellers, die quer über der Brust prangt, hat sich mit den Waschgängen in Eimern mit Kernseife in ein dezentes zartrosa verwandelt. Aris *Kefije*, das rot-weiß gemusterte Kopftuch, das hier alle Beduinen tragen, hängt in wilden Zipfeln in seine Stirn. Die kräftigen Farben sind nach fast acht Jahren in Sonne und Kernseifenlauge ausgeblichen, aber Ari weigert sich beharrlich, ein neues Kopftuch zu kaufen. Das ist seine Ausgrabungstracht, die er so lange nutzen wird, bis sich der Stoff auflöst. Welch ein Gegensatz zu Bine, die wie aus dem Ei gepellt neben ihm steht.

Beide schauen für einen Moment lang schweigend Abu Abud bei der Arbeit zu. Die Hektik, das ständige Fiebern nach neuen Funden scheint einen Moment lang vergessen. Plötzlich dreht der Wind, weht hinein in das Grabungsareal und bläst ihnen mit heißem Atem eine Ladung Staub entgegen. Bine hält die Hand vor ihre Augen, während Ari den Stoff seines Halstuchs über Nase und Mund zieht. So schnell wie der Wind sie erfasst hat, so schnell hat er sich auch wieder verzogen. Ari reibt sich die Sandkörner aus den Augen und stöhnt: »Dieser teuflische Sand! Bine, die neuen Duschen werden von allen sehnlichst erwartet. Vor allem nach getaner Arbeit!« Ari klopft sich den Staub aus der Hose. Eine Staubwolke entfährt dem Beinkleid und umnebelt die beiden Freunde. Hustend springt Bine zur Seite und versucht mit den Händen wedelnd die Schwaden zu vertreiben.

»Ihr Männer seid einfach unmöglich!«, frotzelt sie, »wie könnt ihr euch in solchen Klamotten wohlfühlen?«

Ari schaut an sich hinunter: »Das ist Arbeitskleidung, meine Gute! Einmal waschen pro Woche muss genügen!«

Bine schlägt die Hände über dem Kopf zusammen. »Männer!«, lautet ihr einziger Kommentar.

Gerade als die beiden sich wieder an die Arbeit machen wollen, werden sie von entrüsteten Rufen aufgeschreckt. Ismain und Mohammed, die beiden Arbeiter, die abgeordnet wurden, dem Architekt beim Bau des neuen Badehauses zur Hand zu gehen, poltern lauthals schreiend den Hügel hinauf. Der Wind verzerrt ihre Stimmen so sehr, dass Bine und Ari aus der Ferne nicht verstehen können, was die beiden ihnen zurufen.

»Ich höre immer nur ein Wort heraus«, sagt Bine, »klingt wie ‹Haram› - weißt du, was das heißt, Ari?«

Auch der Grabungsleiter vernimmt dieses Wort: »‹Haram› bedeutet im Arabischen ›verboten‹, aber auch ›Sünde‹ oder ›Frevel‹«, erklärt er seiner Assistentin, »keine Ahnung, was die Männer so erregt.«

Kaum sind die beiden an der Ausgrabungsstelle angelangt, werden sie von zahlreichen Arbeitern umringt. Auch Abu Abud ist ihnen entgegengelaufen und verfolgt mit ernster Miene den Bericht der beiden, die sich ständig gegenseitig ins Wort fallen und immer wieder mit den Händen in südliche Richtung zeigen, um im nächsten Augenblick wieder wild gestikulierend auf den Boden zu weisen.

»*Haram! Haram!*«, schallt es aus zahlreichen Beduinenkehlen, »*Haram! Haram!* - Sünde! Sünde!«

Ari und Bine bahnen sich einen Weg durch die Menschenansammlung, die sich in Windeseile um die Ankömmlinge geschart hat.

»*Haram! Haram!*«, schreit man ihnen entgegen.

»Beruhigt euch!«, brüllt Ari in die Menge, »was ist los? Was ist Sünde?«

Die Stimmen von Mohammed und Ismain überschlagen sich. Die Worte sprudeln aus ihnen heraus wie die Fontäne eines Geysirs.

»Langsam, langsam, Leute, ich verstehe kaum ein Wort, wenn ihr so schnell sprecht.«

Ari hat den Dialekt der Wüstenbewohner zwar einigermaßen gut gelernt, aber wenn sie sehr schnell sprechen und Worte verschlucken, verschließt sich auch ihm der Inhalt des Gesagten. Vor allem aber, wenn zwei erboste Beduinen durcheinanderreden, lassen ihn seine Arabischkenntnisse im Stich. Und dass sie sehr in Rage sind, offenbaren ihre Gesten und wutverzerrten Gesichter. Ari unterbricht den Wortschwall der beiden und wendet sich an Abu Abud, den Dorfältesten:

»Was soll Sünde sein? Wer hat hier gefrevelt. Ich vernehme immer wieder das Wort ›Sünde‹ und ›Architekt‹. Gibt es ein Problem mit Mautschy?«

Die Beduinen um sie herum werden zunehmend unruhiger. Einzelne Gruppen diskutieren heftig miteinander. ›Haram, Haram‹ ist jedes zweite Wort. Die Lautstärke übertönt nun alles. Die Gesichter der Versammelten wandeln sich zusehends in wütende Grimassen. Einige recken ihr Spitzhacken in die Luft, andere fuchteln bedrohlich mit den spitzen Maurerkellen vor Aris Nase herum. Abu Abud sieht sich gezwungen, einzugreifen:

»Schluss jetzt!«, herrscht er seine Gefolgsleute an, »seid vernünftig! Ari wird das Problem lösen. Darauf könnt ihr euch verlassen. Hat er euch jemals enttäuscht?«

Sofort verstummen sämtliche Gespräche und Zwischenrufe. Abu Abud drängt den Kreis der Arbeiter, der sich bedrohlich um Bine und Ari gezogen hat, auseinander. Auf das Zeichen des Dorfältesten setzen sich alle in einem weiten Kreis um die Deutschen auf den Boden.

»Höre, Ari«, wendet sich Abu Abud an den Grabungsleiter, »beim Hausbau ist etwas sehr Schlimmes geschehen.« Abu Abud legt eine Pause ein, bevor er weiterredet, um seinen Worten noch mehr an Gewicht zu verleihen: »Dein Architekt will eine große Sünde begehen. Dies können wir nicht zulassen. Du musst ihn von seinem Frevel abbringen. Er versündigt sich gegen *Allah*, unseren Gott, und auch gegen Mohammed, unseren Propheten!«

Aus vielen Kehlen wird dem Dorfältesten Beifall gezollt: »*Haram! Haram!* - Sünde! Sünde!«, schallt es lautstark über die Grabungsfläche.

Ari kann sich nun nicht mehr zurückhalten: »Nun sagt mir endlich, was los ist!«, schreit er ungehalten in die Runde, »was ist so sündhaft, dass ihr hier solch einen Aufstand veranstaltet?«

Abu Abud bedeutet den Arbeitern zu schweigen und ergreift erneut das Wort: »Dein Architekt Mautschy ist gerade dabei einen *Hamam*, einen Waschraum, zu bauen. Ismain und Mohammed helfen ihm dabei.«

Ari wird zunehmend ungeduldiger: »Ja und? Das ist doch keine Sünde!«

Abu Abud nickt: »Alles ist fast fertig. Alle Duschen sind schon installiert. Bevor das Dach gedeckt wird, sollen nun die Toiletten eingebaut werden. Wir Beduinen kennen so etwas nicht. Wir gehen hinaus in die Wüste. Wir brauchen nur unser Kännchen, gefüllt mit Wasser, und eine ruhige Stelle, wo uns niemand beobachten kann. Ihr Europäer aber braucht ein festes Haus und ein Klo und bezeichnet einen solch stinkenden Raum als Fortschritt. Aber gut, das ist eure Sache. Ein Beduine würde ein solches Haus niemals benutzen! Wir haben eure Sitten akzeptiert und Ismain und Mohammed helfen euch, eure Toilette zu bauen.«

Ari fällt seinem Vorarbeiter ins Wort: »Abu Abud, wir Deutschen sind euch dafür auch sehr dankbar. Das kannst du allen hier versichern! Aber was ist nun so sündhaft an einem Klo?«

Der Dorfälteste antwortet zunächst noch mit ruhiger Stimme: »Das Klo an sich ist keine Sünde.« Doch dann wird er zunehmend aufgeregter und schreit heraus: »Ihr Deutschen wollt euer Klo mit Sitzrichtung nach Süden anlegen. Im Süden liegt aber Mekka, die heilige Stadt. Dorthin verneigen wir uns zum Gebet, und ihr wollt eure nackten Hintern in diese Richtung strecken, um eure Notdurft zu verrichten. Das ist *Haram* – Sünde. Verstehst du das?« Um sie herum ertönt es aus zahlreichen Kehlen: »*Haram! Haram!*«

Einige der Arbeiter sind wieder aufgesprungen und bauen sich erneut bedrohlich vor Ari und Bine auf. Abu Abud gibt wieder Zeichen, sich zu setzen, während Ari seiner Assistentin erläutert, weshalb die Beduinen sich so aufgebracht verhalten.

»Bitte, nicht lachen, Bine! Wir müssen todernste Mienen machen, sonst fühlen sie noch mehr beleidigt.«

Ari räuspert sich und hebt beide Hände zum Himmel, bevor er das Wort ergreift: »Männer, niemand von uns Ausländern wird in eurer Heimat euren Gott und euren Propheten beleidigen. Niemand von uns, das schwöre ich! Bitte geht wieder an eure Arbeit. Ich werde zusammen mit Abu Abud, Mohammed und Ismain zu unserem Architekten Mautschy gehen und die Angelegenheit in eurem Sinne klären. Ihr könnt euch auf mein Wort verlassen!«

Nachdem Abu Abud nochmals auf sie eingeredet hat, gehen die Männer murrend an die Arbeit.

»Bine, ich gehe zum Grabungshaus. Lass dir während meiner Abwesenheit nichts gefallen«, ruft Ari seiner Assistentin zu, »wir sind gleich zurück.« Die junge Archäologin winkt ihm zu. Mulmig ist es ihr trotzdem als Frau allein unter all den aufgebrachten Beduinen.

Als Ari mit den drei Arbeitern die Baustelle betritt, werden sie schon sehnsüchtig von Mautschy empfangen:

»Gut, dass du kommst, Ari, was ist denn los? Die beiden Arbeiter sind wutentbrannt abgehauen und haben mich hier mitten in der Arbeit im Stich gelassen. Ich habe kein Wort von dem verstanden, was sie zu mir sagten. Ich habe aber wohl gemerkt, dass irgendetwas hier nicht stimmen soll. Das Wort ›Hamam‹ – Bad, habe ich ja gelernt, aber die faselten irgendetwas von ›Haram‹. Weißt du, was die wollen?«

Ari klopft Mautschy aufmunternd auf die Schultern: »Aus Unkenntnis hast du einen schwerwiegenden Konstruktionsfehler begangen, mein Freund.«

Mautschy schießt augenblicklich die Zornesröte ins Gesicht: »Ich - einen Konstruktionsfehler? Niemals! Du beleidigst mich in meiner Ehre als Architekt, Ari«, empört sich Mautschy, »alles funktioniert hier einwandfrei, und wenn die beiden Arbeiter nicht weggelaufen wären, könnten die vier Klo-Becken sogar schon sitzen.«

Ari flüstert mit unterdrückter Stimme: »Mautschy, du hast alles perfekt geplant und auch solide gebaut. Alle Grabungsteilnehmer, vor allem die Frauen, liegen dir zu Füßen. Nur eines hast du nicht bedacht: die Ausrichtung der Toilettenanlagen.«

Mautschy explodiert: »Nun geht es aber los!«, echauffiert er sich lautstark, »sämtliche Toiletten haben einen Abfluss unter der Außenmauer hinaus in eine Klärgrube. Diese ist so breit und tief, dass die Fäkalien nicht zum Himmel stinken können. Zudem ist das Ganze von einem Wellblechdach verschlossen und mit Erde abgedeckt. Das benutzte Toilettenpapier sammeln wir in Eimern und verbrennen es an einer speziellen Feuerstelle, die ich neben der Klärgrube vorgesehen habe. Wie Du siehst: Alles perfekt durchdacht!«

Ari schmunzelt: »Alles perfekt - nur eines nicht: Die Himmelsrichtung, in der du die Kloschüsseln ausrichten möchtest.«

Mautschy verschlägt es die Sprache und er beginnt zu stammeln: »Ich verstehe nicht.«

Ari zieht ihn am Arm hinüber zur neuen Toilettenanlage. Am Boden liegen vier weiße Becken, die man in Europa als französische Klos bezeichnet. Diese Keramikbecken sind mit einer erhabenen Trittstelle für beide Füße ausgestattet. Dazwischen erstreckt sich ein länglicher Schlitz, der in einem kreisrunden Loch mündet, das als Abfluss der Fäkalien dient. Eines der Becken liegt schon auf dem Fußboden in einer der vier Toilettenräume, bereit zum Einbau in die bereits ausgehobene Baugrube. Der Abfluss weist eindeutig in südliche Richtung. Jeder Benutzer dieser Hocktoilette würde also in gebückter Haltung, mit Blickrichtung Norden, den Allerwertesten in Richtung Süden, also gen Mekka strecken. Abu Abud drängt sich an Ari vorbei, um einen Blick in den kleinen Toilettenraum zu werfen. Beim Anblick der Klomuschel entfährt ihm ein heiserer Aufschrei:

»*Haram!*« Mohammed und Ismain recken ihre Hälse und tönen hinter ihm im Chor: »*Haram!* - Sünde!«

Ari erklärt dem Architekten noch einmal, warum seine Toilettenanlage ein sündiges Klo beherbergt. Mautschy schaut zunächst ungläubig, dann bricht er in schallendes Gelächter aus:

»Kein Problem, das sündige Klo wird einfach West-Ost ausgerichtet, damit dürfte das Problem gelöst sein - oder?«

Im nächsten Augenblick ist Mautschy auf den Knien, packt das Becken, dreht es mit einem Ruck in die andere Richtung und zerrt es noch einmal ein wenig Hin und Her, bis es die optimale Lage hat. Als er aufsteht und den Blick auf das neu ausgerichtete Klo freigibt, fragt er in die Runde: »Gut so?«

Abu Abud strahlt, Mohammed grinst und Ismain bleckt seine vom Tabak- und Teegenuss braun verfärbten Zähne.

»Gut! Gut! Alles sehr gut jetzt!«

Die Beduinen reichen Mautschy die Hände. Überschwänglich danken sie ihm, dass er den Frevel beseitigt und aus dem Sündenpfuhl ein anständiges Klo gemacht hat.

Während sich Ari mit Abu Abud auf den Rückweg zur Ausgrabungsstelle macht, denkt er zurück an die Anfänge, als er im Jahr 1982 zum ersten Mal in Tell Chuēra das alte Klo des Expeditionshauses aufsuchte. Anton Moortgat, der erste Ausgräber, hatte es im Jahr 1960 errichten lassen und sie nutzen es noch heute. Wenn man vor dem Wecken diesen stillen Ort betritt, blickt man durch das kleine Belüftungsfenster hinaus auf das Wadi, über dem um fünf Uhr morgens sich die Sonne wie eine Feuerkugel in den Himmel erhebt. Niemand denkt dort an Verbotenes, nicht an *Haram* – nicht an Frevel und schon gar nicht an ein sündiges Klo, sondern nur an die Schönheit des täglich wiederkehrenden Naturschauspiels.

12. Nagelbriefe

Bereits seit zwei Wochen trotzen die Archäologen den Angriffen des stetig wehenden Windes, der ihnen immer wieder Staub ins Gesicht bläst. Kaum sind sie auf dem *Tell* angekommen, begrüßt sie der kühle Morgenwind mit scharfkantigen Sandkörnern, die in jede Falte ihrer Kleidung zu kriechen scheinen. Noch ärger als der Flugsand sind die Attacken der lästigen Stechfliegen. Ihre Stiche sind so klein, dass sie mit bloßem Auge kaum sichtbar sind. Aber schon nach kurzer Zeit zeigen winzige, rötliche Punkte auf der Haut, dass man Opfer eines Moskito-Angriffs geworden ist. Bei einigen Grabungsteilnehmern kommt es zuweilen vor, dass sich die betroffenen Stellen entzünden. »Der ständige Juckreiz durch diese verdammten Stiche bringt einen schier um den Verstand!«, nörgelt Bine herum, »wenigstens haben sich die Skorpione nach Aufnahme der Arbeit aus dem Grabungsgebiet zurückgezogen!«

In den ersten Tagen mussten alle Teammitglieder noch sehr vorsichtig sein. Vor allem, wenn man anfangs Steine und Geröll mit den bloßen Händen beseitigt, um das Gelände vor Beginn der eigentlichen Ausgrabungstätigkeit oberflächlich zu säubern. Dann war höchste Vorsicht geboten! Skorpione sind gewöhnlich nachtaktive Tiere und pflegen sich tagsüber unter Steinen oder in kleinen, röhrenförmigen Höhlen dicht unter der Erdoberfläche zu verkriechen. Stört man diese Spinnentiere in ihrer Siesta, können sie sehr unangenehm werden und greifen den Störenfried sofort an. Blitzartig schnellt der lange, durch seine Segmentierungen sehr bewegliche Schwanz über den Kopf des Tieres hinweg auf den vermeintlichen Angreifer zu. Wehe dem, der dann zu langsam reagiert! Ganz unangenehm soll der Stich der blassgelben, fast durchsichtigen Sorte sein. ›Agrab‹ - Skorpion - war eines der ersten Worte, das Ari auf Arabisch von den Beduinen gelernt hat. Der Ausruf ›Agrab‹ führt bei einer Ausgrabung innerhalb der Arbeiterschaft zu einer panischen Reaktion. Bei Skorpionen kennt der Beduine kein Pardon! Sobald ein solches Tier entdeckt wird, schlägt man es tot. Nein, man vernichtet, zertrampelt und zerstampft es, bis nichts mehr von ihm übrig bleibt! Die Angst vor den wendigen Insektenjägern ist riesengroß. Kein Wunder, dass den jungen Forschern immer Horrorgeschichten von angriffslustigen Skorpionen aufgetischt werden. Mohammed, einer der Vorarbeiter, hat Bine noch gestern von einem Säugling berichtet, der im benachbarten Dörfchen Slouk im Schlaf von einem *Agrab* gestochen und zu Tode gekommen sei. Egal, ob die Skorpion-Geschichten wahr oder erfunden sind, alle müssen gerade jetzt zu Beginn der Grabungstätigkeiten höchste Vorsicht walten lassen!

Die Arbeit kommt voran, auch wenn hier alles viel langsamer vonstattengeht als in den Hollywood-Schinken, in denen allwissende Archäologen peitschen-schwingend von einem sensationellen Fund zum anderen stolpern. Im Kino ist Hollywood – hier ist Syrien! Schicht für Schicht arbeitet sich Aris Team vor. Man tastet sich gleichsam in den Boden, denn wenn man einen Fehler macht, ist der Befund unwiderruflich verloren! Archäologie bedeutet auch immer Zerstö-rung. Zerstörung des jeweiligen Befundes, der sich vor den Augen eines jeden Archäologen auftut. Wenn nach sorgfältiger Dokumentation das letzte Foto im Kasten ist und der Spaten angesetzt wird, um in noch ältere, tiefer gelegene Gefilde des Altertums vorzudringen, blutet jedem Archäologen das Herz.

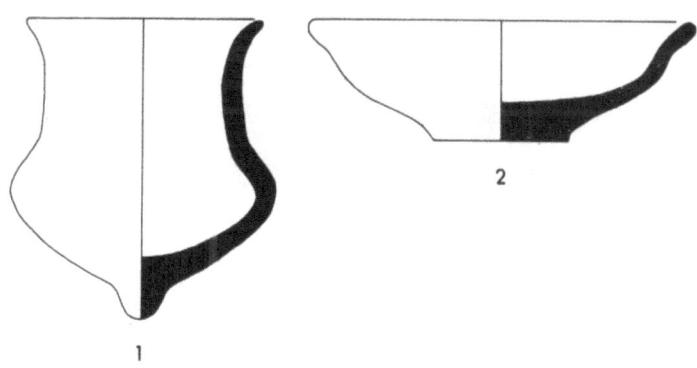

Abb. 13: Mittelassyrische Keramik aus Tell Chuēra
1 = Zitzenbecher; 2 = Knickwandschale

Aber nun sind die deutschen Altertumsforscher auf eine ganz besondere Schicht gestoßen: Häuserreste, erbaut aus luftgetrockneten Lehmziegeln. Die in den

135

Gebäuderesten gefundene Keramik spricht eine eindeutige Sprache:»Schau, Bine, diese wundervolle Form eines schlanken Bechers aus rötlichem, sehr feinem Ton wurde auf einer Töpferscheibe hergestellt - erkennbar an den parallel verlaufenden Rillen.«

Bine beäugt den Gefäßrest von oben nach unten: »Ganz anders als die Keramik, die wir in den frühsyrischen Schichten am Steinbau gefunden haben. Die Form des Becherbodens gleicht ja dem Busen einer Frau ...«, kichert die Grabungsassistentin.

»Du bist auf der richtigen Spur, Bine«, antwortet Ari, »Gefäße dieser Art nennt man im Fachjargon ›Zitzenbecher‹, wegen ihrer nach unten spitz zulaufenden Bodenform, die in einem Nippel endet. Typische Keramik für die Zeit um dreizehnhundert vor Christus, die wir mittelassyrische Zeit nennen. Solche Zitzenbecher und auch Knickwandschalen gehörten damals in jedem assyrischen Haus zum Standardgeschirr.«

Ari wendet sich wieder seiner Arbeit zu. Hammud, einer seiner erfahrenen Vorarbeiter, ist gerade auf ein Lehmziegelmäuerchen in der Ecke eines Raumes gestoßen.

»Ari, das kann noch nicht die nächste Schicht sein! Die schmale Mauer verläuft parallel zur dickeren Außenmauer des Raumes und liegt dicht unter dem Fußboden.«

Hammud packt seine Maurerkelle in die Rechte und streicht vorsichtig über das Erdreich. Kleine Lehmbrocken lösen sich und werden zur Seite geschoben. Nun wird der Verlauf des Mäuerchens besser sichtbar: In der Ecke des Raumes formt es einen rechteckigen Kasten von ca. einem Meter sechzig Länge und siebzig Zentimetern Breite. Der Beduine beginnt, das bröselige Erdreich im Inneren des Lehmziegelkastens zu entfernen. Nach wenigen Strichen mit der Maurerkelle hält er inne: »Ein Grab, Ari - es ist ein Grab!«

Ari ist sofort zur Stelle. Unter den feinen Borsten eines Pinsels wehen die Sandkörner zur Seite. Nach und nach kommen Skelettreste zum Vorschein. Zuerst eine Kniescheibe, dann die Beinknochen.

»Hammud, du hast recht! Der Tote liegt in Hockerstellung auf der rechten Körperseite mit angewinkelten Beinen – so, als ob er schlafen würde«, bestätigt Ari.

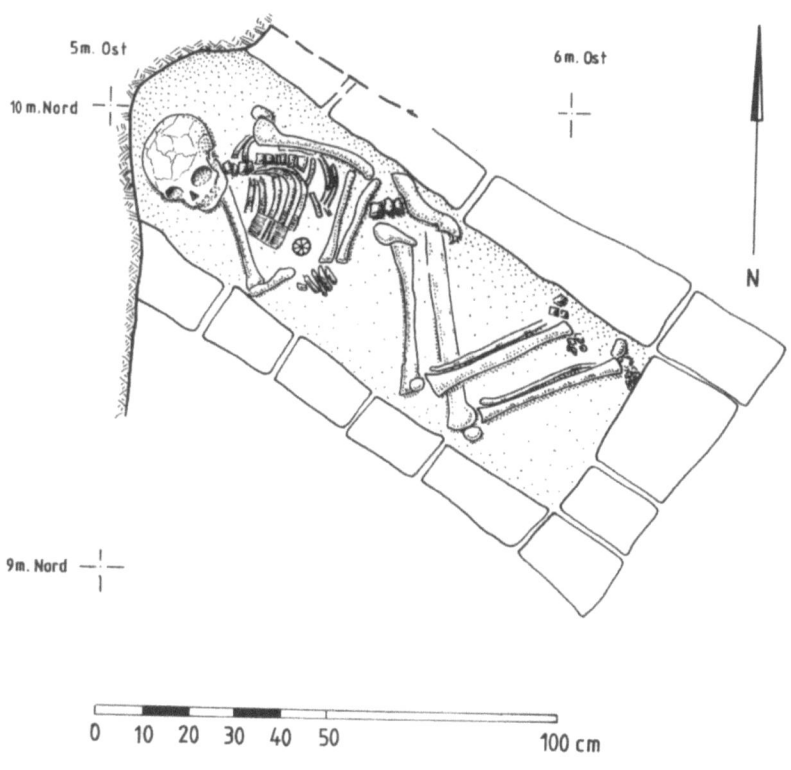

Abb. 14: Tell Chuēra · Grab C.33

Nach fast zwei Stunden ist auch der Oberkörper freigelegt. Ari notiert in seinem Notizbuch, in dem er wie gewöhnlich sämtliche Details einer Ausgrabungsstelle festhält:

»Grab C.33: Skelett in sehr gutem Erhaltungszustand. Wohl ein Mädchen oder eine junge Frau in Hockerstellung und rechter Seitenlage. War ursprünglich vollkommen mit einer weißen Masse bedeckt. Im Brustbereich größere Brocken des gipsartigen Materials. Darauf deutliche Abdrücke von Textilien gröberer Webweise sichtbar, die an Kett- und Schussfäden von orientalischen Webteppichen, sogenannten *Kelims,* erinnern. Daneben Abdrücke eines wesentlich feineren Gewebes – eventuell des Gewandes.« Ari klappt das Büchlein zu und steckt es zurück in die Jackentasche.

»Gratuliere dir zu diesem Fund, Hammud. Das hast du wirklich großartig gemacht!«, lobt Ari den Beduinen. Der ist sichtlich stolz über die Anerkennung des Grabungsleiters.

»Bis heute Mittag habe ich das Skelett vollständig freigelegt – dann sehen wir, ob es auch Beigaben gibt. Aber ich habe noch eine Frage, Ari: Wieso haben die alten Assyrer ihre Toten unter dem Fußboden ihrer Häuser bestattet?«

Ari antwortet: »Weißt du, Hammud, die alten Assyrer wollten ihre Angehörigen nicht draußen vor der Stadtmauer vergraben, sondern hatten die Vorstellung, dass ihre Ahnen nach dem Tod weiterhin mit ihnen unter einem Dach leben. Zwar in einer anderen Welt – aber doch eng verbunden mit den Lebenden. Da, wo sie gelebt und gewohnt haben, hat man sie auch bestattet.«

Hammud blickt etwas ungläubig zu Ari hinüber: »Und der Verwesungsgeruch? Das muss doch gestunken haben!«

Ari deutet auf die weißen Farbreste, die sich augenfällig im umgebenden Erdreich und auch an der Lehmziegelmauer des Grabes abzeichnen:

»Schau hier! Die Assyrer haben zunächst das gesamte Grab mit Gips ausgekleidet. Erst danach hat man den Toten ins Grab gelegt – wohl in seinem besten Ornat. Der Leichnam wurde sehr wahrscheinlich in einen Teppich eingerollt. Vor dem Verschließen des Grabes hat man erneut eine dicke Lage Gips über die Bestattung geschüttet, um es zu versiegeln.[4] Erst danach haben die Hausbewohner den neuen Fußboden darüber gezogen. So haben sie verhindert, dass der Verwesungsgeruch nach oben in die Räume dringt!«

---

[4] Der Gips wurde während der Ausgrabung geborgen, weil darin deutlich die Abdrücke von Stoffresten erkennbar waren. Im Jahr 2017, knapp 35 Jahre nach der Entdeckung des Grabes, erhielt Ari TUR das Ergebnis der Archäo-Botanik: Die Kleidung des Mädchens bestand aus Wolle, die mittels der Färberpflanze Krapp (Rubia) rot eingefärbt war. Nach Aussage der zuständigen Wissenschaftlerin, könnte dies der älteste Nachweis für Wolle im 2. Jahrtausend v. Chr. sein.

Hammud schüttelt noch immer ungläubig den Kopf: »Komische Sitten waren das damals!«

Kaum hat der Vorarbeiter die größten Kalkbrocken geborgen, ruft er voller Aufregung ein weiteres Mal nach Ari: »Komm schnell! Elefantenzahn, Elefantenzahn!«.

Im Nu ist Ari bei ihm. Tatsächlich! Unter den feinen Borsten des Pinselchens schält sich eine zartgelbe Fläche aus der rötlich-braunen Erde.

»Es ist ein Kamm, ein uralter assyrischer Kamm! Ein wahres Prachtstück!« Ari kann seine Freude über diesen wunderbaren Fund kaum zurückhalten und notiert erneut in seinem Tagebuch: »Grab C.33: Ein fast vollständig erhaltener Kamm aus Elfenbein, der auf beiden Seiten mit sehr feinen Zähnen versehen ist. Der schmale Mittelsteg ist mit einem Zickzack-Band verziert.«

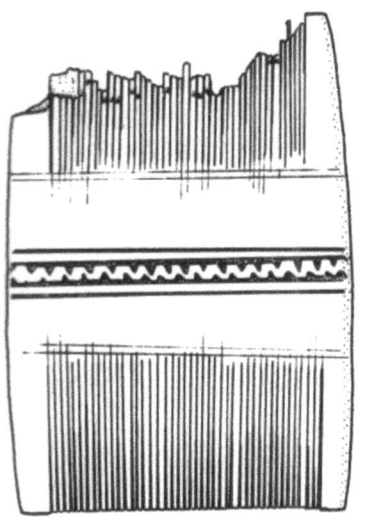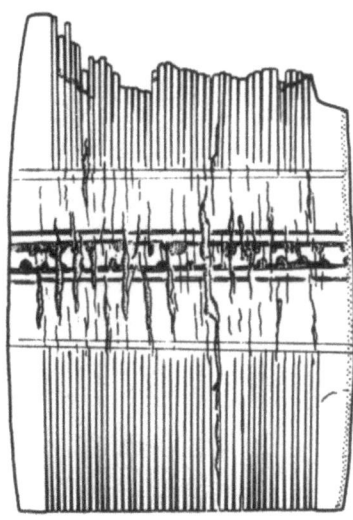

Abb. 15: Elfenbeinkamm aus Grab C.33 von Tell Chuēra

Bine, durch Aris Freudentaumel angelockt, inspiziert das seltene Fundstück: »Sensationell! Und in welch unglaublich gutem Erhaltungszustand! Der Kamm ähnelt einem Exemplar, das man in der assyrischen Hauptstadt Assur in der Gruft 45 entdeckt hat.«

Wie elektrisiert reißt sie Ari den Pinsel aus der Hand und beginnt dicht neben dem Kamm die Staubkruste zu lösen. Ihre Augen beginnen zu strahlen: »Hier liegt noch etwas. Es könnte sich um ein kreisrundes Amulett handeln.«

Vorsichtig haucht Bine ihren Atem über die gerade freigelegte Fläche. Eine rosettenartige Zierscheibe aus Knochen oder Elfenbein - passend zum Kamm - kommt zum Vorschein. Nach und nach gibt das Grab die anderen Beigaben preis: Am Hals liegt eine zierliche Kette aus kleinen Fritte- und Karneolperlen. Am Oberarm entdecken sie eine geöste Gewandnadel aus Knochen. Nun ist es eindeutig: Es handelt sich um das Grab eines Mädchens oder einer jungen Frau, die hier vor über dreitausend Jahren mit all ihrem persönlichen Schmuck bestattet worden ist.

Gegen neun Uhr, kurz vor der Frühstückspause, dringen laute, aufgeregte Rufe zu Ari herüber. Deutlich ist die Stimme Abu Abuds zu vernehmen. Der sonst so ruhige Dorfälteste, der zu den versiertesten Ausgräbern unter den Arbeitern zählt, steht am oberen Rand des Grabungsareals, das Ari ihm und seinem sechsköpfigen Team zugewiesen hat. Es galt, an dieser Stelle die Mauer weiter freizulegen, deren Reste Bine, Steff und Ben gerade erst gezeichnet hatten. Auch die beiden Freunde sind aufgrund der ungewohnten Reaktion von Abu Abud aufgeschreckt und rufen ihm etwas zu. Ari, der weiter abseits mit der Freilegung eines mittelassyrischen Topfgrabes beschäftigt ist, versteht die Rufe akustisch nicht. Neben Abu Abud klettern nun Ibrahim und Halaf, zwei weitere Arbeiter, aus dem zirka zwei Meter tiefen Grabungsareal und führen einen wahren Veitstanz auf.

»Was ist los?«, brüllt Ari dem heranstürmenden Abu Abud entgegen. Ari schießt ein Gedanke durch den Kopf: *Agrab*! Skorpion! Oder noch schlimmer - eine Schlange? Aber eigentlich ist man an dieser Stelle schon zu tief ins Erdreich vorgedrungen, als dass dort noch solch giftige Tiere auftauchen könnten!

»Nagelbrief! Ein Nagelbrief!«, schreit der heraneilende Abu Abud vollkommen außer Atem.

Ari fährt wie von einer Tarantel gestochen nach oben: ›Nagelbrief‹ - das ist im Arabischen die malerisch klingende Bezeichnung für das Wort ›Tontafel‹!

»Ari, Ari! Komm schnell! Ich glaube, wir haben eine Tontafel entdeckt!«, keucht Abu Abud nach seinem Sprint. Noch nie hat der Grabungsleiter seinen Vorarbeiter so aufgeregt erlebt. Dieser Mann, der sonst eine stoische Ruhe ausstrahlt, scheint nun vollkommen neben sich zu stehen.

»Hast du wirklich eine Tontafel gefunden?« Ari schüttelt den Beduinen wie von Sinnen an den Schultern.

»Jawohl – ein Nagelbrief! Und ich, Abu Abud, habe ihn entdeckt!«, brüstet sich der Alte voller Stolz.

Nun hält es Ari nicht mehr länger: Er springt über Stege, rennt und spurtet zur Fundstätte, wo sich inzwischen ein Massenauflauf von Arbeitern eingefunden hat. Alle starren wie gebannt hinunter in das ausgehobene Erdloch, dessen südlicher Bereich von einer breiten Lehmziegelmauer gekreuzt wird. Sie bildet die Außenmauer eines kleinen Raumes, den Abu Abuds Team heute freilegen sollte. Auf der östlichen Innenseite des Raumes, dessen Fußboden noch vollständig mit antikem Bauschutt überdeckt ist, erkennt man bei genauem Hinsehen an der Wand eine winzige braune Verfärbung.

Ein Laie hätte die herumliegenden Bruchstücke nicht von verfallenen Lehmziegelresten unterscheiden können. Nicht aber der alte Abu Abud! Dank seiner langjährigen Grabungserfahrung hat er beim Abtragen des umgestürzten Mauerwerks bemerkt, dass dieses Material eine andere Beschaffenheit aufweist als die Bruchstücke, die er schon seit Tagen hier herausbefördert. Dieses Tonstück besitzt eine andere Form, weshalb er zunächst damit begonnen hatte, das Erdreich vorsichtig mit der Kellenspitze zu entfernen. Wie ein Chirurg hat er das zirka zehn mal fünf Zentimeter große, rötlich-braune Tonstück seziert. Anschließend mit einem feinen Pinsel vom oberflächlichen Schmutz befreit, bis er bemerkte, auf was er da gestoßen ist: Ein Nagelbrief! Deutlich an den feinen, in den Ton eingeritzten Zeichen zu erkennen, die er schon einmal bei einem Exponat im Provinzmuseum in Raqqa gesehen hat. Ari klettert vorsichtig in das Grabungsareal hinunter und bittet alle inständig, das Geviert nun nicht mehr zu betreten, um den Befund nicht zu zerstören.

Steff und Bine sind inzwischen auch eingetroffen. Alle Augen ruhen wie hypnotisiert auf der Fundstelle. Langsam beugt Ari seinen Oberkörper über die

Stelle. Es ist nun plötzlich still geworden. Alle Umstehenden warten nun auf das Ergebnis, den ›Obduktionsbefund‹ des Grabungsleiters. Ari prüft eingehend die Stelle. Mit dem feinen Pinsel fächelt er den Staub zur Seite. Dann wendet er sich der Innenseite der freigelegten Mauer zu. Noch ein prüfender Blick – dann das Urteil: »Nicht ein Nagelbrief!« Keine Tontafel? Abu Abud starrt ihn entgeistert an. Mit eigenen Augen habe er eine Tontafel gesehen. Ari solle bitte noch einmal genau nachschauen! Ari folgt dem Wunsch seines Vorarbeiters.

»Tut mir leid, Abu Abud, du hast nicht eine Tontafel entdeckt.«

Abu Abuds Miene verfinstert sich, seine braune Gesichtsfarbe wirkt nun fast so blass wie die nächtliche Mondsichel. Ari ergreift noch einmal das Wort: »Abu Abud, du hast nicht einen Nagelbrief gefunden – nein, du hast zwei Nagelbriefe entdeckt! Hier an der Wand liegt noch eine zweite Tontafel! Hast du die nicht gesehen?«

Die Menge johlt: »Nagelbriefe! Nagelbriefe!« Ein ohrenbetäubendes Geschrei erhebt sich unter den Arbeitern. So laut, dass man sogar im weit entfernten Grabungshaus davon Notiz nimmt. Dort hat Inga, die Restauratorin, den ungewöhnlichen Massenauflauf der Arbeiter bereits bemerkt.

»Auf dem *Tell* muss etwas passiert sein!«, ruft sie Wächter Abdallah zu. »Lass uns schnell nach oben fahren!«

Beide springen in den bereitstehenden Jeep und rasen in Richtung der Grabungsstelle. Am Fuß des Hügels lassen sie das Fahrzeug zurück und hasten mit schwerem Atem die letzten fünfzig Meter die Anhöhe hinauf. Sie halten direkt auf die Gruppe der Arbeiter zu, die noch immer jubelnd Ari umringen. Inga, die Kettenraucherin, ist völlig außer Atem und schnauft wie ein Walross, als sie die Kuppe erreicht.

»Ist ein Unglück passiert?«, erkundigt sie sich mit sorgenvoller Miene, um sich im gleichen Moment eine neue Zigarette anzuzünden.

»Nein, nein!«, schreit ihnen Grabungskasper Jasim entgegen, der inzwischen das Regiment über die johlende Menge übernommen hat. Schnell gibt er den Arbeitern den Befehl, sich am Rande der Ausgrabungsstelle im Halbkreis aufzustellen. Nahezu dreißig Männer haben sich inzwischen eingefunden. Alle stehen nun Schulter an Schulter dicht aneinandergedrängt und haben den direkten

Nachbarn bei der Hand gefasst. Jasim stimmt mit triumphalem Grinsen im Gesicht einen Sprechgesang an, den Ari schon so oft bei Beduinen-Hochzeiten erleben durfte. Der Vorsänger steht vor der Menschenkette und beginnt zu singen. Im Takt der einfachen Melodie stampfen alle mit ihren Füßen. Nach der ersten Strophe des Vorsängers antworten die anderen im Refrain. Dabei wiegen sie ihre Oberkörper hin und her, gehen einen Schritt vor und tippeln wieder zurück. Die Füße nehmen den Takt des Gesangs auf und begleiten die Sänger mit immer heftigerem Stampfen. Der eigentümlich gutturale Gesang der Beduinen hat immer nur kurze, meist zweizeilige Strophen. Das Ende eines Satzes oder Wortes wird dabei durch überhöhte Lautstärke hervorgehoben. Jasim grölt in die Runde:

»Wir haben eine Tontafel gefunden, wir sind die besten Ausgräber der Welt!«

Die Meute intoniert den gleichen Text in wesentlich dunklerem Tonfall. Jasim setzt zur zweiten Strophe an, in der er Ari als den besten Archäologen der Welt preist. Danach sind Bine und Steff an der Reihe. Der Gesang wird immer schneller, rhythmischer – fast ekstatisch. Jasim läuft zur Hochform auf! Er reißt sich sein rot-weißes Kopftuch herunter und lässt es über seinem Haupt kreisen. Wie ein lassoschwingender Cowboy hüpft er vor den anderen Arbeitern hin und her. Dann bleibt er abrupt stehen und zieht seinen Krummdolch aus der reich verzierten Scheide. Wie ein Derwisch tanzt und dreht er sich nun im Halbkreis der Beduinen. Dicht vor ihren Nasen fuchtelt er dabei wild mit der in der grellen Sonne blinkenden Waffe herum. Einige trällern mit ihren Zungen. Jodelartige Töne fliegen über die Menge. Dann setzt Jasim zum gesanglichen Finale an:

»Wer hat den Nagelbrief entdeckt? Das war Jasim, der größte Ausgräber der *Jezirah*!«

Lachend wiederholt der vielstimmige Beduinen-Chor im kehligen Singsang den vorgesprochenen Refrain. Diese Provokation hat Folgen! Abu Abud, der sonst so ruhige Dorfälteste, springt nun wie von Sinnen auf und schnappt sich eine am Boden liegende Schaufel. Drohend reckt er das Arbeitsgerät über seinen Kopf und läuft auf Grabungskasper Jasim los. Vor ihm angekommen, holt der Alte zum Schlag aus. Voller Panik lässt der langnasige Jasim seine Waffe fallen und bringt sich mit einem beherzten Sprung über einen Grabungssteg in Sicherheit. Verfolgt vom schaufelschwingenden Vorarbeiter, sucht er zeternd sein Heil in wilder Flucht. Er rennt den Hang hinunter, stürzt dabei über sein langes Gewand und kugelt in eine Staubwolke gehüllt den Berg hinab.

»Wer hat den Nagelbrief gefunden?«, schreit ihm Abu Abud hinterher.

Die zurückgebliebenen Arbeiter bäumen sich vor Lachen. Als einer von ihnen aus der Menge herausschreit, dass Abu Abud der beste Ausgräber von allen sei, stellen sich alle wieder in einer Reihe auf, fassen sich bei den Händen und stimmen erneut ihren Singsang an:

»Abu Abud hat eine Tontafel gefunden. Abu Abud ist der beste Ausgräber der Welt!«

Die Weisen ihres monotonen Gesangs werden zunehmend durch heftiges Aufstampfen der Füße unterstützt. Ihre Oberkörper nehmen den Rhythmus auf. Die gesamte Reihe wippt vor und zurück, begleitet von grellen Zwischenrufen, die keiner der umherstehenden Europäer übersetzen kann. Bines Augen kleben an der Szenerie. Sie ist sich sicher, dass assyrische Lobgesänge ähnlich geklungen haben müssen. Abrupt endet der gutturale Sprechgesang in lautstarken Ausrufen. Wie auf ein zuvor verabredetes Zeichen gehen die Männer auseinander. Einige rücken ihre Turbane zurecht, andere richten ihre Ledergürtel. Dann kehren alle an die Arbeit zurück als sei nichts geschehen.

Nachdem der Pulk der Beduinen sich verstreut hat, wendet sich Ari seinem betagten Vormann zu. Er nimmt Abu Abud in die Arme und versichert ihm, dass nur ihm alleine die Ehre gebühre, die erste Tontafel von Tell Chuēra entdeckt zu haben. Der Alte nimmt das Lob mit großer Genugtuung entgegen und ist sichtlich stolz, als auch Bine ihm kräftig auf die Schultern klopft. Steff liegt dagegen schon auf dem Bauch und inspiziert die Fundstelle der Tontafeln. Eine davon ist schon fast komplett freigelegt. Mit einem feinen Pinsel versucht er, vorsichtig jede einzelne Rille der Jahrtausende alten Keilinschrift zu säubern. Nach und nach zeichnen sich immer mehr kleine Schriftsymbole ab.

»Keilschriftzeichen sehen in der Tat aus wie kleine Nägelchen«, ruft Steff zu Ari hinüber, »die arabische Bezeichnung ›Nagelbrief‹ ist also gar nicht so abwegig!«

Bine kann ihr Glück kaum fassen: »Kannst du schon etwas entziffern?«, drängt sie Steff.

»Die eine hier, die Abu Abud zuerst entdeckt hat, ist in recht gutem Zustand. Da kann ich schon die ersten zwei Zeilen erkennen. Der Duktus, also der Schreibstil, könnte babylonisch oder assyrisch sein. Ist aber noch sehr schwer auszumachen im jetzigen Zustand. Auf jeden Fall handelt es sich bei diesem Stück um einen Brief. Die übliche Anfangsfloskel ist eindeutig lesbar: ›a-na‹ - dann folgen mehrere Zeichen, die ich noch nicht lesen kann. Die zweite Zeile beginnt mit dem Zeichen ›qi‹. Es gibt keinen Zweifel: Die zweite Zeile beginnt mit ›qi‹, da bin ich mir sicher!«

Steff hält kurz inne und konzentriert sich. Mit seiner Nase hängt er nun fast auf dem uralten Schriftstück. Dann verfällt seine Stimme in einen triumphierenden Singsang, als er langsam, aber für alle Umstehenden laut und deutlich, die drei lesbaren Silben wiederholt:

›qi‹   ›bi‹   ›ma‹

Steff fügt das Ganze nun schnell gesprochen zusammen: »qi-bi-ma«.

Ari steht wie versteinert. Sein Hals wird trocken vor Aufregung. Was sein Freund da gerade vorliest, ist der typische Beginn eines Briefes in akkadischer Sprache. Das, was sie während ihres Studiums an der Uni in Saarbrücken gelernt haben: die Gesetze des Hammurabi, die Sintflutsaga und immer wieder Briefe. Briefe in Altbabylonisch, Briefe in Altassyrisch. Tontafelbriefe aus dem heutigen Irak, aus der Türkei; welche, die im Iran gefunden wurden und auch Dokumente aus Tell el-Amarna, Pharao Echnatons Hauptstadt in Ägypten. All diese Briefe in der alten akkadischen Sprache beginnen traditionell mit einer Standard-Floskel. In der ersten Zeile einer Tontafel stehen die beiden Zeichen ›a-na‹ - übersetzt heißt das ›zu‹. Es folgt der Name des Adressaten, derjenige, an den die Tontafel gerichtet ist. Die erste Zeile eines Keilschriftbriefes beginnt also normalerweise immer so:

»zu <Name des Empfängers>«

In der zweiten Zeile folgt dann die Zeichenkombination ›qi-bi-ma‹ - übersetzt ›sprich‹. In der dritten Zeile folgt dann standardgemäß ›um-ma‹ - was mit ›folgendermaßen‹ übersetzt werden kann. Abschließend wird der Name des Absenders genannt. Da in der Antike nicht jeder lesen und schreiben konnte, war der Beruf des Schreibers hoch angesehen. Die Schriftgelehrten mussten den Inhalt der Tontafeln laut vorlesen, weshalb die floskelhafte Formulierung eingangs eines jeden Briefes vorausgeschickt wurde:

Zeile 1: zu <Name des Empfängers>

Zeile 2: sprich:

Zeile 3: folgendermaßen (spricht) <Name des Absenders>

Und Steff hat nun genau diese Standard-Einleitung eines Briefes aus längst vergangener Zeit entziffert! Aris Herz pocht vor Aufregung! Was wird der Brief erzählen? Wer hat den Brief abgefasst und welchen Inhalt hat das Schreiben?

Ari platzt vor Ungeduld, bis ihn Inga abrupt aus seinem Glücksgefühl reißt: »Jungs, macht bitte Platz – das ist mein Job!« Kühl, fast schroff erteilt die Restauratorin ihre Anweisung. Auch wenn Ari es im ersten Augenblick nicht eingestehen will, die besonnene Inga hat Recht! Vorsichtig, als ob er auf rohen Eiern wandeln würde, erhebt sich Steff und macht den Platz für Inga frei. Behutsam klettert er aus dem Grabungsareal. Ari hat inzwischen seine Fotokamera in Position gebracht und dokumentiert den Befund von allen Seiten. Jedes Detail muss gesichert und auf dem Bild festgehalten werden. Bine sitzt neben ihm auf dem Boden und fertigt eine erste Zeichnung an. Jedes kleinste Objekt, sei es eine Scherbe oder das winzige Bruchstück einer Tontafel, muss erfasst werden, um im Nachhinein eine Rekonstruktion des ausgegrabenen Raums zu gewährleisten. Eine Sisyphusarbeit, aber extrem spannend! Wir sind den ehemaligen Bewohnern dieses uralten Gebäudes dicht auf den Fersen, denkt Ari bei sich. Die erste Tontafel hat schon begonnen zu sprechen. Sie wird uns bestimmt noch mehr zu erzählen haben!

Sachte, ja fast in Zeitlupe, lässt sich Inga vom Rand der Grabung nach unten gleiten. Abdallah reicht ihr dabei die Hand. Wie eine Zirkusartistin gleitet sie am Arm des Beduinen Zentimeter für Zentimeter nach unten. Über zwei Meter tief ist dieses Ausgrabungsareal schon ausgehoben. Jetzt nur keine unbedachte Bewegung, keinen falschen Schritt! Man könnte sonst alles zerstören! Inga sinkt vorsichtig auf die Knie. Ihre dicken Brillengläser scheinen sich zu beschlagen. Die Sonne knallt erbarmungslos vom Himmel.

»Leute, wir brauchen hier sofort Schatten, sonst zerfällt der gesamte Befund vor unseren Augen!« Ingas Stimme wird zunehmend bestimmender.

»Ihr habt gehört, was Inga gesagt hat! *Yallah* Abdallah, fahre bitte mit Steff und Bine zum Grabungshaus. Schafft die langen Balkenhölzer herbei und bringt auch die Zeltplane mit, die im Gerätehof liegt. Damit können wir hier eine provisorische Abdeckung über die Fundstelle spannen. Beeilt euch!«

Sie sind schon fast am Wagen angekommen, als Inga ihnen hinterherruft: »Vergesst bitte nicht meinen Restaurationskoffer! Ihr findet ihn neben meinem Schreibtisch. Frische Handschuhe liegen im Schrank. Bitte gleich drei Paar davon!«

Inga wendet sich dem zerbrechlichen Schriftstück zu. »Mist-Sonne!«, flucht sie leise vor sich hin. Ari ruft seinen Vorarbeiter Abu Abud und vier weitere Beduinen zu sich.

»Stellt euch bitte alle in eine Reihe – genau hier!«

Ari dirigiert seine Arbeiter wie die Abwehrmauer einer Fußballmannschaft. Dicht aneinandergedrängt stehen sie nun auf dem Steg in einer Reihe nebeneinander. Hoch über Inga und den beiden teilweise freigelegten Tontafeln. Die kleine Phalanx trotzt der Sonne und wirft einen Schatten über die Fundstelle.

»Perfekt!«, jubelt die Restauratorin, »rührt euch nicht vom Fleck, bis das Zelt über der Stelle aufgebaut ist!«

Die Männer grinsen. Um noch mehr Schatten zu werfen, beginnen sie, ihre langen Gewänder seitlich anzuheben. So habe er noch nie gearbeitet, stellt Abu Abud belustigt fest, als Schattenmann für Nagelbriefe!

»Ja, ja«, krächzt plötzlich eine wohlbekannte Stimme aus dem Hintergrund. »Abu Abud ist jetzt nicht mehr Vorarbeiter, sondern nur noch Schattenmann!« Jasim hat sich vom Sturz sichtlich schnell erholt und kann schon wieder gegen Abu Abud frotzeln, wohl wissend, dass dieser nicht aus der Reihe der Schattenspender tanzen kann. Genüsslich lässt sich der Grabungskasper auf einem großen Stein nieder, räkelt sich in der Sonne und gibt seine Anweisungen an die Schattenmänner: »Weiter rechts – Stopp – zurück, mehr nach links!« Jasim kostet es aus, dass ihn Abu Abud in dieser Situation nicht belangen kann.

»Ich habe gleich einen Sonderauftrag für Jasim«, flüstert Ari seinem Vorarbeiter zu, »der wird sich noch wundern!« Über Abu Abuds Gesicht zieht augenblicklich ein breites Grinsen. Wer zuletzt lacht, lacht am besten!

In eine dichte Staubwolke gehüllt, braust der vollbeladene Lastwagen heran. Etwa dreißig Meter unterhalb der Ausgrabungsstelle bremst Abdallah das Fahrzeug ab. Steff und Bine springen aus dem Cockpit und hasten den Hügel hinauf zu Ari. Am Grabungsrand angekommen, überreicht man Inga ihren silberfarbenen Koffer.

»Hier, dein Restaurationsbesteck!«

Inga entnimmt dem Behälter ein kleines weißes Tuch, das sie mit äußerster Vorsicht auf dem Boden ausbreitet. Darauf legt sie nun sorgfältig nebeneinander ihre Utensilien: Kleine Spatel, diverse Pinsel in verschiedenen Stärken, eine Pinzette, eine Lupe, einen Mini-Blasebalg, dessen Spitze in einer sehr feinen Pinselquaste endet, ein Skalpell. Das Szenario erinnert an einen Operationssaal. Zur Verwunderung aller streift sich Inga dann noch blütenweiße Arbeitshandschuhe über und bedeckt ihr Untergesicht mit einem Mundschutz.

»Doktora Inga«, schnattert Jasims Stimme feixend über der Restauratorin, »du musst nicht den Nagelbrief operieren, sondern Schattenmann Abu Abud!«

Zeit für Aris Sonderauftrag!

»Jasim, du darfst eine spezielle Aufgabe erledigen. Eine Aufgabe, die nur du bewältigen kannst!«

Der Angesprochene hebt seinen Kopf. Reckt seinen Oberkörper und wirft Abu Abud einen triumphierenden Blick zu – voller Erwartung auf den Sonderauftrag, den alleine nur er schaffen kann.

»Jasim, du hast nun die Ehre, den Lastwagen zu entladen und sämtliches Material hierher zu tragen. Leider können Abu Abud und die anderen dir nicht helfen, denn sie müssen ja weiterhin Schatten spenden!«

Jasims breites Grinsen gefriert in Sekundenschnelle zu einer bleichen Maske.

»Ich soll das gesamte Material alleine hier herauf schleppen?«

Fragend blickt er zu Ari. »Natürlich, *Yallah*! Beeile dich, die Sonne steigt!«

Jasims übergroße Nase scheint in diesem Augenblick noch mehr an Länge zu gewinnen. Unter dem Spott der Schatten-Phalanx rückt der Grabungskasper ab.

Unter großen Mühen zieht er sechs schwere Balken von der Ladefläche. Ächzend unter der Last, schleppt er ein Kantholz nach dem anderen in der Gluthitze zum Rand der Fundstelle. Immer wieder wird er von seinen Arbeitskollegen angefeuert:

»Jasim, du bist wirklich der Einzige, der das kann! Schade, dass wir dir nicht helfen können, aber wir sind ja nur Schattenspender!«

Zum Schluss greift Jasim noch vier Rundhölzer und am Ende die riesige Zeltplane.

Abu Abud zwinkert Ari zu: »Die Plane kann Jasim nicht alleine schaffen! Die ist viel zu schwer!«

Der deutsche Grabungsleiter antwortet im Flüsterton: »Ich weiß, aber er hat eine Lektion verdient!«

Jasim reißt an der Zeltplane, stemmt sich mit beiden Füßen fest in den Boden. Noch ein fester Ruck und schon gibt der weiche Wüstenboden unter ihm nach. Er verliert den Halt und landet unsanft auf seinem Hosenboden. In eine dichte Staubwolke gehüllt, kommt er hustend wieder auf die Beine. Die Schatten-Phalanx bricht vor Lachen auseinander.

Der gestressten Inga platzt der Kragen: »Wollt ihr, dass die ersten Tontafeln von Tell Chuēra in der Sonne verglühen?«

Abu Abud ruft dem Gestrauchelten zu: »Warte, Jasim, wir kommen dir zu Hilfe!«

Die Männer rennen hinunter zum Lastwagen. Jeder packt einen Zipfel des schweren Stoffes und gemeinsam ziehen sie das alte Zeltdach zur Grabungsstelle.

»Danke für eure Hilfe.« Kleinlaut nickt Jasim dem alten Abu Abud und den anderen zu. »Aber du, Ari, bist ein richtiger Teufel! Du hast mir das eingebrockt!«, lästert der Spaßmacher im Nachhinein.

Schon kurze Zeit später ist alles vergessen. Jasim nimmt einen der Balken in die Hand und erteilt neue Anweisungen: »*Yallah* - los! Doktora Inga braucht Schatten für ihre Operation an den Nagelbriefen!«

In Windeseile errichten die Arbeiter aus den Balken und Hölzern ein Gestell, das sie mit einigen Seilen fixieren. Dann stülpen sie die dunkelgrüne Plane darüber. Die provisorische Konstruktion ähnelt einem Indianer-Wigwam, erfüllt aber ihren Zweck: Kein direktes Sonnenlicht kann mehr auf die empfindlichen Tontafeln fallen. Inga macht sich daran, die herumliegenden Bruchstücke sorgsam zu bergen. Da durch den Zeltüberbau nur noch wenig Licht in das Innere dringt, zückt Inga ihre Taschenlampe. Unter der Plane finden maximal zwei Personen Platz. Ari entscheidet deshalb, dass Steff der Restauratorin assistieren soll. Schließlich ist er als Keilschriftexperte am besten für diese Arbeit geeignet. Den vollkommen erschöpften Jasim stellt er den beiden als Handlanger zur Seite. Nach kurzer Anweisung von Vorarbeiter Abu Abud geht der Rest der Arbeiterschaft wieder der gewohnten Arbeit nach.

»Bakschisch - Belohnung für denjenigen, der den nächsten Nagelbrief entdeckt!«, gibt Ari bekannt.

Das Wort *Bakschisch* bewirkt Wunder! Eine wahre Zauberformel, aber auch Fluch zugleich! Wer solche Zusatzgratifikationen verspricht, kann sich fast sicher sein, dass künftig für alle möglichen Leistungen ein solches Trinkgeld erwartet, zuweilen sogar gefordert wird. Daher geht Ari sehr sparsam mit solchen Angeboten um. Aber heute ist ein ganz besonderer Tag: Es ist Dienstag, der 15. September 1992 – der Tag des ersten Tontafelfunds in Tell Chuēra! Und das nach fast dreißig Jahren Ausgrabung! »*Bakschisch* für jeden, der einen weiteren Nagelbrief findet!«, verkündet er lauthals.

Voller Schwung nehmen die Beduinen wieder ihre Arbeit auf. Ein regelrechtes Goldfieber ist ausgebrochen: Jede Scherbe, jeder Tonklumpen wird nun zu Bine oder Ari gebracht, in der Hoffnung, es könnte sich um ein neues Fragment einer Tontafel handeln. Aber nichts! Bis zum Ende der Arbeitszeit um vierzehn Uhr tut sich nichts mehr. Dagegen sind Inga und Steff gut vorangekommen. Die beiden Tafeln sind nun komplett aus der Erde geschält. Die Erste liegt auf dem antiken Fußboden und ist in einem phantastischen Erhaltungszustand. Die Zweite ist leider in mehrere Stücke zerbrochen. Die bislang gefundenen Teile wurden direkt vor der Lehmziegelmauer entdeckt. Vorsichtig öffnen die Archäologen die Plane über der Fundstelle.

»Endlich frische Luft!« Steff saugt den leichten Wind tief ein und bläst den Atem durch die Nase wieder aus. »Unter der Plane ist es so gemütlich wie in einem Bergwerkstollen! Und diese verdammten Fliegen! Überall Moskitos! Meine Arme sind schon total zerstochen!«

Ari schießt noch einmal ein paar Fotos, um die Fundsituation nach Bergung der Tontäfelchen festzuhalten. Die Bruchstücke der zweiten Tafel liegen im Umkreis von einem halben Meter zerstreut über dem Fußboden.

»Wenn wir die Tafeln restlos geborgen haben, müssen wir hier vorsichtig weitergraben. Lasst uns jetzt aber eine Pause einlegen«, schlägt Ari vor, »nachher, wenn die Sonne nicht mehr so stark brennt, machen wir weiter!«

Wie jeden Tag um vierzehn Uhr gibt Ari dem Vorarbeiter ein kurzes Zeichen. »Faidoz!«, brüllt Abu Abud über den Siedlungshügel. Dabei verleiht er der letzten Silbe des Wortes extreme Überlänge. »Faidoooooz« - das Fanal für die Arbeiter! Faidoz - Feierabend, Ende der Arbeitszeit! Wie zur Attacke sammeln sich Jung und Alt zu einer Schar und preschen wie Attilas Horden den Hügel hinab. Auch von den anderen beiden Grabungsstellen des Tells stürmen die Beduinen in Richtung des Grabungshauses. Ein Höllenritt mit Schubkarren, Hacken und Spaten! Von weitem trägt der Wind die Schreie und Rufe der Arbeiterschaft hinauf zu Bine, Inga, Steff und Ari, die oben auf dem Hügel verharren und den Beduinen nachschauen.

»Nagelbriefe, Nagelbriefe!«, verkündeten sie stolz den Arbeitern von den anderen Ausgrabungsstellen, »wir haben heute zwei Nagelbriefe gefunden - und Steff kann sie sprechen lassen!«

Je weiter sich die lärmenden Arbeiter entfernen, umso stiller wird es um das zurückgebliebene Archäologenteam. Nur noch Wortfetzen dringen zu ihnen herüber, bis die aufgeregten Stimmen der abziehenden Meute fast ganz verstummt sind. Nur der stetig wehende Wüstenwind haucht noch seine staubigen Spuren über den Tell. Ein leises, aber beständiges Wehen, das die Geräusche in Windeseile zu den Ohren fliegen lässt, um sie im gleichen Moment schon wieder in die Weite der Wüste hinauszutragen.

Zum ersten Mal können die Archäologen ihren Fund in aller Ruhe begutachten. Ari legt seinen Arm um Steffs Schultern:

»Wir haben es geschafft! Die ersten Tontafeln!«

Inga und Bine suchen mit ihren Augen das gesamte Areal ab. Haben sie noch Bruchstücke der Keilschrifttafeln übersehen? Gibt es noch andere Nagelbriefe? Was für ein Fund! Gleich zwei Tontafeln auf einmal! Sind die Wissenschaftler nun am Ziel ihrer Träume? Schriftliche Dokumente aus der Frühzeit der Menschheitsgeschichte - ein archäologisches Märchen ist wahr geworden! Eine wissenschaftliche Sensation: Die ersten Tontafeln von Tell Chuēra liegen in ihren Händen! Die Entdecker stehen noch eine ganze Weile am Fundort zusammen, bevor auch sie sich zum Grabungshaus aufmachen - todmüde, aber überglücklich!

13. Post aus Assyrien

Nur noch zum Essen und Duschen verlässt Inga ihre Werkstatt. Seit zwei Tagen arbeitet sie fast ununterbrochen an der Restaurierung der ersten Tontafel. Keiner soll sie stören, niemand darf sie besuchen - auch Ari nicht! »Lasst mich bitte in Ruhe - mir darf nicht der geringste Fehler unterlaufen, sonst ist das alte Schriftstück unwiderruflich verloren!« Mit diesen Worten hatte sich Inga vor zwei Tagen von der Grabungsmannschaft verabschiedet und die Tür zur Restaurationswerkstatt hinter sich abgeschlossen.

Zunächst akzeptiert Ari Ingas Vorgehensweise nur widerwillig, denn zu groß ist seine Neugier auf den Inhalt der alten Tontafel. Doch dann gibt er nach, zum Leidwesen von Steff, der wie ein Tiger im Käfig im Arbeitszimmer auf und ab läuft. Schließlich hat Steff sich während des Studiums auf die Entzifferung von Keilschrifttexten spezialisiert. Nun haben sie die ersten Tontafeln entdeckt und jetzt soll er abwarten, bis Inga mit der Restaurierung fertig ist? Ein Unding! Selbst Bine gelingt es nicht, Steff zu beruhigen.

»Schon bei der Bergung konnte ich mit bloßem Auge einige Keilschriftzeichen erkennen!«, echauffiert sich der Altorientalist.

Er muss sich zwar eingestehen, dass es ihm beim ersten Anlauf nicht gelungen war, den gesamten Textzusammenhang zu erfassen, aber den Anfang des Briefes konnte er schon lesen - zumindest Teile davon! Es war einfach zu ärgerlich, dass sich Jahrtausende alter Staub in den Zwischenräumen der feinen Ritzlinien abgelagert hatte. Zudem hatten sich daumendicke Erdklumpen auf den Tontafeln wie Pestbeulen verbreitet. Wie mit Klebstoff fixiert, haftete das verkrustete Material an der fragilen Oberfläche der beiden Täfelchen. Nur deshalb konnte er nicht alles lesen! Steff sah zwar ein, dass die Restaurierung Vorrang hat, aber warum er untätig hier ausharren soll, geht ihm nicht in den Schädel. Eine Schande für ihn als Altorientalisten! Bei der Bergung waren noch weitere Keilschriftzeichen eindeutig erkennbar. Er ist sich sicher, dass er ein paar Silben, vielleicht sogar einige Worte noch vor der Reinigung der Tafeln hätte entziffern können, wenn man ihn nur gelassen hätte! Was, wenn Ingas Bemühungen fehlschlagen? Der Inhalt der uralten Texte wäre dann auf einen Schlag verloren! Steff muss unwillkürlich an eine misslungene Restauration im Provinzmuseum von Raqqa denken.

»Hat Inga uns beiden nicht erst kürzlich die Horrorgeschichte von dem Alabasterrelief erzählt, das hier im Jahre 1974 entdeckt wurde?«

Ari zuckt mit den Schultern, als ihn der vorwurfsvolle Blick seines Freundes trifft: »Ja, schon, aber da handelte es sich um ein recht großformatiges Steinrelief, das die damaligen Ausgräber vorschriftsmäßig im Museum abgeliefert haben. Das Stück war einzigartig.«

Bine schaltet sich in das Gespräch ein: »Ich kenne diese Geschichte nicht. Was ist damals passiert?«

Abb. 16: Alabasterrelief der ›Sebettu‹ aus Tell Chuēra

Ari nippt noch einmal an seiner Kaffeetasse, bevor er antwortet: »Das Alabasterrelief zeigte sieben nebeneinandersitzende weibliche Gottheiten mit Kindern bzw. Tieren auf ihrem Schoß. Man vermutet, dass es sich um die Darstellung der ›Sebettu‹ handelt. Eine wissenschaftliche Sensation, denn eine solch großforma-

154

tige Darstellung der ›Sieben-Gottheiten‹ war bislang noch nirgendwo entdeckt worden. Unmittelbar nach der Auffindung wurde eine Zeichnung angefertigt.[5] Danach übergaben die Archäologen das Steinrelief einem Restaurator, der nichts Eiligeres zu tun hatte, als das über dreitausend Jahre alte Kultbild über Nacht in ein Wasserbad zu legen. Am Tag darauf hatte sich der poröse Stein im Wasser aufgelöst. Das Einzige, was übrig blieb, war eine trübe, milchige Brühe. Das antike Kunstwerk war für immer verloren!«

Steff schlägt mit der Hand auf den Tisch: »Siehst du! Und genau das, befürchte ich, passiert mit unseren Tontafeln!«

Ari wird es nun zu bunt: »Beruhige dich Steff! Inga ist die beste Restauratorin, die wir uns für diese Arbeit wünschen können«. In ruhigerem Ton versucht er, die Befürchtungen seines Freundes zu entkräften: »Warte ab! In ihren Händen haben sich schon unscheinbare Gegenstände in wahre Schätze verwandelt. Erinnerst du dich daran, wie sie vor drei Jahren die Wandmalerei gerettet hat? Auf dem Verputz der Lehmziegelwand war das Bild kaum erkennbar. Inga hat es im Alleingang von der Mauer gelöst. Heute hängt es im Museum von Aleppo und gilt als eines der wichtigsten Zeugnisse frühsyrischer Wandmalerei!«

Dennoch versucht Steff am späten Nachmittag sein Glück, doch Inga lässt sich nicht erweichen. Sie besteht darauf, dass vor der Entzifferung die Restauration stehen müsse – ohne Wenn und Aber! Nur Abu Adnan, der einarmige Koch, darf ihr hin und wieder ein Kännchen Tee vorbeibringen. Selbst beim Einrichten ihrer Arbeitsplatte will sie keinen Menschen um sich herum haben. Zuerst positioniert Inga mehrere Arbeitslampen, um die Tontafeln optimal auszuleuchten. An der Tischkante fixiert sie mit einer Klemme ein tellergroßes Vergrößerungsglas. Der Greifarm des Instruments lässt sich bequem in alle Richtungen bewegen. Vorsichtig schiebt Inga die erste Tontafel unter die Lupe, die seit der Bergung in einer mit Watte ausgepolsterten Blechdose aufbewahrt wird. Unter der Linse scheint das Stück mindestens zehn Mal so groß zu sein. Inga rückt noch näher an die Lupe heran und beginnt zunächst mit einem Pinsel die wei-

---

5   Winfried Orthmann, Tell Chuera, Ausgrabungen der Max Freiherr von Oppenheim-Stiftung in Nordost-Syrien. Amani Verlag. Damaskus-Tartous 1990, Rudolf Habelt Verlag GmbH Bonn in Kommission, Seite 35, Abb. 33.

cheren Ablagerungen zu beseitigen. Mit einer Pinzette und einer Zahnsonde, einem vorne hakenförmig gekrümmten Instrument, das man aus Zahnarztpraxen kennt, lockert Inga die härteren Verkrustungen. Nur nicht die Geduld verlieren! Diese Arbeit fordert ein geschultes Auge und eine sichere Hand, damit die alten Schriftzeichen keinen Schaden erleiden. Mit höchster Konzentration säubert sie jede Vertiefung der eingeritzten Keilschriftzeichen. Die Zeit fliegt an Inga vorbei. Sie verspürt keinen Hunger, keinen Durst. Sie möchte den Kollegen bis zum Abend ein erstes Ergebnis präsentieren.

Die Sonne ist schon eine Weile hinter dem Horizont verschwunden, als der Koch zum Abendessen ruft. Nach und nach trudeln die Expeditionsmitglieder im Speisesaal ein, neugierig, was er heute aufgetischt hat. Gerade als alle zulangen wollen, wird die Tür aufgestoßen. Inga betritt den Raum und trägt eine Blechdose vor sich her, in der die Tontafel auf einer Wattepolsterung ruht. Wie in einer feierlichen Prozession schreitet die Restauratorin bis zum Kopfende des Tisches, wo Ari gerade Platz genommen hat. Behutsam setzt sie die Schachtel vor ihm auf dem Tisch ab, atmet noch einmal tief durch, um dann kurz und knapp festzustellen: »Die Erste ist fertig!«

Normalerweise lassen sich die Archäologen niemals vom Abendessen ablenken, doch in diesem Moment bleiben die Speisen unberührt, zum Leidwesen von Koch Abu Adnan. Alle scharen sich um Ari und stecken ihre Köpfe über dem Tontäfelchen zusammen. Natürlich ist Steff der Erste, der nach vorne drängt und Ingas Werk ausgiebig von allen Seiten begutachtet. Die Restauratorin hat ein kleines Wunder vollbracht! Die einzelnen Zeichen der horizontal verlaufenden Schriftreihen sind nun klar und deutlich erkennbar. Keine Spur mehr von störenden Ablagerungen. Jede einzelne Rille der eingekerbten Schriftzeichen erscheint nun so, als ob die Tontafel gerade erst beschriftet worden sei. »Fantastisch!«, kommt Steff ins Schwärmen, »man kann jetzt fast alles lesen!« Bine platzt vor Ungeduld:

»Mach schon - spann uns nicht auf die Folter! Was steht auf der Tafel?« Mit dem Ellenbogen gibt sie Steff einen leichten Stoß in die Rippen.

»Langsam, langsam – ich kann nicht alles sofort entziffern! Muss mich erst in die Handschrift einlesen. Der assyrische Schreiber hat eine Sauklaue! Aber der Anfang ist eindeutig! Geht bitte aus dem Licht! Ihr werft zu viel Schatten!«

Die anwesenden Grabungsmitglieder weichen einen Schritt zurück und lassen Steff am Tisch Platz nehmen. Das Gemurmel im Raum verstummt.

Steff buchstabiert nun Silbe für Silbe:

»Erste Zeile: *a-na EN pa-ḫe-te*

– *das* heißt übersetzt: *Zum Distriktsgouverneur*

Dann: *ša URU Ḫar-be* – *der Stadt Ḫarbe*

Dritte Zeile: *qí-bi-ma* – *sprich!*

In der vierten Zeile steht: *um-ma* – *folgendermaßen* ...

Dann erkenne ich einen einzelnen vertikalen Keil – das Zeichen, dass ein Personenname folgt. Der Mann heißt *Salmânu-mušabši*.[6]«

Ari, der zusammen mit Steff in Saarbrücken Assyriologie studiert hat, klebt mit seinen Augen förmlich an dem Täfelchen und wiederholt den Beginn des assyrischen Briefes:

»*Zum Distriktsgouverneur*

der Stadt Ḫarbe

sprich!

Folgendermaßen (spricht) Salmânu-mušabši.«

Ari ist aus dem Häuschen: »Das ist Post aus Assyrien! Die erste Nachricht an uns, die Ausgräber von Tell Chuēra! Und sie haben uns in ihrem Schreiben den einstigen Namen der antiken Stadt verraten: Tell Chuēra hieß also ›Ḫarbe‹ in der assyrischen Zeit. Nach über dreißig Jahren Ausgrabung ist das Rätsel endlich gelöst!«

Lauter Jubel bricht aus. Alle wollen Inga danken, doch die wehrt in ihrer unterkühlten Art jegliche Lobeshymnen ab: »Ist mein Job. Ich gebe zu, eine Tontafel zu präparieren ist nicht alltäglich und benötigt auch mehr Fingerfertigkeit

---

[6] Aussprache: Salmānu Muschabschi

als einen zerbrochenen Tontopf zusammenzusetzen. Aber dennoch. Es ist nur ein Job! Aber Durst habe ich jetzt. Gibt es ein Bier?«

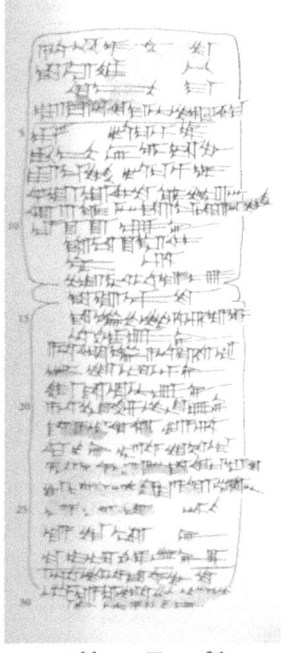

Abb. 17: Tontafel
aus Tell Chuēra

Es gibt nicht nur ein Bier! An diesem Abend feiert die Grabungsmannschaft nahezu bis Mitternacht. Für besondere Anlässe hat Ari einen schottischen Whisky gebunkert. Die Flasche wurde ihm im Basar von Schmugglern angeboten, zusammen mit einer Kiste Wein aus dem Libanon. »Prost! Auf die Assyrer!« Der Alkohol, der in Strömen fließt, zeigt schon bald seine Wirkung. Nach und nach ziehen sich die Zecher in ihre Unterkünfte zurück. Gegen Mitternacht sitzen nur noch zwei am Tisch: Steff und Ari hängen mit ihren Köpfen über der ersten Tontafel und versuchen, den Rest des Textes im Schein einer flackernden Öllampe zu entziffern, denn der Strom wurde - wie in jeder Nacht - schon lange abgeschaltet. Steff kritzelt die ersten Zeichen auf ein Stück Papier, während Ari in einem Nachschlagewerk für Keilschriftzeichen blättert.

14. Grabräuber und Raubgräber

Steff und Ari hätten sich das Schlafen sparen können! Innerlich aufgewühlt von den sensationellen Erkenntnissen aus den Keilschrifttexten, fanden beide keine Ruhe in der Nacht. Erst spät waren sie in einen Tiefschlaf gefallen und nun befahl ihnen der Wecker, aufzustehen. Heute ist Freitag, der 18. September 1992. Eigentlich ein arbeitsfreier Tag für die Arbeiter, aber angesichts der Tontafelfunde hat sich Ari entschlossen, Abu Abud und sechs weitere Helfer einzubestellen, um an der Fundstelle der ersten Tontafeln nach weiteren Exemplaren zu suchen.

Heute Morgen ließen Steff und Ari die anderen Grabungsteilnehmer länger schlafen. Zu ausgiebig wurde in der letzten Nacht die sensationelle Entdeckung gefeiert. Und nach den Anstrengungen der letzten Woche hatten sich alle darauf gefreut, ausschlafen zu können. Lediglich Bine, Steff und Ari treffen sich kurz vor sechs Uhr bei Abu Adnan in der Küche, schlürfen ihren Mokka und treten dann hinaus vor das Tor. Zu ihrer Überraschung erwartet sie dort schon Abu Abud mit zehn weiteren Männern. Auch Abdallah steht bei ihnen. Gewöhnlich ist er an einem Feiertag in seine beste Galabija gewandt, heute Morgen hat er aber seinen olivfarbenen Overall angelegt, den er eigentlich nur dann trägt, wenn eine Reparatur an seinem LKW ansteht. Der Wächter kommt ein paar Schritte auf die Deutschen zu und begrüßt sie mit auffallend ernster Miene. Irgendetwas ist anders als an den Tagen zuvor. Die Beduinen empfangen ihn auch heute nicht wie gewöhnlich mit der allmorgendlichen Begrüßungszeremonie, sondern heben lediglich die rechte Hand zu einem knappen Gruß. Aris Blick wandert zurück zu seinem Freund Abdallah. Erst jetzt bemerkt er, dass der sein Gewehr geschultert hat. Auch die anderen Beduinen sind bewaffnet. Einige halten langläufige Flinten in den Händen. Sogar der sanftmütige Abu Abud trägt ein Pistolenhalfter an seinem Gürtel, aus dem der Griff einer Waffe lugt.

»Was ist los?«, erkundigt sich Ari, »wollt ihr in den Krieg ziehen?«

Die Männer verharren schweigend. Ari schaut in ernste Gesichter und spürt, dass etwas nicht stimmt. Er bohrt nach und erkundigt sich, warum sich heute Morgen alle bis zu den Zähnen bewaffnet haben.

Wächter Abdallah ergreift als Erster das Wort: »Ari, die Lage ist ernst! Es sind gerade einmal ein paar Tage vergangen, seit in Tell Chuēra die ersten Tontafeln gefunden wurden, und schon machen sich in den umliegenden Dörfern Gerüchte breit. Angeblich hätten wir nicht nur Nagelbriefe, sondern auch Gold gefunden, erzählt man sich. Gestern Abend ist im Nachbarort ein Fremder in einem amerikanischen Jeep vorgefahren und hat Erkundigungen über unsere Ausgrabung eingezogen. Er ließ sich die genaue Ausgrabungsstelle der Tontafeln beschreiben und auch den Inhalt der Gräber. Zum Abschluss bot er jedem, der ihm ein antikes Schmuckstück aus den Gräbern oder eine unversehrte Tontafel abliefert, dreihundert syrische Pfund – das ist ein ganzer Monatslohn!«

Ari wird kreidebleich. Im ganzen Freudentaumel über den Fund der Tontafeln hatte er die Vorsicht vor Grabräubern und Antikenhändlern vollkommen außer Acht gelassen.

»Wir müssen Wachen aufstellen, Ari, Tag und Nacht!« Abdallahs Tonfall klingt entschlossen: »Du und alle Mitglieder der deutschen Expedition, ihr seid unsere Gäste. Die Männer sind hier, um dich und deine Ausgrabung mit ihren Waffen zu beschützen. So will es das Gastrecht der Wüste!«

Ari wird zunehmend nervöser: »Sollen wir nicht lieber die Polizei verständigen, Abdallah?«

Der Wächter wirft den Kopf in den Nacken und schnalzt mit der Zunge: »Keine Polizei! Hier herrscht das Gesetz der Jezirah. Du bist mein Bruder und wir alle stehen schützend vor dir und der gesamten Grabungsmannschaft. Ihr genießt unsere Gastfreundschaft, und keiner unserer Gäste wird auf unserem Land ausgeraubt!«

Die drei Deutschen beraten sich schnell. Nur zögerlich willigen sie in Abdallahs Vorschlag ein. Der Wächter schlägt vor, dass nachts immer drei bewaffnete Beduinen gemeinsam mit einem Deutschen Wache halten. Tagsüber sei die Gefahr von Plünderungen nicht sehr groß – dafür werde er schon sorgen. Auch werde er seine Patrouillenfahrten ausdehnen und die Ohren offen halten. Er werde sich zudem überall erkundigen, ob der Fremde im Jeep irgendwo aufgetaucht sei. Die Männer beschließen, einen Dienstplan zu erstellen. In den kommenden Nächten werden sie abwechselnd auf dem Hügel Wache schieben. Von der lautstark geführten Diskussion wird Inga aus dem Schlaf gerissen. Gähnend schleicht sie auf die Gruppe zu und erkundigt sich nach dem Grund des heftigen Palavers. Ari schildert der Restauratorin in knappen Sätzen die prekäre Lage.

»Wie sah der Fremde aus?«, möchte Inga vom Wächter wissen, »kannst du den Mann im amerikanischen Jeep beschreiben?«

Abdallah schüttelt den Kopf: »Ich nicht, aber Abu Abud – der hat den Mann gestern gesehen und mich heute Morgen sofort alarmiert.«

Der alte Vorarbeiter versucht, den Unbekannten zu charakterisieren: »Er ist von sehr großer Gestalt, ein wahrer Riese! Im Gesicht ein auffallend roter, langer Schnurrbart. Am ungewöhnlichsten ist aber die Kleidung des Fremden.«

Abu Abud beteuert, dass er noch nie in seinem Leben eine solche Tracht gesehen habe: »Stellt euch vor, der Unbekannte trägt ein langes blaues Gewand mit roter Schärpe, in der ein Krummdolch steckt. Und seine Füße stecken in kniehohen, pechschwarzen Lederstiefeln. Solch ein Schuhwerk trägt kein Beduine! Ich habe noch nie einen Menschen kennengelernt, dessen Haare so wild vom Kopf abstehen. Der Kerl sieht aus wie ein roter Teufel!«

Abu Abud ist sich ganz sicher, dass der Fremde kein gebürtiger Syrer sein könne, denn auch sein blaues Gewand sei von ganz anderer Machart als diejenigen Kleidungsstücke, die man in Syrien gewöhnlich tragen würde. »Ich sage euch, weder die Drusen im Süden noch die Kurden im Norden würden in solch einem auffallenden Aufzug herumlaufen. Das ist bestimmt kein Araber. Mehr kann ich euch nicht sagen.«

Der Stammesälteste zieht gemächlich seine Tabaksdose aus der Tasche und beginnt, sich eine Zigarette zu drehen.

»Die Beschreibung passt haargenau auf den ›Blauen Fuchs‹!«, sprudelt es aus Inga heraus. »Erinnerst du dich noch an den Halunken, Ari? Vor zehn Jahren haben sich unsere Wege erstmals gekreuzt. Es muss der ›Blaue Fuchs‹ sein, der übelste Grabräuber der Jezirah!«

Ari fällt es wie Schuppen von den Augen: »Du hast Recht, Inga. Ich hatte den Vorfall am Euphrat-Stausee schon total verdrängt!«

Plötzlich ist alles wieder da. Längst vergessene Bilder tauchen vor Aris innerem Auge auf. Wie von selbst kreisen seine Gedanken in diesem Augenblick um die Ereignisse, die vergessen schienen. Schon die bloße Erwähnung des ›Blauen Fuchses‹ spült die Erinnerung an den geheimnisvollen Mann aus dem Verborgenen hervor! Obwohl die frühe Morgensonne bereits wohlige Strahlen aussendet, überläuft Ari ein kalter Schauer. Unwillkürlich spannen sich seine Nackenmuskeln.

»Von wem redet ihr beiden da?«, schaltet sich Bine in das Gespräch ein. »Wer in Gottes Namen ist der ›Blaue Fuchs‹?«

Die Assistentin brennt vor Neugier.

»Die Geschichte ist schon eine ganze Weile her«, antwortet Inga, »ich begleite euch zum Tell und erzähle euch unterwegs die Geschichte vom Blauen Fuchs.«

Die Gruppe der bewaffneten Beduinen macht sich gemeinsam mit den Archäologen zu Fuß auf den Weg zur Ausgrabungsstelle. Nur Abdallah, der Wächter, bleibt am Grabungshaus zurück. Er möchte später nachkommen, da er noch etwas zu erledigen habe. Die erste Wegstrecke legt die Gruppe noch schweigend zurück. Auch die sonst so gesprächigen Beduinen sagen kein Wort! Jeder grübelt über die Warnung vor den Grabräubern. Bine wagt als Erste, das Schweigen zu durchbrechen:

»Jetzt erzählt endlich! Wer ist der ›Blaue Fuchs‹? Und sind diese Ganoven wirklich so gefährlich, wie Abdallah befürchtet?«

Inga schnappt hörbar nach Luft: »Gefährlich? Der ›Blaue Fuchs‹ ist das Widerwärtigste, was du dir vorstellen kannst! Ich schildere euch unsere erste Begegnung mit diesem Herrn.« Die Restauratorin zündet bei ihren Worten eine Zigarette an, nimmt einen tiefen Zug und beginnt mit ihrer Erzählung, während sie gleichzeitig den Qualm aus dem Mundwinkel bläst:

»Es war im Spätsommer des Jahres 1979. Ari und ich haben damals an einer Rettungsgrabung drüben am Euphrat-Stausee teilgenommen. Unser Expeditionslager hatten wir in Halawa am östlichen Flussufer aufgeschlagen. Eines Tages legte ein Fischer mit seinem Boot bei uns an und berichtete uns völlig aufgelöst von alten Gräbern, die er am gegenüberliegenden Ufer beim Ort Wreide entdeckt habe. Wir sind gleich mit ihm übergesetzt, um uns die Stelle zeigen zu lassen. Wir trauten damals unseren Augen nicht: Durch die anhaltende Dürre war der angestaute Flusspegel fast um einen Meter fünfzig gefallen. Dadurch wurden zahlreiche antike Gräber freigespült, die bislang noch vollkommen unentdeckt geblieben waren. Schon am nächsten Tag haben wir uns an die Arbeit gemacht, denn der Wasserspiegel konnte ja jederzeit wieder ansteigen. Es wurde ein kleines Rettungsteam gebildet, das jeden Morgen mit einem gemieteten Boot zum anderen Ufer übersetzen musste. Die Überfahrten waren entsetzlich! In einem kleinen Schiffchen mit einem bestialisch stinkenden Außenbordmotor wurden wir zu acht zusammengepfercht. Hinzu kam das schwere Ausgrabungsgerät, sodass nach dem Beladen das Wasser ständig über die Reling schwappte. Besonders unangenehm ist mir der Einstieg im Gedächtnis geblieben! Wir mussten zum Boot durch den Euphrat waten. Das Wasser war eiskalt und reichte uns bis zu den Hüften. Und dann der klirrend kalte Fahrtwind! Dieser fuhr uns wie ein frostiger Hauch durch die klammen Kleider. Nach ein paar Tagen waren wir alle ohne Ausnahme erkältet. Morgens Eiswasser – auf der Rückfahrt Gluthitze! Aber die Befunde in den alten Gräbern haben uns für diese Mühsal entschädigt! In Wreide stießen wir auf ungestörte Schachtgräber aus dem dritten Jahrtausend vor Christus. Ganze Familien waren in den frühbronzezeitlichen Grüften bestattet. Und die Gräber waren vollgestopft mit Beigaben für die Reise in die Unterwelt. Nichts Weltbewegendes, aber eben zum ersten Mal frühbronzezeitliche Grabanlagen, die noch nicht von Grabräubern heimgesucht worden waren.«

Inga zieht noch einmal am Zigarettenstummel, bevor sie weitererzählt: »Eines Morgens, es war kurz vor sechs Uhr in der Frühe, als wir mit unserem Boot schon fast das jenseitige Ufer erreicht hatten, schreckte unser damaliger Wächter Ahmed auf. Durch den morgendlichen Dunst, der wie ein feiner Schleier über dem Euphrat lag, hatten seine scharfen Augen etwas entdeckt. Er gab dem Fährmann den Befehl, den Motor abzustellen und kramte mit langsamen Bewegungen sein langläufiges Gewehr hervor, das er gewöhnlich im Bug unter Tauen verstaute. Der Hahn der alten Büchse knackte leise, als Ahmed durchlud. Im Halbschlaf blökte ich ihn an, auf was er schießen wolle. Doch der Wächter blieb ganz ruhig, gab keine Antwort und drückte unvermittelt ab. Mit einem ohrenbetäubenden Krachen jagte das Projektil aus der Büchse. Noch Tage danach hatte ich ein leises Klingeln in meinem linken Ohr! Der Schuss fegte über den Euphrat hinweg. Schlagartig war die ansonsten so friedfertige Umgebung in Aufruhr. Der Flügelschlag eines aufgeschreckten Vogels klatschte zwei, drei Mal auf die Wasseroberfläche, bevor das Tier sich in die Lüfte erhob. Dann Schweigen, nichts rührte sich! Alle Insassen des Bootes verharrten regungslos und starrten auf das nahe Ufer. Nichts war zu hören – und auch nichts zu sehen! Fast geräuschlos trieben wir mit dem Boot auf das Ufer zu. Ein Gefühl der Ohnmacht ergriff mich. Man konnte einfach nichts tun! Dann aber Geheul, Schreie, Bewegung! Zunächst sprangen zwei, dann drei, plötzlich vier Gestalten aus den Gräbern, die wir erst tags zuvor freigelegt hatten. Fluchend warfen sie ihre Schaufeln und Hacken zur Seite und gingen hinter einem Erdhaufen in Deckung. »Verdammte Grabräuber!«, fluchte Ahmed, als er seine Waffe nachlud.

Unser Boot steuerte geradewegs auf das Versteck der Gangster zu! Wir waren kaum noch zehn Schritte vom Euphratufer entfernt, als sich plötzlich ein bärtiger Mann aus der Deckung erhob. Der Kerl war schlank und für syrische Verhältnisse von enormer Körpergröße – mindestens ein Meter neunzig groß. Am auffälligsten war aber seine Kleidung, die vollkommen anders war als die gewöhnliche arabische Tracht seiner Begleiter. Der Riese war in ein blaues Gewand gehüllt und hatte eine rote Schärpe um die Hüfte gewunden. Dazu trug er hohe Stiefel, die ihm bis zu den Knien reichten. Schwarze Schaftstiefel, die in Syrien total ungewöhnlich sind. Am auffallendsten war aber sein Haarschopf. Eine wallende Mähne aus roten Haaren, die in wilden Strähnen nach allen Seiten abstanden. Außergewöhnlich war auch sein markanter Schnauzbart! Habe noch nie einen Mann mit solch einem tomatenroten Bart gesehen! Wie ein Bündel langer Fäden hingen die Enden seines Schnauzers rechts und links vom Mund herab. Mit seinen stechenden Augen fixierte er uns wie ein Raubtier seine Beute. Kaum hatte er wahrgenommen, dass wir hilflos auf ihn zutrieben, zog er einen Revolver. Die Mündung der Waffe zielte genau in unsere Richtung. »Runter mit den Köpfen!«, schrie uns Wächter Ahmed zu. Wir duckten uns und versuchten, hinter der Reling in Deckung zu gehen. Wir pressten unsere Köpfe so nah wie möglich auf den Schiffsboden. Dann explodierten Schüsse. In schneller Folge krachten zwei, drei Geschosse über uns hinweg. Panik brach aus. Zwei unserer Arbeiter sprangen Hals über Kopf ins Wasser und brachten dabei das Boot fast zum Kentern. Zum Glück hatten die Projektile ihr Ziel verfehlt, aber es herrschte totales Chaos. Jeder versuchte, so gut es ging, sich in Sicherheit zu bringen. Nur Ahmed nicht! Der bereitete in aller Seelenruhe den Gegenangriff vor. Mit einem Satz wuchtete er seinen Körper über die Reling, sprang ins Wasser und stürmte, seine lange Büchse über den Kopf haltend, zum Ufer. Dabei schrie er den Grabräubern etwas aus Leibeskräften entgegen - kann euch aber nicht mehr sagen, was. Kaum hatte er wieder Halt unter seinen Füßen, legte Ahmed erneut an. In der Morgendämmerung war das Mündungsfeuer seiner Waffe deutlich zu erkennen. Wie ein Blitz schoss der Feuerstrahl aus dem langen Rohr. Danach wieder diese gespenstische Stille! Ich hörte nur noch mein eigenes Herz pochen. Der Wächter brüllte zu uns herüber, dass wir ihm schnell folgen sollten. Zuerst wagten wir uns nicht aus der Deckung, doch dann hasteten wir in geduckter Haltung zu ihm ans Ufer. Während Ahmed sein Gewehr nachlud, suchten wir mit den Augen die Umgebung ab. Nichts! Die Kerle waren wie vom Erdboden verschluckt. Sie hatten den Tumult genutzt, um sich blitzartig aus dem Staub zu machen. Nur wenig später drang aufgeregtes Hupen von der nahegelegenen Straße an unsere Ohren. Ahmed gab uns ein Zeichen, ihm zu folgen. Vorsichtig kletterten wir die Uferböschung nach oben und wagten einen Blick auf die Piste. Ein Lastwagen, zur Tarnung mit Tomatenkisten beladen, brauste bereits davon, während die Grabräuber einen uralten amerikanischen Straßenkreuzer bestiegen. Einen Cadillac oder so was Ähnliches. Ein ellenlanges Gefährt mit Heckflossen. Erinnerst du dich noch, Ari?«, wendet sich Inga fragend an den Grabungsleiter.

»Und ob!«, antwortet dieser, »das war schon eine verdammt brenzlige Situation! Der Riese stand in sein blaues Gewand gehüllt neben dem Fahrzeug und fuchtelte mit seiner Waffe herum. Dann überzog er uns mit den wüstesten Flüchen, bevor auch er den Fluchtwagen bestieg. Der Fahrer gab Vollgas und wir sahen nur noch eine Staubfontäne, die langsam am Horizont verschwand. Triefend nass und zitternd wie Espenholz blieben wir zurück.«

Inga nimmt noch einmal einen tiefen Zug an der Zigarette: »Der ›Blaue Fuchs‹ und seine Bande haben damals in einer einzigen Nacht vier antike Grüfte zerstört«, klagt sie, noch immer verbittert. »Die Grabräuber hatten ihre Beute schön säuberlich neben den Gräbern zum Abtransport aufgestapelt, als wir sie überraschten: Bronzenadeln, kleine Statuetten aus Kalkstein, Perlen aus Karneol, Schminkgefäße und vieles mehr. Das mussten sie alles zurücklassen, als wir sie auf frischer Tat ertappten. Für die Banditen ein herber Verlust! Noch mehr aber für uns: Die Arbeit von zwei Tagen war dahin! Und das Schlimmste war, dass die Befunde in den fast fünftausend Jahre alten Gräbern total zerstört und damit für die wissenschaftliche Auswertung nahezu gänzlich verloren waren!«

»Habe eigentlich keine Lust, mich noch einmal mit dem ›Blauen Fuchs‹ und seinem Pack anzulegen«, wirft Ari ein, »die Polizei und die Antikendirektion der Provinz Raqqa jagen ihn schon seit vielen Jahren in dieser Region. Leider ohne Erfolg! Der Kerl ist glitschig wie ein Aal und gerissen wie ein Fuchs. Kaum ist man ihm auf den Fersen, ist er wie vom Erdboden verschluckt. Einfach unauffindbar! Sein Spitzname rührt von seinem blauen Gewand und seinen fuchsroten Haaren. Wenn ihr also einmal einem Mann mit rotem Bart und blauer Kleidung begegnen solltet, ist Vorsicht geboten! Der Typ ist brutal und rücksichtslos! Und wie uns die Männer soeben berichtet haben, hält er sich nun in unserer Nähe auf. Bestimmt zieht er jetzt von Dorf zu Dorf und bietet den Beduinen an, ihnen Antiquitäten abzukaufen. Wir wissen, dass er sich nicht davor scheut, die Einheimischen auch zu Raubgrabungen zu animieren. Arbeiter, wie die unsrigen, fordert er gerne auf, Funde aus der Ausgrabung zu unterschlagen und bei ihm abzuliefern. Die Antiquitäten kauft er ihnen dann für ein Trinkgeld ab, um sie anschließend gewinnbringend über Hehler zu verhökern. Die Bewohner der Jezirah haben ja keine Vorstellung, welche Preise für frühbronzezeitliche Tonfigürchen auf dem Schwarzmarkt in Aleppo oder Damaskus bezahlt werden! Erst recht für eine Tontafel! Ein gut erhaltenes Schriftstück ist dort so viel wert wie das Jahreseinkommen eines Schafhirten hier in der Wüste!

Jetzt könnt ihr verstehen, warum Inga und ich so erschrocken sind, als wir von der Ankunft des Gauners in dieser Gegend erfahren haben.«

Bine und Steff hat es sichtlich die Sprache verschlagen. Sie brauchen eine Weile, bis sie sich gefasst haben. Beide ringen um Worte, bis es aus Bine heraussprudelt:

»Sind wir in Gefahr, Ari? Sollten wir nicht besser die Polizei um Hilfe bitten?«

Bevor der Grabungsleiter antworten kann, braust Abdallah im alten Armee-Kübelwagen heran, der seit vielen Jahren gute Dienste als Grabungsfahrzeug leistet. Kaum ist der Jeep zum Stehen gekommen, springt der Wächter vom Sitz und greift hinter sich auf die Rückbank. Die Kolben zweier Gewehre schlagen dumpf aneinander, als er diese an ihren Trageriemen hervorzieht. Mit seiner Linken fischt er eine Schachtel in Größe eines Schuhkartons aus dem Fond des Autos.

»Noch ein paar Waffen und Munition! Damit verteidigen wir die Ausgrabung gegen jeden Eindringling!«

Abdallahs Stimme klingt zu allem entschlossen. Der Wächter reicht zuerst Abu Abud, dem Dorfältesten, eine Waffe:

»Nimm, Abu Abud, das Gewehr ist wirksamer als deine alte Pistole. Damit kannst du dem Fuchs das blaue Fell versengen!«

Die umherstehenden Beduinen brechen in einen Jubel aus, der einem Kriegsgeheul nahekommt. Ibrahim, einer der erfahrenen Vorarbeiter, erhält die zweite Waffe. Mit Kennerblick begutachtet er das Gewehr, lädt im nächsten Augenblick durch und gibt einen Schuss in die Luft ab. Freudentaumel unter den Beduinen. Im Handumdrehen greifen alle zu ihren Waffen. Nahezu jeder gibt einen Schuss ab. Das sinnlose Geballere fegt wie ein Echo über den Siedlungshügel. Bine hält sich die Ohren mit beiden Händen zu. Die Augen der Wüstensöhne dagegen leuchten wie Feuer!

»Danke, danke, meine Freunde,« versucht Ari die Meute zu beruhigen, »wir alle wissen eure Hilfe zu schätzen! Aber bislang sind erst zwei Tontafeln gefunden worden. Die haben wir bereits im Grabungshaus in Sicherheit gebracht! Heute Morgen graben wir hier weiter. Falls wir weitere Tontafeln finden, sollten wir in der Tat an der Ausgrabungsstelle Wachen postieren!«

Schnell beruhigt sich die Lage. Die wilden Blicke der Arbeiter weichen aus ihren Gesichtern.

»Ihr habt gehört, was Ari gesagt hat – an die Arbeit, Männer!«

Abu Abud hat seine Gefolgsleute schnell im Griff. Die Waffen werden zur Seite gelegt und gegen Schubkarren und Maurerkellen eingetauscht. Bevor Ari noch etwas sagen kann, ist Abu Abud schon auf den Knien und kratzt behutsam an der Stelle die Erde weg, an der sie gestern die beiden Tontafeln entdeckt haben. Auch die Deutschen werden nun vom Grabungsfieber erfasst. Die Chance, noch weitere Schriftstücke zu finden, ist riesengroß. Es gilt, jede Spur im Wüstensand akribisch zu verfolgen. Während Ari neben seinem Vorarbeiter kauert und jeden kleinen Lehmbrocken überprüft, machen sich Bine und Steff daran, eine neue Zeichnung des kleinen Raumes vorzubereiten, in dem gestern die beiden Tontafeln gefunden wurden. Die Lage weiterer Funde soll direkt nach der Freilegung sorgsam darauf eingezeichnet werden. Inga, die es nicht gewohnt ist, so früh am Morgen aufzustehen, gähnt und streckt ihre Glieder:

»Ich stehe euch im Augenblick hier nur im Weg! Gehe zurück zum Grabungshaus. Ruft mich, wenn ihr Hilfe benötigt!« Die Restauratorin macht auf dem Absatz kehrt und trottet gemächlichen Schrittes in Richtung des Expeditionslagers.

Nur einer verharrt fast regungslos am Rand der Ausgrabung: Abdallah, der Wächter! Sein Auge schweift über die sanften Hügel am Horizont, um dann dem ausgetrockneten Flusslauf zu folgen, der sich an den Außenmauern der antiken Stadt entlang schlängelt. Weit und breit ist keine Menschenseele zu sehen. Der Wind weht den Ruf eines Esels über die Ebene, der wie ein Wehklagen klingt. Einige Dorfhunde stimmen mit Gejaule in die Laute des Grautiers ein. Die Stimmen der Tiere scheinen sich zu einem bizarren Gesang zu vereinen, der in Fetzen über den Tell hinweg fliegt. Keiner nimmt Notiz von diesen Geräuschen, die zur Wüstensteppe Nordost-Syriens gehören wie das Säuseln des ständig wehenden Windes. Nachdem das Schreien des Esels verklungen ist, stellen auch die Hunde ihr Gekläffe ein. Nur der allgegenwärtige Wind bläst weiterhin kleine Staubwolken über das Grabungsareal. Feiner Sand rieselt wie Schnee über die Arbeiter. Zum Schutz vor den scharfkantigen Sandkörnern haben sie ihre Kopftücher derart zusammengebunden, dass auch der Mund verhüllt wird und nur noch Augenschlitze frei bleiben. Die drei Deutschen folgen ihrem Beispiel, setzen aber zusätzlich noch ihre Sonnenbrillen auf.

»Mein Nasenfahrrad kann ich nach der Ausgrabung in die Tonne treten!«, scherzt Steff, »der Wüstenwind hat mir bereits schöne Kratzmuster in die Gläser graviert!«

Bine grinst: »Für dich bestimmt in assyrischer Keilschrift.«

Die Unterhaltung der beiden Freunde wird durch Aris Rufen unterbrochen: »Hey, ihr beiden, hört auf zu flachsen! Kommt lieber hierher und sagt mir, was ihr hier erkennen könnt!«

Ari weist auf eine kleine Fläche vor ihm, aus der ein winziger Lehmklumpen herauszuragen scheint. Bine und Steff sind sofort zur Stelle und begutachten den Fundplatz. Doch der Wind hat schon wieder seine sandige Heerschar in Bewegung gesetzt und das kleine Ding mit feinsten Sandkörnern überdeckt.

»Sehe nur ein kleines Stück Lehm«, bekennt die Grabungsassistentin frustriert. Ari geht wieder auf die Knie, hält schützend die Hand vor das Lehmstück und pinselt den Flugsand zur Seite. Dann beginnt er mit der Spitze seiner Kelle ein wenig mehr vom umherliegenden Geröll zu beseitigen, um gleich darauf wieder zu pinseln. Nun liegt der vermeintliche Lehmbrocken etwas deutlich sichtbarer vor ihnen. Steffs Augen weiten sich. Er kann den Blick nicht mehr von der Stelle lassen und schreit aus Leibeskräften:

»Das gibt's doch gar nicht! Das ist die Ecke einer Tontafel!«

Vor Aufregung zittert Steff am ganzen Leib und reißt sich die Sonnenbrille von der Nase. »Gib mir den Pinsel, Ari!«

Der Altorientalist senkt seinen Kopf möglichst nahe an die Fundstelle und fegt mit fast zärtlichen Strichen den Raum um den Tonklumpen frei. Dann pustet er drei, vier Mal die noch verbliebenen Sandkörner hinweg. Steffs Antlitz beginnt zu strahlen, bevor er verkündet:

»In der Tat eine weitere Tontafel!«

Ari strahlt: »Bist du dir ganz sicher?«

Steff jubelt: »Hundertprozentig! Schau, hier sind schon die ersten Keilschrift-zeichen erkennbar!«

Aris Nasenspitze berührt fast den Boden, als er die Stelle erneut inspiziert: »Dann hatte ich doch Recht, als ich eben auf die Ecke des Stücks gestoßen bin. Es ist tatsächlich eine Tontafel! Nunmehr die Dritte aus Tell Chuēra! Und diese hier ist gebrannt. Es könnte sich also um eine wichtige Botschaft handeln, die darauf vermerkt ist.«

Im Handumdrehen wird wieder das Gestell mit der Abdeckplane über der Fundstelle errichtet, um die Tontafel bei der Bergung vor direkter Sonneneinstrahlung zu schützen. Gerade als Ari den Wächter zum Grabungshaus schicken möchte, um Inga zu verständigen, jauchzt Abu Abud auf:

»Ari, hier bei mir sind noch mehr Nagelbriefe! Nicht nur eine, sondern viele. Sehr viele! Alle dicht nebeneinander!«

Die deutschen Archäologen liegen sich in den Armen. Wären sie vor ein paar Tagen noch froh gewesen, wenigstens eine Tontafel zu finden, so sind sie nun gleich auf mehrere uralte Tondokumente gestoßen. Bine fällt Ari um den Hals:

»Du hast es geschafft! Dein Traum ist in Erfüllung gegangen!«

Steff ist nicht mehr zu halten: »Das muss ein Archiv sein! So viele Tontafeln in einem Raum wurden damals nur in speziellen Magazinen verwahrt. Wir haben ein Tontafelarchiv entdeckt!«

Abdallah hat zwischenzeitlich Inga mit dem Jeep abgeholt und zur Ausgrabungsstelle chauffiert. Sofort räumen alle den Platz für die Restauratorin, die, ohne ein Wort zu verlieren, unter die Abdeckplane kriecht.

»Hier können wir nur zu zweit arbeiten. Gratuliere euch zu diesem Fund. Sensationeller Erhaltungszustand!«, ruft sie durch einen Schlitz in der Zeltplane.

Ari entscheidet, dass zuerst Bine assistieren soll, um eine Zeichnung des Befundes anzufertigen: »Und macht Fotos, so viele ihr könnt!«, gibt ihr der Grabungsleiter mit auf den Weg.

Der Platz rund um die Fundstelle der Tontafeln hat sich inzwischen mit Menschen gefüllt. Im Expeditionslager hat sich die aufsehenerregende Nachricht vom Fund eines Archivraums wie ein Lauffeuer verbreitet. Alle Mitglieder der Forschungsreise haben sich um Ari und Steff versammelt und bestürmen diese, ihnen zu berichten, was unter der Abdeckplane verborgen liegt. Es dauert eine Weile, bis Ari seine Restauratorin davon überzeugen kann, die Zeltkonstruktion über der Fundstelle für einen Moment lang zu lüften. Alle Teilnehmer der Aus-grabung haben nun Gelegenheit, den Fundkomplex mit eigenen Augen zu begut-achten. Es wird gefachsimpelt und diskutiert. Die Objektive der Fotoapparate zoomen vor und zurück, als ob sie die noch halb im Erdreich steckenden Täfel-chen in sich hineinsaugen möchten. Die Auslöser klicken im Dauer-Staccato, bis Inga genug hat von der unliebsamen Störung:

»Muss weiterarbeiten! Die Tafeln müssen noch heute Abend bei mir auf dem Tisch in der Restaurationswerkstatt liegen!« Mit diesen Worten zieht die resolute Frau die Plane wieder über ihren Kopf und versiegelt den Fundort vor allen Bli-cken.

»Typisch Inga!«, nölen einige herum. Ari bittet um Verständnis: »Sie ist total angespannt! Es ist kein Zuckerschlecken bei über dreißig Grad unter einer sti-ckigen Plane zu arbeiten. Aber erinnert euch, welch ein Meisterwerk Inga mit der Restaurierung der ersten Tontafel vollbracht hat!«

Die Grabungscrew stimmt zu: »Hast ja recht, Ari, die wissenschaftliche Ber-gung hat Vorrang! Danke, dass wir einen Blick darauf werfen durften, denn so etwas finden wir wahrscheinlich nur einmal in unserem Leben!«

Schnell kommen die Archäologen ins Fachsimpeln und diskutieren über ver-schiedene Theorien. Das Spannendste ist, welche Informationen Steff den assyri-schen Keilschrifttexten noch entlocken kann. Den alten Namen der Stadt, ›Ḫarbe‹, hat er ja schon entziffert. Aber unter welchen Bedingungen lebten die damaligen Bewohner und was haben sie hier erlebt? Durch Tontafelfunde können entseelte Gebäudereste plötzlich mit Leben gefüllt werden. Auch wenn von Behausungen nur noch Fundamente erhalten sind, können Keilschrifttexte vom Leben der antiken Bewohner, von ihren Gedanken, Träumen und Wün-schen berichten. Uralte Schriftzeugnisse erwecken gleichsam die Geister von den-jenigen, die sie vor vielen tausend Jahren verfasst haben. Ari glaubt, das Atmen der Schreiber zu verspüren, so nahe ist er ihnen nun gekommen!

Da sich nach und nach die komplette Grabungsmannschaft eingefunden hat, nutzt der Grabungsleiter die Gelegenheit, alle über die neuesten Entwicklungen zu informieren:

»Zum Schutz der Fundstelle, in der wir noch weitere Tontafeln vermuten, müssen wir das Grabungsareal bewachen. Rund um die Uhr, Tag und Nacht, bis die letzte Tontafel geborgen ist! Gibt es Freiwillige, die nachts zusammen mit Abdallah und den anderen Beduinen die Wache übernehmen?«

Spontan meldet sich Sini, eine Archäologiestudentin im siebten Semester: »Ich stehe selbstverständlich zur Verfügung! Wann soll ich Wache halten?«

Ari hätte augenblicklich im Boden versinken können! Eine junge Frau als Wache gegen eine Bande gefährlicher Grabräuber? Warum hat er die Frage so unbedarft in den Raum gestellt? Sein Ersuchen war eigentlich an die männlichen Kollegen adressiert und nicht an die Frauen seines Teams. Schlagartig werden seine Bedenken größer, ob er überhaupt richtig handelt: Kann er Mitarbeiterinnen und Mitarbeitern, für die er die Verantwortung trägt, eine solch gefahrvolle Aufgabe übertragen?

Sini schaut ihn fragend an: »Was ist Ari? Habe ich was Falsches gesagt?«

Ari zögert mit der Antwort: »Nein, nein, Sini – es ist nur ...«. Noch im gleichen Atemzug trifft er eine Entscheidung: »Sini, ich danke dir, dass du dich freiwillig gemeldet hast, aber wir sind nicht in Deutschland. Hier herrschen andere Gesetze und Gepflogenheiten, die wir als Gäste des Landes respektieren müssen! Im Land der Beduinen ist es nicht schicklich, dass ein Mädchen oder eine Frau eine Nacht alleine unter Männern verbringt.«

Sini läuft puterrot an und schnappt nach Luft. Bevor sie etwas erwidern kann, fällt ihr Inga ins Wort:

»Ihr kennt meinen Standpunkt zur Gleichberechtigung. Es widert mich an, wenn wir Frauen auf die Reservebank gesetzt werden. Ihr wisst alle, wie sehr ich an der Universität für die Gleichbehandlung von Mann und Frau kämpfe. Aber in diesem Fall muss ich Ari beipflichten, auch wenn es schwerfällt! Wenn wir bei unseren Arbeitern den Ruf als ehrbare Frauen verlieren, werden sie uns künftig nicht mehr als Vorgesetzte akzeptieren! Es ist für sie schon schwer, zu verstehen, dass in unserem Team auch Frauen eine Führungsrolle innehaben. Auch wenn wir Europäer sind, haben wir die Gesetze der Wüste zu beachten und müssen uns den örtlichen Sitten wenigstens halbwegs anpassen!«

Ari wirft einen verstohlenen Blick zur Seite. Seine Augen treffen nur einen Atemzug lang auf die von Inga. Doch das genügt, um ihr zu signalisieren, wie dankbar er ist, dass sie in diesem Augenblick für ihn Partei ergriffen hat. In Ingas Worten kommt ihre langjährige Orient-Erfahrung zur Geltung. Steff steht neben ihr und nickt zustimmend. Auch in den Gesichtern der anderen Frauen meint Ari, ein gewisses Einverständnis ablesen zu können. Nur Sini gibt sich nicht geschlagen:

»Wir Frauen sind also eurer Meinung nach nicht fähig, unser Hab und Gut zu verteidigen? Wieso sind wir dann überhaupt mitgekommen in dieses Land, in dem Frauen nichts zugetraut wird?« Sinis Tonfall wird aggressiver, kämpferischer. Abdallah, der Wächter, steht ein paar Schritte abseits der Gruppe und hat das lautstark geführte Streitgespräch vernommen. Auch wenn der Beduine kein Wort verstanden hat, so spürt er doch, dass es eine ernste Auseinandersetzung zwischen seinen Freunden gibt. Noch nie hat er Sini so aufgebracht erlebt. Ihre abweisenden Gesten und der harsche Tonfall bleiben ihm nicht verborgen.

»Mein Bruder«, wendet sich Abdallah an Ari, »gibt es Schwierigkeiten? Kann ich euch helfen?«

Fragend blickt er auch hinüber zu Sini, die seine Worte sehr gut verstanden hat, denn schließlich studiert sie Arabistik im Nebenfach und beherrscht die arabische Sprache besser als jedes andere Mitglied der Grabungsmannschaft.

»Wir haben ein Problem, Abdallah!« Ari legt seine linke Hand auf die Schulter des Wächters und schaut ihm dabei fest in die Augen: »Wir Deutschen wollen dich und die Arbeiter nachts nicht alleine Wache schieben lassen. Abwechselnd soll einer von uns die Nacht mit euch hier oben verbringen, um die Grabung zu beschützen.«

Der Wächter zuckt mit den Schultern: »Das weiß ich doch schon, Ari, das haben wir heute Morgen so vereinbart!«

Der Deutsche nestelt nervös an einer Kelle herum, die er in der Hand hält: »Was du nicht weißt, mein Bruder, auch Sini möchte Wache halten!«

Der Beduine steht, als ob ihn der Blitz getroffen hätte, und schaut seinem Freund entgeistert ins Gesicht: »Das geht nicht! Das darf nicht sein! Das darfst du nicht zulassen, Ari!«, stammelt er entsetzt.

»Wieso nicht?«, fällt ihm Sini ins Wort, »nenne mir einen Grund, weshalb ich nicht hier eingesetzt werden kann?«

Abdallah, der es gewohnt ist, die Anordnungen der Deutschen ohne Widerrede zu respektieren, baut sich vor Sini auf und faucht sie an:

»Weil du lernen musst, unsere Traditionen zu respektieren! Die Abwehr von Räubern und Eindringlingen in unser Stammesgebiet ist die Aufgabe von Männern, und wenn ihr Deutschen das nicht akzeptieren könnt, dann will ich heute Nacht hier keinen von euch sehen!«

Abdallah blickt noch einmal in die Runde der Umherstehenden, wendet sich um und entfernt sich wutentbrannt in Richtung des Jeeps, den er am Grabungsrand abgestellt hat. Kaum ist er an dem Fahrzeug angekommen, knallt seine Faust wie ein Hammerschlag auf den Kühler. Das Blech des Autos vibriert wie unter einem Paukenschlag. Noch nie hat Ari seinen Freund in einer solchen Rage erlebt!

»Sini, wir müssen akzeptieren, dass wir hier in der Jezirah in einer Männerwelt leben und arbeiten«, schaltet sich Inga wieder ein. »Wir müssen Kompromisse eingehen!«

Sini will gerade zu einem Konter ausholen, als sie von Ari unterbrochen wird:

»Hört bitte her! Ich habe einen Vorschlag zu machen!« Aris Stimme klingt nun fest und selbstsicher: »Männer aus unserem Team leisten Abdallah nachts auf dem Tell Gesellschaft, unsere Frauen übernehmen die Bewachung des Grabungshauses. Auch dort müssen wir Wachen aufstellen, denn schließlich liegen in Ingas Werkstatt die bereits geborgenen Tontafeln in den Regalen. Gerade auf die restaurierten Schriftstücke müssen wir ein wachsames Auge werfen! Die Männer bewachen die Ausgrabung, die Frauen die Funde im Grabungshaus!«

Aris salomonische Entscheidung findet allgemeine Zustimmung. Auch die von Sini. Wenn auch nur murrend, erklärt sie sich bereit, die Wache im Haus zu übernehmen. Ari dankt allen für die Kompromissbereitschaft und bittet Inga, die Einteilung der Frauen zu übernehmen. Steff wird sich um die Schichten der Männer kümmern. Dann wendet sich der Grabungsleiter seinem Freund Abdallah zu. Der steht noch immer reglos am Jeep, beide Arme auf die Motorhaube aufgestützt und den Blick starr in die Ferne gerichtet. Ari räuspert sich ein wenig, bevor er den Wächter anspricht:

»Bruder, wir haben das Problem gelöst. Ich denke, du wirst zufrieden sein!« Mit wenigen Worten erläutert Ari dem Beduinen die Entscheidung.

»Und Sini ist damit einverstanden?«, will der von ihm wissen.

»Ganz und gar!«, antwortet Ari, »frag sie doch selbst!«

Der Wächter eilt zu Sini, die gerade den Rückweg zum Haus einschlagen möchte. Aus der Ferne beobachtet Ari, wie die beiden miteinander reden. Zunächst fliegen aufgeregte Wortfetzen zu ihm herüber. Dann wird der Tonfall zwischen den beiden zunehmend ruhiger. Nach einer Weile ergreift Abdallah Sinis Hände und schüttelt sie kräftig. Freudestrahlend kehrt der Wächter zum Jeep zurück: »Heute Nachmittag zeige ich Sini, wie man mit einem Revolver schießt. Ich werde ihr heute Nacht meine Waffe für die Wache im Haus überlassen!«

Ari verspürt ein mulmiges Gefühl in der Magengegend. Sollte er nicht doch die Polizei aus dem entfernten Raqqa zu Hilfe rufen? Aber was würde das nützen? Wenn er jetzt jemanden mit dem Auto losschicken würde, bräuchte derjenige gute drei Stunden bis zur Provinzhauptstadt. Dort angekommen, müsste zunächst der zuständige Antikendirektor verständigt werden. An einem islamischen Feiertag dauert das mit Sicherheit eine ganze Weile! Wenn dieser bereit wäre, seine Freizeit zu opfern, stände der Besuch auf der Polizeidienststelle auf dem Programm. Der Bürovorsteher müsste überzeugt werden, aufgrund eines Verdachtes eine Hilfstruppe zu loszuschicken. Dies würde eine Menge Bakschisch, den ortsüblichen Obolus für besondere Dienstleistungen, kosten! Und bis das Einsatzkommando hier in der Ödnis eintreffen würde, wäre mindestens ein Tag vergangen, wenn nicht sogar zwei! Also bleibt keine andere Wahl – sie müssen das Heft in die eigene Hand nehmen! Aris Entschluss steht fest: Das deutsche Grabungsteam wird gemeinsam mit den Beduinen unter Führung von Abdallah den Tontafelfund verteidigen. Koste es, was es wolle! Diesen einzigartigen Schatz will er sich nicht von ein paar hergelaufenen Halunken und schon gar nicht vom ›Blauen Fuchs‹ aus den Händen reißen lassen!

15. Die Stunde des Werwolfs

Heute ist Sonntag, der 11. Oktober 1992. Die Archäologen haben in den letzten Wochen nahezu jeden Tag bis zur einbrechenden Dunkelheit geschuftet. Inzwischen ist die Zahl der Tontafeln auf fünfzig Exemplare angewachsen. Manche sind erstaunlich gut erhalten, andere in viele Teile zerbrochen, die mühsam aus der Erde geborgen und anschließend zusammengesetzt werden müssen. Inga muss sich von nun an ausschließlich um das Restaurieren der wertvollen Schriftfunde kümmern. Während Bine und Ari die Ausgrabung und Bergung der Tontafeln übernehmen, widmet sich Steff einzig und allein der Entzifferung der bereits restaurierten Stücke. Sein Arbeitsplatz gleicht einer Schreibstube. Auf dem Schreibtisch liegen zahlreiche Bücher verstreut, die er aus Deutschland mitgebracht hat. Lexika mit dicken, staubverkrusteten Einbänden stapeln sich neben Abhandlungen über assyrische Keilschrifttexte. Mit jeder Zeile, die er übersetzen kann, eröffnen sich neue Nachrichten aus der Zeit der früheren Herren dieser Stadt. Die antike Festung erweist sich als Knotenpunkt zweier Handelsstraßen. Eine führte an der assyrischen Hauptstadt Assur vorbei, durch das nordöstliche Syrien bis nach Tell Chuēra, das in der Sprache der Assyrer ›Ḫarbe‹ hieß. Die zweite Karawanenstraße führte von Süden, aus Babylonien kommend, flussaufwärts am Euphrat entlang, bis hierher in den Norden Syriens.

Gestern konnte Steff den anderen eröffnen, dass in einer Wirtschaftsurkunde vom Transport von Sesam nach Ninive, der berühmten Stadt am Tigris, berichtet wird. Heute liegt ein größeres Bruchstück einer Tontafel vor ihm. Er beugt sich über das Fragment und beäugt es von allen Seiten. Diese Tafel muss einen anderen Inhalt haben als die vorangegangenen, denn hier ist keine Begrüßungsformel zu Beginn des Textes erkennbar. Vorsichtig wendet er das Exemplar und hält es schräg in den Lichtkegel der Schreibtischlampe. Der Lichteinfall lässt die eingeritzten Keile plastischer hervortreten. Steff nimmt einen Bleistift zu Hand und beginnt die erkennbaren Zeichen auf ein weißes Stück Papier zu übertragen. Jede Windung, jede Kerbe der alten Schrift versucht er, so exakt wie möglich zu kopieren. Immer wieder legt er das Schreibutensil aus den Händen und richtet seine Augen auf eine gewisse Stelle.

»Verdammt! Die Handschrift ist kaum leserlich. Furchtbares Gekritzel! Und dazu noch der schlechte Erhaltungszustand!« Steff zieht ein Nachschlagewerk für Keilschriftzeichen zurate. Das Buch ist so dick wie eine Bibel und liegt schwer in seinen Händen. Immer wieder blättert er vor und zurück. Fieberhaft sucht er nach einem Symbol, das dem Zeichen auf der Tontafel nahekommt.

»Das ist es! Ich hab's! Jetzt ergibt das Ganze einen Sinn!« Er fügt die Zeichen-silbe in seine Umschrift ein und beginnt die ersten beiden Zeilen zu übersetzen:

»Am 6. Tag Einzug in den Ischtar-Tempel,
am 13. Tag wird Bier in die Röhren geschüttet.«

Steffs Herz beginnt vor Aufregung zu pochen. Eine ähnliche Stelle hatten sie vor Jahren schon einmal im Unterricht an der Universität gelesen. Seine Stirn legt sich in Falten. Angestrengt grübelt er über den Sinn des Textes.

»Danach werden Zehnergruppen erwähnt, also ein Personenkreis innerhalb der assyrischen Verwaltung. Diese müssen am 14., 16., 17. und 19. Tag etwas mit einem entsprechenden Maß verrichten. Schade, dass der Text an dieser Stelle abgebrochen ist! Aber eines ist sicher: Es handelt sich um eine Einweihungszere-monie eines Tempels für eine der höchsten Göttinnen des altorientalischen Pan-theons. Ischtar ist die Göttin der Liebe, aber auch des Krieges. Für ein kriege-risches Volk wie die Assyrer eine Volksheilige! Es gibt keinen Zweifel. Das Ton-tafelfragment belegt, dass hier in Tell Chuēra ein Tempel für diese Göttin einge-weiht wurde. Zu blöd, dass die untere Hälfte der Tafel fehlt, denn dort hat mit großer Wahrscheinlichkeit das Datum des Einweihungsfestes gestanden. Aber vielleicht finden Ari und Bine noch den Rest der Tafel - wäre zu schön!«

Gegen fünfzehn Uhr wird die Grabung auf dem *Tell* eingestellt. Bines ansons-ten so blütenweißes Kopftuch ist mit einer dicken Staubkruste bedeckt. Kleine Lehmklumpen haben sich in ihren schwarzen Locken verfangen, die in langen Strähnen über ihre Wangen fallen.

»Ich kann nicht mehr!«, stöhnt die Archäologin, »über vier Stunden auf den Knien und dazu unter einer Zeltplane bei fast vierzig Grad Außentemperatur! Das ist mörderisch!«

Ari reicht ihr die Hand und zieht sie mit einem Ruck hinauf an den Rand der Ausgrabung. Bine schließt die Augen, breitet beide Arme aus und genießt den Wüstenwind, der gerade eine frische Brise über das Land schickt.

»Wusste gar nicht, dass heißer Wind so erfrischend sein kann!«

Aris Blick ruht auf der jungen Frau, die vom sanften Wehen des Windes umspielt wird. Bine wirkt so frei und glücklich in diesem Moment. Sie spürt Aris Blicke auf ihrem Körper und schlägt ihre Augen auf, die Ari wie ein grüner Strahl treffen. Verlegen wendet sich der Grabungsleiter zur Seite. Ari fühlt sich ertappt. Wie konnte er seine Assistentin nur so ungeniert anglotzen!

»Lass uns gehen, Bine, wir machen morgen weiter. Heute Nacht bin ich gemeinsam mit Abdallah zur Wache eingeteilt. Wird bestimmt sehr anstrengend nach dem heutigen Arbeitstag!«

Die junge Frau lässt sich nicht zweimal bitten: »Freue mich schon auf die Dusche«, gibt sie zur Antwort, »aber wir haben heute eine tolle Ausbeute gemacht. Steff wird sich freuen, wenn wir ihm gleich die vielen gut erhaltenen Tontafeln unter die Nase halten!«

Ari reicht seiner Assistentin eine Schachtel, in der sie das letzte Fundstück verstaut haben: »Und Inga wird fluchen! Sie kommt kaum noch mit dem Restaurieren der Schriftstücke nach«, erwidert Ari. Lachend heben sie die Blechkiste an, die ihnen der Koch beim letzten Einkauf aus Raqqa mitgebracht hat.

»Diese Kiste ist ideal zum Transport der Tontafeln«, bemerkt Bine. »Der Blechkoffer wurde aus alten Getränkedosen hergestellt! Hier in Syrien wird wirklich aus jedem Material etwas fabriziert!« Sie schaut hinunter zum Grabungshaus, von wo aus sich gerade eine Staubfahne auf sie zubewegt: »Werden wir heute abgeholt, Ari?«

Bine lenkt den Blick des Grabungsleiters auf ein Auto, das in schnellem Tempo auf sie zusteuert.

»Das ist ein blauer Jeep, Bine. Sehe das Fahrzeug heute zum ersten Mal. Muss jemand Fremdes sein!«, antwortet Ari. Etwa zwanzig Meter von ihnen entfernt hält der Geländewagen an. Der Fahrer, ein schmächtiger Mann mittleren Alters, steigt aus und zündet sich zunächst eine Zigarette an. Genüsslich saugt er den ersten Zug tief in sich hinein und bläst eine kleine Rauchwolke in den Himmel.

Freudestrahlend kommt er auf die beiden Deutschen zu:

»Guten Tag!«, ruft er von Weitem. »Bist du der Deutsche, der hier die Ausgrabung leitet?«, gezielt wendet er sich an Ari, ohne Bine eines Blickes zu würdigen. Der beäugt den Fremden argwöhnisch, auf dessen T-Shirt das Motiv eines springenden Tigers prangt. »Wollte fragen, ob du noch einen guten Arbeiter gebrauchen kannst. Ich habe schon auf vielen Ausgrabungen Erfahrungen gesammelt! Hast du einen Job für mich?«

Der Mann grinst über das gesamte Gesicht und bleckt dabei seine vom starken Nikotingenuss gelblich verfärbten Zähne. Noch bevor Ari antworten kann, erkundigt sich der Mann im Tiger-Shirt, ob das vor ihm liegende Areal die Stelle sei, in dem die Tontafeln gefunden worden seien.

Ari ist zunächst sprachlos: »Woher weißt du, dass wir Keilschrifttafeln entdeckt haben?«, will er von dem Fremden wissen.

Der Mann beginnt zu lachen: »Die ganze *Jezirah* spricht darüber! Sogar in Aleppo, wo ich herkomme, hat man erfahren, dass in Tell Chuēra ein Jahrhundertfund gemacht wurde!«

Ari ist perplex. Sogar im fernen Aleppo tratscht man schon über ihre Entdeckung? »Danke, mein Freund, aber unser Grabungsteam ist im Augenblick vollständig. Wir können keine weiteren Leute einstellen – dafür reicht unser Geld nicht! Tut mir leid,« antwortet Ari höflich, aber bestimmt.

»Schade!« Der Mann im Tiger-Shirt zieht noch einmal an seiner Zigarette und bläst den Qualm in Richtung Bine, für die er bislang noch keinen einzigen Blick verschwendet hat. Wieder tritt er an Ari heran: »Und dort hast du die Tontafeln gefunden?« Mit dem Glimmstängel in der Rechten deutet der Fremde auf die Stelle im Archivraum, in der noch deutlich die frischen Spuren der Ausgrabung zu erkennen sind.

Bine platzt der Kragen. »Das geht dich nichts an!«, faucht sie den Fremden an, »mach, dass du hier verschwindest!«

Die Gesichtszüge des Mannes verfinstern sich schlagartig. Feindselig mustert er die junge Frau, spuckt vor ihr auf den Boden und stößt einen Fluch aus.

»Unhöfliches deutsches Pack!«, grollt er beim Verlassen der Grabungsstelle. »Das werdet ihr noch bereuen, ihr Ungläubigen!«

Ari und Bine starren dem Fremden hinterher. Der schnippt seine Zigarette in hohem Bogen von sich, bevor er seinen Jeep besteigt. »Das werdet ihr noch bereuen!«, schreit er ihnen noch einmal entgegen, bevor er mit Karacho den Hang hinunterprescht, dass unter seinen Reifen das Geröll nach allen Seiten spritzt.

»Ärgere dich nicht, Bine!«, muntert Ari seine Assistentin auf, »das ist ein Stadtmensch! Es gibt dort Zeitgenossen, die nicht so höflich sind wie unsere Beduinen! Komm, lass uns die heutige Ausbeute zum Grabungshaus bringen!«

Nach einem Fußmarsch von knapp zehn Minuten treffen sie im Lager ein, wo ihnen schon Steff entgegenkommt:

»Habt ihr noch mehr gefunden? Wie viele Tafeln sind es heute?«, will er wissen. Als Ari den Deckel der Kiste einen Spalt weit öffnet, entweicht Steff ein Freudenschrei: »Der Wahnsinn! Das sind ja mindestens zehn weitere Exemplare!«

Bine entgegnet augenzwinkernd: »Wir waren heute sehr fleißig! Du sollst dich ja auch nicht langweilen, mein Guter. Diese hier lagen direkt vor der Südwand des Archivraums. In einer Reihe hintereinander. Wir haben auch verkohlte Holzreste in der Nähe gefunden und können daher davon ausgehen, dass sie ursprünglich auf einem Holzregal gestanden haben. Schön ordentlich hintereinander gestapelt. Die Assyrer waren schließlich penible Bürokraten - alles musste seine Ordnung haben! Bei der Zerstörung des Magazinraums sind die Tafeln dann vom Regal gefallen. Zwischen den Trümmern haben wir diese zehn Exemplare so aufgefunden, wie sie vor über dreitausend Jahren in den Innenraum gestürzt waren.«

Ingas heisere Stimme dröhnt aus der Restaurationswerkstatt und unterbricht Aris Berichterstattung: »Haltet keine Volksreden! Bringt das Zeug gleich zu mir!« Sie lehnt an der Tür und zieht genüsslich an einer Zigarette. »Nimmt das kein Ende bei euch auf dem Hügel?«, frotzelt sie und öffnet den Zugang zu ihrem Arbeitsraum. »Stellt die Kiste da hinten ab!« Sie weist Ari und Bine eine Stelle im Regal an und wendet sich dann an Steff: »Du kannst die nächsten beiden Tontafeln gleich mitnehmen. Beide sind restauriert!«

Es ist inzwischen eine gewisse Routine bei den Arbeitsabläufen von der Bergung der Tontafeln auf dem Siedlungshügel, über die Restaurierung bis hin zur groben Entzifferung eingekehrt. Nach über einem Monat Arbeit ist nur noch eine kleine Ecke im Archivraum von Erde bedeckt. Die Archäologen hoffen, dass sie am morgigen Nachmittag den Fußboden des Raumes erreichen. Wenn es noch weitere Tontafeln geben sollte, dann nur noch in einem Bereich, der nicht mehr als achtzig Zentimeter breit ist.

Ari stützt seine Hände in die Hüfte: »Wie weit bist du mit der Entzifferung? Gibt es neue Nachrichten aus dem Land der Assyrer, Steff?«

Der Altorientalist antwortet wie aus der Pistole geschossen:

»Und ob! Habe gerade den Inhalt eines höchst interessanten Fragments übersetzt. Haltet euch fest! Es muss hier in Tell Chuēra einen Ischtar-Tempel gegeben haben. Ein Heiligtum für die Göttin der Liebe und des Krieges. Im Text wird dessen Einweihung beschrieben! Aber leider bricht das Geschriebene an der aufregendsten Stelle ab. Wirklich schade! Haltet die Augen offen, vielleicht entdeckt ihr ja noch das fehlende Bruchstück.«

Beim Abendessen drehen sich die Gespräche der Grabungsmitglieder um Steffs Entdeckung. Ein Tempel einer Hauptgottheit – hier in Tell Chuēra! Ari malt sich in Gedanken die prächtige Fassade des Bauwerks aus. Das antike Ḥarbe war zwar nur ein Provinznest an der Kreuzung zweier Karawanenstraßen, aber mit Sicherheit keine arme Stadt! Bestimmt haben die Herren der Festungsstadt versucht, die offiziellen Gebäude nach dem Vorbild der Hauptstadt anzulegen. Zwar in wesentlich bescheidenerem Umfang, aber doch so, dass man die Anleihen an die berühmten Tempel und Paläste der Hauptstadt Assur wiedererkennen konnte. Wenn er doch nur die Uhr zurückdrehen könnte! Wie gerne würde er durch die Straßen und Gassen der antiken Stadt schlendern, die er schon seit Jahren mit seinem Team Stück für Stück freilegt.

»Ari, es ist Zeit für die Wache!« Abdallah steht in der Tür zum Speiseraum und winkt seinen Freund zu sich herüber. »*Yallah*, lass uns aufbrechen zum Hügel, es wird gleich dunkel!«

Der Wächter zurrt noch einmal den Tragegurt seines Gewehrs zurecht und tritt hinaus in den Vorhof, wo schon Abu Abud und drei andere Männer bis an die Zähne bewaffnet auf ihn warten.

»Wünsche euch allen eine gute Nacht!«, ruft Ari seinen Kolleginnen und Kollegen zu, als er noch einmal zurückblickt, »wir sehen uns morgen zum Frühstück!«

Es ist kurz nach achtzehn Uhr, als sich die Gruppe auf den Weg zur Ausgrabungsstelle begibt. Die Sonne ist schon am Horizont verschwunden, und die Dunkelheit bricht in Windeseile über sie herein. Die Männer steigen wortlos den Hang hinauf zum assyrischen Palast. Oben angelangt, laufen sie im Gänsemarsch in Richtung des Archivraums. Die Dolchscheiden der Beduinen klappern bei jedem Schritt. Kaum haben sie ihr Ziel erreicht, legen Abu Abud und die anderen ihre Schusswaffen zur Seite und entfachen ein Lagerfeuer am Rande der Ausgrabung. Getrockneter Schafsdung und verdörrte Disteln dienen als Brennstoff. Mit geübten Griffen werden mit Schafswolle gefütterte Decken rund um die Feuerstelle ausgebreitet. Abu Abud zieht eine zerbeulte Teekanne aus einem Jutesack, füllt diese mit Wasser und setzt die Kanne auf das prasselnde Feuer. Zischend verdunstet die Feuchtigkeit auf der Außenseite des Kännchens. Als das Wasser zu brodeln beginnt, hebt Aris Vorarbeiter den Deckel und streut eine Handvoll Teeblätter hinein. Dann greift er zu einem Plastiksäckchen und schüttet Zucker in rauen Mengen hinterher. Der Sud beginnt augenblicklich nach oben zu steigen. Abu Abud hebt das Kännchen von der Herdstelle und rührt den Inhalt mit einem Messinglöffel um. Der laue Nachtwind trägt den Duft des aromatischen Getränks hinüber zu Ari, der es sich auf der gepolsterten Baumwollunterlage gemütlich gemacht hat. Am wärmenden Feuer fallen die Strapazen des Arbeitstages rasch von ihm ab. Der Dorfälteste reicht ihm eine Tasse des heißen Getränks herüber. Ari schlürft die Flüssigkeit in sich hinein. Mit jedem Schluck durchdringt ein wärmendes, wohliges Empfinden seinen Körper. Er nächtigt zum ersten Mal in seinem Leben im Kreis von Beduinen unter freiem Himmel. Das Gefühl grenzenloser Freiheit bemächtigt sich seiner. Bislang hat keiner seiner Begleiter auch nur ein Wort zu viel verschwendet. Wortkarg sitzen sie nebeneinander und reißen ein Fladenbrot in mehrere Stücke, das sie untereinander aufteilen. Dem Deutschen bieten sie das größte Stück an, wie es das ungeschriebene Gesetz ihrer Gastfreundschaft verlangt.

Erst nach einer guten Stunde eröffnet Abdallah das Gespräch:

»Abu Abud und die anderen übernehmen die erste Hälfte der Wache. Und wir beide ...«, das Auge des Wächters fällt auf Ari, »sind für die zweite Hälfte verantwortlich! Lege dich nieder, mein Bruder und versuche ein wenig zu schlafen. Es ist sehr anstrengend, die zweite Wache zu übernehmen!«

Ari muss man das nicht zweimal sagen. Kaum hat er sein Haupt auf das Kopfkissen aus grobem Baumwollstoff gelegt, fallen ihm die Augen zu. Der Schlaf übermannt ihn und ein Traum kehrt zurück, der ihn schon seit Tagen des nächtens verfolgt: Vor ihm steht ein bärtiger Mann mit halblangem Haar, das diesem bis auf die Schultern fällt. Schwere Ohrringe aus Gold glänzen im fahlen Licht einer Fackel. Der Mann trägt ein knöchellanges Gewand, dessen Säume mit Fransen verziert sind. In seiner Rechten ein Zepter mit kugelrundem Knauf, das mehr an eine Keule, als an einen Stab eines Befehlshabers erinnert. Langsamen Schrittes kommt der Mann auf Ari zu, hebt seine Hand zum Mund und murmelt etwas Unverständliches. Dann fällt er vor ihm auf die Knie und schreit aus Leibeskräften auf Assyrisch: »*šar kibrât arbaᶜi* – König der vier Weltgegenden!« Ari schreckt aus dem Schlaf und benötigt ein paar Sekunden, bis er registriert, dass er neben dem Archivraum gebettet liegt.

»Was ist mir dir, Bruder?«, wendet sich Abdallah an ihn, »hast du schlecht geträumt?«

Ari streckt noch einmal seine Glieder, bevor er antwortet: »Ich habe geträumt, Abdallah. In den letzten Tagen kehrt der gleiche Traum immer und immer wieder zurück! Mir erscheint eine Gestalt, die in assyrischer Sprache auf mich einredet. Gerade eben ist sie mir wieder im Traum erschienen, aber dieses Mal sehr klar und nicht als verschwommenes Schemen. Nun weiß ich endlich, wer diese Gestalt ist! Ein assyrischer König, der vor vielen tausend Jahren gelebt hat.«

Abdallah versucht, im Schein des lodernden Lagerfeuers Aris Gesicht zu ergründen. Zu absurd erscheint ihm diese Vision:

»Dir ist ein Assyrer erschienen? Im Traum? Sollen wir morgen *Scheich* Ahmed aufsuchen? Er ist ein heiliger Mann und kann solche Träume deuten. Wenn du möchtest, bringe ich dich zu ihm.«

Ari wird hellhörig: »*Scheich* Ahmed?«, hakt er zögerlich nach, »wer in *Allahs* Namen ist *Scheich* Ahmed? Du hast noch nie von ihm erzählt.«

Abdallah richtet seinen Oberkörper auf, als ob er Haltung annehmen müsste, wenn er von dem geheimnisvollen Mann berichtet:

»*Scheich* Ahmed ist ein heiliger Mann, der einsam in der Wüste auf einem kleinen Gehöft lebt, etwa fünfzehn Kilometer von hier. Keiner von uns wagt sich in seine Nähe, denn er teilt sein Haus mit Schlangen!«

Ari kommt aus dem Staunen nicht heraus: »Er lebt mit Schlangen?« Ari beginnt zu stottern: »Dieser *Scheich* Ahmed lebt mit lebendigen Schlangen? Sind die etwa giftig?«

Der Wächter nickt. Ari überläuft bei dem Gedanken, dass jemand freiwillig mit giftigen Kriechtieren seine Behausung teilt, ein kalter Schauer.

»Und warum nennst du *Scheich* Ahmed einen Heiligen?« Aris Neugier ist nun entfacht.

»Er beschützt alle Stammesmitglieder durch seine Zaubersprüche!«, gibt Abdallah zur Antwort. »Wenn ein Kind in unserer Mitte geboren wird, bringen wir es zu ihm und erbitten seinen Segen. Er legt seine Hände auf das Baby und verflucht jeden, der diesem Kind ein Leid zufügen möchte. Gegen einen Obolus bannt er dann magische Formeln auf ein Stück Papier und umwickelt den Zauber mit einem speziellen Faden. Sieben Mal muss der Faden um den Papierschnipsel gewickelt werden. Dann ist der Zauber aktiv und wird in einem Amulett am Körper des Kindes versteckt. Das wehrt alle bösen Geister ab und kann sogar Werwölfe vertreiben!«

Ari ist wie elektrisiert: »Werwölfe?« Er fühlt sich mit einem Schlag ins finsterste Mittelalter versetzt. »Habe ich das richtig verstanden? *Scheich* Ahmeds Zaubersprüche helfen sogar gegen Werwölfe?«

Der Archäologe ist auf einmal hellwach. Nichts mehr zu spüren von der Müdigkeit, die seinen Körper noch vor ein paar Stunden hat träge werden lassen.

Abdallah schaut den Deutschen verständnislos an: »Ja! Was ist daran so ungewöhnlich, mein Bruder? Hast du noch nie etwas von einem Werwolf gehört. Gibt es die nicht bei euch im fernen Deutschland?« Ari schüttelt vehement den Kopf. »Dann muss ich dich unbedingt über diese Ungeheuer aufklären. Du darfst einem Werwolf niemals zu nahe kommen!« Abdallahs Stimme klingt bedrohlich.

Ari möchte im ersten Moment Witze über die Geisterwelt machen, doch er spürt, dass es seinem Freund sehr ernst ist mit seiner Warnung.

»Du darfst niemals zu Mitternacht ein *Wadi*, ein ausgetrocknetes Flusstal, betreten! Dort treffen sich die Werwölfe und treiben ihr Unwesen. Man erkennt sie sofort: Sie sind halb Mensch, halb Wolf.« Zur Untermalung seiner Worte führt Abdallah seine rechte Hand von der Stirn bis hinunter zur Taille, als ob er sich mit einem unsichtbaren Messer in zwei Teile schneiden möchte. »Halb Mensch, halb Wolf!«, flüstert er leise und schaut sich vorsichtig um, ob die anderen Beduinen etwas von ihrer Unterhaltung mitbekommen haben. »Die da ängstigt fast nichts«, mit einem Wink deutet Abdallah auf Abu Abud und dessen Gefolgsleute, »aber den Werwolf fürchten auch sie über alle Maßen!«

Ari will nun noch mehr wissen: »Und du, mein Bruder, würde dich auch das Grauen packen, wenn du einem Werwolf begegnest?«

Verlegen schaut der Wächter zu Boden und beginnt am Tragegurt seines Gewehrs herumzuspielen. Noch immer den Blick gesenkt, gesteht er kleinlaut:

»Ja, auch ich habe Angst vor dem Untier!«

Ari schaut ungläubig hinüber zu seinem Freund. Er kennt Abdallah nun schon seit vielen Jahren. Dieser Mann ist der mutigste, furchtloseste Mensch, den er bislang in der syrischen Wüste kennengelernt hat. Und dieser Mann hat Angst vor Werwölfen! Sie sitzen eine Weile schweigend am Feuer, bis sich Ari von seinem Lager erhebt. Er streckt seine Glieder und gibt im Dialekt der hiesigen Beduinen zu verstehen, dass er austreten möchte, bevor er und Abdallah die Wache übernehmen. Schon früh haben sie ihn darauf aufmerksam gemacht, dass man einem Einheimischen nicht folgt, wenn er ein mit Wasser gefülltes Plastikkännchen in der Hand hält und sich alleine in die Unendlichkeit der Wüste zurückzieht. Dies sei ein untrügliches Zeichen, dass derjenige seine Notdurft verrichten möchte. Wenn jemand im Umfeld eines Hauses ein menschliches Bedürfnis verspürt, gibt derjenige bekannt, dass er ›nach draußen‹ gehe. Jeder Wüstenbewohner versteht sofort, was damit gemeint ist. Da es keine Toilettenanlagen in den Häusern gibt, entfernt man sich abseits der Behausung und sucht sich eine Stelle, an der man unbeobachtet ist, um seine Notdurft zu verrichten.

Wenn man aber bereits unter freiem Himmel verweilt, so wie sie gerade jetzt, dann signalisiert man sein Bedürfnis mit dem Spruch: »Ich gehe ins *Wadi* - zum ausgetrockneten Flusslauf.«

Kaum hat Ari dies ausgesprochen, springen alle Beduinen wie von der Tarantel gestochen herbei und überhäufen ihn mit allerlei Warnungen. Abu Abud tippt dabei mit seinem Zeigefinger auf seine Armbanduhr, auf deren Ziffernblatt die Lettern ›Cartier‹ prangen.

»Es ist kurz vor Mitternacht, Ari, du darfst jetzt nicht ins *Wadi* gehen!« Er hält dem Deutschen dabei das Plastikgehäuse seines Zeitmessers dicht vor die Augen, damit dieser erkennen kann, dass es gleich Mitternacht sei.

»Die Stunde des Werwolfs ist gekommen!«, bestürmen ihn die Beduinen, »du kannst jetzt nicht zum *Wadi*!«

Abu Abud ergreift den Arm des Deutschen und zerrt ihn zu sich herüber: »Geh nicht, mein Sohn!«, beschwört ihn der Alte, »nicht um Mitternacht! Und schon gar nicht, wenn der Mond die volle Größe erreicht hat!«

Er richtet seinen Zeigefinger nach oben gen Himmel, wo der Vollmond wie ein silbrig schimmernder Ballon schwebt. Noch nie zuvor hat Abu Abud ihn ›mein Sohn‹ genannt. Es klingt so ehrlich aus dem Mund des Dorfältesten, so liebevoll und doch in diesem Augenblick so besorgniserregend! Er spürt, wie sich der klammernde Griff seines Vorarbeiters nur langsam löst:

»In der Stunde des Werwolfs solltest du hier am Feuer bleiben, mein Sohn! Wenn er heult, erheben sich alle bösen Geister!«

Ari legt seine Hand auf Abu Abuds Schulter und versichert ihm, dass er das Lager nicht verlassen werde. Erleichtert atmet der Alte auf und bedeutet Ari, wieder Platz zu nehmen. Es dauert eine Weile, bis sich die Gemüter wieder beruhigt haben. Abdallah schürt das Feuer und bereitet eine weitere Kanne Tee zu. Ein eiskalter Wind haucht seinen frostigen Atem über den Grabungshügel. Die Männer wickeln sich in die mitgebrachten Hirtenmäntel ein und genießen die Wärme des heißen Getränks. Die Gespräche drehen sich plötzlich um Wiedergänger und Werwölfe. Ein jeder der Anwesenden gibt seine Werwolf-Geschichte zum Besten. Die Zuhörer verharren dabei mucksmäuschenstill und quittieren die gruseligsten Pointen der Erzählungen mit lauten Ausrufen wie »*Allah* steh uns bei!«

Wie im Fluge vergeht die Stunde des Werwolfs zwischen Mitternacht und der ersten Morgenstunde. Als Abu Abud die Müdigkeit übermannt und er sich gähnend niederlegt, tun es ihm auch seine Männer gleich. Kurze Zeit später dringt ihr leises Schnarchen hinaus in die Nacht. Ari spürt, dass die Luft stetig kühler wird. Die Eiseskälte legt sich wie ein unsichtbarer Schleier über den Hügel und kriecht an seinen Beinen hoch. Abdallah und Ari rücken näher an die Feuerstelle heran und reiben ihre Hände über der Glut. Die wohlige Wärme macht den Wächter gesprächig. In blumigen Worten beschreibt er seine erste Begegnung mit *Scheich* Ahmed, dem geheimnisvollen Heiligen. Immer wieder hebt er hervor, dass dieser zusammen mit Schlangen lebt und der größte Zauberer weit und breit sei. Alle Beduinen dieser Gegend würden vor einem Fluch aus dessen Mund zittern. Wenn es einen Diebstahl gäbe, was unter den Stammesangehörigen äußerst selten vorkomme, würde *Scheich* Ahmed verständigt, um die Feuerprobe zu vollziehen.

»Die Feuerprobe? Was hat es damit auf sich?«, hakt Ari nach.

»Die Feuerprobe fürchten die Männer der Wüste noch mehr als den Werwolf«, lässt Abdallah seinen Freund wissen. »Wenn ein Diebstahl aufgeklärt werden soll, müssen sich alle Bewohner des Dorfes in einer Reihe aufstellen. *Scheich* Ahmed nimmt dann einen eisernen Spieß zur Hand, den er zuvor über einem Feuer zum Glühen gebracht hat. Der Heilige tritt vor jeden Einzelnen hin und befiehlt ihm, die Zunge herauszustrecken. Dann legt er ihm das rotglühende Eisen auf die Zunge. Wenn du frei von Schuld bist, hast du nichts zu befürchten! Nur der wahre Dieb verbrennt sich an der heißen Nadel!«

Ari schüttelt ungläubig den Kopf.

»In der *Jezirah* klären wir seit jeher auf diese Art und Weise jeden Diebstahl auf, mein Bruder«, versichert Abdallah voller Stolz. »Wir brauchen dazu keine Polizei!«

Die Welt der Beduinen wird von einer ganz eigenen Vorstellungskraft beherrscht. Für einen Europäer sehr geheimnisvoll und mit mystischem Aberglauben durchwoben, denkt sich Ari. Er streckt seine Glieder und lehnt sich zurück. Sein Blick geht nach oben in den nächtlichen Himmel. Über ihm funkeln die Sterne wie kleine Laternen unter einem Baldachin. Hier in der Wüste sind die Himmelskörper mit bloßem Auge auszumachen. Nicht nur der Vollmond, sondern auch die Venus sendet ihre hellen Strahlen auf ihr Lager herab. Ari räkelt sich auf der Baumwollunterlage. Er könnte noch stundenlang den Erzählungen seines Freundes lauschen.

Doch plötzlich hält Abdallah inne und legt einen Zeigefinger auf seine Lippen. »Psst!«, zischt er, »hörst du die Dorfhunde?«

Ari lauscht in die Nacht. »Du hast Ohren wie ein Luchs!«, erkennt Ari neidlos an, »jetzt höre ich die Köter auch!«

Zunächst vernehmen sie das Bellen einzelner Hunde. Dann wird das Kläffen lauter und immer aggressiver. Ari glaubt deutlich, Hamuds scharf abgerichteten Hütehund aus dem vielstimmigen Gebell herauszuhören. Wie ein Lauffeuer scheinen die Tiere ihre Signale untereinander weiterzureichen. Von Haus zu Haus, von Gehöft zu Gehöft, beginnen die Hunde anzuschlagen.

»Es kommt jemand!«, flüstert Abdallah seinem Freund zu, »es müssen Fremde sein, sonst würden die Dorfhunde nicht so heftig reagieren!« Sein Auge schweift über den Horizont. Der Vollmond taucht die Umgebung in ein fahles Licht. Wie eine glänzende Scheibe aus Sand breitet sich das Umland von Tell Chuēra im Mondlicht vor ihnen aus.

Ari späht hinüber zum Grabungshaus. Die Silhouetten der Außenmauern ragen wie die Brüstung einer Ritterburg über der Senke des *Wadis* empor. Abdallahs kräftige Hand packt seinen Arm. Der Wächter zeigt mit der Linken in Richtung der Wüstenpiste, die vom Nachbarort Slouk kommend nach Tell Chuēra führt. Ein schwacher Lichtkegel schwenkt über die Landschaft. Auf und Ab geht der Scheinwerfer, verschwindet plötzlich, um im nächsten Augenblick wieder wesentlich näher aufzutauchen.

»Ein Fahrzeug nähert sich, hörst du den Motor, Ari?« Der Deutsche starrt auf den Lichtkegel, der wie ein Känguru in Sprüngen auf sie zuzuhüpfen scheint.

»Das Geräusch hört sich an wie ein Pick-up oder ein Jeep, aber mit einem kräftigen Motor unter der Haube!«

Ari hat kaum ausgesprochen, da ist Abdallah schon bei den Schlafenden und rüttelt diese aus ihren Träumen:

»Wacht auf, *yallah*! Es kommt jemand! Zu den Waffen!«

Mit einem Schlag sind alle hellwach. Abu Abud schnappt sein Gewehr, das er zuvor sorgsam in ein Tuch eingehüllt hat. Die anderen drei räumen in Windeseile die Decken und Mäntel des Nachtlagers zusammen und huschen mitsamt ihrer Ladung ein paar Schritte weiter, um hinter einer Schutthalde in Deckung zu gehen. Die Läufe ihrer Gewehre blinken hin und wieder im Mondlicht. Abdallah hat inzwischen die Glut gelöscht und überdeckt die Feuerstelle zur Tarnung mit Sand. Abu Abud zieht Ari auf die gegenüberliegende Seite seiner Männer und gibt ihm ein Zeichen, in einem der ausgegrabenen Areale in Deckung zu gehen.

Ari schlägt das Herz bis zum Hals. Er hat das Gefühl, dass Abu Abud, der nun dicht neben ihm kauert, das Pochen seiner Lebenspumpe hören kann. Die Knie des Deutschen werden weich, und er muss allen Mut zusammennehmen, um die ihm anvertraute Waffe nicht fallen zu lassen. Reiß dich zusammen!, befiehlt er sich insgeheim selbst. Zeig, was du bei der Bundeswehr gelernt hast! Ari atmet noch einmal tief durch und wischt sich mit der Linken den Schweiß von der Stirn. Das Motorengeräusch kommt immer näher. Das Fahrzeug dürfte jetzt keine hundert Meter mehr entfernt sein.

»Kein Wort mehr jetzt!«, zischt Abdallah, »lasst sie kommen. Alles hört auf mein Kommando!«

Ari umklammert den Lauf seines Gewehrs, dessen Schaft in der Kühle der Nacht zu einem Eisblock gefroren zu sein scheint. Der Deutsche spürt wie seine Finger klamm, fast blutleer werden. Ari wird ruhig. Seine Aufregung weicht einer abgeklärten Spannung, die ihm eine ungewohnte Konzentration verschafft. Das Entsichern seiner Waffe nimmt er nur noch als sanftes Klicken wahr. Seine Augen bohren sich in die vor ihm liegende Finsternis. Seine Ohren versuchen, jeden Laut zu analysieren. Das Gebell der Hunde verebbt. Nur noch einzelne Tiere besingen den Vollmond mit langgezogenem Jaulen. Das Motorengeräusch ist nun in greifbare Nähe gerückt - auf jeden Fall empfindet Ari dies so! Das Fahrzeug stoppt. Die Handbremse wird mit einem schnarrenden Geräusch angezogen, das Motorgeräusch versiegt in einem röhrenden Blubbern. Einen Moment lang herrscht Stille, dann öffnen sich knarrend mehrere Autotüren. Gedämpfte Männerstimmen vermischen sich mit dem Knirschen von Schritten im Wüstensand.

»Sie kommen direkt auf uns zu!«, flüstert Ari seinem Nachbarn zu. Abu Abud legt ihm seine flache Hand auf den Mund. Der Deutsche verstummt. Der alte Beduine bringt sich in Stellung und legt an.

Der Mond steht bereits in der letzten Phase vor dem Morgengrauen und wirft sein fahles Licht auf den Grabungshügel. Vor ihnen, nur ein Steinwurf entfernt, huscht eine Gestalt auf sie zu. Langsam bewegt sich der Schatten durch die Dunkelheit. Ari, der vor einigen Minuten noch gefröstelt hat, bricht der Schweiß aus. Plötzlich steht er vor ihnen: ein spindeldürrer Mann, bekleidet mit Hose und T-Shirt. Er hält kurz inne und blickt sich vorsichtig nach allen Seiten um. Ari hält den Atem an. Seine Nerven sind bis zum Zerreißen gespannt. Der Fremde wendet sich um und winkt in Richtung des Fahrzeugs. Aus dem Schutz der Dunkelheit schleichen vier weitere Gestalten in langen Gewändern. Auch sie blicken sich nach allen Seiten um und bewegen sich nur zaghaft in Richtung des ersten Mannes, der sich nun aufrichtet und ihnen zuruft:

»Keiner da! Ihr könnt kommen!«

Der Strahl einer Taschenlampe blitzt auf. Der Lichtkegel fällt auf den Kerl im T-Shirt. Die Schritte der herannahenden Männer werden schneller. Drei von ihnen halten Hacken und Schaufeln in ihren Händen, ein Nachzügler hat ein Gewehr geschultert. Ari umklammert seine Waffe noch fester. Der erste Mann steht nun keine fünf Meter von ihrem Versteck entfernt.

Wie lange will Abdallah noch abwarten?, fragt sich der Deutsche insgeheim. Im gleichen Augenblick speit das Gewehr des Wächters einen Feuerstrahl in den nächtlichen Himmel. Die Explosion des Geschosses zerreißt die Stille. Für einen Atemzug verharren die Ankömmlinge wie gelähmt am Rande der Ausgrabung. Dann stieben sie in wilder Flucht auseinander. Ari lugt über den Rand seines Verstecks und sieht, wie das Mündungsfeuer einer Waffe von der Gegenseite auf-flammt. Abu Abuds Männer haben die Flüchtenden ins Visier genommen. Das Knallen der Gewehrsalven hallt wie ein Donner über die nächtliche Ausgrabungsstätte. Mit lautem Aufschrei stürzt einer zu Boden. Die anderen suchen ihr Heil in kopfloser Flucht, werfen ihre Hacken und Schaufeln beiseite und stürmen, wilde Flüche ausstoßend, zum Fahrzeug zurück. Bevor Ari und Abu Abud reagieren können, heult der Motor auf und der Jeep prescht in wilder Fahrt den Hang hinab in Richtung Wüstenpiste.

Mit größter Vorsicht verlassen Abu Abuds Männer ihre Deckung und schleichen sich in geduckter Haltung nach vorne, immer darauf bedacht, keinen Laut zu verursachen. Von der anderen Seite nähern sich Abdallah, Abu Abud und Ari. Alle halten ihre Gewehre im Anschlag – bereit, sofort abzudrücken. Abdallah schaltet seine Stabtaschenlampe ein. Ihr greller Schein verbündet sich mit dem Licht des Vollmonds und verwandelt die Schatten der Nacht zu grotesken Zerrbildern. Vor ihnen, auf dem Erdboden, scheint etwas zu liegen. Abdallah fokussiert den Lichtkegel der Lampe auf die Stelle. Ein gespenstischer Anblick eröffnet sich ihren Augen: Am Boden wälzt sich ein Mann mit schmerzverzerrtem Gesicht in seinem Blut, das der Wüstensand gierig aufzusaugen scheint. Wie eine Horde Hyänen stürzen sich die drei Gefolgsleute Abu Abuds auf den Verletzten. Brutal reißen sie ihn nach oben. Der Verwundete versucht, auf seinem linken Bein Halt zu finden. Aus seinem rechten Hosenbein läuft das Blut in Strömen.

»Bringt ihn hierher! Näher ins Licht!«, befiehlt Abdallah.

Die drei Beduinen zerren den Gefangenen vor den Wächter, der ihm mit seiner Lampe ins Gesicht leuchtet. Geblendet dreht der Mann den Kopf zur Seite und verzieht seine Mundwinkel. Eine Reihe gelb verfärbter, ungepflegter Zahnreihen fletscht ihnen entgegen. Aris Blick fällt auf das T-Shirt des Mannes, auf dessen Brust das Bild eines Tigers schimmert.

»Diesen Mann kenne ich!«, lässt Ari die anderen wissen. »Er war heute Nachmittag an unserer Ausgrabungsstelle und hat nach Arbeit ersucht. Als wir ihn nicht einstellen wollten, hat er uns in übelster Weise beschimpft und getönt, dass wir das noch bereuen würden.«

Abdallah beugt sich über den Gefangenen, um ihn ganz aus der Nähe zu betrachten: »Der Mann stammt nicht von hier. Dass er Arbeit sucht, war mit Sicherheit nur ein Vorwand, Ari. Der Kerl hatte nie vor, bei uns zu arbeiten. Er ist mit Sicherheit der Kundschafter der Raubgräber und sollte ausspionieren, wo es etwas zu holen gibt. Da bin ich mir sicher!«

Ari stimmt zu: »Du hast Recht, mein Bruder. Ich hätte von Anfang an viel argwöhnischer sein sollen, denn der Mann wusste von unserem Tontafelfund. Auf jeden Fall interessierte er sich brennend dafür, wo der Archivraum liegt!«

Abdallah verpasst dem Gefangenen einen Tritt an dessen unverletztes Bein. Der Raubgräber jault vor Schmerz auf.

»Was dieser feine Herr alles weiß, und wer ihn hierher geschickt hat, das kriegen wir noch heraus!«

Bei diesen Worten packt Abdallah den Mann am Hals und zieht ihn ganz nah zu sich heran. Der Fremde im Tiger-Shirt steht steif wie ein Stock. Die schmächtige Gestalt bietet in diesem Moment einen Anblick des Jammers! Tränen laufen seine Wangen hinunter und verfangen sich in den Stoppeln seines unrasierten Gesichts. Als Abdallah seinen Griff lockert, drehen zwei der Beduinen dem Gefangenen rüde seine Arme auf den Rücken. Der Oberkörper des Mannes senkt sich nach vorne. Er heult laut auf, als er versucht, sich mit seinem verletzten Bein auf dem Boden abzustützen. Mit roher Gewalt reißen die beiden ihren Gefangenen an den Haaren nach hinten und pressen sein Gesicht in den Kegel der Taschenlampe. Als der vor Schmerzen zu schreien beginnt, baut sich der dritte Beduine vor ihm auf wie ein Turm. Das Wehklagen des Mannes wird durch einen Faustschlag jäh unterbrochen. Der Hieb trifft ihn mitten ins Gesicht. Blut schießt dem Gefangenen aus der Nase. Als der Schläger zum zweiten Mal ausholt, fällt ihm Ari in den Arm:

»In *Allahs* Namen, haltet ein! Wir brauchen ihn lebendig! Ich möchte wissen, wer die Drahtzieher dieser Bande sind und was sie vorhaben!«

Die drei Beduinen lassen von ihrem Opfer ab. Der Mann sinkt zu Boden wie ein nasser Sack. Todesangst ist ihm ins Gesicht geschrieben. Seine Augen blicken hilfesuchend um sich, während er sich mit seiner Hand das Blut von der Nase wischt. Abdallah macht einen Schritt auf ihn zu und hebt drohend den Kolben seiner Waffe. Der Mann windet sich auf der Erde, hält seine Hände schützend über seinen Kopf und fleht wimmernd um Gnade.

»Du hast Glück! Wären wir alleine, würden wir dich nach dem Gesetz der Wüste richten!«, schreit ihm der Wächter wutentbrannt ins Gesicht und lässt sein Gewehr wieder sinken. Dann reißt er dem Verletzten sein Kopftuch vom Haupt: »Verbinde damit deine Wunde, du Hund!«

Schluchzend zieht der Mann sein Hosenbein nach oben. Er wurde an der Wade getroffen. Umständlich wickelt er sich den Stoffschal um die Wunde: »Ich brauche einen Arzt!«, klagt er, »gibt es einen Doktor in der Nähe?«

Abu Abud schnauzt den Fremden an: »Du kannst froh sein, dass wir dir keine Kugel in den Schädel jagen, du verdammter Spitzbube! Auf unserem Stammesgebiet schneiden wir Dieben für gewöhnlich die rechte Hand ab!«

Bei diesen Worten zückt der Stammesälteste seinen Dolch und schwenkt ihn gefährlich nahe über dem Haupt des Gefangenen. Der Unbekannte zuckt zusammen und gibt keinen weiteren Laut mehr von sich.

Der Morgen graut bereits, als Abdallah mit dem Grabungsfahrzeug vorfährt. Mit ein paar Handgriffen wird das Nachtlager zusammengepackt und verstaut. Abu Abuds Männer quetschen sich zusammen mit dem Verletzten auf die Rückbank des Fahrzeuges, während der Dorfälteste und Ari sich den Beifahrersitz teilen. Der Grabungsleiter ist froh, dass die holprige Fahrt zum Grabungshaus schon nach wenigen Minuten endet.

»Ich glaube zwar nicht, dass die anderen Gauner noch einmal zurückkehren werden, aber ich werde zur Sicherheit eine Patrouillenfahrt in der Umgebung unternehmen«, lässt Abdallah die anderen wissen.

Kaum ausgestiegen, zerren die Beduinen ihren Gefangenen aus dem Auto und scheuchen ihn unter Fausthieben in Richtung des Geräteschuppens. Von Panik getrieben, gelingt es ihm, sich loszureißen und ein paar Schritte auf Ari zuzuhumpeln:

»Sie wollen mich töten!«, zetert der Mann, »hilf mir bitte, Ausländer! Im Namen *Allahs*, des Allmächtigen, steh mir bei!«

Kreidebleich und vor Angst schlotternd wirft er sich vor Ari in den Staub. Wutentbrannt ergreift einer seiner Bewacher eine Spitzhacke, die in einer Ecke des Gerätehauses lehnt, und folgt dem Flüchtigen:

»Bleib stehen, du elender Hund, oder sollen wir dir gleich hier deine sünd-hafte Hand abhacken?« Als er den Mann im Tiger-Shirt eingeholt hat, schwingt die schwere Hacke bedrohlich über dessen Haupt.

Der Fremde kriecht auf Ari zu und umklammert dessen Füße: »Das darfst du nicht zulassen! Beim Leben meiner Kinder! Rette mich aus den Fängen dieser Barbaren!«

Ari spürt, wie sich die Finger des Mannes in Todesangst in seine Waden bohren. »Hilf mir, Deutscher, bitte!«

Die Stimme des Fremden klingt nun zutiefst unterwürfig. Sein Kopf senkt sich bis zur Erde und er beginnt, Aris Schuhe zu küssen. In schneller Folge berühren seine Lippen das verstaubte Leder von Aris Schuhwerk. Noch niemals in seinem Leben ist der Deutsche von einem Menschen derart flehentlich um etwas gebeten worden.

»Keiner wird dir etwas zu Leide tun«, verkündet Ari und gebietet dem Mann mit der Spitzhacke Einhalt. Dann hilft er dem Verletzten auf die Beine. »Aller-dings musst du mir die Wahrheit sagen! Also, wer ist der Kopf eurer Bande und was hattet ihr geplant?«, will er von dem Gefangenen wissen.

»Ich kenne seinen Namen nicht, Deutscher, ehrlich!«, gesteht der Unbekannte kleinlaut mit gesenktem Kopf. »Er hat mich und meine Freunde in Aleppo angeheuert und versprochen, uns reich wie ein Sultan zu machen. Deshalb haben wir mitgemacht. Wohin die Reise geht und was er vorhat, wollte er uns erst am Ankunftsort mitteilen. Der Boss war stets sehr vorsichtig und hat uns nicht in Details eingeweiht. Noch nicht einmal seinen Namen hat er uns verraten. Wir haben ihn immer nur den ›Blauen‹ genannt.«

Aris Gesichtszüge erhellen sich: »Den ›Blauen‹ habt ihr ihn genannt?«, bohrt er nach.

»Ja«, gesteht sein Gegenüber und blickt nun zum ersten Mal wieder auf, »weil er stets ein blaues Gewand trägt.«

Aris Tonfall wird nun rabiater: »Wie sieht euer Chef aus? Ist er groß oder klein? Sprich endlich!«, poltert Ari los.

Der Gefangene antwortet mit zitternder Stimme: »Sehr, sehr groß. Größer als du, Deutscher!«

Bevor der Gefangene seine Beschreibung vollenden kann, ergänzt Ari: »... und er trägt ein blaues Gewand und hohe Stiefel. Sein Haupthaar und sein Bart sind so rot wie Tomaten«.

Der Ganove ist sichtlich überrascht: »Ja, genau! Sein Bart ist so rot wie das Fell eines Fuchses. Aber woher weißt du das? Kennst du unseren Chef?«.

Ari reagiert genervt: »Der ›Blaue Fuchs‹!«, zischt er, »es ist der ›Blaue Fuchs‹! Werden wir diesen verdammten Erzgauner niemals los?«

Vom Rumoren im Vorhof angelockt, hat sich inzwischen die gesamte Grabungsmannschaft vor Ingas Werkstatt eingefunden. Abu Adnan, der einarmige Koch, und sein Sohn Nebi haben sich dazugesellt. Sie wurden zunächst von den Schüssen und dann durch das Geschrei vor ihrer Kammer aus dem Schlaf gerissen. Auch Fatima, Abdallahs Schwester, ist dem Lärm aus dem Nachbargebäude nachgegangen und steht nun mitsamt ihren vier Kindern am Eingang des Hofes. Den Mann im Tiger-Shirt umringen nun fast dreißig Menschen, die ihn wie einen Außerirdischen begaffen.

»Dem Dieb sollte man die rechte Hand abhacken!«, fordert erneut einer der Gefolgsleute von Abu Abud in scharfem Ton. Der Dorfälteste wirft dem Mann einen ungnädigen Blick zu und gebietet ihm unwirsch, den Mund zu halten. Voller Furcht sucht der Gefangene die Nähe Aris, im Glauben, dass er der Einzige sei, der ihm nicht nach dem Leben trachtet. Auf den Arm des Deutschen gestützt, versucht er mit seiner Rechten, das mit Blut getränkte Tuch um sein verletztes Bein zu zurren.

Ari gibt den Befehl, den Fremden ins Grabungshaus zu bringen. Inga und Bine erklären sich bereit, den Verletzten dort zu versorgen. Als Bine auf den Mann zugeht, erkennt er sie wieder.

»Madame, ich habe das heute Mittag nicht so gemeint«, stammelt er, »ich wollte Ihnen lediglich ...«

Bine fällt ihm ins Wort: »Was du wolltest, ist mir vollkommen gleichgültig! Halt den Mund und setz dich hier hin!«

Der Mann im Tiger-Shirt lässt sich resigniert auf einen Stuhl fallen, wo seine Wunde notdürftig versorgt wird. Abu Abuds Männer lassen ihren Gefangenen dabei keine Sekunde aus den Augen:

»Wenn du zu fliehen versuchst, schneiden wir dir die Ohren ab!«, drohen sie ihm mit hasserfüllten Augen. Der Fremde wagt es daraufhin noch nicht einmal, ein Glas Wasser anzurühren, das die beiden Frauen vor ihn auf den Tisch gestellt haben. Nachdem die Wunde gesäubert und mit einem frischen Verband umwickelt ist, verharrt der Fremde wortlos auf seinem Stuhl und starrt stur vor sich auf den Boden, krampfhaft darum bemüht, seinen Blick nicht mit denen seiner Bewacher zu kreuzen. Als Inga und Bine den Raum verlassen wollen, müssen sie sich zwischen zwei der Beduinen hindurchzwängen, die sich mit ihren Gewehren an der Eingangstür postiert haben. Der Dritte fuchtelt mit seiner Pistole im Blickfeld des Gefangenen herum. Einmal wiegt er die Waffe auf seiner flachen Hand, um sie im nächsten Augenblick zu entsichern und den Lauf in Richtung des Mannes im Tiger-Shirt zu richten. Der zuckt bei jeder Bewegung in sich zusammen, was seine Bewacher dazu nötigt, dieses Spiel genüsslich zu wiederholen.

Unterdessen ist Abdallah von seiner Patrouillenfahrt zurückgekehrt. »Ich habe niemand getroffen. Keine Menschenseele weit und breit!«, verkündet er den Deutschen, die noch immer im Hof stehen und darüber beratschlagen, wie mit dem Gefangenen zu verfahren sei.

»Lasst uns den Kerl nach Raqqa zur Polizeistation bringen!«, schlägt Ari vor. »Sollen sich die Behörden mit dem Gesindel herumschlagen! Wir haben hier Besseres zu tun! Die Ausgrabung wartet. Es gilt die letzten Tontafeln zu bergen, an die Arbeit!«

Während Abdallah den Raubgräber in den Wagen verfrachtet und mitsamt seinen Bewachern nach Raqqa aufbricht, bereiten sich die Archäologen auf die Ankunft der Arbeiter vor.

»Da hinten kommen die Leute aus Tell Chuēra!«, ruft Bine den Umherstehenden zu. Alle laufen vor das Tor des Grabungshauses. Am Horizont nähert sich eine Staubwolke, die sich ihnen in rasender Geschwindigkeit nähert. Im glutroten Licht der aufgehenden Sonne preschen zwanzig Reiter heran. Die Hufe ihrer Pferde trommeln mit dumpfem Getöse über den Wüstenboden. Immer lauter wird das Pferdegetrappel, bis einzelne Reiter erkennbar werden. An ihre Spitze hat sich Mohammed el-Hammed gesetzt. Er besitzt den schnellsten Hengst der Umgebung. Ein Wettlauf zwischen den Reitern entbrennt: Wer erreicht als Erster das Tor des Grabungshauses? Die meist halbwüchsigen Reiter feuern ihre Tiere mit wilden Schreien an. An der linken Seite schnellt ein Einzelner auf einem Rappen nach vorne. Kopf an Kopf liegt er nun mit Mohammeds braun-weiß gescheckten Vollblutaraber. Beide setzen sich auf den letzten fünfzig Metern von der restlichen Gruppe ab und bestreiten ein einsames Finish. In fliegendem Galopp kommen die beiden Reiter auf die Deutschen zu, die hurtig den Weg vor dem doppelflügeligen Tor freigeben. Kurz vor dem Ziel lehnt sich Mohammed nach vorne, beugt sich weit über den langgestreckten Hals seines Pferdes und flüstert ihm etwas ins Ohr. Der Hengst scheint im gleichen Moment ungeahnte Kräfte freizusetzen. In halsbrecherischem Tempo greift das Tier noch einmal stärker aus und jagt mit seinem Herrn durch das weit geöffnete Tor mitten hinein in den Hof.

»Hooosch!«, schreit Mohammed vom Rücken des Pferdes. ›Hōsch!‹ – das Signal stehenzubleiben. Der Vollblüter bläht seine Nüstern und stemmt seine Vorderläufe in den Sand. Das Pferd ist noch nicht ganz zum Stehen gekommen, da landet Mohammed mit einem beherzten Sprung bereits auf dem Boden. Triumphierend hält er die Zügel nach oben: »Gewonnen! Ich bin der Sieger!« Liebevoll tätschelt er den Nacken des Hengstes, der in leicht tänzelndem Schritt seinen Herrn umkreist.

»Mohammed, du hast ein wundervolles Pferd!« Ari klopft seinem Arbeiter anerkennend auf die Schultern, »es wundert mich immer wieder, dass du ohne Sattel nicht vom Pferd fällst!«

Mohammed lacht: »Von Kindesbeinen an lernen wir, auf dem Rücken dieser Tiere zu reiten. Ihr Deutschen könnt dafür besser Auto fahren! Aber hier in der Jezirah ist das Pferd immer noch das zuverlässigste Fortbewegungsmittel – es braucht kein Benzin!«

Grinsend zieht der Beduine durch das Tor hinaus in Richtung Ausgrabungsstelle. Dort angekommen, windet er um die Vorderfessel seines Pferdes einen Strick und knüpft einen Holzstab um das andere Ende des Seils. Dies hindert das Tier daran, sich weit zu entfernen, lässt ihm aber dennoch den nötigen Freiraum, um sich das notwendige Futter zu suchen. Der Hengst entfernt sich auf der Suche nach Fressbarem immer nur ein paar Schritte weit von seinem Besitzer. Das edle Tier schaut von Zeit zu Zeit herüber zu seinem Herrn und verweilt während der Arbeitszeit immer in dessen Rufweite. Für Mohammed ist sein Pferd der wertvollste Besitz. Er hegt und pflegt es wie seinen Augapfel. Ari bewundert immer wieder, welche Eleganz die Wüstenbewohner auf dem Rücken ihrer Pferde ausstrahlen. Sobald ein Beduine aufsteigt, scheint er mit seinem Tier eine Einheit zu bilden. Ross und Reiter verschmelzen miteinander. Ein Sattel wäre wohl eher hinderlich für beide. Die Pferde der ortsansässigen Beduinen besitzen kein großes Körpervolumen. Mohammeds Hengst wirkt eher zierlich, fast zerbrechlich. Doch darf man das Durchhaltevermögen dieser Wüstentiere nicht unterschätzen! Ari ist überzeugt, dass kein deutsches Pferd einen Galopp in der syrischen Mittagshitze überstehen würde. Die genügsamen Tiere der Beduinen haben sich der kargen Umgebung angepasst. Sie kommen mit wenig Wasser und mit noch weniger Futter aus. Völlig überrascht wurde Ari, als Mohammed ihm vorführte, dass sein Hengst auf bestimmte Kommandos reagiert, fast so wie ein abgerichteter Hütehund. Ein kurzer Befehl, und der Gaul setzt sich in Trab. Ein Schnalzen mit der Zunge lässt ihn in Galopp fallen.

Ari erinnert sich noch heute daran, als Mohammed ihm eines Tages beibringen wollte, wie ein Beduine zu reiten.

»Mein Hengst hört auf den Namen ›Rīḥ‹ – das bedeutet ›Wind‹«, hatte er ihm gesagt, »steig auf, es ist wirklich nicht schwer!«

Ari ließ sich nicht zweimal bitten und schwang sich auf den Rücken des Tieres. Aufgrund der ungewohnten Last blähte das Ross die Nüstern und begann nervös auf den Hinterbeinen zu tänzeln. Mohammed sprach beruhigend auf seinen Hengst ein, der noch ein oder zweimal schnaubte und dann völlig entspannt auf der Stelle verharrte. Der Beduine reichte dem Deutschen die Zügel und gab ihm einige Ratschläge mit auf den Weg:

»Presse deine Schenkel fest an das Pferd und halte die Zügel locker in der Hand. Mit den Zügeln gibst du *Rīḥ* die Richtung an, in die du reiten möchtest. Wenn er sich bewegen soll, nutze lediglich die Kommandos, die ich dir beigebracht habe. Wenn du anhalten möchtest, sagst du ›*Hōsch!*‹, das arabische Wort für ›Hof‹. Das bringt das Pferd zum Stehen. Nur Mut, das schaffst du schon!«, munterte ihn Mohammed damals auf. Es war ein herrliches Gefühl, auf dem Rücken dieses edlen Hengstes über die Wüste zu reiten.

Verrückt!, dachte Ari, jetzt sitze ich auf einem Araber-Hengst, der den gleichen Namen trägt wie der Rappe von Karl Mays Romanhelden Kara-Ben-Nemsi. Der hieß auch *Rīḥ* – Wind.

Ari trabte ein paar Runden und fühlte sich dabei so frei wie ein Vogel. Der Hengst reagierte auf den kleinsten Wink des Reiters. Eine sachte Bewegung mit dem Zügel ließ ihn nach links oder rechts driften. Wie ein König kam sich Ari vor, als das Pferd seinen Hals reckte und schnaubend die Gangart wechselte.

»Nun lass ihn auch mal schneller laufen. Mit der Zunge schnalzen!«, rief ihm Mohammed nach, sichtlich stolz, dass sein Hengst so großen Eindruck auf den Deutschen machte.

Ari befolgte die Anweisung und schnalzte laut mit der Zunge. Das Ross spitzte kurz die Ohren, um im gleichen Augenblick in rasenden Galopp zu verfallen. Ari hatte alle Mühe, sich auf dem Rücken des Pferdes zu halten. Krampfhaft klammerte er sich mit beiden Händen an der wehenden Mähne des Pferdes fest. Das Tier machte seinem Namen alle Ehre: *Rīḥ* flog wie der Wind mit seinem Reiter über das flache Land. Als Mohammed bemerkte, dass Ari die Kontrolle über das Tier verloren hatte, stieß er einen kurzen Pfiff aus. Das Tier wechselte die Richtung und jagte mitsamt Ari, der wie ein Mehlsack auf dem Rücken des Tieres hing, auf seinen Besitzer zu. Als Mohammed in Sichtweite kam, zog Ari die Notbremse:

»*Hōsch!*«, brüllte er dem Pferd verzweifelt ins Ohr. Der Hengst führte den Befehl umgehend aus. Mitten im rasenden Galopp bremste er so ungestüm ab, dass Ari über den Kopf des Tieres nach vorne geschleudert wurde. Unsanft landete er vor Mohammeds Füßen im Wüstenstaub und wurde unter dem Gelächter der anderen Beduinen auf die Beine gehoben. Trotz des unsanften Abstiegs blieb Ari dieser Ausritt als einer der schönsten Momente in der syrischen Wüste in Erinnerung. Die blauen Flecken am linken Oberschenkel waren schon nach wenigen Tagen wieder vergessen!

»*Mudir! Mudir!* – Chef! Chef!« Abu Abud kommt völlig aufgelöst unter der Zeltplane hervorgekrabbelt, die noch immer den Archivraum vor den Sonnenstrahlen schützt. »Hast du uns nicht gebeten, die Ecke an der Südseite des Raumes erst ganz zum Schluss freizulegen?«

Ari überlegt nur kurz, bevor er antwortet: »Ja, genau! Ihr solltet das letzte Stück noch nicht freilegen. Das wollen wir heute Morgen machen«, entgegnet Ari.

»Dann muss jemand vor uns hier gewesen sein, denn hier liegt frisch aufgeworfene Erde. Komm unter die Plane und überzeuge dich selbst!«

Ari ist mit einem Satz bei seinem Vorarbeiter und schlüpft unter das Zeltdach. Er traut seinen Augen nicht:

»Oh nein! Hier waren Raubgräber am Werk! Die Erde wurde durchwühlt. Man sieht noch genau die Spuren der Tat! Verdammt! Wir hätten doch noch eine Wache bis zum Arbeitsbeginn zurücklassen sollen! Wie dumm von mir!« Ari stampft vor Wut mit dem Fuß auf.

Abu Abud legt dem Deutschen tröstend die Hand auf die Schulter:

»Mein Sohn, wir haben viele Nagelbriefe der Assyrer gefunden. Steff hat uns schon wundersame Dinge über den Inhalt der alten Texte berichtet. Wenn die Raubgräber auf weitere Tontafeln gestoßen sein sollten, können es nicht viele gewesen sein! Gräme dich nicht, mein Sohn! Vor einigen Wochen wärest du froh gewesen, wenn wir nur einen einzigen Nagelbrief entdeckt hätten – heute besitzt du fast einhundert Exemplare!«

Die tröstenden Worte des Beduinen können Aris Groll nicht lindern:

»Du hast Recht, guter Abu Abud, aber es ist dennoch sehr unerfreulich, dass es dem ›Blauen Fuchs‹ gelungen ist, unter unseren Augen zuzuschlagen! Einfach zu ärgerlich!«

Ari könnte in diesem Augenblick aus der Haut fahren.

16. Mein Haus ist dein Haus!

Aris Schritte hallen durch den leeren Speiseraum. Sein Blick fällt durch das Fenster hinaus auf den Innenhof. Niemand zu sehen. Kein Rufen, kein Lärmen wie an den sonstigen Arbeitstagen. Nur die kleine Pflanzengruppe mit dem Feigenkaktus und den Agaven steht unberührt wie seit vielen Jahren und reckt ihre langen Blätter in den klaren Novemberhimmel. Der Grabungsleiter kontrolliert noch einmal die Tür des Kühlschranks. Alles verschlossen und mit Klebeband abgedichtet.

»Sollte bis zum nächsten Jahr halten!«, murmelt er in sich hinein.

Auf seinem Rundgang wirft er auch einen letzten Blick in das Kämmerchen von Koch Abu Adnan. Ich werde den einarmigen Kurden und seinen Sohn Nebi vermissen!, gesteht er sich insgeheim. Aber wer wird ihm nicht fehlen? Gestern haben sich seine Arbeiter von ihm verabschiedet. Die Beduinen strömten von allen Seiten zum Grabungshaus und versammelten sich zu einem letzten Gruß vor dem Haupttor. Er spürt noch jetzt die festen Hände seines Vorarbeiters Abu Abud auf seinen Schultern:

»Mein Sohn, bis zum nächsten Jahr! *Allah* sei mit dir!«, hatte er ihm bei einer letzten Umarmung ins Ohr geflüstert. Jasim, der Grabungskasper, hatte alle Deutschen noch einmal nachgeäfft und seinen Schabernack getrieben. Dann hieß es Abschied nehmen von den wunderbaren Menschen der syrischen Wüste. Die Arbeiter krabbelten auf die Ladefläche des Lastkraftwagens, mit dem Abdallah sie nach Hause transportierte.

»Gott sei mit euch!«, riefen sie im Chor den deutschen Archäologen zu, die sich zum Abschied alle vor dem Tor versammelt hatten.

Die Grabungsmannschaft war bereits in den frühen Morgenstunden nach Aleppo abgereist. Nur noch Inga und Ari waren zurückgeblieben, denn es hatte sich hoher Besuch angesagt – auf den letzten Drücker! Der Provinzgouverneur von Raqqa hatte am Vorabend einen Boten geschickt und mitteilen lassen, dass er nach Tell Chuēra kommen werde, um sich persönlich den Fundort der assyrischen Nagelbriefe anzuschauen. Ari hätte nach den anstrengenden Wochen und

Monaten voller Entbehrungen am liebsten dankend abgelehnt, aber die Bitte des Gouverneurs, des höchsten Ministerialbeamten der Provinz, konnte und durfte man nicht abschlagen. Es wäre wahrscheinlich die letzte Ausgrabung Aris in Syrien gewesen, wenn er den Gouverneur nicht empfangen würde. Also harrten Inga und er der Ankunft des Ehrengastes, auch wenn sie ihm nichts Besonderes auftischen konnten. Der Koch war bereits abgereist und die restlichen Lebensmittel waren am Vortag an die Nachbarn verteilt worden. Nichts durfte im Haus zurückbleiben, was in ihrer Abwesenheit Mäuse, Ratten oder Schlangen anlocken könnte. Abdallah hatte deshalb vorsorglich seine Schwester darum gebeten, Tee und Kaffee für die hohen Gäste vorzubereiten und frisches Brot zu backen. Während der Wartezeit machte sich der Wächter daran, sämtliche Eingangstüren des Grabungshauses mit Lehmziegeln zuzumauern, um das Eindringen von Sand und Tieren in das Innere der Räume zu erschweren. Schon bald nach Aufnahme der Arbeit ist sein grüner Overall über und über mit Lehm beschmiert.

Ari ist gerade dabei, die Türen des Geräteschuppens zu überprüfen, als er auf ein Motorengeräusch aufmerksam wird, das schnell näher kommt.

»Inga, der Gouverneur kommt. Halte die Tontafeln bereit! Ich laufe ihm entgegen, um ihn zu begrüßen.«

Als Ari vor die Hauptpforte tritt, rauscht gerade ein blauer Jeep heran. Zwei Kerle springen heraus und stürmen auf ihn zu. Beide sind mit Pistolen bewaffnet, die in ihren Gürteln stecken. Ein weiterer Mann sitzt auf dem Beifahrersitz und kurbelt das Seitenfenster herunter.

»Das ist der Deutsche! Schnappt ihn euch und bringt ihn her zu mir! Der weiß, wo die Nagelbriefe zu finden sind!«

Ari steht im ersten Augenblick wie versteinert. Die Stimme des Mannes ist unverwechselbar, noch charakteristischer ist sein roter Bart: Der ›Blaue Fuchs‹! Der Deutsche reagiert instinktiv und schlägt die Flügeltüren des Hofportals zu. Der Riegel rastet hörbar ein. Während er sich mit aller Kraft gegen die Türflügel presst, ruft er Inga zu Hilfe:

»Inga, der ›Blaue Fuchs‹! Er ist vor dem Tor! Schnell – alarmiere Abdallah!«

Noch nie hat er Inga so schnell laufen sehen wie in diesem Augenblick. In Riesensprüngen hastet sie hinüber zum kleinen Innenhof, wo der Wächter noch immer mit dem Versiegeln der Räume beschäftigt ist.

»Abdallah, schnell! Du musst kommen! Der ›Blaue Fuchs‹ greift uns an!«

Geradewegs von der Arbeit, noch mit einer Schaufel in der Hand, stürmt Abdallah zum benachbarten Vorhof. Als er ihn erreicht, fliegt die Pforte auf. Ari wird durch den Stoß zu Boden geschleudert. Die beiden Eindringlinge greifen nach ihren Waffen. Noch bevor sie die Pistolen auf Ari richten können, ist der Wächter zur Stelle. Der erste Schaufelhieb erwischt einen der Männer am Arm. Mit einem Aufschrei lässt der seinen Revolver fallen und sucht augenblicklich das Weite. Alleingelassen, ergreift auch der Zweite die Flucht und landet direkt in den Armen des ›Blauen Fuchses‹, der inzwischen aus dem Fahrzeug gestiegen ist.

»Ihr Idioten!«, beschimpft er seine Gefolgsleute und hält sie an den Armen zurück, »der Deutsche liegt doch am Boden. Greift ihn euch!«

Die beiden Gauner zögern und zeigen auf Abdallah. Breitbeinig hat sich der Wächter zwischen den Türpfosten aufgebaut. In der Linken die Schaufel haltend, in der Rechten die Pistole des Gangsters.

»Wenn ihr nicht sofort verschwindet, hat eure letzte Stunde geschlagen!«, brüllt er dem Trio entgegen.

Die Augen des ›Blauen Fuchses‹ verformen sich zu feinen Schlitzen. Seine Mundwinkel spannen sich und wandeln sein Gesicht zu einer teuflischen Fratze. Die roten Strähnen seines Bartes werden vom Wind zur Seite geweht. Auch die Zipfel seines weiten blauen Gewandes flattern im Wind.

»Tötet ihn!«, herrscht er seine Männer an, »macht diesen Kerl fertig!«

Doch die beiden verweigern ihm die Gefolgschaft, reißen sich los und türmen in Richtung des Jeeps. Der ›Blaue Fuchs‹ überlegt nur einen Bruchteil einer Sekunde, ob er nun selbst zur Waffe greifen soll. Mitten in der Bewegung hält er inne und horcht kurz auf. Postwendend dreht er sich um und rennt ebenfalls zurück zu seinem Auto, so schnell, als ob der Teufel höchstpersönlich hinter ihm her sei. Abdallah bleibt verdutzt zurück und sieht den Räubern verwundert hinterher. Diese werfen den Motor an und machen sich mit Vollgas in Richtung türkische Grenze aus dem Staub.

Kaum sind sie verschwunden, wird dem Wächter klar, warum die Gangster Hals über Kopf geflohen sind: Motorengeräusche von mehreren Fahrzeugen nähern sich. Eine Wagenkolonne kommt über die Straßenkuppe und hält auf das Grabungshaus zu. Vorneweg ein amerikanischer Pick-up älterer Bauart, auf dessen Ladefläche vier schwerbewaffnete Männer sitzen. Es folgt ein schwarzer Mercedes, dessen hintere Fenster mit dunklen Gardinen verhangen sind. Auf dem Heck der Limousine prangt neben dem Stern der silberne Schriftzug ›500 SL‹. Den Abschluss bildet ein japanischer Geländewagen. Kaum hat dieser angehalten, stürmen fünf mit Maschinenpistolen bewaffnete Männer aus dem Wageninneren und umstellen schützend die schwarze Limousine. Dem ersten Fahrzeug entsteigt ein Mann in prachtvoller Uniform, der in Begleitung seiner Leibwächter langsamen Schrittes auf Abdallah zusteuert. Blitzartig lässt der Wächter die erbeutete Pistole in der Tasche seines Overalls verschwinden.

»Guten Tag, Abdallah,« begrüßt ihn der Ankömmling, »der Gouverneur wartet noch im gepanzerten Wagen, bis alles gesichert ist.«

Der Wächter nickt freundlich lächelnd und bittet den Mann in den Hof. Die Leibgarde des Regierungsvertreters schwärmt aus. Zwei positionieren sich auf der Dachterrasse, zwei am Eingangstor, die anderen bleiben in unmittelbarer Nähe der Limousine zurück. Ihre wachsamen Augen scheinen jede Bewegung in der Umgebung zu registrieren. Erst als einer der Sicherheitsbeamten vom Dach aus ein Zeichen gibt, öffnet sich die hintere Tür des Mercedes. Ein Mann Mitte fünfzig mit feistem Gesicht entsteigt dem Fond des Fahrzeugs. Der korpulente Herr im eleganten Anzug kommt auf Ari zu und begrüßt den Grabungsleiter überaus freundlich. Der hat sich inzwischen von seinem Schreck erholt und bittet die Gäste, ihm zur Restaurationswerkstatt zu folgen.

Auf dem Weg dorthin flüstert Abdallah dem Deutschen zu, kein Wort über den Vorfall mit dem ›Blauen Fuchs‹ zu verlieren, denn das könnte ihn seinen Posten kosten. Ari nickt und marschiert auf Inga zu, die an der Tür zur Werkstatt auf die Ankömmlinge wartet. Ari stellt sie als Restauratorin der Expedition vor. Der Gouverneur und sein Anhang grüßen die Frau nur beiläufig. Dabei hat

Inga keine Mühen gescheut und alles perfekt vorbereitet: Zehn säuberlich präparierte Tontafeln in bestem Erhaltungszustand liegen in ihrer Restaurationswerkstatt sorgfältig auf einem Kissen aus rotem Samt gebettet. Schöner könnten die ›Nagelbriefe‹ in keinem Museum präsentiert werden! Schnell ist das schäbige Umfeld vergessen. Der Blick eines jeden wird sofort auf die Tontafeln mit den feinen Keilschriftzeichen gelenkt.

Der Gouverneur bestaunt die Fundstücke zunächst eingehend von allen Seiten und wendet sich dann an Ari: »Ich habe jeden Tag Akten und Schriftstücke aller Art auf meinem Schreibtisch. Aber einen Brief von einem unserer Vorväter aus längst vergangenen Tagen würde ich gerne einmal in die Hand nehmen. Darf ich?«

Inga verdreht die Augen, geht dann aber zum Tisch, hebt eines der Samtpölsterchen mit der darauf liegenden Tontafel an und tritt vor den Regierungsvertreter: »Bitte, Herr Gouverneur, ein assyrischer Brief aus dem zwölften Jahrhundert vor Christus.«

Der Herr im braunen Anzug mustert Inga von oben bis unten, zupft seine bunte Krawatte zurecht, bevor er nach der Tontafel greift: »Oh mein Gott! Ein Nagelbrief der Assyrer! Wie fein die Zeichen in den Ton geritzt sind. Unsere Ahnen waren große Künstler und die mächtigsten Herrscher weit und breit!«

Nachdem er die Tontafel von allen Seiten betastet und ausgiebig beäugt hat, reicht er sie an Ari zurück.

»Vielen Dank, Mister Ari, dass Sie mir die Freude gemacht haben, einen so alten Brief unserer Vorfahren aus der Nähe zu betrachten.« Der Gouverneur verbeugt ein wenig und sagt: »Wenn ich Ihnen einmal behilflich sein darf, lassen Sie es mich wissen! Ab sofort stehen Sie unter meinem persönlichen Schutz, dem Schutz des Gouverneurs der Provinz Raqqa!«

Nach einem Tee wendet sich der Gouverneur an seinen Adjutanten: »Zeit zu gehen! Die Rückfahrt ist lang und beschwerlich. *Yallah!*«

Ari verneigt sich höflich, reicht dem Gouverneur die Hand und verabschiedet ihn mit den Worten: »Mein Haus ist dein Haus!«

Sein Gegenüber lächelt glückselig: »Danke! Sie haben viel über unsere Bräuche gelernt in der *Jezirah*! Auch mein Haus steht Ihnen jederzeit offen! Wenn Sie im nächsten Jahr zurückkehren, besuchen Sie mich im Gouverneurspalast in Raq-qa.« Nachdem der Gouverneur in seiner Limousine Platz genommen hat, schlagen seine Sicherheitsleute die Wagentür zu. Mit argwöhnischen Blicken prüfen sie, ob keine Gefahr droht. Erst dann besteigen auch sie ihre Fahrzeuge. Ari winkt ihnen noch einmal zu. So schnell, wie sie aufgetaucht war, verschwindet die Wagenkolonne des Gouverneurs hinter den Sandbänken der Wüstenpiste.

Erleichtert atmet Ari auf: »Wir hatten eben verdammtes Glück, als der ›Blaue Fuchs‹ hier auftauchte! Das hätte ins Auge gehen können!«

Abdallah wischt sich den Schweiß von der Stirn: »Das hätte in der Tat schief gehen können! Aber keine Angst, mein Bruder, ich werde gleich Abu Abud informieren. Wir stellen wieder Wachen auf, um unsere Ausgrabungsstelle vor den Dieben zu schützen. Der ›Blaue Fuchs‹ soll nur kommen!«

Aris Blick gleitet auf seine Armbanduhr: »Für Inga und mich ist es Zeit, uns zu verabschieden, Abdallah. Wir müssen pünktlich in Raqqa sein, denn wir müssen die Tontafeln noch im Museum abliefern.«

Die beiden Freunde umarmen sich. Ari spürt durch die Kleidung, wie heftig Abdallahs Herz pocht. Tränen rinnen dessen Wangen hinunter und vermischen sich mit denen von Ari. Sie halten sich bestimmt eine Minute lang umarmt. Immer wieder drückt Abdallah seinen deutschen Freund noch fester an die Brust, will ihn gar nicht mehr loslassen. Noch einmal schaut ihm der Wächter tief in die Augen:

»Komm wieder, Ari, mein Haus ist dein Haus! Für immer – so lange ich lebe!« Dann greift der Wächter in seine Jackentasche und überreicht ihm ein kleines, Päckchen: »Ein Abschiedsgeschenk für dich, mein Bruder. Es wird dich und deine Familie schützen. Es soll dich aber auch immer an mich erinnern, damit du mich niemals vergisst!«

Ari nimmt das sorgfältig in Packpapier eingeschnürte Präsent entgegen, das ihm in diesem Augenblick mehr wert ist als jede Tontafel. Er ist nicht fähig, zu antworten. Die Stimme versagt. Zu tief berührt ihn der Abschiedsschmerz von den geliebten Menschen, die ihm so nahe stehen, vor allem von seinem Bruder Abdallah. Inga sitzt derweilen schon hinter dem Steuer des Grabungsfahrzeugs und winkt zum Seitenfenster hinaus: »Bis zum nächsten Jahr, Abdallah! Leb wohl!«

Als Ari die Hände seines Freundes loslässt und wortlos das Auto besteigt, ahnt er noch nicht, dass dies ein Abschied für immer sein wird.

»Mein Haus ist dein Haus!«, ruft Abdallah dem abfahrenden Auto hinterher, »Auf ewig, mein Bruder!«

Auf dem Weg nach Raqqa hält Ari das Paket des Wächters wie einen Schatz in den Händen. Nachdem sie im Museum der Provinzhauptstadt die Tontafeln abgeliefert haben, begleitet sie der Direktor der Antikenverwaltung bis zum Auto. Ihm fällt Abdallahs kleines Paket ins Auge, das Ari während des Ausladens auf dem Beifahrersitz hat liegen lassen:

»Ari, was ist das für ein kleines Paket? Ist das auch noch eine Tontafel?«

Ari winkt ab: »Nein, nein! Das ist ein persönliches Geschenk unseres Wächters an mich. Ich habe noch keine Ahnung, was es ist.«

Der Direktor runzelt die Stirn: »Dann solltest du lieber nachschauen. Nicht, dass man dir am Zoll Schwierigkeiten bereitet!«

An den Grenzübergang hat Ari noch gar nicht gedacht.

»Du hast Recht!«, pflichtet ihm Ari bei. »Ich wollte das Paket eigentlich erst in Deutschland öffnen, aber es wohl besser, jetzt nachzuschauen, was darin enthalten ist. Zudem bin ich neugierig, was Abdallah mir geschenkt hat! Er tat so geheimnisvoll, als er mir das kleine Paket überreichte.«

Mit schnellen Griffen entwirrt Ari die Kordel, die um das Paket geschnürt ist und reißt die Verpackung auf. Obenauf liegt ein handgeschriebener Brief. Darunter kommt ein rechteckiges Amulett aus Silber zum Vorschein. Ari überreicht dem Direktor den in Arabisch abgefassten Brief und bittet ihn um eine Übersetzung. Der Antikenverwalter überfliegt den Text und beginnt den Inhalt ins Englische zu übersetzen:

»*Ein Glücksbringer für meinen Bruder Ari, versehen mit einem Zauberspruch von Scheich Ahmed, dem Heiligen der Wüste. Er soll dich und deine Familie vor allem Bösen bewahren. Löse niemals die Bindung, sonst verliert der Zauber seine magische Kraft! Dein Bruder Abdallah.*«

Ari betrachtet das rechteckige Amulett, das an einer kleinen Kette hängt, von allen Seiten. Die Oberseite ist mit einem Pflanzen-Ornament verziert. An der Schmalseite des Talismans entdeckt er einen kleinen Schieber, den er behutsam zur Seite zieht. Im Innern des Amuletts steckt ein mehrfach zusammengefaltetes Stück Papier, um das eine Schnur in Form einer ›Acht‹ gewunden ist.

»Solche Glücksbringer werden von alten Beduinen unter der Kleidung getragen«, erläutert der Museumsdirektor.

»Dein Freund Abdallah hat wohl *Scheich* Ahmed gebeten, einen speziellen Zauberspruch zum Schutz für dich und deine Familie anzufertigen. Der Spruch wird von dem heiligen Mann auf ein Stück Papier geschrieben und anschließend mit einer Schnur umwickelt. Dabei werden magische Formeln rezitiert, die jeglichen Fluch und auch den ›Bösen Blick‹ von dem Besitzer abwenden sollen.«

Ari verschließt das Amulett wieder und antwortet: »Ein ungewöhnliches Geschenk! Ich werde den Talisman hüten wie meinen Augapfel!«

17. Im Souk von Aleppo

»So, nun habt ihr meine Geschichte gehört. Hier endet mein Bericht über die Ausgrabung Tell Chuēra.« Ari lässt seinen Blick über die Wellen des Euphrat-Stausees hinweggleiten, während die Touristen, die die ganze Zeit lang nahezu reglos den Erzählungen gelauscht haben, langsam aus ihrer Traumreise erwachen. Rob streckt seine Glieder auf dem Boot aus, das sich nun wieder dem Ufer, dem Ausgangspunkt ihres Bootsausflugs, nähert.

»Alle aussteigen! Unser Bus wartet! *Yallah, yallah* – schnell, schnell!«

Kayes treibt die Reisenden wie gewöhnlich zur Eile an. Im Gänsemarsch verlassen die Urlauber die Barkasse und winken dem Kapitän noch einmal zu:

»Ein unvergessliches Erlebnis, diese Bootsfahrt auf dem Euphrat!«, schwärmen einige, als sie noch einmal einen letzten Blick auf den majestätisch dahinfließenden Fluss werfen. Schon kurze Zeit später verschwindet der Stausee am Horizont und es geht auf der holprigen Teerstraße gen Aleppo, dem nächsten Etappenziel.

Nach gut zwei Stunden erreicht der Bus die ersten Vororte von Aleppo. Nach der tagelangen Fahrt durch kaum besiedelte Wüstengebiete wissen die Reisenden plötzlich gar nicht, wohin sie zuerst blicken sollen. Menschen in bunten Trachten drängen sich in dem Wirrwarr von verwinkelten Gassen, die sich durch enge Häuserschluchten schlängeln. Weiß getünchte Häuserfronten wechseln sich mit mausgrauen Fassaden ab. Manche Gebäude zieren hölzerne Erker und Vorsprünge, die sich an Balkone schmiegen, von denen köstlicher Bratenduft hinunter auf die Passanten weht. Armdicke Stromkabel hängen von Betonmasten in langen Schlaufen zwischen den Behausungen. Ein Knäuel von wesentlich dünneren Telefonleitungen windet sich in tausenden von Abzweigungen wie Lianengewächse um die Elektrokabel. Ein schier undurchdringlicher Dschungel aus verzweigten Drahtseilen und Leitungen hängt über den Köpfen der Menschenmassen, die vor grell beleuchteten Geschäften flanieren oder mit Kaufleuten feilschen. Einige Passanten versuchen, die gegenüberliegende Straßenseite zu erreichen. Als Fußgänger ein Himmelfahrtskommando, denn man muss sich im dahinfließenden Verkehr Schritt für Schritt durch die endlose Flut von Fahrzeugen quälen.

Wer zum ersten Mal nach Aleppo kommt, muss sich zunächst an das chaotische Treiben auf den Straßen gewöhnen. Auch an das nicht enden wollende Hupen der Autos, mit denen die Fahrer jeden noch so kleinen Spurwechsel ankündigen oder Fußgänger vor sich hertreiben. Wozu blinken, wenn man mit ausgestrecktem linken Arm aus dem geöffneten Autofenster Handzeichen geben kann? Die allgegenwärtige Hupe unterstützt das jeweilige Ansinnen des Fahrzeugführers lautstark.

Abb. 18: Hölzerne Hausfassade in Aleppo

Eselskarren, Händler mit zweirädrigen Handwagen und die laut knatternden Motorroller auf drei Rädern behindern den wild dahinjagenden Autoverkehr. Schimpftiraden genervter Zeitgenossen begleiten hier und da das Geschehen. Dennoch läuft alles - zur Überraschung des westlichen Besuchers - höchst unaufgeregt ab. Es gibt kaum Zwischenfälle und nur sehr selten Unfälle, da sich alle recht aufmerksam in diesem organisierten Chaos fortbewegen, über das die ständig präsente Polizei mit Argusaugen wacht. Auch in Aleppo stehen an allen größeren Kreuzungen Motorradstreifen bereit, Verkehrssünder jederzeit aus dem wabernden Sumpf von Fahrzeugen herauszupicken. Fahrer werden an Ort und Stelle für ihr Fehlverhalten zur Rechenschaft gezogen. Busfahrer Adnan zeigt auch hier sein fahrerisches Können. Er scheint sein Gefährt wie auf himmlischen Rollen durch das teuflische Durcheinander zu bewegen. Vorbei am Wahrzeichen der Innenstadt, dem ›Bāb al-Faraj‹[7], dem Uhrenturm, der sich auf einer verkehrsumbrandeten Insel wie ein weißer Finger in den blauen Himmel erhebt, um jeden Passanten darauf aufmerksam zu machen, was die Stunde geschlagen hat.

Abb. 19: Diwan im Hotel Tourath in Aleppo

---

[7] Aussprache: Bab al-Faradsch

Der Bus hält mitten in der Altstadt. Wieder einmal muss die deutsche Reisegruppe ihre Koffer durch eine schmale Gasse zur Unterkunft schleppen. Dafür werden die Reisenden im Hotel Tourath mit einem bezaubernden Ambiente verwöhnt. Wie schon in Damaskus, so wohnen sie auch in Aleppo in einem altehrwürdigen Haus. Stolz verkündet der Besitzer, dass es sich ursprünglich um ein Wohnhaus aus dem fünfzehnten Jahrhundert nach Christus handele, das er liebevoll zu einem Hotel umgestaltet habe.

Er hat nicht zu viel versprochen: Die Zimmer sind zwar klein, aber von erlesener Eleganz. Auch hier liegen die Räumlichkeiten um einen Innenhof gruppiert, der so malerisch ist, dass das syrische Fernsehen im Anwesen eine Szene für eine sog. ›Daily Soap‹ dreht, eine dieser Endlos-Serien, die auch in syrischen Medien Einzug gehalten haben. Um die Aufnahmen nicht zu stören, werden die Zimmer auf die Schnelle an die ausländischen Gäste verteilt. Noch keine zwanzig Minuten später stehen sie alle - angeführt von Kayes - auf der Straße und machen sich auf in den Souk von Aleppo, dem größten überdachten Basar des Orients. Über zwölf Kilometer wuchern die engen Handelsgassen inmitten der Millionenmetropole Aleppo. Hier ist Ari zu Hause. Hier braucht er keinen einheimischen Führer, der ihm die schönsten Plätze des Basars erklärt. Er verabschiedet sich von der Gruppe, um auf eigene Faust auf Entdeckungsreise zu gehen.

Auch wenn ihm viele der Mitreisenden während der letzten Tage ans Herz gewachsen sind, so geniest er jetzt das Gefühl, sich ganz alleine durch die verwinkelten Basarstraßen treiben zu lassen. Ohne Ziel, ohne Kaufabsichten lässt sich Ari vom Sog der dahinströmenden Massen in das Labyrinth von Einkaufspassagen hineinziehen. Diese enden meist an einem belebten Platz, von dem kaum beleuchtete Gässchen abzweigen. Ari biegt in eine solche Kaufmannstraße ab. Ein Tonnengewölbe beugt sich schützend über seinem Kopf. Auf den ersten Blick ein dunkler unterirdischer Gang. Doch alle zehn Meter ist die Decke durchbrochen, so dass die Sonne gleißendes Licht als hellen Strahl in das halbdunkle Labyrinth schicken kann. In diesem Irrgarten von Geschäften, Läden, improvisiert eingerichteten Verkaufsräumen und Magazinen ist das Gedränge der Menschen am undurchdringlichsten. Wie ein Stück Treibholz lässt sich Ari vom Strom der Basarbesucher mitreißen. Vorbei an einer Unzahl kleiner Läden, in denen, dicht an dicht, gleichartige Waren angepriesen werden. Dies ist das Prinzip eines orientalischen Souks: Waren einer Gattung werden in einer Verkaufsstraße feilgeboten. Der Kunde hat den Vorteil, dass er sämtliche Angebote Tür an Tür vergleichen kann.

Abb. 20: Im Souk von Aleppo

Ari steht nun im ›*Souk al-Saboun*‹, dem ›Seifen-Basar‹. Es duftet herrlich nach den Ingredienzen der berühmten Aleppiner Seife, die aus Olivenöl hergestellt wird. Weiter geht es zum ›Schmuck-Souk‹, wo goldgelbe Ketten und Ringe in gleißendem Kunstlicht um die Wette schillern. Ari schlendert durch den ›Gewürz-Souk‹. Jedem Sternekoch würde das Herz aufgehen, wenn er vor den vielfältigen Zutaten für Speisen stehen würde. Pfefferkörner in allen Farbnuancen sind zu kunstvollen Gewürzpyramiden aufgetürmt. Daneben häufen sich spitze Berge mit würzigem Kreuzkümmel, rote Türme aus getrockneten Paprikaschoten. Zimt und Nelkenknospen versprühen ihren Duft. Daneben liegen Pistazien,

Nüsse und Mandeln aus. Frisch geröstete Kaffeebohnen verbinden sich mit dem Aroma von Kardamom und kitzeln den Gaumen eines jeden Passanten.

Ein Händler schiebt einen Handkarren durch das Gewühl und preist einen Berg frischer Rosenblätter an. Im Nu weht ein Hauch von Rosenduft durch den engen Gang. Das Feilschen der Kunden, das lautstarke Anpreisen der Waren und die Schreie der Eselstreiber, die ihre schwer beladenen Tiere durch die Menge treiben, lassen Ari seine Umwelt vergessen. Ganz gefangen von den fremdländischen Eindrücken saugt er die einzigartige Atmosphäre dieses orientalischen Marktes in sich auf. Seine Nase wird umschmeichelt von den vielfältigen Wohlgerüchen. Seine Ohren haben sich schnell an den tosenden Lärm unter den überdachten Hallen und Gängen gewöhnt. Alles ist hier so exotisch und ihm doch so vertraut, auch wenn er schon viele Jahre nicht mehr hiergewesen ist.

Abb. 21: Stoffhändler im Souk von Aleppo

Seine Füße tragen ihn in eine Seitengasse, zum ›Souk al-Balistan‹, wo es etwas stiller zuzugehen scheint. Kurze Atempause nach dem Trubel. Riesige Teppiche hängen von Balustraden herab, bereit, den Fußboden von Palästen zu schmücken. Grob gewebte Kelims werden neben feinster Knüpfkunst aus Persien feilgeboten. Ari kann sich nicht sattsehen an Farben und Formen dieser traditionellen Handwerkskunst. Immer wieder wird er von Händlern eingeladen, sich ihre Ware näher zu betrachten. Ari kostet es einige Mühe, ihnen klarzumachen, dass er im Flugzeug keinen schweren Teppich mitnehmen könne.

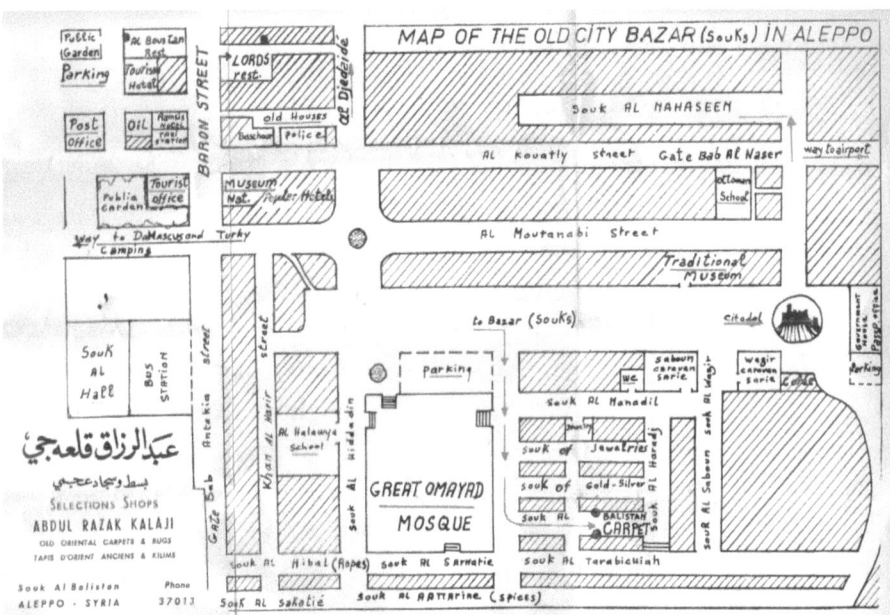

Abb. 22: Souk von Aleppo - handgezeichneter Plan

»Kein Problem! Du gibst mir deine Adresse. Ich schicke dir den Teppich nach Hause. Alles einfach!«, verspricht ein Kaufmann, »bezahlen brauchst du jetzt auch nicht. Erst, wenn der Teppich bei dir zu Hause angekommen ist. Wir vertrauen dir. Schließlich bist du ein Deutscher!«, schmeichelt der Teppichhändler augenzwinkernd. Nein, Ari ist zum Bedauern des Händlers nicht in Kauflaune.

»Kein Problem! Vielleicht überlegst du dir es noch einmal und besuchst morgen meinen Laden. Bei mir, Abdul Razak Kalaji, kannst du die besten Teppiche von ganz Aleppo kaufen, mein Freund! Hier, nimm diesen Plan vom Souk. Ich habe darauf mein Geschäft eingezeichnet.« Mit eiserner Beharrlichkeit drückt der Händler Ari einen handgezeichneten Lageplan in die Hand.

»Schau, der Weg zu meinem Teppichladen ist mit Pfeilen markiert. Du brauchst ihnen morgen nur zu folgen, dann findest du mich ganz bestimmt wieder!«

Ari blickt in ein entwaffnendes Grinsen und bedankt sich artig für die Übersichtskarte, auf der die wichtigsten Monumente der Stadt und die größten Basarstraßen mit ein paar Federstrichen skizziert sind.

»Du kannst dich an der Zitadelle orientieren. Von dort ist es nicht weit bis hierher!«

Während Ari den Plan zusammenfaltet und in die Gesäßtasche seiner Jeans steckt, zündet sich Abdul Razak Kalaji genüsslich eine Zigarette an:

»Mein Name und sogar meine Telefonnummer stehen auf dem Plan. Ich erwarte dich morgen!«

Ari ist immer wieder beeindruckt von der Geschäftstüchtigkeit der Aleppiner Kaufmannschaft. Die Kaufleute im Souk von Aleppo sind zwar nicht so aufdringlich wie diejenigen, die sich in Touristenzentren wie Kletten an den Fremden hängen, aber eine gewisse Bauernschläue ist ihnen nicht abzusprechen.

Vor dem Laden des Teppichhändlers sitzt ein recht betagter Mann mit schmalem Oberlippenbärtchen auf einem Hocker, der die Szene aufmerksam verfolgt hat. Während er die Glieder seiner Gebetskette durch die Finger gleiten lässt, zupft er Ari am Ärmel:

»Ich nix Teppich, ich habe Antik«, radebrecht der Alte in gebrochenem Deutsch und lächelt Ari mit hellwachen Augen an. Seine knochigen Finger umklammern den Unterarm des Archäologen: »Komm mit, ich dir zeigen.«

Widerwillig, aber dennoch voller Spannung lässt sich Ari von dem Alten in eine Gasse ziehen, an deren Ende ein Lädchen mit Schaufenster liegt.

»Das mein Geschäft. Viel Antik!«, behauptet das Männchen, der in ein graues, hemdartiges Gewand gehüllt ist und ein weißes Käppi mit Häkelsaum auf dem

Kopf trägt. Diese Mütze, die sogenannte ›Erkija‹, ist das Zeichen eines ›Hadji‹, eines Mannes, der die für Moslems vorgeschriebene Pilgerreise nach Mekka erfolgreich unternommen hat. Deshalb spricht Ari ihn mit dem Ehrentitel an:

Abb. 23: Der alte Hadji

»*Hadji*, welche antiken Dinge bietest du in deinem Geschäft an?«, will er wissen, »hast du alten Beduinenschmuck?«

Der Kaufmann grinst vielverheißend, während er die Tür zu seinem Lädchen aufschließt: »Alles gibt es!«, krächzt er, »alles antik! Silberschmuck von Beduinen. Münzen. Römische Münzen. Sehr alt. Habe noch ältere Antiken – von Assyrern!«

Ari ist mit einem Schlag alarmiert: »Von Assyrern?«, wiederholt er ungläubig. Der Alte nickt, schaut noch einmal zur Tür hinaus, um sich zu vergewissern, dass ihnen niemand gefolgt ist. Die Luft ist rein! Der Alte schiebt Ari in den Verkaufsraum und verschließt anschließend sorgsam die Ladentür. »Man muss heutzutage vorsichtig sein!«, brummt der Händler auf Arabisch, »überall Spitzel und Neider, die dich an die Antikendirektion verraten, wenn du alte Sachen anbietest.«

Das Innere des Ladens gleicht einer geöffneten Schatztruhe. Waren jeglicher Art sind hier aufeinandergetürmt. Aris Augen tasten die Regale ab, die bis zur Decke reichen. Alles vollgestopft mit Töpfen aus Messing, ziselierten Serviertabletts, Türklopfer in Form von Löwenköpfen, dazwischen ein komplettes Porzellan-Service mit Blumenmotiv, das eindeutig in Europa hergestellt worden sein muss. Ari hebt eine Tasse auf, um die Unterseite zu untersuchen. Zu seiner Überraschung trägt der Trinkbecher einen Stempel, den er mitten im Souk von Aleppo nicht erwartet hätte: ›Sarreguemines‹. Das Geschirr stammt also aus Saargemünd, der französischen Nachbarstadt von Saarbrücken. Ist mit Sicherheit während der französischen Kolonialzeit hier in Aleppo gelandet, sagt er zu sich selbst.

»Du Interesse?«, fragt ihn der Alte mit Blick auf das Geschirr.

»Nein, nein. Mich interessieren nur sehr alte Gefäße. Hast du etwas Assyrisches?«, erwidert Ari. Er würde zwar niemals ein antikes Gefäß kaufen, geschweige denn außer Landes schmuggeln - was ihn als Archäologe brennend interessiert ist, ob der Alte tatsächlich echte Ware oder Fälschungen anbietet.

Der *Hadji* grinst verschmitzt und verschwindet hinter dem Tresen, auf dem eine Registrierkasse aus den vierziger Jahren des letzten Jahrhunderts steht. Alleine dieses Teil wäre museumsreif, wie so vieles, was Ari in dem kleinen Lädchen unter verstaubten Tüchern hervorzieht. Endlich kommt der Alte zurück. In seinen Händen hält er ein kleines braunes Täfelchen, das über und über mit Keilschriftzeichen beschrieben ist.

»Das ist ja eine Tontafel!«, ruft Ari im ersten Moment des Glücks aus, »wo hast du die her?«

Der Alte runzelt die Stirn: »Geheimnis! Niemand darf wissen!«

Vorsichtig legt er Ari das Stück auf die flache Hand. Ari erkennt sofort, dass es sich um ein Original handelt. Und die Zeichen sind sogar sehr gut erhalten! Jetzt müsste Steff hier sein! Der würde den Text im Nu herunterlesen! Mal sehen, ob ich etwas erkennen kann. Er geht näher ins Licht und beginnt die Zeichen in der ersten Zeile, so gut er es vermag, zu entziffern. Ari benötigt eine ganze Weile, bis er die Lesung der Keilschriftzeichen in den ersten beiden Zeilen halbwegs herausgefunden hat. Silbe für Silbe reimt er sich den Text zusammen und liest:

»*A-na EN pa-ḫe-te ša* ^URU*Ḫar-be qí-bi-ma*«

»Zum Verwalter der Stadt Ḫarbe sprich!«

Der Text trifft ihn wie ein Hammerschlag. Ihm ist sofort klar: Diese Tontafel ist an einen hohen Beamten der assyrischen Stadt Ḫarbe gerichtet. Das Stück muss also aus der Ausgrabung in Tell Chuēra stammen! In seiner Erregung packt Ari den Alten mit seiner Linken so fest an der Schulter, dass dieser vor Schmerz aufjault:

»Woher hast du diesen ›Nagelbrief‹?«, faucht er den Händler in vorwurfsvollem Ton an, »gehörst du zu einer Bande von Dieben?«

Der Alte entzieht sich wutschnaubend dem festen Griff des Deutschen: »Was fällt dir ein?«, schimpft er auf Arabisch, »ich zeige dir assyrische Antiquitäten, und du behandelst mich wie einen Räuber!«

Ari entschuldigt sich für seine harsche Reaktion. Der Alte nuschelt etwas in seinen Bart. Wahrscheinlich verflucht er mir jetzt sämtliche Knochen im Leib, denkt sich Ari. Noch einmal betrachtet er das gut erhaltene Schriftstück von allen Seiten. Kein Zweifel. Das Exemplar ist echt und auf der Vorder- und Rückseite beschrieben. In der Tat eine noch unbekannte Tontafel aus Tell Chuēra in bestem Erhaltungszustand. Welch ein glücklicher Zufall! Ari muss in ihren Besitz gelangen, koste es, was es wolle! Der Inhalt dieser Tafel könnte wissenschaftlich von höchster Wichtigkeit sein.

»Hast du noch weitere Tontafeln?«, will Ari von dem Alten wissen. Der verneint. »Dann verrate mir bitte, wie du in den Besitz dieses antiken Stücks gelangt bist. Wer hat sie dir gebracht?«

Der Händler im weißen Käppi betrachtet ihn argwöhnisch von oben bis unten: »Wozu willst du das wissen? Was geht dich das an? Willst du kaufen oder nicht?« Der Ton des Händlers wird nun zunehmend fordernder.

»Was verlangst du für diese Tontafel, *Hadji*?«, erkundigt sich Ari.

Der Alte zögert einen Moment und überlegt. Noch bevor er antworten kann, pocht es am verschlossenen Ladeneingang. Der Kaufmann zuckt zusammen. Beide verharren still. Nun donnern noch heftigere Schläge gegen die verriegelte Tür. Mit einem blitzschnellen Griff, den man dem Alten nicht zugetraut hätte, reißt er die Tontafel an sich. Ari versucht den Händler zu beruhigen, doch der winkt ab und bedeutet ihm, sich still zu verhalten. Langsam schleicht der Alte hinüber zum Schaufenster seines Lädchens und späht vorsichtig über die Auslagen nach draußen. Es klopft erneut. Eine tiefe Stimme fordert Einlass. Urplötzlich erhellt sich das Gesicht des Alten. Es scheint, dass er den Tonfall des Unbekannten vor der Tür erkannt hat. Er dreht den Schlüssel im Schloss und öffnet. Ein Hüne steht breitbeinig im Eingang.

»Guten Tag, mein Freund,«, begrüßt der Alte den Fremden, dessen massiger Körper in ein tiefblaues Gewand gehüllt ist. »Stell dir vor, da ist ein Deutscher, der die Tontafel kaufen möchte, die du mir gestern in Verwahrung gegeben hast. Er ist neugierig und möchte wissen, woher das Stück stammt. Vielleicht kannst du ihm ja Auskunft darüber geben?«

Der Alte reckt bei seinen Worten die Tontafel in die Höhe. Noch bevor er sich versieht, entreißt ihm der Ankömmling das uralte Schriftstück und rennt wie von allen Teufeln gejagt davon.

»Der ›Blaue Fuchs‹!«, entfährt es Ari.

Er stürmt an dem Alten vorbei hinaus auf die Straße und hetzt dem Gauner hinterher. Der ›Blaue‹ stürzt sich mitten in das geschäftige Treiben des Basars. Ari kann ihm zwar noch um ein paar Häuserecken folgen, doch irgendwann verliert sich die Spur des Gauners im Menschengedränge des riesigen Basars. Ari erkundigt sich bei Passanten, ob sie einen in Blau gekleideten Mann mit auffallend roten Haaren gesehen hätten. Vergebens! Der ›Blaue Fuchs‹ ist ihm ein weiteres Mal entwischt – und dazu mit einer Tontafel, die er mit Sicherheit aus ihrer Ausgrabung in Tell Chuēra geraubt hat! Erst als sich in den Abendstunden die Pforten des Souks von Aleppo schließen, kehrt Ari zum Hotel zurück. Er ist untröstlich, dass er die gestohlene Tontafel nach so vielen Jahren erneut verloren geben muss.

Am nächsten Morgen macht sich Ari noch einmal auf die Suche nach seinem Widersacher. Die ganze Nacht spukte ihm die geraubte Tontafel im Kopf herum. Welchen Inhalt könnte der assyrische ›Nagelbrief‹ haben? Vielleicht habe ich Glück und erwische den Rotschopf doch noch irgendwo im Souk von Aleppo!, redet er sich ein. Er durchstreift die Gassen, befragt zahlreiche Antiquitätenhändler und Schmuckverkäufer. Doch alle Mühe ist vergeblich. Keiner hat den rothaarigen Hünen im blauen Dress gesehen. Seine letzte Hoffnung ist der alte Hadji. Wenn einer weiß, wo der ›Blaue Fuchs‹ steckt, dann dieser Mann! Doch wo war noch dessen Laden? In dem Labyrinth des Basars von Aleppo den unscheinbaren Laden des alten Mekka-Pilgers wiederzufinden, ist reine Glückssache! In diesem Wirrwarr von Gassen und Läden, die dicht an dicht gebaut sind, fällt eine Orientierung sehr schwer! Ari will schon fast aufgeben, als ihm einfällt, dass er doch gestern den handgezeichneten Plan des Teppichhändlers in seine Hosentasche gesteckt hat. Von dort aus war es nicht weit bis zum Lädchen des *Hadji*! Ari zieht die zerknitterte Karte des Souks aus der Gesäßtasche. Gut, dass ich den Fetzen Papier nicht weggeworfen habe!, sagt er zu sich selbst.

Er erinnert sich an die Worte von Abdul Razak Kalaji, dem Teppichhändler: »Orientiere dich an der Zitadelle von Aleppo und folge der eingezeichneten Markierung!«

Ein paar Minuten später steht Ari vor dem monumentalen Aufgang zur Zitadelle. Die mittelalterliche Festungsanlage thront wie ein erhabener Königssitz über der Metropole. Ein wahrhaft fürstliches Monument aus gelb schimmernden Steinquadern! Ein Blick auf den Plan verrät ihm, wo er sich hinwenden muss. Ari folgt den aufgemalten Pfeilen. Vor der prächtigen Moschee biegt er ab in die engen Gassen des Souks. Links von ihm leuchten die Auslagen der Gold- und Silberschmiede, die ihn ansonsten immer anziehen wie ein Magnet. In diesem Moment hat er kein Auge für kunstvoll gestalteten Schmuck. Ari hastet weiter.

Endlich! Er steht vor dem Laden von Abdul Razak Kalaji, der ihm mit ausgebreiteten Armen entgegeneilt und ihn überschwänglich begrüßt:

»Willkommen, deutscher Freund, du hast es dir also überlegt und möchtest einen Teppich bei mir kaufen. Ich versichere dir, bei mir erhältst du die beste Ware zu einem niedrigen Preis!«

Der Händler will ihn am Arm in den Verkaufsraum ziehen, doch Ari winkt ab: »Nein, nein! Ich bin auf der Suche nach dem Lädchen des alten *Hadji*, der gestern hier bei dir gesessen hat. Ich muss ihn unbedingt sprechen!«

Schlagartig entweicht das Lachen aus dem Gesicht des Teppichhändlers.

»Du willst also nichts bei mir kaufen?«, fragt er mit frostigem Unterton.

Ari verneint. Pikiert wendet ihm der Kaufmann den Rücken zu, nimmt einen bunten Kelim zur Hand und beginnt diesen demonstrativ mit der Hand auszuklopfen. Wütende Flüche über die Knausrigkeit deutscher Touristen begleiten sein Tun. Ari erkennt, dass er von diesem Mann keinerlei Auskünfte erhalten wird. Der Laden des *Hadji* kann nicht weit sein. Ari kramt in seinem Gedächtnis und rekonstruiert im Geiste den gestrigen Laufweg, den er von hier aus in Begleitung des Alten genommen hat. Noch immer hat er den Plan in den Händen. Krampfhaft suchen seine Augen nach einem Orientierungspunkt. Er biegt mal rechts, mal links in eine Gasse. Plötzlich steht er vor einem kleinen Schaufenster, das über und über mit Waren jeglicher Art vollgestopft ist.

Da ist ja der Laden des *Hadji*! Ari stellt sich auf die Zehenspitzen und wirft einen Blick in den spärlich beleuchteten Verkaufsraum. Er entdeckt den Alten, der wild gestikulierend hinter dem Tresen steht. Er scheint nicht alleine zu sein, doch ist niemand anderes zu sehen. Ari atmet noch einmal tief durch, bevor er dir Tür zum Verkaufsraum öffnet. Der alte Mann fährt wie vom Blitz getroffen zusammen. Kreidebleich steht er vor Ari, der versucht, ein Lächeln aufzusetzen.

»Guten Morgen«, grüßt er den Händler, der nahezu bewegungslos verharrt, unfähig, den Gruß zu erwidern. »Hat es dir die Sprache verschlagen, dass ich wieder zu dir zurückkehre?«, fragt ihn Ari provokativ.

Ohne ein Wort zu verlieren, dreht sich der *Hadji* um und zieht mit hastigen Bewegungen einen schweren Brokat-Vorhang zu, um den Blick in den rückwärtigen Teil des Raumes zu verdecken. Ohne sich von der Stelle zu bewegen, greift der Händler nach einer Halskette, die vor ihm auf dem Tresen liegt. Sichtlich nervös streckt er Ari das Collier entgegen:

»Möchtest du alten Schmuck kaufen?«, fragt er mit zitternder Stimme.

»Du weißt, warum ich hier bin, *Hadji*«, erwidert Ari barsch. »Ich bin auf der Suche nach dem Mann, der dir den assyrischen ›Nagelbrief‹ zum Verkauf angeboten hat.«

Der Kaufmann kommt ins Schwitzen. Mit fahrigen Bewegungen legt er die Kette zurück auf den Verkaufstisch und beginnt mit beiden Händen sein weißes Käppchen zurechtzurücken.

»Ich kann dir nicht sagen, wo der Kerl steckt. Ich habe ihn nur zweimal im Leben gesehen. Zum ersten Mal als er mir die Tontafel angeboten hat, und bei der zweiten Begegnung warst du gestern selbst anwesend. Ich kenne weder seinen Namen, noch weiß ich, woher er kommt!«, stammelt der Alte. »Ich schwöre es dir beim Leben meines ältesten Sohnes!«

Ari macht noch einen Schritt auf den Händler zu, der abwehrend seine beiden Arme ausstreckt: »Bleib mir vom Leib, Deutscher!«, zetert er mit weinerlichem Unterton.

»Keine Angst, ich tu dir nichts!«, beruhigt ihn Ari. »Ich wollte von dir nur wissen, wo sich der ›Blaue Fuchs‹ aufhält - mehr nicht.«

Der Alte atmet auf: »Glaube mir, ich habe keine Ahnung, wo sich dieser Herr aufhält«, versichert er erneut.

»Dieser Herr?«, schnauzt ihn Ari an, »das ist kein Herr, sondern ein übler Erzgauner, dieser ›Blaue Fuchs‹. Und ich rate dir, dich künftig nicht mit diesem Ganoven einzulassen. Er hat den Teufel im Leib!«

Dem Kaufmann rinnt der kalte Schweiß von der Stirn. Mit weit aufgerissen Augen steht er vor Ari, der die Angst des Alten förmlich riechen kann.

»Gehst du jetzt zur Polizei?«, fragt der Händler kleinlaut.

»Nein, du brauchst keine Angst zu haben. Ich liefere dich nicht ans Messer. Befolge nur meinen Rat und meide künftig Geschäfte mit dem ›Blauen Fuchs‹! Verstanden?« Der *Hadji* nickt, während er aufgeregt von einem Bein auf das andere wankt. Ari bleibt die Unsicherheit des Kaufmanns nicht verborgen. Er bemerkt aber auch, dass bei diesem Mann nichts in Erfahrung zu bringen ist und beschließt, zu gehen. Beim Verlassen des Lädchens wendet er sich noch einmal um und ruft in den Verkaufsraum:

»*Hadji*, hüte dich vor dem ›Blauen Fuchs‹!«

Aris Blick fällt auf seine Armbanduhr. Gleich elf Uhr. Um zwölf hat er sich mit der Reisegruppe vor dem Eingang des Museums verabredet. Er bricht seine Suche nach dem ›Blauen‹ ab und macht sich auf den Rückweg.

Kaum ist Ari außer Sichtweite, wird der Vorhang im Laden des alten *Hadji* zur Seite geschoben. Eine kräftige Hand packt den Kaufmann an der Gurgel und zieht ihn zu einem massigen Körper in blauem Gewand. Die Schneide eines Krummdolchs kommt der Gurgel des Kaufmanns bedrohlich nahe:

»Du hattest Glück! Ein falsches Wort, und dein letztes Stündlein hätte geschlagen, Alter!«

Die tiefe Bassstimme des ›Blauen Fuchses‹ dröhnt drohend durch den Raum.

»Lass mich am Leben! Ich werde dich niemals verraten, mein Herr!«, fleht der Alte.

Der Ganove stößt den Kaufmann mit einem kräftigen Stoß zur Seite: »Wer mich verrät, lebt nicht mehr lange! Merke dir das, *Hadji*!« Die Klinge seiner Waffe ist auf den Kaufmann gerichtet, der sich mit schlotternden Knien am Tresen festklammert. »Ein falscher Ton, und ich oder einer meiner Brüder statten dir einen Besuch ab!« Ohne den Alten aus den Augen zu lassen, steckt der ›Blaue Fuchs‹ seinen Krummdolch mit einer langsamen Bewegung zurück in die Scheide. Unablässig fixiert er sein Gegenüber:

»Ich denke, wir haben uns verstanden!«. Der Kaufmann nickt, am ganzen Leibe zitternd. Ohne Eile, doch mit forschen Schritten verlässt der Hüne den Laden, schaut sich noch einmal nach allen Seiten um, bevor er im Menschengedränge des Souks von Aleppo entschwindet.

Fünf Tage später sitzt Ari mit den anderen Touristen im Flugzeug. Am Vorabend haben sie sich alle von Reiseleiter Kayes und Busfahrer Adnan bei einem opulenten Abendessen verabschiedet. Aus dem sonnigen Syrien landen sie bei stürmischem Wetter auf dem Frankfurter Flughafen, wo bereits ein Reisebus auf sie wartet. Auf der Rückfahrt nach Saarbrücken herrscht bedächtige Stille. Alle hängen ihren Erinnerungen an die jüngsten Erlebnisse nach. In Saarbrücken angekommen, sagt man sich ›lebe wohl‹ – herzlich, aber kurz. Jeder geht seines Weges. Auf die Schnelle vereinbart man, sich auf jeden Fall wieder zu treffen, doch jeder weiß insgeheim, dass Urlaubsfreundschaften schon nach kurzer Zeit verblühen wie Blumen im Spätherbst. Nur Rob bleibt weiterhin mit Ari in Verbindung. Sie telefonieren häufig und schreiben sich fast täglich Emails. Das Arbeitsleben in Deutschland hat sie schon bald wieder im Griff, doch die Erinnerungen an ihre gemeinsame Reise durch Syrien lassen Rob und Ari nicht los.

18. Der Brief des Wüstensohns

Ein Jahr ist nunmehr seit Aris Reise nach Syrien vergangen. Rob ist heute wieder bei ihm zu Besuch. Seit ihren gemeinsamen Erlebnissen in Syrien ist zwischen ihnen eine tiefe Freundschaft entstanden. Wieder und wieder ermuntert Rob seinen Freund, seine Erlebnisse als Archäologe in der syrischen Wüste niederzuschreiben. So auch heute:

»Es war alles so spannend, was du uns über die Ausgrabungen in der *Jezirah* erzählt hast, Ari! Daraus musst du ein Buch machen! Gerade jetzt, wo der Bürgerkrieg in Syrien ausgebrochen ist und das Land ins Chaos gestürzt ist. Wir sind vielleicht die letzten Touristen, die die Pracht des alten Syriens zu Gesicht bekommen haben. Hast du eigentlich jemals wieder etwas von deinem Freund Abdallah, dem Wächter von Tell Chuēra, gehört?«

Ari steht auf und geht hinüber zu einem Schrank, auf dem ein kleines Holzkästchen steht. Er öffnet den Deckel und entnimmt dem Behältnis einen blassblauen Brief.

»Dies ist die letzte Nachricht, die ich von Abdallah erhalten habe. Sie stammt aus dem Jahr 1996.«

Rob betrachtet den Briefumschlag, auf dem etwas auf Arabisch gekritzelt ist.

»Ist das die Schrift von Abdallah?«

Ari nickt.

»Erzähl schon, was steht in dem Brief?«, will Rob nun wissen.

Ari geht wortlos zu seinem Arbeitszimmer und kehrt mit einem Stapel beschriebenem Papier zurück, das er Rob entgegenstreckt.

»Ich habe deinen Rat befolgt und fleißig an meinem Manuskript über Syrien gearbeitet. Lies das vorletzte Kapitel!«

Rob lässt die Blätter durch die Finger gleiten: »Ganz schön dick dein Entwurf!«

Er lehnt sich in den Sessel zurück, schlägt die Stelle auf und beginnt zu lesen:

Wenn Ari von der Arbeit nach Hause zurückkehrt, führt ihn sein erster Gang zum Briefkasten. Zwischen einigen weißen Briefumschlägen kommt heute ein blassblauer, kleinformatiger Brief mit blau-roten Schraffierungen am äußeren Rand zum Vorschein. ›MIT LUFTPOST - PAR AVION - BY AIR MAIL‹ ist oben links in großen Lettern eingedruckt. In krakeliger Schrift sind Aris Name und seine Adresse auf den Briefumschlag gekritzelt. Auf der Rückseite ein paar Zeilen in arabischer Handschrift, wohl der Name des Absenders. Die Briefmarken verraten das Herkunftsland des Briefes: Syrien! Noch in der Haustür stehend öffnet Ari den Umschlag. Ein verstaubtes, leicht vergilbtes Papier kommt zum Vorschein. Ein Blatt mit kleinen Rechenkaros und vorgelochtem Rand, wie sie es immer während der Ausgrabungen für handschriftliche Notizen benutzt haben. Die Vorder- und Rückseite des Schriftstücks sind in arabischer Handschrift vollgeschrieben. Er erkennt den Schreibstil sofort, auch wenn er die Worte nicht lesen kann: Der Brief muss von Abdallah, dem Wächter, verfasst worden sein. Die Unterschrift ist eindeutig. Nur zu oft hat er zugesehen, wenn Abdallah Rechnungen quittiert hat. Das ist seine Signatur! Es gibt keinen Zweifel!

Verdammt! Zu blöd, dass ich noch immer nicht gelernt habe, die arabische Schrift zu lesen, verflucht Ari sich selbst. In der Schule wurde er in Englisch, Französisch und Latein unterrichtet. An der Universität hat man ihm später sogar assyrische Keilschrift beigebracht, aber warum hat er nie Arabisch lesen und schreiben gelernt? Während er durch den Hausflur stapft, fällt ihm ein, wer ihm bei der Übersetzung des Briefes behilflich sein könnte: Kassem, ein ehemaliger Student, der aus dem Libanon stammt und schon seit über zwanzig Jahren in Saarbrücken lebt. Ihm war Ari vor einigen Jahren bei der Abfassung seiner Magisterarbeit behilflich. Kassem ist diplomierter Dolmetscher. Er ist der Richtige, um den Brief zu übersetzen! Noch im Mantel ruft Ari bei seinem früheren Studienkollegen an:

»Klar übersetze ich dir das Ding!«, gibt der Libanese zur Antwort, »ich habe leider kein Auto. Komm doch zu mir nach Hause. Ich hätte jetzt Zeit.«

Ari macht sich umgehend auf den Weg. Unterwegs schießt ihm vor allem eine Frage durch den Kopf: Wie geht es seinem Freund, seinem Bruder Abdallah? Der Brief wird ihm mit Sicherheit Aufschluss darüber geben. Der Verkehr stockt in der Innenstadt von Saarbrücken. Der Archäologe ertappt sich, wie er die vor ihm Herfahrenden als ›lahme Enten‹ und ›Schnarchnasen‹ beschimpft. Es kann ihm nicht schnell genug gehen! Endlich steht er vor dem hohen Mietshaus, in dem Kassem seine Bleibe hat. Ari drückt die Klingel – viel zu lange, viel zu heftig. Die quäkende Stimme aus der Gegensprechanlage wettert:

»Hey, Ari, bist du das? Du läutest ja das ganze Haus zusammen!«

Der summende Ton des automatischen Türöffners erlöst Ari von seiner Ungeduld. Er drückt die Eingangstür auf. Kein Fahrstuhl! Er fliegt die Treppe hinauf. Völlig außer Atem erreicht er die vierte Etage. Kassem erwartet ihn schon in der geöffneten Wohnungstür mit breitem Grinsen:

»Du hast es aber eilig, mein Freund, langsam, langsam! Komm mal runter! Lass uns einen Tee trinken!«

Da ist sie wieder, diese orientalische Gelassenheit! Doch Ari brennt vor Ungeduld und streckt seinem Gegenüber den blassblauen Briefumschlag entgegen: »Lies vor, bitte schnell!«

Kassem ist Orientale durch und durch. Drängen lässt der sich nicht! Anstatt den Brief entgegenzunehmen, stellt er Ari in aller Seelenruhe ein Paar Pantoffeln vor die Füße. Der Archäologe ringt um Fassung, entledigt sich eilig seiner Straßenschuhe und schlüpft in die Filzpantinen. Der Libanese hilft ihm aus dem Mantel und hängt diesen an die Garderobe, um dann gemächlichen Schrittes zum Wohnzimmer vorauszugehen. Ari folgt ihm auf dem Fuße und würde sich am liebsten an Kassem vorbeidrängen, um als Erster im Salon anzukommen. Wie kann man nur so langsam laufen?, fragt sich Ari. Erneut streckt er dem Dolmetscher den Brief entgegen. Der winkt nur ab, watschelt zu Aris Entsetzen zur Küche, um gleich darauf mit einem ziselierten Kupfertablett zurückzukehren, auf dem zwei kleine Gläser und eine Kanne stehen. Mit bedächtigen Bewegungen setzt er das Tablett auf dem Fußboden ab und lädt Ari ein, auf einem der Sitzkissen Platz zu nehmen. Ari fällt auf das weiche Polster und will Kassem nun endlich das Schreiben überreichen, doch der greift zur Kanne und füllt die beiden Gläser mit herrlich duftendem Tee. Dann lässt er sich ebenfalls im Schneidersitz nieder und strahlt Ari an:

»Mein Haus ist dein Haus, guter Freund. Probier erst einmal den Tee!«

Ari könnte verzweifeln. Im Orient hat er sich an diese Lebensweise gewöhnt. Mehr noch: Er hat sie schätzen, ja lieben gelernt. Dieser entspannte Umgang mit der ›Zeit‹, der den Abendländlern abhandengekommen ist. Orientalen haben Zeit, sie lassen sich Zeit. In Syrien trinkt man zur Begrüßung erst einmal einen Tee oder Kaffee, bevor man über das Geschäftliche spricht. Aber hier in Deutschland will Ari das nicht akzeptieren. Als ob Kassem seine Gedanken gelesen hätte, nimmt er das Gespräch auf:

»Ari, du bist viel zu hektisch! Was ist los? Mach dir doch ein wenig von der orientalischen Gelassenheit zu eigen. Du wirst sehen, dann lebt es sich leichter - auch hier in Deutschland.«

Kassem schlürft behaglich das heiße Getränk aus seinem Teeglas.

Wie kann er nur so grausam langsam sein!, denkt sich Ari, genau so muss es auch dem assyrischen König ergangen sein, wenn er mit Hochspannung auf die neuesten Nachrichten wartete und abwarten musste, bis der Schriftgelehrte ihm den ›Nagelbrief‹ vorlas. Kassem nimmt noch einen Schluck, bevor er Ari den Brief aus den Händen nimmt. Endlich! Ari würde ihm am liebsten den Umschlag wieder aus den Händen reißen, so umständlich entfaltet Kassem den zusammengefalteten Brief.

Er hält es nicht mehr aus und bettelt: »Bitte, Kassem, lies endlich vor!«

Der Libanese lacht verschmitzt und setzt sich in Pose. Dann beginnt er vorzulesen. Feierlich, mit übertriebenen Pausen und Betonungen:

»Im Namen Allahs, des Erlösers, des Barmherzigen! Für meinen lieben Bruder Ari, den ich nie vergessen habe. Bruder, ich bete zu Gott, dass dieser Brief bei dir ankommt, und dass es dir und deiner Familie gut geht. Lieber Bruder Ari, ich wünsche dir alles Gute in deinem Leben! Während ich diesen Brief schreibe, fließen meine Tränen in Strömen und ich weiß nicht, wie ich dir meine Liebe und meine Sehnsucht beschreiben soll! Du, mein Bruder, du bedeutest mir mehr als mein eigener Bruder. Ich bitte dich, nicht böse zu sein, weil ich wenig Briefe geschrieben habe, aber ich kannte deine Adresse nicht. Ich bin dir aber böse, weil du mir nicht geschrieben hast! Von deinen Kollegen sind immer mal welche herunter gefahren, und auch Klaus hat mir keinen Brief von dir mitgebracht. Lieber Bruder, mir geht es gut und es fehlt mir nichts - außer, dich wieder zu

sehen! Ich bitte dich, mir zu schreiben und mir zu sagen, wie es dir und deiner Familie geht, und übermittele dir meine Grüße, du bester Freund. Ich warte auf deinen Besuch und würde mich sehr freuen, wenn du mein Gast wärest.

Dein Bruder Abdallah

P.S.: Schöne Grüße auch von Jasim, und ich bitte dich um Verzeihung. Alle, die dich hier unten kennengelernt haben, lassen dich von Herzen grüßen.

Auf Wiedersehen, mein lieber Bruder!

Abdallah«

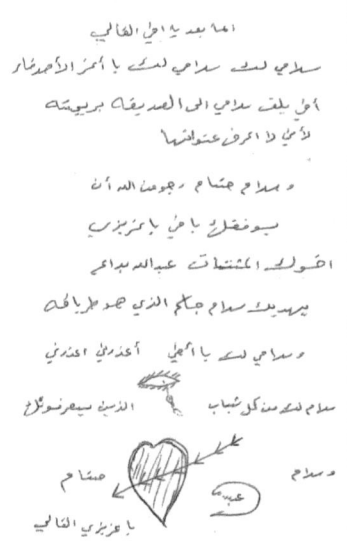

Abb. 24: Abdallahs Brief

Kassem senkt seine Stimme. Jedes Wort seiner Übersetzung hat Ari mitgeschrieben. Minutenlang bleiben die beiden Männer fast reglos nebeneinandersitzen, bis der Dolmetscher das Schweigen bricht:

»Ich habe schon viele Briefe ins Deutsche übersetzen müssen, aber zum ersten Mal, den eines Beduinen an einen Deutschen«, bemerkt er schmunzelnd. »Der Brief des Wüstensohns beweist eines: Dieser Abdallah liebt dich wirklich von ganzem Herzen!«

Ari ist zu Tränen gerührt. »Du hast Recht, Kassem«, bekennt er mit stockender Stimme, »es ist in der Tat eine einzigartige Freundschaft zwischen ihm und mir.«

Der Libanese schaut noch einmal auf das Schreiben: »Ich bin noch nicht fertig mit der Übersetzung. Es folgt nun ein neuer Abschnitt ganz am Ende des Briefes, den ein gewisser Jasim geschrieben hat.«

Ari ist vollkommen perplex: »Jasim, unser Grabungskasper, hat auch etwas geschrieben?«

Sofort hat Ari wieder den Stift zur Hand und notiert Kassems Übersetzung Wort für Wort:

»Mein lieber Freund, ich grüße dich. Du mein bester Freund, und einen schönen Gruß auch an Bine. Leider kenne ich ihre Adresse nicht. Grüße von Jasim und ich bete, dass es dir gut geht und dass du Glück hast im Leben.«

Neben der Unterschrift ist ein Herz aufgemalt, das von einem Pfeil durchbohrt wird. Darüber ein Auge, aus dem Tränen fließen. Eine Zeichnung wie aus Kinderhand.

Wortlos gibt Kassem den Brief an Ari zurück. Minutenlang starrt der auf das Schreiben, bis es aus ihm heraussprudelt:

»Mein Entschluss steht fest: Ich muss wieder zurück in die syrische Wüste. Zurück in die *Jezirah*! Du kannst mir glauben, Kassem, bei nächster Gelegenheit bin ich dort! Seit vielen Jahren habe ich das Land nicht mehr besucht. Ich muss meine syrischen Freunde wiedersehen! Den Dorfältesten Abu Abud, unseren Grabungskasper Jasim, vor allem aber Abdallah, den Wächter!«

Ari steckt das Schreiben wieder zurück in den Briefumschlag. Die Männer trinken noch ein paar Gläser Tee, bevor sich Ari auf den Nachhauseweg macht:

»Ich danke dir sehr für die Übersetzung, Kassem. Leb wohl!«

Sie verabschieden sich mit einem Bruderkuss auf die rechte und linke Wange, so wie es bei engen Freunden im Orient Sitte ist.

Zu Hause angekommen, zieht Ari die Mitschrift von Kassems Übersetzung aus der Jackentasche. Noch einmal überfliegt er die Zeilen seines Freundes Abdallah. An einem Satz bleibt er hängen:

›Lieber Bruder Ari, ich wünsche dir alles Gute in deinem Leben!‹

Ari lehnt sich in seinem Sessel zurück. Die Erinnerungen an die syrische Wüste ziehen an seinem inneren Auge vorbei wie Wolken an einem Sommertag. »Auch ich wünsche dir alles Gute im Leben, mein guter Abdallah!« Noch einmal fällt Aris Blick auf den Brief des Wüstensohns, den er anschließend in einem intarsierten Holzkästchen aus Aleppo bis zum heutigen Tag wie einen Schatz verwahrt.

Rob legt das Manuskript zur Seite und schaut seinen Freund eine Weile an.

»Hast du noch mehr geschrieben?«

Ari geht noch einmal zum Arbeitszimmer und kehrt mit einem zweiten, noch viel umfangreicheren Paket zurück:

»Ich war fleißig. Ich habe zunächst nur ein Buch schreiben wollen - nun ist das Manuskript so umfangreich geworden, dass man gleich mehrere Bände daraus machen kann. Den Ersten hältst du bereits in deinen Händen. Ich habe ihm den Untertitel ›Der Blaue Fuchs‹ gegeben.«

Rob grinst: »Ob dieser Erzgauner noch lebt?«

Ari zuckt mit den Schultern: »Wer weiß? Vielleicht blüht gerade jetzt in den Kriegswirren sein mieses Geschäft. Ich persönlich hoffe, dem Halunken nie wieder über den Weg zu laufen! Schau dir bitte den zweiten Teil meines Manuskripts an, Rob.«

Ari reicht seinem Freund einen Stapel Papier herüber.

»Das ist die Rohfassung von dem Teil, in dem ich die historische Geschichte des ›Königs der vier Weltgegenden‹ festgehalten habe. Bin gespannt, wie dir die altorientalische Story gefällt!«

Rob lächelt zufrieden: »Schenk mir bitte noch ein Glas Wein ein, bevor ich mich in das Land der Assyrer stürze.« Er rückt die Leselampe ein Stück näher, lehnt sich zurück und beginnt mit der Lektüre.

19. Der ›König der vier Weltgegenden‹

Bei der Bearbeitung der Keilschrifttexte ist Steff ist ein gutes Stück vorangekommen. Tagelang hat er sich in Saarbrücken in der der Universitätsbibliothek vergraben, um die Inhalte der assyrischen Texte aus Tell Chuēra ins Deutsche zu übersetzen. Heute ist es so weit: Er hat sich am Morgen mit Ari verabredet, um ihn über den Stand seiner Forschungen zu unterrichten.

Ari steht mit Herzklopfen vor der Tür zur Bibliothek der Altorientalistik. Er klopft kurz an und tritt in den langgezogenen Raum, an dessen Wände sich die Regale unter der Last der Keilschriftliteratur biegen. Bücher über Bücher auf Gestellen, die bis zur Decke reichen. Die Exemplare im obersten Bord sind nur mit Hilfe einer Leiter erreichbar. Am hinteren Ende sitzt Steff an seinem Schreibtisch und brütet über der Umschrift einer Tontafel, deren Erhaltungszustand sehr schlecht gewesen ist.

»Komm, setz dich zu mir, Ari«, fordert er seinen Freund auf.

Während der Grabungsleiter sich einen Stuhl heranzieht, stapelt Steff eine Vielzahl von kleinen Zetteln übereinander, auf denen handschriftliche Notizen vermerkt sind. Ari schaut neugierig zur anderen Seite des Schreibtisches, in der Hoffnung, schon jetzt eine Entdeckung zu machen. In aller Seelenruhe schiebt Steff einen weiteren Papierstapel in die Mitte des Tisches. Dann richtet er seinen Oberkörper auf und schlägt mit der flachen Hand theatralisch auf den vor ihm liegenden Papierstapel:

»Leider müssen wir dem Ausgräber der Tontafeln von Tell Chuēra mitteilen, dass er nur ein recht bescheidenes Archiv aus der assyrischen Zeit entdeckt hat. Man muss neidlos eingestehen, dass die Berliner Kollegen, die die assyrische Provinzhauptstadt Dūr-Katlimmu ausgegraben haben, wesentlich mehr Keilschrifttexte gefunden haben als wir. Dafür haben es die Nagelbriefe aus Tell Chuēra aber in sich! Die Fachwelt wird mit Sicherheit über die Ergebnisse staunen!«

Ari wird nun zunehmend ungeduldiger:

»Spann mich nicht auf die Folter, Steff, leg los! Was hast du herausgefunden?«

Er kann es kaum erwarten, Neuigkeiten über den Inhalt der Keilschrifttafeln aus ihrer Ausgrabung zu erfahren.

Steff nimmt ein vor ihm liegendes Blatt zur Hand: »Ich habe zunächst die Texte grob übersetzt, um den Inhalt zu verstehen. Einige Tontafeln sind mit einem Datum versehen, dadurch lässt sich der Zeitraum exakt bestimmen, in dem die Briefe, Wirtschaftstexte und Listen geschrieben wurden. Alle Keilschrifttexte aus Tell Chuēra stammen aus der Regierungszeit des Königs Tukulti-Ninurta I., der im Jahr 1233 vor Christus den Thron bestiegen und bis zum Jahr 1197 über Assyrien regiert hat. In dieser Zeit wurden also die Texte von Tell Chuēra, das in der Antike ›Ḫarbe‹ hieß, abgefasst.«

Ari beginnt immer unruhiger auf seinem Stuhl hin und her zu rutschen: »Das wissen wir doch schon längst. Was konntest du noch ausfindig machen? Was wird die Fachwelt aufhorchen lassen? Los, rück schon raus mit der Sprache!«. Der Archäologe würde seinen Freund am liebsten kräftig an den Schultern rütteln, damit dieser endlich zur Sache kommt.

»Nur die Ruhe, Ari! Ich lese dir jetzt meine Übersetzungen vor. Es ist noch nicht alles perfekt, aber du wirst ein ganz anderes Bild von der Stadt erhalten, die du seit Jahren ausgräbst! Entspann dich, und höre mir zu, dann erfährst du Neuigkeiten aus dem Land der Assyrer.«

Steff räuspert sich noch einmal und beginnt die Übersetzungen der Tontafeln aus Tell Chuēra vorzutragen. Nach jedem einzelnen Brief, nach jeder Urkunde oder Liste, fachsimpeln die beiden Freunde über den Inhalt des jeweiligen Dokuments. Ari staunt, wie viele Textzeugnisse aus der mittelassyrischen Epoche Steff in der Kürze der Zeit bereits zusammengetragen hat. Auf dem Tisch liegen stapelweise Kopien von Texten aus der assyrischen Hauptstadt Assur im heutigen Irak, aus Dūr-Katlimmu, der Provinzhauptstadt im Nordosten Syriens, die Übersetzungen von Tontafeln, die holländische Kollegen in einer assyrischen Festungsstadt in der syrischen *Jezirah* entdeckt haben. Daneben unzählige Fragmente, Inschriften und viele andere Abschriften, die die Schreiber am Hof des assyrischen Königs Tukulti-Ninurta I. hinterlassen haben. Botschaften eines mächtigen Assyrerkönigs vom Ende des zwölften Jahrhunderts vor Christus, der schon zu Lebzeiten den Ehrentitel ›König der vier Weltgegenden‹ tragen durfte.

Nachdem Steff das letzte Schriftstück aus Tell Chuēra beiseitelegt, steht Aris Entschluss fest: Die Geschichte der von uns ausgegrabenen Stadt ›Ḫarbe‹, seiner Bewohner und die damit verbundene Geschichte ihres Herrschers Tukulti-Ninurta I. muss der Nachwelt erzählt werden!

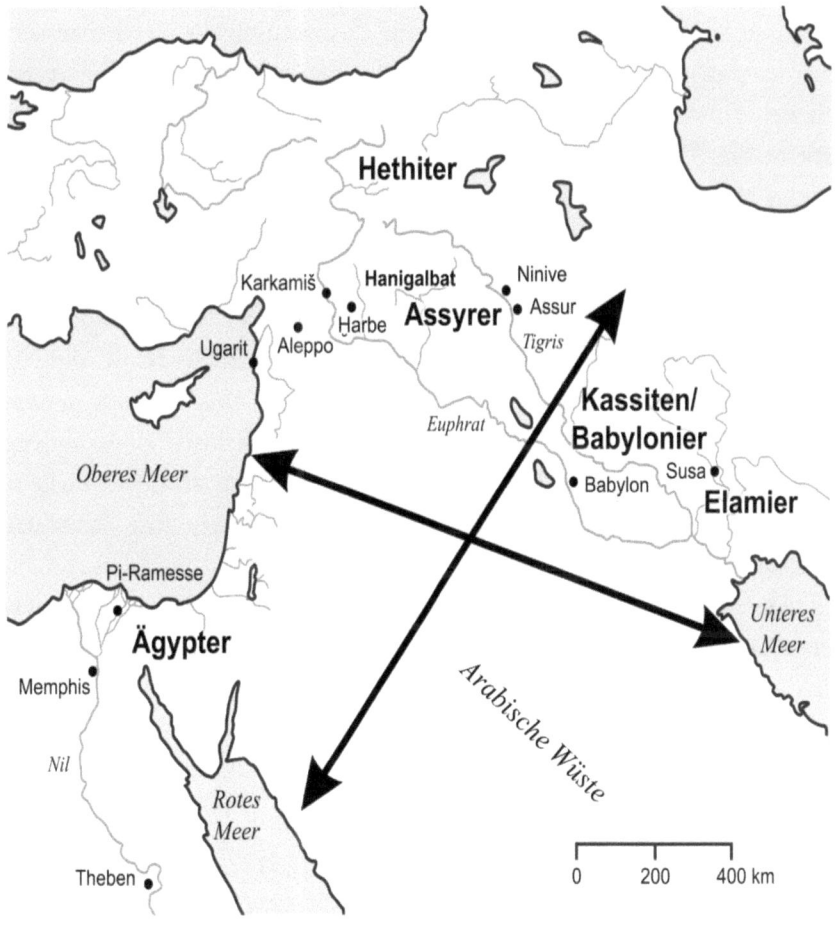

Abb. 25: Die vier Weltgegenden

»Darf ich mir Kopien von deinen Übersetzungen machen, Steff«, fragt Ari den Altorientalisten. Steff lächelt nur und schiebt ihm einen Packen Papierseiten über den Tisch: »Schon längst geschehen. Hier hast du alle Auswertungen der

Tontafeln als Kopien für dich. Ich kenne dich lange genug und weiß, dass du nicht darauf warten möchtest, bis ich die Texte in ein oder zwei Jahren publiziert habe. Wühle dich durch meine Unterlagen. Falls du auf einen interessanten Zusammenhang stoßen solltest, den ich übersehen habe, lass es mich wissen. Schließlich bilden wir beide ein Team!«

Ari stürzt sich in die Arbeit und beginnt, das wechselvolle Geschehen der Einwohner der assyrischen Festungsstadt Ḫarbe niederzuschreiben. Getragen vom Inhalt der Tontafeln, reisen Aris Gedanken wie auf einem fliegenden Teppich zurück in die Welt der Assyrer. Vertieft in die uralten Keilschrifttexte stößt er auf einen Namen: Puḫasenni. Nicht, dass dieser Mann eine besondere Rolle in den Texten aus Tell Chuēra spielt, nein – Ari ist nur der ungewöhnliche Name ins Auge gesprungen. Er klingt nicht assyrisch. Ari blättert in Steffs Unterlagen. Vielleicht hat sein Freund etwas über die Herkunft des Namens notiert. Nach einigem Suchen stößt er tatsächlich auf eine handschriftliche Notiz, die Steff an den Rand hingekritzelt hat: ›*Es handelt sich sicher um eine Variante des hurritischen Namens Puḫa-šenni.*‹ Nach allen Indizien, die sie bislang zusammengetragen haben, scheint dieser Mann ein Hurriter gewesen zu sein, was nicht weiter verwunderlich ist. Hurriter waren in der Spätbronzezeit eine Bevölkerungsgruppe, die im nördlichen Syrien, aber auch im heutigen Nord-Irak beheimatet waren. Doch Ari spürt, dass es mit diesem Hurriter etwas Besonderes auf sich haben muss. Er kann zwar noch nicht erklären, welche Rolle der Kerl damals spielte - aber er wird noch dahinter kommen! Noch einmal überfliegt er die Übersetzung des Keilschrifttexts:

2 sūtu Brot für die Mahlzeit
2 sūtu für den Weg
hat Puḫasenni, der Eilbote, erhalten[8]

Ari stutzt. Nicht weil der Eilbote Brote erhielt, die ihm bei seiner Ankunft in der Stadt als Verpflegung und Wegzehrung ausgehändigt wurden. Das war üblich zu jener Zeit. Der Eilbote erhielt seine Verpflegung nach einem staatlich festgelegten Hohlmaß, das die Assyrer ›*sūtu*‹ nannten. Er wundert sich, dass ein Hur-

---

[8] Stefan Jakob, Die mittelassyrischen Texte aus Tell Chuēra mit einem Beitrag von Daniela Janisch-Jakob. Vorderasiatische Forschungen der Max Freiherr von Openheim-Stiftung (Hrsg. Wolfgang Röllig). Band 2, Ausgrabungen in Tell Chuēra in Nordost-Syrien. Teil III (Wiesbaden 2009), 88, Tafel 21, 1-5.

riter für die Assyrer als Kurier im Einsatz war. Ein Ausländer erhält von den assyrischen Eroberern die Aufgabe, wichtige Dokumente zu transportieren? Boten, die Überbringer wichtiger Nachrichten, müssen das Vertrauen des Absenders genießen. Anscheinend haben die Assyrer diesem Mann vertraut, sonst wäre er nicht als Kurier in ihre Dienste genommen worden.

Ari muss mehr über diesen Mann in Erfahrung bringen, auch wenn er wohl nur eine untergeordnete Rolle im Machtgefüge jener Zeit spielte. Er macht sich auf die Suche, in welchen Städten der ungewöhnliche Name ›Puḫasenni‹ auch vorkommt. Inzwischen liegt ein ganzer Stapel Bücher auf Aris Schreibtisch, die sich mit Ausgrabungen in assyrischen Städten am Ende der Spätbronzezeit befassen. Gut, dass es in jeder Publikation einen Namensindex gibt!, denkt sich der Altertumsforscher und blättert eine Publikation nach der anderen durch. Ari wird fündig! Der Name ›Puḫasenni‹ wird in zahlreichen Texten erwähnt. Zuweilen erscheint er in einer anderen Schreibweise, wie z.B. ›Puḫazenni‹ oder ›Puḫašenni‹, aber es scheint sich um die gleiche Person zu handeln, die damals als Kurier sein Brot verdiente. Wer war dieser Mann? Was hat er am Ende des 13. Jahrhunderts vor Christus erlebt? Aris Forschergeist ist geweckt. Fieberhaft sammelt er jeden Hinweis, den er zu ›Puḫasenni‹ erhalten kann. Es ist schon weit nach Mitternacht, als er seine Ergebnisse noch einmal resümiert:

›Puḫasenni‹ war ein Hurriter, aufgewachsen im Land Ḫanigalbat, dem heutigen Nord-Syrien. Geboren wurde er unter der Fremdherrschaft der Mitanni, ein Volk, das in der Mitte des zweiten Jahrtausends vor Christus in Syrien einwanderte. Die Mitanni unterwarfen die dort lebende einheimische Bevölkerung, die Hurriter. Fortan bildeten die Mitanni die Oberschicht des Landes und weiteten ihr Herrschaftsgebiet bis an die Grenzen des Reiches der Assyrer und Hethiter aus. Doch im zwölften Jahrhundert vor Christus bröckelte ihre Macht. Das Reich zerfiel. Die Assyrer marschierten in Ḫanigalbat ein und vertrieben den letzten König der Mitanni.

Genau in dieser Zeit wird dem Pferdezüchter Ḫunnu ein Junge geboren. Er nennt seinen Erstgeborenen ›Senni‹, was auf Hurritisch ›Bruder‹ bedeutet, denn Ḫunnu wünscht sich nichts mehr als noch weitere Söhne - und Senni soll der große Bruder sein, der später auf die jüngeren Geschwister achten soll. An einem

Tag im Sommer des Jahres 1239 vor Christus soll sich für den Hurriterjungen Senni sein ganzes Leben verändern. Es ist der Tag, an dem ein Mitanni auf dem Gehöft seines Vaters erscheint und eine schier unglaubliche Forderung stellt. Es ist der Tag, an dem der ›König der vier Weltgegenden‹ seine unsichtbaren Hände nach Senni ausstreckt.

Abb. 26: Assyrischer Reiter

Ari lässt das Schicksal des jungen Hurriters namens Puḫasenni, den seine Freunde kurz ›Senni‹ nennen, nicht mehr los. Er beschließt, die faszinierende

Lebensgeschichte dieses Mannes zu ergründen. Noch in der gleichen Nacht beginnt Ari damit, sämtliche Keilschrifttexte aus der Regierungszeit des assyrischen Herrschers Tukulti-Ninurta I. nach weiteren Lebenszeichen des Mannes zu durchforsten, der am Ende des dreizehnten Jahrhunderts vor Christus als Eilbote in die Dienste des ›Königs der vier Weltgegenden‹ trat.

Am frühen Morgen, völlig erschöpft von der anstrengenden Sucherei in Monographien, Folianten und wissenschaftlichen Artikeln, kehrt Ari nach Hause zurück. Nachdem er die Haustür geschlossen hat, entledigt er sich seiner Schuhe und sinkt rücklings auf sein Bett, zu müde, sich zu entkleiden. Er verweilt einige Minuten und starrt auf die Decke über ihm. Seine Gedanken kreisen noch immer um Senni, den Königsboten. Langsam fallen Ari die Augen zu. Innerlich wehrt er sich gegen den Schlaf, den sein Körper so vehement fordert. Immer wieder schreckt er aus seinem Dämmerzustand auf und versucht, seine Gedanken zu ordnen. Aris Augenlider werden immer schwerer. Der Schatten, den die kleine Nachttischlampe an die Wand wirft, verschwimmt zu einer schemenhaften Gestalt, die sich Ari schnell nähert. Das geheimnisvolle Traumwesen prescht auf ihn zu. Es ist Senni, der Eilbote, hoch zu Ross, der seine Stimme erhebt:

»Folge mir nach Assyrien! Der ›König der vier Weltgegenden‹ erwartet dich!«

20. Anleitung beim Lesen arabischer Umschrift

Im Text werden hier und da arabische Worte oder Ausdrücke benutzt. Da es verschiedene Konventionen gibt, arabische Laute, Worte oder Ausdrücke ins Deutsche zu transkribieren, sei an dieser Stelle eine kleine Einführung in die im Buch verwendete Umschrift und deren Aussprache erlaubt. Dies ist lediglich als Hilfestellung für die Leserschaft zu verstehen und nicht als sprachwissenschaftliche Erläuterung!

Jezirah	*Dschesirah*	*(›J‹ = Dsch-Laut)*
Hadji	*Hadschi*	*(›dj‹ = dsch-Laut)*
Bāb	*Baab*	*(›ā‹ = langes a)*
Fūl	*Fuul*	*(›ū‹ = langes u)*
Souk	*Suk*	*(kurzes ›u‹)*
Ḥarbe	*Charbe*	*(›Ḥ‹ = wie in Bach)*
Rīḥ	*Riih*	*(›h‹ = aspiriertes ›h‹)*
Rīḥ	*Riih*	*(›ī‹ = langes ›i‹)*
Yallah	*Jallah*	*(›y‹ = ›j‹)*
Š oder š	*werden wie Sch oder sch ausgesprochen*	

21. Arabische Wörter und Begriffe

- *Abu*   *der Vater*
- *Agal*   *eine schwarze Kordel zur Befestigung der ›Kefije‹, des Kopftuchs*
- *Agrab*   *der Skorpion*
- *Bāb*   *Tür / Tor*
- *Bakschisch*   *ein Trinkgeld, eine Belohnung als Zusatzgratifikation*
- *Erkija*   *ein weißes Stoff-Käppchen mit Häkelsaum Ehrenzeichen eines Mekka-Pilgers*
- *Faidoz*   *das Arbeitsende; im übertragenen Sinn: ›der Feierabend‹*
- *Faruah*   *ein mit Lammfell gefütterter, knielanger Hirtenmantel*
- *Fūl*   *(Sau-)Bohnen*
- *Galabija*   *knöchellanges, hemdartiges Übergewand*
- *Hadji*   *einer, der die Pilgerreise nach Mekka absolviert hat*
- *Hamam*   *das Bad, das Badezimmer*
- *Hamra*   *rot*
- *Haram*   *die Sünde, der Frevel*
- *Haris*   *der Wächter*
- *Hōsch*   *der Hof; auch als Befehl für Tiere: vgl. ›Brrr‹*
- *Jezirah*   *›die Insel‹ – Bezeichnung der Wüstensteppe in Nordost-Syrien*
- *Kefije*   *arabisches Kopftuch, meist weiß oder kariert*
- *Kursi*   *ein niedriger Holzhocker mit einer Sitzfläche aus Bast*
- *Mudir/-a*   *der/die Chef/-in, der/die Leiter/-in*
- *Muschmusch*   *Aprikosen(-marmelade)*
- *Rīh*   *der Wind (Aussprache: Rih – mit gehauchtem ›h‹)*
- *Schador*   *schwarzer Umhang zur Verhüllung einer Frau*
- *Scheich*   *ein Stammesoberhaupt / Häuptling (Aussprache: Schejch - am Ende wie bei ›Bach‹)*
- *Schejtan*   *der Teufel; im übertragenen Sinn: Windhose; Tornado*
- *Souk*   *Basar / Basarstraße*
- *Tell*   *antiker Siedlungshügel; häufig Bestandteil orientalischer Ortsnamen*
- *Yallah*   *Los! Auf geht's! (Aussprache: Jalla)*
- *Wadi*   *ein ausgetrockneter Flusslauf*
- *Zanbil*   *ein (Gummi-)Korb, meist aus Altreifen hergestellt*

22. Abbildungsverzeichnis

Abb. 1: Karte von Syrien mit archäologischen Fundstätten; aus Winfried Orthmann, Tell Chuera, Ausgrabungen der Max Freiherr von Oppnheim-Stiftung in Nordost-Syrien. Amani Verlag Damaskus-Tartous / Rudolf Habelt Verlag Bonn in Kommission (1990), Seite 4, Abb. 1.

Abb. 2: Altarraum der Ananias-Kapelle in Damaskus; Foto des Autors, umgezeichnet von Vlad Hnatovskiy.

Abb. 3 Der ›Blaue Fuchs‹; Porträt-Zeichnung von Fatima Hamido.

Abb. 4: Gewürzhändler im Basar von Damaskus; Foto des Autors, nachbearbeitet von Josef Scherer.

Abb. 5: Brunnenhaus im Hof der Umayyaden-Moschee in Damaskus; Foto des Autors umgezeichnet von Vlad Hnatovskiy.

Abb. 6: Syrischer Überlandbus; Foto des Autors, umgezeichnet von Vlad Hnatovskiy.

Abb. 7: Ausgrabung Mumbaqat mit Ausblick auf den Jebel Aruda; Skizze von Jürgen ›Leo‹ Häffner, einem ehemaligen Zeichner der Expedition von Mumbaqat.

Abb. 8: Abdallah der Wächter; Porträt-Zeichnung von Fatima Hamido.

Abb. 9: Topographie des ›Kranzhügels‹ Tell Chuēra; aus. Winfried Orthmann, Tell Chuera, Ausgrabungen der Max Freiherr von Oppnheim-Stiftung in Nordost-Syrien. Amani Verlag Damaskus-Tartous / Rudolf Habelt Verlag Bonn in Kommission (1990), Seite 12, Abb. 5.

Abb. 10: Innenhof des Grabungshauses von Tell Chuēra; Skizze von Dorothee Wind.

Abb.11: Ari vor den Verhandlungen mit den Beduinen im Hof des Grabungshauses von Tell Chuēra; Foto von Andreas Hartmuth, umgezeichnet von Vlad Hnatovskiy.

Abb. 12: Ari; Porträt-Zeichnung von Fatima Hamido.

Abb. 13: Mittelassyrische Keramik aus Tell Chuēra; Kopie aus: Winfried Orthmann, Tell Chuēra, Ausgrabungen der Max Freiherr von Oppenheim-Stiftung in Nordost-Syrien. Amani Verlag. Damaskus-Tartous 1990, Rudolf Habelt Verlag GmbH Bonn in Kommission, Seite 43, Abb. 43, 1 und 2.

Abb. 14: Tell Chuēra - Grab C.33; Zeichnung des Autors in: Winfried Orthmann, R. Hempelmann, H. Klein, C. Kühne, M. Novak, A. Pruß, E. Vila, H.-M. Weicken, A.

Wener. Ausgrabungen in Tell Chuēra in Nordost-Syrien I, Vorbericht über die Grabungskampagnen 1986 bis 1992. Vorderasiatische Forschungen der Max Freiherr von Oppenheim-Stiftung, Band 2, Saarbrücken 1995, Seite 187, Abb. 92.

Abb. 15: Elfenbeinkamm aus Grab C.33 von Tell Chuēra; Kopie aus: Winfried Orthmann, R. Hempelmann, H. Klein, C. Kühne, M. Novak, A. Pruß, E. Vila, H.-M. Weicken, A. Wener. Ausgrabungen in Tell Chuēra in Nordost-Syrien I, Vorbericht über die
Grabungskampagnen 1986 bis 1992. Vorderasiatische Forschungen der Max Freiherr von
Oppenheim-Stiftung, Band 2, Saarbrücken 1995, Abb. 94,9.

Abb. 16: Alabasterrelief der ›Sebettu‹ aus Tell Chuēra; Kopie aus: Winfried Orthmann,
Tell Chuēra, Ausgrabungen der Max Freiherr von Oppenheim-Stiftung in
Nordost-Syrien. Amani Verlag. Damaskus-Tartous 1990, Rudolf Habelt Verlag GmbH
Bonn in Kommission, Seite 35, Abb. 33.

Abb. 17: Tontafel aus Tell Chuēra; Umzeichnung der Tontafel 92.G.208 aus: Stefan
Jakob, Die mittelassyrischen Texte aus Tell Chuēra in Nordost-Syrien mit einem Beitrag
von Daniela I. Janisch-Jakob. Vorderasiatische Forschungen der Max Freiherr von
Oppenheim-Stiftung. Herausgegeben von Wolfgang Röllig. Band 2, Ausgrabungen in
Tell Chuēra in Nordost-Syrien Teil III. Wiesbaden 2009, Tafel 9, 22, 92.G.208.

Abb. 18: Hölzerne Hausfassade in Aleppo; Foto des Autors nachbearbeitet von Josef
Scherer.

Abb. 19: Diwan im Hotel Tourath in Aleppo; Foto des Autors, umgezeichnet von Vlad
Hnatovskiy.

Abb. 20: Im Souk von Aleppo; Foto des Autors umgezeichnet von Vlad Hnatovskiy.

Abb. 21: Stoffhändler im Souk von Aleppo; Foto des Autors, nachbearbeitet von Josef
Scherer.

Abb. 22: Plan vom Souk von Aleppo; handgezeichnet vom Teppichhändler Abdul Razak
Kalaji aus Aleppo.

Abb. 23: Der alte Hadji; Foto des Autors, umgezeichnet von Vlad Hnatovskiy.

Abb. 24: Abdallahs Brief; Kopie der Rückseite des Originalschreibens.

Abb. 25: Die vier Weltgegenden; gezeichnet von Vladimir Hnatovskiy, nach Entwurf des
Autors.

Abb. 26: Assyrischer Reiter; Zeichnung von Hannah Vogt.

23. Literaturverzeichnis

Jakob, Stefan, Die mittelassyrischen Texte aus Tell Chuēra in Nordost-Syrien mit einem Beitrag von Daniela I. Janisch-Jakob. Vorderasiatische Forschungen der Max Freiherr von Oppenheim-Stiftung. Herausgegeben von Wolfgang Röllig. Band 2, Ausgrabungen in Tell Chuēra in Nordost-Syrien Teil III. (Wiesbaden 2009).

Klein, Harald, Die Grabung in der mittelassyrischen Siedlung; in: Winfried Orthmann et al., Ausgrabungen in Tell Chuēra in Nordost-Syrien I. Vorbericht über die Grabungskampagnen 1986 bis 1992. Vorderasiatische Forschungen der Max Freiherr von Oppenheim-Stiftung Band 2 (Saarbrücken 1995), Seite 185 – 201.

Winfried Orthmann, Tell Chuēra, Ausgrabungen der Max Freiherr von Oppenheim-Stiftung in Nordost-Syrien. Amani Verlag. Damaskus-Tartous 1990, Rudolf Habelt Verlag GmbH Bonn in Kommission.

Winfried Orthmann, R. Hempelmann, H. Klein, C. Kühne, M. Novak, A. Pruß, E. Vila, H.-M. Weicken, A. Wener. Ausgrabungen in Tell Chuēra in Nordost-Syrien I, Vorbericht über die Grabungskampagnen 1986 bis 1992. Vorderasiatische Forschungen der Max Freiherr von Oppenheim-Stiftung, Band 2, Saarbrücken 1995

24. Stichwortverzeichnis

Neuausgaben (2. Auflage) der Romanserie
Ari TUR – König der vier Weltgegenden

www.assur.jimdo.com
Mail: assur@t-online.de

Band 2: Der Pferdedämon (ISBN: 9783750416031)

Der Hurriter Senni gerät als Schuldknecht in die Fänge des rücksichtslosen Pferdezüchters Kikkuli aus dem Volk der Mitanni. Sein Dienstherr erklärt Senni zu seinem Ziehsohn und bildet ihn zu einem Pferdekundigen aus. Von der Brutalität seines Pflegevaters angewidert, flieht Senni gemeinsam mit zwei Freunden vom Gestüt und gerät dabei in die Kriegswirren zwischen Assyrern und Mitanni. Der elamische Bogenschütze Banū steht ihm bei – doch kann er Senni auch vor den dämonischen Kräften seines Ziehvaters bewahren?

Band 3: Die Elamische Schlange (ISBN: 9783750415881)

Der Hurriter Senni wird als Eilbote des Herrschers immer tiefer in die Kriegs-
wirren zwischen Assyrien und seinen Nachbarstaaten verstrickt. Tukulti-Ninurta
I., König über Assyrien, will endlich seinen Traum von der Weltherrschaft reali-
sieren. Er schickt Senni und dessen Freund Banū, einen elamischen Bogenschüt-
zen, auf eine gefährliche Mission in das Land der Feinde. Sie stoßen auf das
Geheimnis der Elamier, das sie fortan unter Einsatz ihres Lebens hüten müssen.
›Die Elamische Schlange‹ verbindet von nun an das Schicksal der beiden
Männer.

Vorankündigung:

Band 4: Das Omen der Finsternis (ISBN: 9783750408173)

Der Wunschtraum des assyrischen Königs Tukulti-Ninurta I. (1233 – 1197 v.
Chr.) scheint sich zu erfüllen: Endlich erkennen ihn die mächtigsten Herrscher
jener Zeit als ebenbürtigen Großkönig an. Nur einer verweigert ihm diesen
Respekt: der König von Babylon. Der Assyrer brennt deshalb darauf, das
übermächtige Babylon zu erobern. Als die Wahrsager endlich günstige
Vorzeichen verkünden, holt er zum entscheidenden Schlag aus. In den
Kriegswirren erhalten Senni und sein Freund Banū einen geheimen Auftrag, der
sie von den Sümpfen des südlichen Meerlandes zum König der Seevölker am
Oberen Meer führt. Erschreckende Nachrichten lassen sie in die Heimat
zurückkehren. Eine uralte Prophezeiung, das Omen der Finsternis, breitet sich
über dem Reich des ›Königs der vier Weltgegenden‹ aus. Trifft der vom
Hohepriester heraufbeschworene Fluch der großen Götter auch die beiden
Freunde, die ihrem König treu ergeben sind?